STENDHAL

LE ROUGE ET LE NOIR

Tome 2

Illustrations
de
H. Dubouchet

Texte intégral

Cette édition de *Le Rouge et le Noir* - Tome 2
est publiée par Profrance/Maxi-Livres
avec l'aimable autorisation des Editions Jean-Claude Lattès

DEUXIÈME PARTIE

Elle n'est pas jolie,
elle n'a point de rouge.
SAINTE-BEUVE.

CHAPITRE PREMIER

LES PLAISIRS DE LA CAMPAGNE

O rus quando ego te adspiciam !
VIRGILE.

— Monsieur vient sans doute attendre la malle-poste de Paris ? lui dit le maître d'une auberge où il s'arrêta pour déjeuner.

— Celle d'aujourd'hui ou celle de demain, peu m'importe, dit Julien.

La malle-poste arriva comme il faisait l'indifférent. Il y avait deux places libres.

— Quoi ! c'est toi, mon pauvre Falcoz, dit le voyageur qui arrivait du côté de Genève à celui qui montait en voiture en même temps que Julien.

— Je te croyais établi aux environs de Lyon, dit Falcoz, dans une délicieuse vallée près du Rhône ?

— Joliment établi. Je fuis.

— Comment ! tu fuis ? toi, Saint-Giraud ! avec cette mine sage, tu as commis quelque crime ? dit Falcoz en riant.

— Ma foi, autant vaudrait. Je fuis l'abominable vie que l'on mène en province. J'aime la fraîcheur des bois et la tranquillité champêtre, comme tu sais ; tu m'as souvent accusé d'être romanesque. Je ne voulais de la vie entendre parler politique, et la politique me chasse.

— Mais de quel parti es-tu ?

— D'aucun, et c'est ce qui me perd. Voici toute ma politique : J'aime la musique, la peinture ; un bon livre est un événement pour moi ; je vais avoir quarante-quatre ans. Que me reste-t-il à vivre ? Quinze, vingt, trente ans tout au plus ? Eh bien ? je tiens que dans trente ans, les ministres seront un peu plus adroits, mais tout aussi honnêtes gens que ceux d'aujourd'hui. L'histoire d'Angleterre me sert de miroir pour notre avenir. Toujours il se trouvera un roi qui voudra augmenter sa prérogative ; toujours l'ambition de devenir député, la gloire et les centaines de mille francs gagnés par Mirabeau empêcheront de dormir les gens riches de la province : ils appelleront cela être libéral et aimer le peuple. Toujours l'envie de devenir pair ou gentilhomme de la chambre galopera les ultras. Sur le vaisseau de l'état, tout le monde voudra s'occuper de la manœuvre, car elle est bien payée. N'y aura-t-il donc jamais une pauvre petite place pour le simple passager ?

— Au fait, au fait, qui doit être fort plaisant avec ton caractère tranquille. Sont-ce les dernières élections qui te chassent de ta province ?

— Mon mal vient de plus loin. J'avais, il y a quatre ans, quarante ans et cinq cent mille francs. J'ai quatre ans de plus aujourd'hui, et probablement cinquante mille francs de moins, que je vais perdre sur la vente de mon château de Monfleury, près du Rhône, position superbe.

A Paris, j'étais las de cette comédie perpétuelle, à laquelle oblige ce que vous appelez la civilisation du dix-neuvième siècle. J'avais soif de bonhomie et de simplicité. J'achète une terre dans les montagnes près du Rhône, rien d'aussi beau sous le ciel.

Le vicaire du village et les hobereaux du voisinage me font la cour pendant six mois ; je leur donne à dîner ; j'ai quitté Paris, leur dis-je, pour de ma vie ne parler ni n'entendre parler politique. Comme vous le voyez, je ne suis abonné à aucun journal. Moins le facteur de la poste m'apporte de lettres, plus je suis content.

Ce n'était pas le compte du vicaire ; bientôt je suis en butte à mille demandes indiscrètes, tracasseries, etc. Je voulais donner deux ou trois cents francs par an aux pauvres, on me les demande pour des associations pieuses : celle de Saint-

Joseph, celle de la Vierge, etc., je refuse : alors on me fait cent insultes. J'ai la bêtise d'en être piqué. Je ne puis plus sortir le matin pour aller jouir de la beauté de nos montagnes, sans trouver quelque ennui qui me tire de mes rêveries, et me rappelle désagréablement les hommes et leur méchanceté. Aux processions des Rogations, par exemple, dont le chant me plaît (c'est probablement une mélodie grecque), on ne bénit plus mes champs, parce que, dit le vicaire, ils appartiennent à un impie. La vache d'une vieille paysanne dévote meurt, elle dit que c'est à cause du voisinage d'un étang qui appartient à moi impie, philosophe venant de Paris, et huit jours après je trouve tous mes poissons le ventre en l'air, empoisonnés avec de la chaux. La tracasserie m'environne sous toutes les formes. Le juge de paix, honnête homme, mais qui craint pour sa place, me donne toujours tort. La paix des champs est pour moi un enfer. Une fois que l'on m'a vu abandonné par le vicaire, chef de la congrégation du village, et non soutenu par le capitaine en retraite, chef des libéraux, tous me sont tombés dessus, jusqu'au maçon que je faisais vivre depuis un an, jusqu'au charron qui voulait me friponner impunément en raccommodant mes charrues.

Afin d'avoir un appui et de gagner pourtant quelques-uns de mes procès, je me fais libéral ; mais, comme tu dis, ces diables d'élections arrivent, on me demande ma voix...

— Pour un inconnu ?

— Pas du tout, pour un homme que je ne connais que trop. Je refuse, imprudence affreuse !

dès ce moment, me voilà aussi les libéraux sur les bras, ma position devient intolérable. Je crois que s'il fût venu dans la tête au vicaire de m'accuser d'avoir assassiné ma servante, il y aurait eu vingt témoins des deux partis, qui auraient juré avoir vu commettre le crime.

— Tu veux vivre à la campagne sans servir les passions de tes voisins, sans même écouter leurs bavardages. Quelle faute !...

— Enfin, elle est réparée. Monfleury est en vente, je perds cinquante mille francs, s'il le faut, mais je suis tout joyeux, je quitte cet enfer d'hypocrisie et de tracasseries. Je vais chercher la solitude et la paix champêtre au seul lieu où elles existent en France, dans un quatrième étage donnant sur les Champs-Élysées. Et encore j'en suis à délibérer, si je ne commencerai pas ma carrière politique, dans le quartier du Roule, par rendre le pain bénit à la paroisse.

— Tout cela ne te fût pas arrivé sous Bonaparte, dit Falcoz avec des yeux brillants de courroux et de regret.

— A la bonne heure, mais pourquoi n'a-t-il pas su se tenir en place, ton Bonaparte ? tout ce dont je souffre aujourd'hui, c'est lui qui l'a fait.

Ici l'attention de Julien redoubla. Il avait compris du premier mot que le bonapartiste Falcoz était l'ancien ami d'enfance de M. de Rênal, par lui répudié en 1816, et le philosophe Saint-Giraud devait être frère de ce chef de bureau à la préfecture de..., qui savait se faire adjuger à bon compte les maisons des communes.

— Et tout cela c'est ton Bonaparte qui l'a fait, continuait Saint-Giraud : un honnête homme, inoffensif s'il en fut, avec quarante ans et cinq cent mille francs, ne peut pas s'établir en province et y trouver la paix ; ses prêtres et ses nobles l'en chassent.

— Ah ! ne dis pas de mal de lui, s'écria Falcoz, jamais la France n'a été si haut dans l'estime des peuples que pendant les treize ans qu'il a régné. Alors, il y avait de la grandeur dans tout ce qu'on faisait.

— Ton empereur, que le diable l'emporte, reprit l'homme de quarante-quatre ans, n'a été grand que sur ses champs de bataille, et lorsqu'il a rétabli les finances vers 1802. Que veut dire toute sa conduite depuis ? Avec ses chambellans, sa pompe et ses réceptions aux Tuileries, il a donné une nouvelle édition de toutes les niaiseries monarchiques. Elle était corrigée, elle eût pu passer encore un siècle ou deux. Les nobles et les prêtres ont voulu revenir à l'ancienne, mais ils n'ont pas la main de fer qu'il faut pour la débiter au public.

— Voilà bien le langage d'un ancien imprimeur !

— Qui me chasse de ma terre ? continua l'imprimeur en colère. Les prêtres, que Napoléon a rappelés par son concordat, au lieu de les traiter comme l'état traite les médecins, les avocats, les astronomes, de ne voir en eux que des citoyens, sans s'inquiéter de l'industrie par laquelle ils cherchent à gagner leur vie. Y aurait-il aujourd'hui des gentilshommes insolents, si ton Bonaparte n'eût fait des barons et des comtes ? Non, la mode en était passée. Après les prêtres, ce sont les petits nobles campagnards qui m'ont donné le plus d'humeur, et m'ont forcé à me faire libéral.

La conversation fut infinie, ce texte va occuper la France encore un demi-siècle. Comme Saint-Giraud répétait toujours qu'il était impossible de vivre en province, Julien proposa timidement l'exemple de M. de Rênal.

— Parbleu, jeune homme, vous êtes bon ! s'écria Falcoz ; il s'est fait marteau pour n'être pas enclume, et un terrible marteau encore. Mais je le vois débordé par le Valenod. Connaissez-vous ce coquin-là ? voilà le véritable. Que dira votre M. de Rênal lorsqu'il se verra destitué un de ces quatre matins, et le Valenod mis à sa place ?

— Il restera tête à tête avec ses crimes, dit Saint-Giraud. Vous connaissez donc Verrières, jeune homme ? Eh bien ! Bonaparte, que le ciel confonde, lui et ses friperies monarchiques, a rendu possible le règne des Rênal et des Chélan, qui a amené le règne des Valenod et des Maslon.

Cette conversation d'une sombre politique étonnait Julien, et le distrayait de ses rêveries voluptueuses.

Il fut peu sensible au premier aspect de Paris, aperçu dans le lointain. Les châteaux en Espagne sur son sort à venir avaient à lutter avec le souvenir encore présent des vingt-quatre heures qu'il venait de passer à Verrières. Il se jurait de ne jamais abandonner les enfants de son amie, et de tout quitter pour les protéger, si les impertinences des prêtres nous donnent la république et les persécutions contre les nobles.

Que serait-il arrivé la nuit de son arrivée à Verrières, si, au moment où il appuyait son échelle contre la croisée de la chambre à coucher de madame de Rênal, il avait trouvé cette chambre occupée par un étranger, ou par M. de Rênal ?

Mais aussi quelles délices, les deux premières heures, quand son amie voulait sincèrement le renvoyer et qu'il plaidait sa cause, assis auprès d'elle dans l'obscurité ! Une âme comme celle de Julien est suivie par de tels souvenirs durant toute une vie. Le reste de l'entrevue se confondait déjà avec les premières époques de leurs amours, quatorze mois auparavant.

Julien fut réveillé de sa rêverie profonde, parce que la voiture s'arrêta. On venait d'entrer dans la cour des postes, rue J.-J.-Rousseau. — Je veux aller à la Malmaison, dit-il à un cabriolet qui s'approcha.

— A cette heure, monsieur, et pour quoi faire ?

— Que vous importe ! marchez.

Toute vraie passion ne songe qu'à elle. C'est pourquoi, ce me semble, les passions sont si ridicules à Paris, où le voisin prétend toujours qu'on pense beaucoup à lui. Je me garderai de raconter les transports de Julien à la Malmaison. Il pleura. Quoi ! malgré les vilains murs blancs construits cette année, et qui coupent ce parc en morceaux ? — Oui, monsieur ; pour Julien comme pour la postérité, il n'y avait rien entre Arcole, Sainte-Hélène et la Malmaison.

Le soir, Julien hésita beaucoup avant d'entrer au spectacle, il avait des idées étranges sur ce lieu de perdition.

Une profonde méfiance l'empêcha d'admirer le Paris vivant, il n'était touché que des monuments laissés par son héros.

Me voici donc dans le centre de l'intrigue et de l'hypocrisie ! Ici règnent les protecteurs de l'abbé de Frilair.

Le soir du troisième jour, la curiosité l'emporta sur le projet de tout voir avant de se présenter à l'abbé Pirard. Cet abbé lui expliqua, d'un ton froid, le genre de vie qui l'attendait chez M. de La Mole.

Si, au bout de quelques mois, vous n'êtes pas utile, vous rentrerez au séminaire, mais par la bonne porte. Vous allez loger chez le marquis, l'un des plus grands seigneurs de France. Vous porterez l'habit noir, mais comme un homme qui est en deuil, et non pas comme un ecclésiastique. J'exige que, trois fois la semaine, vous suiviez vos études en théologie dans un séminaire, où je vous ferai présenter. Chaque jour, à midi, vous vous établirez dans la bibliothèque du marquis, qui compte vous employer à faire des lettres pour des procès et d'autres affaires. Le marquis écrit, en deux mots, en marge de chaque lettre qu'il reçoit, le sommaire de la réponse qu'il faut y faire. J'ai prétendu qu'au bout de trois mois, vous seriez en état de faire ces réponses, de façon que, sur douze que vous présenterez à la signature du marquis, il puisse en signer huit ou neuf. Le soir, à huit heures, vous mettrez son bureau en ordre, et à dix vous serez libre.

— Il se peut, continua l'abbé Pirard, que quelque vieille dame ou quelque homme au ton doux vous fasse entrevoir des avantages immenses, ou tout grossièrement vous offre de l'or pour lui montrer les lettres reçues par le marquis...

— Ah, monsieur ! s'écria Julien rougissant.

— Il est singulier, dit l'abbé avec un sourire amer que, pauvre comme vous l'êtes, et après une année de séminaire, il vous reste encore de ces indignations vertueuses. Il faut que vous ayez été bien aveugle !

Serait-ce la force du sang ? se dit l'abbé à demi-voix comme se parlant à soi-même. Ce qu'il y a de singulier, ajouta-t-il en regardant Julien, c'est que le marquis vous connaît... Je ne sais comment. Il vous donne, pour commencer, cent louis d'appointements. C'est un homme qui n'agit que par caprices, c'est là son défaut ; il luttera d'enfantillages avec vous. S'il est content, vos appointements pourront s'élever par la suite jusqu'à huit mille francs.

Mais vous sentez bien, reprit l'abbé d'un ton aigre, qu'il ne vous donne pas tout cet argent pour vos beaux yeux. Il s'agit d'être utile. A votre place, moi, je parlerais très peu, et surtout je ne parlerais jamais de ce que j'ignore.

Ah ! dit l'abbé, j'ai pris des informations pour vous ; j'oubliais la famille de M. de La Mole. Il a deux enfants, une fille et un fils de dix-neuf ans, élégant par excellence, espèce de fou, qui ne sait jamais à midi ce qu'il fera à deux heures. Il a de l'esprit, de la bravoure ; il a fait la guerre d'Espagne. Le marquis espère, je ne sais pourquoi, que vous deviendrez l'ami du jeune comte Norbert. J'ai dit que vous étiez un grand latiniste, peut-être compte-t-il que vous apprendrez à son fils quelques phrases toutes faites, sur Cicéron et Virgile.

A votre place, je ne me laisserais jamais plaisanter par le beau jeune homme ; et, avant de céder à ses avances parfaitement polies, mais un peu gâtées par l'ironie, je me les ferais répéter plus d'une fois.

Je ne vous cacherai pas que ce jeune comte de La Mole doit vous mépriser d'abord, parce que vous n'êtes qu'un petit bourgeois. Son aïeul à lui était de la cour, et eut l'honneur d'avoir la tête tranchée en place de Grève, le 26 avril 1574, pour une intrigue politique. Vous, vous êtes le fils d'un charpentier de Verrières, et de plus, aux gages de son père. Pesez bien ces différences, et étudiez l'histoire de cette famille dans Moreri ; tous les flatteurs qui dînent chez eux y font de temps en temps ce qu'ils appellent des allusions délicates.

Prenez garde à la façon dont vous répondrez aux plaisanteries de M. le comte Norbert de La Mole, chef d'escadron de hussards et futur pair de France, et ne venez pas me faire des doléances par la suite.

— Il me semble, dit Julien en rougissant beaucoup, que je ne devrais pas même répondre à un homme qui me méprise.

— Vous n'avez pas d'idée de ce mépris-là ; il ne

se montrera que par des compliments exagérés. Si vous étiez un sot, vous pourriez vous y laisser prendre ; si vous vouliez faire fortune, vous devriez vous y laisser prendre.

— Le jour où tout cela ne me conviendra plus, dit Julien, passerai-je pour un ingrat, si je retourne à ma petite cellule n° 103 ?

— Sans doute, répondit l'abbé, tous les complaisants de la maison vous calomnieront, mais je paraîtrai, moi. *Adsum qui feci.* Je dirai que c'est de moi que vient cette résolution.

Julien était navré du ton amer et presque méchant qu'il remarquait chez M. Pirard ; ce ton gâtait tout à fait sa dernière réponse.

Le fait est que l'abbé se faisait un scrupule de conscience d'aimer Julien, et c'est avec une sorte de terreur religieuse qu'il se mêlait aussi directement du sort d'un autre.

— Vous verrez encore, ajouta-t-il avec la même mauvaise grâce, et comme accomplissant un devoir pénible, vous verrez madame la marquise de La Mole. C'est une grande femme blonde, dévote, hautaine, parfaitement polie, et encore plus insignifiante. Elle est fille du vieux duc de Chaulnes, si connu par ses préjugés nobiliaires. Cette grande dame est une sorte d'abrégé en haut relief, de ce qui fait au fond le caractère des femmes de son rang. Elle ne cache pas, elle, qu'avoir eu des ancêtres qui soient allés aux croisades est le seul avantage qu'elle estime. L'argent ne vient que longtemps après : cela vous étonne ? nous ne sommes plus en province, mon ami.

Vous verrez dans son salon plusieurs grands seigneurs parler de nos princes avec un ton de légèreté singulier. Pour madame de La Mole, elle baisse la voix par respect toutes les fois qu'elle nomme un prince et surtout une princesse. Je ne vous conseillerais pas de dire devant elle que Philippe II ou Henri VIII furent des monstres. Ils ont été ROIS, ce qui leur donne des droits imprescriptibles aux respects de tous et surtout aux respects d'êtres sans naissance, tels que vous et moi. Cependant, ajouta M. Pirard, nous sommes prêtres, car elle vous prendra pour tel ; à ce titre, elle nous considère comme des valets de chambre nécessaires à son salut.

— Monsieur, dit Julien, il me semble que je ne serai pas longtemps à Paris.

— A la bonne heure ; mais remarquez qu'il n'y a de fortune, pour un homme de notre robe, que par les grands seigneurs. Avec ce je ne sais quoi d'indéfinissable, du moins pour moi, qu'il y a dans votre caractère, si vous ne faites pas fortune vous serez persécuté ; il n'y a pas de moyen terme pour vous. Ne vous abusez pas. Les hommes voient qu'ils ne vous font pas plaisir en vous adressant la parole ; dans un pays social comme celui-ci, vous êtes voué au malheur ; si vous n'arrivez pas aux respects.

Que seriez-vous devenu à Besançon, sans ce caprice du marquis de La Mole ? Un jour, vous comprendrez toute la singularité de ce qu'il fait pour vous, et, si vous n'êtes pas un monstre, vous aurez pour lui et sa famille une éternelle reconnaissance. Que de pauvres abbés, plus savants que vous, ont vécu des années à Paris, avec les quinze sous de leur messe et les dix sous de leurs arguments en Sorbonne !... Rappelez-vous ce que je vous contais, l'hiver dernier, des premières années de ce mauvais sujet de cardinal Dubois. Votre orgueil se croirait-il, par hasard, plus de talent que lui ?

Moi, par exemple, homme tranquille et médiocre, je comptais mourir dans mon séminaire ; j'ai eu l'enfantillage de m'y attacher. Eh bien ! j'allais être destitué quand j'ai donné ma démission. Savez-vous quelle était ma fortune ? j'avais cinq cent vingt francs de capital, ni plus ni moins ; pas un ami, à peine deux ou trois connaissances. M. de La Mole, que je n'avais jamais vu, m'a tiré de ce mauvais pas ; il n'a eu qu'un mot à dire, et l'on m'a donné une cure dont tous les paroissiens sont des gens aisés, au-dessus des vices grossiers, et le revenu me fait honte, tant il est peu proportionné à mon travail. Je ne vous ai parlé aussi longtemps que pour mettre un peu de plomb dans cette tête.

Encore un mot : j'ai le malheur d'être irascible ; il est possible que vous et moi nous cessions de nous parler.

Si les hauteurs de la marquise, ou les mauvaises plaisanteries de son fils, vous rendent cette maison décidément insupportable, je vous conseille de finir vos études dans quelque séminaire à trente lieues de Paris, et plutôt au nord qu'au midi. Il y a au nord plus de civilisation et moins d'injustices, et, ajouta-t-il en baissant la voix, il faut que je l'avoue, le voisinage des journaux de Paris fait peur aux petits tyrans.

Si nous continuons à trouver du plaisir à nous voir, et que la maison du marquis ne vous convienne pas, je vous offre la place de mon vicaire, et je partagerai par moitié avec vous ce que rend cette cure. Je vous dois cela et plus encore, ajouta-t-il en interrompant les remercîments de Julien, pour l'offre singulière que vous m'avez faite à Besançon. Si au lieu de cinq cent vingt francs, je n'avais rien eu, vous m'eussiez sauvé.

L'abbé avait perdu son ton de voix cruel. A sa grande honte, Julien se sentit les larmes aux yeux ; il mourait d'envie de se jeter dans les bras de son ami : il ne put s'empêcher de lui dire, de l'air le plus mâle qu'il put affecter :

— J'ai été haï de mon père depuis le berceau ; c'était un de mes grands malheurs ; mais je ne me plaindrai plus du hasard, j'ai retrouvé un père en vous, monsieur.

— C'est bon, c'est bon, dit l'abbé embarrassé ; puis rencontrant fort à propos un mot de directeur de séminaire : il ne faut jamais dire le hasard, mon enfant, dites toujours la Providence.

Le fiacre s'arrêta ; le cocher souleva le marteau de bronze d'une porte immense : c'était l'HOTEL DE LA MOLE ; et, pour que les passants ne pussent en douter, ces mots se lisaient sur un marbre noir au-dessus de la porte.

Cette affectation déplut à Julien. Ils ont tant de peur des jacobins ! Ils voient un Robespierre et sa charrette derrière chaque haie ; ils en sont souvent à mourir de rire, et ils affichent ainsi leur maison pour que la canaille la reconnaisse en cas d'émeute, et la pille. Il communiqua sa pensée à l'abbé Pirard.

— Ah ! pauvre enfant, vous serez bientôt mon vicaire. Quelle épouvantable idée vous est venue là !

— Je ne trouve rien de si simple, dit Julien.

La gravité du portier et surtout la propreté de la cour l'avaient frappé d'admiration. Il faisait un beau soleil.

— Quelle architecture magnifique ! dit-il à son ami.

Il s'agissait d'un de ces hôtels à façade si plate du faubourg Saint-Germain, bâtis vers le temps de la mort de Voltaire. Jamais la mode et le beau n'ont été si loin l'un de l'autre.

CHAPITRE II

ENTRÉE DANS LE MONDE

Souvenir ridicule et touchant : Le premier salon où à dix-huit ans l'on a paru seul et sans appui ! le regard d'une femme suffisait pour m'intimider. Plus je voulais plaire, plus je devenais gauche. Je me faisais de tout les idées les plus fausses ; ou je me livrais sans motifs, ou je voyais dans un homme un ennemi parce qu'il m'avait regardé d'un air grave. Mais alors, au milieu des affreux malheurs de ma timidité, qu'un beau jour était beau !

KANT.

Julien s'arrêtait ébahi au milieu de la cour.

— Ayez donc l'air raisonnable, dit l'abbé Pirard ; il vous vient des idées horribles, et puis vous n'êtes qu'un enfant ! Où est le *nil mirari* d'Horace ? (Jamais d'enthousiasme.) Songez que ce peuple de laquais, vous voyant établi ici, va chercher à se moquer de vous ; ils verront en vous un égal, mis injustement au-dessus d'eux. Sous les dehors de la bonhomie, des bons conseils, du désir de vous guider, ils vont essayer de vous faire tomber dans quelque grosse balourdise.

— Je les en défie, dit Julien en se mordant la lèvre, et il reprit toute sa méfiance.

Les salons que ces messieurs traversèrent au premier étage, avant d'arriver au cabinet du marquis, vous eussent semblé, ô mon lecteur, aussi tristes que magnifiques. On vous les donnerait tels qu'ils sont, que vous refuseriez de les habiter ; c'est la patrie du bâillement et du raisonnement triste. Ils redoublèrent l'enchantement de Julien. Comment peut-on être malheureux, pensait-il, quand on habite un séjour aussi splendide ?

Enfin, ces messieurs arrivèrent à la plus laide des pièces de ce superbe appartement : à peine s'il y faisait jour : là, se trouva un petit homme maigre, à l'œil vif et en perruque blonde. L'abbé se retourna vers Julien et le présenta. C'était le marquis. Julien eut beaucoup de peine à le reconnaître, tant il lui trouva l'air poli. Ce n'était plus le grand seigneur, à mine si altière, de l'abbaye de Bray-le-Haut. Il sembla à Julien que sa perruque avait beaucoup trop de cheveux. A l'aide de cette sensation, il ne fut point du tout intimidé. Le descendant de l'ami de Henri III lui parut d'abord avoir une tournure assez mesquine. Il était fort maigre et s'agitait beaucoup. Mais il remarqua bientôt que le marquis avait une politesse encore plus agréable à l'interlocuteur que celle de l'évêque de Besançon lui-même. L'audience ne dura pas trois minutes. En sortant, l'abbé dit à Julien :

— Vous avez regardé le marquis, comme vous eussiez fait d'un tableau. Je ne suis pas un grand grec dans ce que ces gens-ci appellent la politesse, bientôt vous en saurez plus que moi ; mais enfin la hardiesse de votre regard m'a semblé peu polie.

On était remonté en fiacre ; le cocher arrêta près du boulevard ; l'abbé introduisit Julien dans une suite de grands salons. Julien remarqua qu'il n'y avait pas de meubles. Il regardait une magnifique pendule dorée, représentant un sujet très indécent selon lui, lorsqu'un monsieur fort élégant s'approcha d'un air riant. Julien fit un demi-salut.

Le monsieur sourit et lui mit la main sur l'épaule. Julien tressaillit et fit un saut en arrière. Il rougit de colère. L'abbé Pirard, malgré sa gravité, rit aux larmes. Le monsieur était un tailleur.

Je vous rends votre liberté pour deux jours, lui dit l'abbé en sortant ; c'est alors seulement que vous pourrez être présenté à madame de La Mole. Un autre vous garderait comme une jeune fille en ces premiers moments de votre séjour dans cette nouvelle Babylone. Perdez-vous tout de suite, si vous avez à vous perdre, et je serai délivré de la faiblesse que j'ai de penser à vous. Après-demain matin, ce tailleur vous portera deux habits ; vous donnerez cinq francs au garçon qui vous les essaiera. Du reste, ne faites pas connaître le son de votre voix à ces Parisiens-là. Si vous dites un mot, ils trouveront le secret de se moquer de vous. C'est leur talent. Après-demain soyez chez moi à midi... Allez, perdez-vous... J'oubliais, allez commander des bottes, des chemises, un chapeau aux adresses que voici.

Julien regardait l'écriture de ces adresses.

— C'est la main du marquis, dit l'abbé ; c'est un homme actif qui prévoit tout, et qui aime mieux faire que commander. Il vous prend auprès de lui pour que vous lui épargniez ce genre de peines. Aurez-vous assez d'esprit pour bien exécuter toutes les choses que cet homme vif vous indiquera à demi-mot ? C'est ce que montrera l'avenir : gare à vous !

Julien entra, sans dire un seul mot, chez les ouvriers indiqués par les adresses ; il remarqua qu'il en était reçu avec respect, et le bottier, en écrivant son nom sur son registre, mit M. Julien de Sorel.

Au cimetière du Père-Lachaise, un monsieur fort obligeant, et encore plus libéral dans ses propos, s'offrit pour indiquer à Julien le tombeau du maréchal Ney, qu'une politique savante prive de l'honneur d'une épitaphe. Mais en se séparant de ce libéral, qui, les larmes aux yeux, le serrait presque dans ses bras, Julien n'avait plus de montre. Ce fut riche de cette expérience, que le surlendemain, à midi, il se présenta à l'abbé Pirard, qui le regarda beaucoup.

— Vous allez peut-être devenir un fat, lui dit l'abbé d'un air sévère. Julien avait l'air d'un fort jeune homme, en grand deuil ; il était à la vérité très bien, mais le bon abbé était trop provincial lui-même pour voir que Julien avait encore cette démarche des épaules, qui, en province, est à la fois élégance et importance. En voyant Julien, le marquis jugea ses grâces d'une manière si différente de celle du bon abbé, qu'il lui dit :

— Auriez-vous quelque objection à ce que M. Sorel prît des leçons de danse ?

L'abbé resta pétrifié.

— Non, répondit-il enfin, Julien n'est pas prêtre.

Le marquis montant deux à deux les marches d'un petit escalier dérobé, alla lui-même installer notre héros dans une jolie mansarde qui donnait sur l'immense jardin de l'hôtel. Il lui demanda combien il avait pris de chemises chez la lingère.

— Deux, répondit Julien, intimidé de voir un si grand seigneur descendre à ces détails.

— Fort bien, reprit le marquis d'un air sérieux et avec un certain ton impératif et bref, qui donna à penser à Julien ; fort bien ! prenez encore vingt-deux chemises. Voici le premier quartier de vos appointements.

En descendant de la mansarde, le marquis appela un homme âgé : Arsène, lui dit-il, vous servirez M. Sorel. Peu de minutes après, Julien se trouva seul dans une bibliothèque magnifique ; ce moment fut délicieux. Pour n'être pas surpris dans son émotion, il alla se cacher dans un petit coin sombre ; de là il contemplait avec ravissement le dos brillant des livres : Je pourrai lire tout cela, se disait-il. Et comment me déplairais-je ici ? M. de Rênal se serait cru déshonoré à jamais de la centième partie de ce que le marquis de La Mole vient de faire pour moi.

Mais, voyons les copies à faire. Cet ouvrage terminé, Julien osa s'approcher des livres ; il faillit devenir fou de joie en trouvant une édition de Voltaire. Il courut ouvrir la porte de la bibliothèque pour n'être pas surpris. Il se donna ensuite le plaisir d'ouvrir chacun des quatre-vingts volumes. Ils étaient reliés magnifiquement, c'était le chef-d'œuvre du meilleur ouvrier de Londres. Il n'en fallait pas tant pour porter au comble l'admiration de Julien.

Une heure après, le marquis entra, regarda les copies, et remarqua avec étonnement que Julien écrivait cela avec deux ll, *cella*. — Tout ce que l'abbé m'a dit de sa science serait-il tout simplement un conte ! Le marquis, fort découragé, lui dit avec douceur :

— Vous n'êtes pas sûr de votre orthographe ?

— Il est vrai, dit Julien, sans songer le moins du monde au tort qu'il se faisait ; il était attendri des bontés du marquis, qui lui rappelait le ton rogue de M. de Rênal.

C'est du temps perdu que toute cette expérience de petit abbé franc-comtois, pensa le marquis ; mais j'avais un si grand besoin d'un homme sûr !

— *Cela* ne s'écrit qu'avec un *l*, lui dit le marquis ; quand vos copies seront terminées, cherchez dans le dictionnaire les mots de l'orthographe desquels vous ne serez pas sûr.

A six heures, le marquis le fit demander ; il regarda avec une peine évidente les bottes de Julien :

— J'ai un tort à me reprocher, je ne vous ai pas dit que tous les jours à cinq heures et demie, il faut vous habiller.

Julien le regardait sans comprendre.

— Je veux dire mettre des bas, Arsène vous en fera souvenir ; aujourd'hui je ferai vos excuses.

En achevant ces mots, M. de La Mole faisait passer Julien dans un salon resplendissant de dorures. Dans les occasions semblables, M. de Rênal ne manquait jamais de doubler le pas pour avoir l'avantage de passer le premier à la porte. La petite vanité de son ancien patron fit que Julien marcha sur les pieds du marquis, et lui fit beaucoup de mal à cause de sa goutte. — Ah ! il est balourd pardessus le marché, se dit celui-ci. Il le présenta à une femme de haute taille et d'un aspect imposant. C'était la marquise. Julien lui trouva l'air impertinent, un peu comme madame de Maugiron, la sous-préfète de l'arrondissement de Verrières, quand elle assistait au dîner de la Saint-Charles. Un peu troublé de l'extrême magnificence du salon, Julien n'entendit pas ce que disait M. de La Mole. La marquise daigna à peine le regarder. Il y avait quelques hommes parmi lesquels Julien reconnut avec un plaisir indicible le jeune évêque d'Agde, qui avait daigné lui parler quelques mois auparavant, à la cérémonie de Bray-le-Haut. Ce jeune prélat fut effrayé sans doute des yeux tendres que fixait sur lui la timidité de Julien, et ne se soucia point de reconnaître ce provincial.

Les hommes réunis dans ce salon semblèrent à Julien avoir quelque chose de triste et de contraint ; on parle bas à Paris, et l'on n'exagère pas les petites choses.

Un joli jeune homme, avec des moustaches, très pâle et très élancé, entra vers les six heures et demie ; il avait une tête fort petite.

— Vous vous ferez toujours attendre, dit la marquise, à laquelle il baisait la main.

Julien comprit que c'était le comte de La Mole. Il le trouva charmant dès le premier abord.

Est-il possible, se dit-il, que ce soit là l'homme, dont les plaisanteries offensantes doivent me chasser de cette maison !

A force d'examiner le comte Norbert, Julien remarqua qu'il était en bottes et en éperons ; et moi je dois être en souliers, apparemment comme inférieur. On se mit à table. Julien entendit la marquise qui disait un mot sévère, en élevant un peu la voix. Presque en même temps, il aperçut une jeune personne, extrêmement blonde et fort bien faite, qui vint s'asseoir vis-à-vis de lui. Elle ne lui plut point ; cependant en la regardant attentivement, il pensa qu'il n'avait jamais vu des yeux aussi beaux ; mais ils annonçaient une grande froideur d'âme. Par la suite, Julien trouva qu'ils avaient l'expression de l'ennui qui examine, mais qui se souvient de l'obligation d'être imposant. Madame de Rênal avait cependant de bien beaux yeux, se disait-il, le monde lui en faisait compliment ; mais ils n'avaient rien de commun avec ceux-ci. Julien n'avait pas assez d'usage pour distinguer que c'était du feu de la saillie, que brillaient de temps en temps les yeux de mademoiselle Mathilde, c'est ainsi qu'il l'entendit nommer. Quand les yeux de madame de Rênal s'animaient, c'était du feu des passions, ou par l'effet d'une indignation généreuse au récit de quelque action méchante. Vers la fin du repas, Julien trouva un mot pour exprimer le genre de beauté des yeux de mademoiselle de La Molle : Ils sont scintillants, se dit-il. Du reste, elle ressemblait cruellement à sa mère, qui lui déplaisait de plus en plus, et il cessa de la regarder. En revanche, le comte Norbert lui semblait admirable de tous points. Julien était tellement séduit, qu'il n'eut pas l'idée d'en être jaloux et de le haïr, parce qu'il était plus riche et plus noble que lui.

Julien trouva que le marquis avait l'air de s'ennuyer.

Vers le second service, il dit à son fils :

— Norbert, je te demande tes bontés pour M. Julien Sorel que je viens de prendre à mon état-major, et dont je prétends faire un homme, si *cella* se peut.

— C'est mon secrétaire, dit le marquis à son voisin, et il écrit *cela* avec deux *ll*.

Tout le monde regarda Julien, qui fit une inclination de tête un peu trop marquée à Norbert ; mais en général on fut content de son regard.

Il fallait que le marquis eût parlé du genre d'éducation que Julien avait reçue, car un des convives l'attaqua sur Horace : C'est précisément en parlant d'Horace que j'ai réussi auprès de l'évêque de Besançon, se dit Julien, apparemment qu'ils ne connaissent que cet auteur. A partir de cet instant, il fut maître de lui. Ce mouvement fut rendu facile, parce qu'il venait de décider que mademoiselle de La Mole ne serait jamais une femme à ses yeux. Depuis le séminaire, il mettait les hommes au pis, et se laissait difficilement intimider par eux. Il eût joui de tout son sang-froid, si la salle à manger eût été meublée avec moins de magnificence. C'était, dans le fait, deux glaces de huit pieds de haut chacune, et dans lesquelles il regardait quelquefois son interlocuteur en parlant d'Horace, qui lui imposaient encore. Ses phrases n'étaient pas trop longues pour un provincial. Il avait de beaux yeux, dont la timidité tremblante ou heureuse, quand il avait bien répondu, redoublait l'éclat. Il fut trouvé agréable. Cette sorte d'examen jetait un peu d'intérêt dans un dîner grave. Le marquis engagea par un signe l'interlocuteur de Julien à le pousser vivement. Serait-il possible qu'il sût quelque chose ! pensait-il.

Julien répondit en inventant ses idées, et perdit assez de sa timidité pour montrer, non pas de l'esprit, chose impossible à qui ne sait pas la langue dont on se sert à Paris, mais il eut des idées nouvelles quoique présentées sans grâce ni à propos, et l'on vit qu'il savait parfaitement le latin.

L'adversaire de Julien était un académicien des Inscriptions, qui, par hasard, savait le latin ; il trouva en Julien un très bon humaniste, n'eut plus la crainte de le faire rougir, et chercha réellement à l'embarrasser. Dans la chaleur du combat, Julien oublia enfin l'ameublement magnifique de la salle à manger, il en vint à exposer sur les poètes latins des idées que l'interlocuteur n'avait lues nulle part. En honnête homme il en fit honneur au jeune secrétaire. Par bonheur, on entama une discussion sur la question de savoir si Horace a été pauvre ou riche : un homme aimable, voluptueux et insouciant, faisant des vers pour s'amuser, comme Chapelle, l'ami de Molière et de La Fontaine, ou un pauvre diable de poète lauréat, suivant la cour et faisant des odes pour le jour de naissance du roi, comme Southey, l'accusateur de lord Byron. On parla de l'état de la société sous Auguste et sous George IV ; aux deux époques l'aristocratie était toute-puissante ; mais à Rome, elle se voyait arracher le pouvoir par Mécène, qui n'était que simple chevalier ; et en Angleterre elle avait réduit George IV à peu près à l'état d'un doge de Venise. Cette discussion sembla tirer le marquis de l'état de torpeur, où l'ennui le plongeait au commencement du dîner.

Julien ne comprenait rien à tous les noms modernes, comme Southey, lord Byron, George IV, qu'il entendait prononcer pour la première fois. Mais il n'échappa à personne que, toutes les fois qu'il était question de faits passés à Rome, et dont la connaissance pouvait se déduire des œuvres d'Horace, de Martial, de Tacite, etc., il avait une incontestable supériorité. Julien s'empara sans façon de plusieurs idées qu'il avait apprises de l'évêque de Besançon, dans la fameuse discussion qu'il avait eue avec ce prélat ; ce ne furent pas les moins goûtées.

Lorsque l'on fut las de parler de poètes, la marquise, qui se faisait une loi d'admirer tout ce qui amusait son mari, daigna regarder Julien. Les manières gauches de ce jeune abbé cachent peut-être un homme instruit, dit à la marquise l'académicien qui se trouvait près d'elle ; et Julien en entendit quelque chose. Les phrases toutes faites convenaient assez à l'esprit de la maîtresse de la maison ; elle adopta celle-ci sur Julien, et se sut bon gré d'avoir engagé l'académicien à dîner. Il amuse M. de La Mole, pensait-elle.

CHAPITRE III

LES PREMIERS PAS

Cette immense vallée remplie de lumières éclatantes et de tant de milliers d'hommes éblouit ma vue. Pas un ne me connaît, tous me sont supérieurs. Ma tête se perd.

Pœmi dell' av. REINA.

Le lendemain, de fort bonne heure, Julien faisait des copies de lettres dans la bibliothèque, lorsque mademoiselle Mathilde y entra par une petite porte de dégagement, fort bien cachée avec des dos de livres. Pendant que Julien admirait cette invention, mademoiselle Mathilde paraissait fort étonnée et assez contrariée de le rencontrer là. Julien lui trouva, en papillotes, l'air dur, hautain et presque masculin. Mademoiselle de La Mole avait le secret de voler des livres dans la bibliothèque de son père, sans qu'il y parût. La présence de Julien rendait inutile sa course de ce matin, ce qui la contraria d'autant plus, qu'elle venait chercher le second volume de *la Princesse de Babylone* de Voltaire, digne complément d'une éducation éminemment monarchique et religieuse, chef-d'œuvre du Sacré-Cœur ! Cette pauvre fille, à dix-neuf ans, avait déjà besoin du piquant de l'esprit pour s'intéresser à un roman.

Le comte Norbert parut dans la bibliothèque vers les trois heures ; il venait étudier un journal, pour pouvoir parler politique le soir, et fut bien aise de rencontrer Julien, dont il avait oublié l'existence. Il fut parfait pour lui : il lui offrit de monter à cheval.

— Mon père nous donne congé jusqu'au dîner.

Julien comprit ce *nous* et le trouva charmant.

— Mon Dieu, M. le comte, dit Julien, s'il s'agissait d'abattre un arbre de quatre-vingts pieds de haut, de l'équarrir et d'en faire des planches, je m'en tirerais bien, j'ose le dire ; mais monter à cheval, cela ne m'est pas arrivé six fois en ma vie.

— Eh bien, ce sera la septième, dit Norbert.

Au fond, Julien se rappelait l'entrée du roi de ***, à Verrières, et croyait monter à cheval supérieurement. Mais, en revenant du bois de Boulogne, au beau milieu de la rue du Bac, il tomba en voulant éviter brusquement un cabriolet et se couvrit de boue. Bien lui prit d'avoir deux habits. Au dîner, le marquis voulant lui adresser la parole, lui demanda des nouvelles de sa promenade ; Norbert se hâta de répondre en termes généraux.

— M. le comte est plein de bontés pour moi, reprit Julien, je l'en remercie, et j'en sens tout le prix. Il a daigné me faire donner le cheval le plus doux et le plus joli ; mais enfin il ne pouvait pas m'y attacher, et, faute de cette précaution, je suis tombé au beau milieu de cette rue si longue, près du pont.

Mademoiselle Mathilde essaya en vain de dissimuler un éclat de rire ; ensuite son indiscrétion demanda des détails. Julien s'en tira avec beaucoup de simplicité ; il eut de la grâce sans le savoir.

— J'augure bien de ce petit prêtre, dit le marquis à l'académicien ; un provincial simple en pareille occurrence ! c'est ce qui ne s'est jamais vu et ne se verra plus ; et encore il raconte son malheur devant des *dames* !

Julien mit tellement les auditeurs à leur aise sur son infortune, qu'à la fin du dîner, lorsque la conversation générale eut pris un autre cours, mademoiselle Mathilde faisait des questions à son frère sur les détails de l'événement malheureux. Ses questions se prolongeant, et Julien rencontrant ses yeux plusieurs fois, il osa répondre directement, quoiqu'il ne fût pas interrogé, et tous trois finirent par rire, comme auraient pu faire trois jeunes habitants d'un village au fond d'un bois.

Le lendemain, Julien assista à deux cours de théologie, et revint ensuite transcrire une vingtaine de lettres. Il trouva établi près de lui, dans la bibliothèque, un jeune homme mis avec beaucoup de soin ; mais la tournure était mesquine, et la physionomie celle de l'envie.

Le marquis entra.

— Que faites-vous ici, monsieur Tanbeau ? dit-il au nouveau venu d'un ton sévère.

— Je croyais..., reprit le jeune homme en souriant bassement.

— Non, monsieur, vous *ne croyiez pas*. Ceci est un essai, mais il est malheureux.

Le jeune Tanbeau se leva furieux et disparut. C'était un neveu de l'académicien ami de madame de La Mole, il se destinait aux lettres. L'académicien avait obtenu que le marquis le prendrait pour secrétaire. Tanbeau, qui travaillait dans une chambre écartée, ayant su la faveur dont Julien était l'objet, voulut la partager, et le matin il était venu établir son écritoire dans la bibliothèque.

A quatre heures, Julien osa, après un peu d'hésitation, paraître chez le comte Norbert. Celui-ci allait monter à cheval, et fut embarrassé, car il était parfaitement poli.

— Je pense, dit-il à Julien, que bientôt vous irez au manège ; et, après quelques semaines, je serai ravi de monter à cheval avec vous.

— Je voulais avoir l'honneur de vous remercier des bontés que vous avez eues pour moi ; croyez, monsieur, ajouta Julien d'un air fort sérieux, que je sens tout ce que je vous dois. Si votre cheval n'est pas blessé par suite de ma maladresse d'hier, et s'il est libre, je désirerais le monter ce matin.

— Ma foi, mon cher Sorel, à vos risques et périls. Supposez que je vous ai fait toutes les objections que réclame la prudence ; le fait est qu'il est quatre heures, nous n'avons pas de temps à perdre.

Une fois qu'il fut à cheval :

— Que faut-il faire pour ne pas tomber ? dit Julien au jeune comte.

— Bien des choses, répondit Norbert en riant aux éclats : par exemple, tenir le corps en arrière.

Julien prit le grand trot. On était sur la place Louis XVI.

— Ah ! jeune téméraire, dit Norbert, il y a trop de voitures, et encore menées par des imprudents ! Une fois par terre, leurs tilburys vont vous passer sur le corps ; ils n'iront pas risquer de gâter la bouche de leur cheval en l'arrêtant tout court.

Vingt fois Norbert vit Julien sur le point de tomber ; mais enfin la promenade finit sans accident. En rentrant, le jeune comte dit à sa sœur :

— Je vous présente un hardi casse-cou.

A dîner, parlant à son père, d'un bout de la table à l'autre, il rendit justice à la hardiesse de Julien ; c'était tout ce qu'on pouvait louer dans sa façon de monter à cheval. Le jeune comte avait entendu le matin les gens qui pansaient les chevaux dans la cour prendre texte de la chute de Julien pour se moquer de lui outrageusement.

Malgré tant de bonté, Julien se sentit bientôt parfaitement isolé au milieu de cette famille. Tous les usages lui semblaient singuliers, et il manquait à tous. Ses bévues faisaient la joie des valets de chambre.

L'abbé Pirard était parti pour sa cure. Si Julien est un faible roseau, qu'il périsse ; si c'est un homme de cœur, qu'il se tire d'affaire tout seul, pensait-il.

CHAPITRE IV

L'HÔTEL DE LA MOLE

Que fait-il ici ? s'y plairait-il ? penserait-il y plaire ?

RONSARD.

Si tout semblait étrange à Julien, dans le noble salon de l'hôtel de La Mole, ce jeune homme, pâle et vêtu de noir, semblait à son tour fort singulier aux personnes qui daignaient le remarquer.

Madame de La Mole proposa à son mari de l'envoyer en mission les jours où l'on avait à dîner certains personnages.

— J'ai envie de pousser l'expérience jusqu'au bout, répondit le marquis. L'abbé Pirard prétend que nous avons tort de briser l'amour-propre des gens que nous admettons auprès de nous. *On ne s'appuie que sur ce qui résiste*, etc. Celui-ci n'est inconvenant que par sa figure inconnue, c'est du reste un sourd-muet.

Pour que j'y puisse m'y reconnaître, il faut, se dit Julien, que j'écrive les noms et un mot sur le caractère des personnages que je vois arriver dans ce salon.

Il plaça en première ligne cinq ou six amis de la maison, qui lui faisaient la cour à tout hasard, le croyant protégé par un caprice du marquis. C'étaient de pauvres hères, plus ou moins plats ; mais, il faut le dire à la louange de cette classe d'hommes, telle qu'on la trouve aujourd'hui dans les salons de l'aristocratie, ils n'étaient pas plats également pour tous. Tel d'entre eux se fût laissé malmener par le marquis, qui se fût révolté contre un mot dur à lui adressé par madame de La Mole.

Il y avait trop de fierté et trop d'ennui au fond du caractère des maîtres de la maison ; ils étaient trop accoutumés à outrager pour se désennuyer, pour qu'ils pussent espérer de vrais amis. Mais, excepté les jours de pluie, et dans les moments d'ennui féroce, qui étaient rares, on les trouvait toujours d'une politesse parfaite.

Si les cinq ou six complaisants qui témoignaient une amitié si paternelle à Julien eussent déserté l'hôtel de La Mole, la marquise eût été exposée à de grands moments de solitude ; et, aux yeux des femmes de ce rang, la solitude est affreuse : c'est l'emblème de la *disgrâce*.

Le marquis était parfait pour sa femme ; il veillait à ce que son salon fût suffisamment garni ; non pas de pairs, il trouvait ces nouveaux collègues pas assez nobles pour venir chez lui comme amis, pas assez amusants pour y être admis comme subalternes.

Ce ne fut que bien plus tard que Julien pénétra ces secrets. La politique dirigeante qui fait l'entretien des maisons bourgeoises n'est abordée, dans celle de la classe du marquis, que dans les instants de détresse.

Tel est encore, même dans ce siècle ennuyé, l'empire de la nécessité de s'amuser, que même les jours de dîners, à peine le marquis avait-il quitté le salon, tout le monde prenait la fuite. Pourvu qu'on ne plaisantât ni de Dieu, ni des prêtres, ni du roi, ni des gens en place, ni des artistes protégés par la cour, ni de tout ce qui est établi ; pourvu qu'on ne dît du bien ni de Béranger, ni des journaux de l'opposition, ni de Voltaire, ni de Rousseau, ni de tout ce qui se permet un peu de franc-parler ; pourvu surtout qu'on ne parlât jamais politique, on pouvait librement raisonner de tout.

Il n'y a pas de cent mille écus de rentes ni de cordon bleu qui puissent lutter contre une telle charte de salon. La moindre idée vive semblait une grossièreté. Malgré le bon ton, la politesse parfaite, l'envie d'être agréable, l'ennui se lisait sur tous les fronts. Les jeunes gens qui venaient rendre des devoirs, ayant peur de parler de quelque chose qui fît soupçonner une pensée, ou de trahir quelque lecture prohibée, se taisaient après quelques mots bien élégants sur Rossini et le temps qu'il faisait.

Julien observa que la conversation était ordinairement maintenue vivante par deux vicomtes et cinq barons que M. de La Mole avait connus dans l'émigration. Ces messieurs jouissaient de six à huit mille livres de rente ; quatre tenaient pour la *Quotidienne*, et trois pour la *Gazette de France*. L'un d'eux avait tous les jours à raconter quelque anecdote du Château où le mot *admirable* n'était pas épargné. Julien remarqua qu'il avait cinq croix, les autres n'en avaient en général que trois.

En revanche, on voyait dans l'antichambre dix laquais en livrée ; et toute la soirée, on avait des glaces ou du thé tous les quarts d'heure ; et, sur le minuit, une espèce de souper avec du vin de Champagne.

C'était la raison qui quelquefois faisait rester Julien jusqu'à la fin ; du reste, il ne comprenait presque pas que l'on pût écouter sérieusement la conversation ordinaire de ce salon si magnifiquement doré. Quelquefois il regardait les interlocuteurs, pour voir si eux-mêmes ne se moquaient pas de ce qu'ils disaient. Mon M. de Maistre, que je sais par cœur, a dit cent fois mieux, pensait-il, et encore est-il bien ennuyeux.

Julien n'était pas le seul à s'apercevoir de

l'asphyxie morale. Les uns se consolaient en prenant force glaces ; les autres par le plaisir de dire tout le reste de la soirée : Je sors de l'hôtel de La Mole, où j'ai su que la Russie, etc...

Julien apprit, d'un des complaisants, qu'il n'y avait pas encore six mois que madame de La Mole avait récompensé une assiduité de plus de vingt années en faisant préfet le pauvre baron Le Bourguignon, sous-préfet depuis la Restauration.

Ce grand événement avait retrempé le zèle de tous ces messieurs ; ils se seraient fâchés de bien peu de chose auparavant, ils ne se fâchèrent plus de rien. Rarement le manque d'égards était direct, mais Julien avait déjà surpris à table deux ou trois petits dialogues brefs, entre le marquis et sa femme, cruels pour ceux qui étaient placés auprès d'eux. Ces nobles personnages ne dissimulaient pas le mépris sincère pour tout ce qui n'était pas issu de gens *montant dans les carrosses du roi*. Julien observa que le mot *croisade* était le seul qui donnât à leur figure l'expression du sérieux profond, mêlé de respect. Le respect ordinaire avait toujours une nuance de complaisance.

Au milieu de cette magnificence et de cet ennui, Julien ne s'intéressait à rien qu'à M. de La Mole ; il l'entendit avec plaisir protester un jour qu'il n'était pour rien dans l'avancement de ce pauvre Le Bourguignon. C'était une attention pour la marquise, Julien savait la vérité par l'abbé Pirard.

Un matin que l'abbé travaillait avec Julien, dans la bibliothèque du marquis, à l'éternel procès de Frilair :

— Monsieur, dit Julien tout à coup, dîner tous les jours avec madame la marquise, est-ce un de mes devoirs, ou est-ce une bonté que l'on a pour moi ?

— C'est un honneur insigne ! reprit l'abbé, scandalisé. Jamais M. N... l'académicien, qui, depuis quinze ans, fait une cour assidue, n'a pu l'obtenir pour son neveu M. Tanbeau.

— C'est pour moi, monsieur, la partie la plus pénible de mon emploi. Je m'ennuyais moins au séminaire. Je vois bâiller quelquefois jusqu'à mademoiselle de La Mole, qui pourtant doit être accoutumée à l'amabilité des amis de la maison. J'ai peur de m'endormir. De grâce, obtenez-moi la permission d'aller dîner à quarante sous dans quelque auberge obscure.

L'abbé, véritable parvenu, était fort sensible à l'honneur de dîner avec un grand seigneur. Pendant qu'il s'efforçait de faire comprendre ce sentiment par Julien, un bruit léger leur fit tourner la tête. Julien vit mademoiselle de La Mole qui écoutait. Il rougit. Elle était venue chercher un livre et avait tout entendu ; elle prit quelque considération pour Julien. Celui-là n'est pas né à genoux, pensa-t-elle, comme ce vieil abbé. Dieu ! qu'il est laid.

A dîner, Julien n'osait pas regarder mademoiselle de La Mole, mais elle eut la bonté de lui adresser la parole. Ce jour-là, on attendait beaucoup de monde, elle l'engagea à rester. Les jeunes filles de Paris n'aiment guère les gens d'un certain âge, surtout quand ils sont mis sans soin. Julien n'avait pas eu besoin de beaucoup de sagacité pour s'apercevoir que les collègues de M. Le Bourguignon, restés dans le salon, avaient l'honneur d'être l'objet ordinaire des plaisanteries de mademoiselle de La Molle. Ce jour-là, qu'il y eût ou non de l'affectation de sa part, elle fut cruelle pour les ennuyeux.

Mademoiselle de La Mole était le centre d'un petit groupe qui se formait presque tous les soirs derrière l'immense bergère de la marquise. Là, se trouvaient le marquis de Croisenois, le comte de Caylus, le vicomte de Luz et deux ou trois autres jeunes officiers, amis de Norbert ou de sa sœur. Ces messieurs s'asseyaient sur un grand canapé bleu. A l'extrémité du canapé, opposée à celle qu'occupait la brillante Mathilde, Julien était placé silencieusement sur une petite chaise de paille assez basse. Ce poste modeste était envié par tous les complaisants ; Norbert y maintenait décemment le jeune secrétaire de son père, en lui adressant la parole ou en le nommant une ou deux fois par soirée. Ce jour-là, mademoiselle de La Mole lui demanda quelle pouvait être la hauteur de la montagne sur laquelle est placée la citadelle de Besançon. Jamais Julien ne put dire si cette montagne était plus ou moins haute que Montmartre. Souvent il riait de grand cœur de ce qu'on disait dans ce petit groupe ; mais il se sentait incapable de rien inventer de semblable. C'était comme une langue étrangère qu'il eût comprise et admirée, mais qu'il n'eût pu parler.

Les amis de Mathilde étaient ce jour-là en hostilité continue avec les gens qui arrivaient dans ce magnifique salon. Les amis de la maison eurent d'abord la préférence, comme étant mieux connus. On peut juger si Julien était attentif ; tout l'intéressait, et le fond des choses et la manière d'en plaisanter.

— Ah ! voici M. Descoulis, dit Mathilde, il n'a plus de perruque ; est-ce qu'il voudrait arriver à la préfecture par le génie ? il étale ce front chauve qu'il dit rempli de hautes pensées.

— C'est un homme qui connaît toute la terre, dit le marquis de Croisenois ; il vient aussi chez mon oncle le cardinal. Il est capable de cultiver un mensonge auprès de chacun de ses amis, pendant des années de suite, et il a deux ou trois cents amis. Il sait alimenter l'amitié, c'est son talent. Tel que vous le voyez, il est déjà crotté, à la porte d'un de ses amis, dès les sept heures du matin, en hiver.

Il se brouille de temps en temps, et écrit sept ou huit lettres pour la brouillerie. Puis il se réconcilie, et il a sept ou huit lettres pour les transports d'amitié. Mais c'est dans l'épanchement franc et sincère de l'honnête homme qui ne garde rien sur le cœur, qu'il brille le plus. Cette manœuvre paraît, quand il a quelque service à demander. Un des grands vicaires de mon oncle est admirable quand il raconte la vie de M. Descoulis depuis la Restauration. Je vous l'amènerai.

— Bah ! je ne croirais pas à ces propos ; c'est jalousie de métier entre petites gens, dit le comte de Caylus.

— M. Descoulis aura un nom dans l'histoire, reprit le marquis ; il a fait la Restauration avec l'abbé de Pradt et MM. de Talleyrand et Pozzo di Borgo.

— Cet homme a manié des millions, dit Norbert, et je ne conçois pas qu'il vienne ici embourser les épigrammes de mon père, souvent abominables. Combien avez-vous trahi de fois vos amis, mon cher Descoulis ? lui criait-il l'autre jour, d'un bout de la table à l'autre.

— Mais est-il vrai qu'il ait trahi ? dit mademoiselle de La Mole. Qui n'a pas trahi ?

— Quoi ! dit le comte de Caylus à Norbert, vous avez chez vous M. Sainclair, ce fameux libéral ; et que diable vient-il y faire ? Il faut que je l'approche, que je lui parle, que je le fasse parler ; on dit qu'il a tant d'esprit.

— Mais comment ta mère va-t-elle le recevoir ? dit M. de Croisenois. Il a des idées si extravagantes, si généreuses, si indépendantes...

— Voyez, dit mademoiselle de La Mole, voilà l'homme indépendant, qui salue jusqu'à terre M. Descoulis, et qui saisit sa main. J'ai presque cru qu'il allait la porter à ses lèvres.

— Il faut que Descoulis soit mieux avec le pouvoir que nous ne le croyons, reprit M. de Croisenois.

— Sainclair vient ici pour être de l'académie, dit Norbert, voyez comme il salue le baron L..., Croisenois.

— Il serait moins bas de se mettre à genoux, reprit M. de Luz.

— Mon cher Sorel, dit Norbert, vous qui avez de l'esprit, mais qui arrivez de vos montagnes, tâchez de ne jamais saluer comme fait ce grand poète, fût-ce Dieu le Père.

— Ah ! voici l'homme d'esprit par excellence, M. le baron Bâton, dit mademoiselle de La Mole, imitant un peu la voix du laquais qui venait de l'annoncer.

— Je crois que même vos gens se moquent de lui. Quel nom, baron Bâton ! dit M. de Caylus.

— Que fait le nom ? nous disait-il l'autre jour, reprit Mathilde. Figurez-vous le duc de Bouillon annoncé pour la première fois : il ne manque au public, à mon égard, qu'un peu d'habitude...

Julien quitta le voisinage du canapé. Peu sensible encore aux charmantes finesses d'une moquerie légère, pour rire d'une plaisanterie, il prétendait qu'elle fût fondée en raison. Il ne voyait, dans les propos de ces jeunes gens, que le ton de dénigrement général, et en était choqué. Sa pruderie provinciale ou anglaise allait jusqu'à y voir de l'envie, en quoi assurément il se trompait.

Le comte Norbert, se disait-il, à qui j'ai vu faire trois brouillons pour une lettre de vingt lignes à son colonel, serait bien heureux s'il avait écrit de sa vie une page comme celles de M. Sainclair.

Passant inaperçu à cause de son peu d'importance, Julien s'approcha successivement de plusieurs groupes ; il suivait de loin le baron Bâton et voulait l'entendre. Cet homme de tant d'esprit avait l'air inquiet, et Julien ne le vit se remettre un peu que lorsqu'il eut trouvé trois ou quatre phrases piquantes. Il sembla à Julien que ce genre d'esprit avait besoin d'espace.

Le baron ne pouvait pas dire des mots ; il lui fallait au moins quatre phrases de six lignes chacune pour être brillant.

— *Cet homme disserte, il ne cause pas*, disait quelqu'un derrière Julien. Il se retourna et rougit de plaisir quand il entendit nommer le comte Chalvet. C'est l'homme le plus fin du siècle. Julien avait souvent trouvé son nom dans le *Mémorial de Sainte-Hélène* et dans les morceaux d'histoire dictés par Napoléon. Le comte Chalvet était bref dans sa parole ; ses traits étaient des éclairs, justes, vifs, quelquefois profonds. S'il parlait d'une affaire, sur-le-champ on voyait la discussion faire un pas. Il y portait des faits, c'était plaisir de l'entendre. Du reste, en politique, il était cynique effronté.

— Je suis indépendant, moi, disait-il à un monsieur portant trois plaques, et dont apparemment il se moquait. Pourquoi veut-on que je sois aujourd'hui de la même opinion qu'il y a six semaines ? En ce cas, mon opinion serait mon tyran.

Quatre jeunes gens graves, qui l'entouraient, firent la mine ; ces messieurs n'aiment pas le genre plaisant. Le comte vit qu'il était allé trop loin. Heureusement, il aperçut l'honnête M. Balland, tartufe d'honnêteté. Le comte se mit à lui parler : on se rapprocha, on comprit que le pauvre Balland allait être immolé. A force de morale et de moralité, quoique horriblement laid, et après des premiers pas dans le monde, difficiles à raconter, M. Balland a épousé une femme fort riche, qui est morte ; ensuite une seconde femme fort riche, que l'on ne voit point dans le monde. Il jouit en toute humilité de soixante mille livres de rentes, et a lui-même des flatteurs. Le comte Chalvet lui parla de tout cela et sans pitié. Il y eut bientôt autour d'eux un cercle de trente personnes. Tout le monde souriait, même les jeunes gens graves, l'espoir du siècle.

Pourquoi vient-il chez M. de La Mole, où il est le plastron évidemment ? pensa Julien. Il se rapprocha de l'abbé Pirard, pour le lui demander.

M. Balland s'esquiva.

— Bon ! dit Norbert, voilà un des espions de mon père parti ; il ne reste plus que le petit boiteux Napier.

Serait-ce là le mot de l'énigme ? pensa Julien. Mais, en ce cas, pourquoi le marquis reçoit-il M. Balland ?

Le sévère abbé Pirard faisait la mine dans un coin du salon, en entendant les laquais annoncer.

— C'est donc une caverne, disait-il comme Basile, je ne vois arriver que des gens tarés.

C'est que le sévère abbé ne connaissait pas ce qui tient à la haute société. Mais, par ses amis les jansénistes, il avait des notions fort exactes sur ces hommes qui n'arrivent dans les salons que par leur extrême finesse au service de tous les partis, ou leur fortune scandaleuse. Pendant quelques minutes, ce soir-là, il répondit d'abondance de cœur aux questions empressées de Julien, puis s'arrêta tout court, désolé d'avoir toujours du mal à dire de tout le monde, et se l'imputant à péché. Bilieux, janséniste, et croyant au devoir de la charité chrétienne, sa vie dans le monde était un combat.

— Quelle figure a cet abbé Pirard ! disait mademoiselle de La Mole, comme Julien se rapprochait du canapé.

Julien se sentit irrité, mais pourtant elle avait raison. M. Pirard étant sans contredit le plus honnête homme du salon, mais sa figure couperosée, qui s'agitait des bourrèlements de sa conscience, le rendait hideux en ce moment. Croyez après cela aux physionomies, pensa Julien ; c'est dans le moment où la délicatesse de l'abbé Pirard se reproche quelque peccadille, qu'il a l'air atroce ; tandis que sur la figure de ce Napier, espion connu de tous, on lit un bonheur pur et tranquille. L'abbé Pirard avait fait cependant de grandes concessions à son parti ; il avait pris un domestique, il était fort bien vêtu.

Julien remarqua quelque chose de singulier dans le salon : c'était un mouvement de tous les yeux vers la porte, et un demi-silence subit. Le laquais annonçait le fameux baron de Tolly, sur lequel les élections venaient de fixer tous les regards. Julien s'avança et le vit fort bien. Le baron présidait un collège : il eut l'idée lumineuse d'escamoter les petits carrés de papier portant les votes d'un des partis. Mais, pour qu'il y eût compensation, il les remplaçait à mesure par d'autres petits morceaux de papier portant un nom qui lui était agréable. Cette manœuvre décisive fut aperçue par quelques électeurs qui s'empressèrent de faire compliment au baron de Tolly. Le bonhomme était encore pâle de cette grande affaire. Des esprits mal faits avaient prononcé le mot de galères. M. de La Mole le reçut froidement. Le pauvre baron s'échappa.

— S'il nous quitte si vite, c'est pour aller chez M. Comte, dit le comte Chalvet, et l'on rit.

Au milieu de quelques grands seigneurs muets, et des intrigants, la plupart tarés, mais tous gens d'esprit, qui, ce soir-là, abordaient successivement dans le salon de M. de La Mole (on parlait de lui pour un ministère), le petit Tanbeau faisait ses premières armes. S'il n'avait pas encore la finesse des aperçus, il s'en dédommageait, comme on va voir, par l'énergie des paroles.

— Pourquoi ne pas condamner cet homme à dix ans de prison ? disait-il au moment où Julien approcha de son groupe ; c'est dans un fond de basse-fosse qu'il faut confiner les reptiles ; on doit les faire mourir à l'ombre, autrement leur venin s'exalte et devient plus dangereux. A quoi bon le condamner à mille écus d'amende ? Il est pauvre, soit, tant mieux ; mais son parti payera pour lui. Il fallait cinq cents francs d'amende et dix ans de basse-fosse.

Eh bon Dieu ! quel est donc le monstre dont on parle ? pensa Julien, qui admirait le ton véhément et les gestes saccadés de son collègue. La petite figure maigre et tirée du neveu favori de l'académicien était hideuse en ce moment. Julien apprit bientôt qu'il s'agissait du plus grand poète de l'époque.

— Ah, monstre ! s'écria Julien à demi haut, et des larmes généreuses vinrent mouiller ses yeux.

Ah, petit gueux ! pensa-t-il, je te revaudrai ce propos.

Voilà pourtant, pensa-t-il, les enfants perdus du parti dont le marquis est un des chefs ! Et cet homme illustre qu'il calomnie, que de croix, que de sinécures n'eût-il pas accumulées, s'il se fût vendu, je ne dis pas au plat ministère de M. de Nerval, mais à quelqu'un de ces ministres passablement honnêtes que nous avons vus se succéder ?

L'abbé Pirard fit signe de loin à Julien ; M. de La Mole venait de lui dire un mot. Mais quand Julien, qui dans ce moment écoutait, les yeux baissés, les gémissements d'un évêque, fut libre enfin, et put approcher de son ami, il le trouva accaparé par cet abominable petit Tanbeau. Ce petit monstre l'exécrait comme la source de la faveur de Julien, et venait lui faire la cour.

Quand la mort nous délivrera-t-elle de cette vieille pourriture ? C'était dans ces termes, d'une énergie biblique, que le petit homme de lettres parlait en ce moment du respectable lord Holland. Son mérite était de savoir très bien la biographie des hommes vivants, et il venait de faire une revue rapide de tous les hommes qui pouvaient aspirer à quelque influence sous le règne du nouveau roi d'Angleterre.

L'abbé Pirard passa dans un salon voisin ; Julien le suivit :

— Le marquis n'aime pas les écrivailleurs, je vous en avertis ; c'est sa seule antipathie. Sachez le latin, le grec si vous pouvez, l'histoire des Égyptiens, des Perses, etc., il vous honorera et vous protégera comme un savant. Mais n'allez pas écrire une page en français, et surtout sur des matières graves et au-dessus de votre position dans le monde, il vous appellerait écrivailleur, et vous prendrait en guignon. Comment, habitant l'hôtel d'un grand seigneur, ne savez-vous pas le mot du duc de Castries sur d'Alembert et Rousseau : Cela veut raisonner de tout, et n'a pas mille écus de rente !

Tout se sait, pensa Julien, ici comme au séminaire ! Il avait écrit huit ou dix pages assez emphatiques : c'était une sorte d'éloge historique du vieux chirurgien-major qui, disait-il, l'avait fait homme. Et ce petit cahier, se dit Julien, a toujours été enfermé à clef ! Il monta chez lui, brûla son manuscrit, et revint au salon. Les coquins brillants l'avaient quitté, il ne restait que les hommes à plaques.

Autour de la table, que les gens venaient d'apporter toute servie, se trouvaient sept à huit femmes fort nobles, fort dévotes, fort affectées, âgées de trente à trente-cinq ans. La brillante maréchale de Fervaques entra en faisant des excuses sur l'heure tardive. Il était plus de minuit ; elle alla prendre place auprès de la marquise. Julien fut profondément ému ; elle avait les yeux et le regard de madame de Rênal.

Le groupe de mademoiselle de La Mole était encore peuplé. Elle était occupée avec ses amis à se moquer du malheureux comte de Thaler. C'était le fils unique de ce fameux juif, célèbre par les richesses qu'il avait acquises en prêtant de l'argent aux rois pour faire la guerre aux peuples. Le juif venait de mourir laissant à son fils cent mille écus de rente par mois, et un nom, hélas, trop connu. Cette position singulière eût exigé de la simplicité dans le caractère, ou beaucoup de force de volonté.

Malheureusement, le comte n'était qu'un bon garçon garni de toutes sortes de prétentions qui se réveillaient successivement à la voix de ses flatteurs.

M. de Caylus prétendait qu'on lui avait donné la volonté de demander en mariage mademoiselle de La Mole (à laquelle le marquis de Croisenois, qui devait être duc avec cent mille livres de rente, faisait la cour).

— Ah ! ne l'accusez pas d'avoir une volonté, disait piteusement Norbert.

Ce qui manquait peut-être le plus à ce pauvre comte de Thaler, c'était la faculté de vouloir. Par ce côté de son caractère il eût été digne d'être roi. Prenant sans cesse conseil de tout le monde, il n'avait le courage de suivre aucun avis jusqu'au bout.

Sa physionomie eût suffi à elle seule, disait mademoiselle de La Mole, pour lui inspirer une joie éternelle. C'était un mélange singulier d'inquiétude et de désappointement ; mais de temps à autre on y distinguait fort bien des bouffées d'importance et de ce ton tranchant que doit avoir l'homme le plus riche de France, quand surtout il est assez bien fait de sa personne et n'a pas encore trente-six ans. Il est timidement insolent, disait M. de Croisenois. Le comte de Caylus, Norbert et deux ou trois jeunes gens à moustaches le persiflèrent tant qu'ils voulurent, sans qu'il s'en doutât, et enfin le renvoyèrent comme une heure sonnait :

— Sont-ce vos fameux chevaux arabes qui vous attendent à la porte par le temps qu'il fait ? lui dit Norbert.

— Non ; c'est un nouvel attelage bien moins cher, répondit M. de Thaler. Le cheval de gauche me coûte cinq mille francs, et celui de droite ne vaut que cent louis ; mais je vous prie de croire qu'on ne l'attelle que de nuit. C'est que son trot est parfaitement semblable à celui de l'autre.

La réflexion de Norbert fit penser au comte qu'il était décent pour un homme comme lui d'avoir la passion des chevaux, et qu'il ne fallait pas laisser mouiller les siens. Il partit, et ces messieurs sortirent un instant après en se moquant de lui.

Ainsi, pensait Julien en les entendant rire dans l'escalier, il m'a été donné de voir l'autre extrême de ma situation ! Je n'ai pas vingt louis de rente, et je me suis trouvé côte à côte avec un homme qui a vingt louis de rente par heure, et l'on se moquait de lui… Une telle vue guérit de l'envie.

CHAPITRE V

LA SENSIBILITÉ ET UNE GRANDE DAME DÉVOTE

> Une idée un peu vive y a l'air d'une grossièreté, tant on y est accoutumé aux mots sans relief. Malheur à qui invente en parlant !
>
> FAUBLAS.

Après plusieurs mois d'épreuves, voici où en était Julien le jour où l'intendant de la maison lui remit le troisième quartier de ses appointements.

M. de La Mole l'avait chargé de suivre l'administration de ses terres en Bretagne et en Normandie. Julien y faisait de fréquents voyages. Il était chargé en chef de la correspondance relative au fameux procès avec l'abbé de Frilair ; M. Pirard l'avait instruit.

Sur les courtes notes que le marquis griffonnait en marge des papiers de tout genre qui lui étaient adressés, Julien composait des lettres, qui presque toutes étaient signées.

A l'école de théologie, ses professeurs se plaignaient de son peu d'assiduité, mais ne l'en regardaient pas moins comme un de leurs élèves les plus distingués. Ces différents travaux, saisis avec toute l'ardeur de l'ambition souffrante, avaient bien vite enlevé à Julien les fraîches couleurs qu'il avait apportées de la province. Sa pâleur était un mérite aux yeux des jeunes séminaristes ses camarades ; il les trouvait beaucoup moins méchants, beaucoup moins à genoux devant un écu que ceux de Besançon ; eux le croyaient attaqué de la poitrine. Le marquis lui avait donné un cheval.

Craignant d'être rencontré dans ses courses à cheval, Julien leur avait dit que cet exercice lui était prescrit par les médecins. L'abbé Pirard l'avait mené dans plusieurs maisons jansénistes. Julien fut étonné ; l'idée de la religion était invinciblement liée dans son esprit à celle d'hypocrisie et d'espoir de gagner de l'argent. Il admira ces hommes pieux et sévères qui ne songent pas au budget. Plusieurs jansénistes l'avaient pris en amitié et lui donnaient des conseils. Un monde nouveau s'ouvrait devant lui. Il connut chez les jansénistes un comte Altamira qui avait près de six pieds de haut, libéral condamné à mort dans son pays, et dévot. Cet étrange contraste, la dévotion et l'amour de la liberté, le frappa.

Julien était en froid avec le jeune comte. Norbert avait trouvé qu'il répondait trop vivement aux plaisanteries de quelques-uns de ses amis. Julien, ayant manqué une ou deux fois aux convenances, s'était prescrit de ne jamais adresser la parole à mademoiselle Mathilde. On était toujours parfaitement poli à son égard à l'hôtel de La Mole ; mais il se sentait déchu. Son bon sens de province expliquait cet effet par le proverbe vulgaire, *tout beau tout nouveau*.

Peut-être était-il un peu plus clairvoyant que les premiers jours, ou bien le premier enchantement produit par l'urbanité parisienne était passé.

Dès qu'il cessait de travailler, il était en proie à un ennui mortel ; c'est l'effet desséchant de la politesse admirable, mais si mesurée, si parfaitement graduée suivant les positions, qui distingue la haute société. Un cœur un peu sensible voit l'artifice.

Sans doute, on peut reprocher à la province un ton commun ou peu poli. Mais on se passionne un peu en vous répondant. Jamais à l'hôtel de La Mole l'amour-propre de Julien n'était blessé ; mais souvent, à la fin de la journée, en prenant sa bougie dans l'anti-chambre, il se sentait l'envie de pleurer. En province, un garçon de café prend intérêt à vous, s'il vous arrive un accident en entrant dans son café. Mais si cet accident offre quelque chose de désagréable pour l'amour-propre, en vous plaignant, il répétera dix fois le mot qui vous torture. A Paris, on a l'attention de se cacher pour rire, mais vous êtes toujours un étranger.

Nous passons sous silence une foule de petites aventures, qui eussent donné des ridicules à Julien, s'il n'eût pas été en quelque sorte au-dessous du ridicule. Une sensibilité folle lui faisait commettre des milliers de gaucheries. Tous ses plaisirs étaient de précaution : il tirait le pistolet tous les jours, il était un des bons élèves des plus fameux maîtres d'armes. Dès qu'il pouvait disposer d'un instant, au lieu de l'employer à lire comme autrefois, il courait au manège et demandait les chevaux les plus vicieux. Dans les promenades avec le maître du manège, il était presque régulièrement jeté par terre.

Le marquis le trouvait commode à cause de son travail obstiné, de son silence, de son intelligence, et peu à peu, lui confia la suite de toutes les affaires un peu difficiles à débrouiller. Dans les moments où sa haute ambition lui laissait quelque relâche, le marquis faisait des affaires avec sagacité ; à portée de savoir des nouvelles, il avait du bonheur à la Bourse. Il achetait des maisons, des bois ; mais il prenait facilement de l'humeur. Il donnait des centaines de louis et plaidait pour des centaines de francs. Les hommes riches qui ont le cœur haut cherchent dans les affaires de l'amusement et non des résultats. Le marquis avait besoin d'un chef d'état-major qui mît un ordre clair et facile à saisir dans toutes ses affaires d'argent.

Madame de La Mole, quoique d'un caractère si mesuré, se moquait quelquefois de Julien. *L'imprévu* produit par la sensibilité est l'horreur des grandes dames ; c'est l'antipode des convenances. Deux ou trois fois le marquis prit son parti : S'il est ridicule dans votre salon, il triomphe dans son bureau. Julien, de son côté, crut saisir le secret de la marquise. Elle daignait s'intéresser à tout dès qu'on annonçait le baron de La Joumate. C'était un être froid, à physionomie impassible. Il était petit, mince, laid, fort bien mis, passait sa vie au Château, et, en général, ne disait rien sur rien. Telle était sa façon de penser. Madame de La Mole eût été passionnément heureuse, pour la première fois de sa vie, si elle eût pu en faire le mari de sa fille.

CHAPITRE VI

MANIÈRE DE PRONONCER

> Leur haute mission est de juger avec calme les petits événements de la vie journalière des peuples. Leur sagesse doit prévenir les grandes colères pour les petites causes, ou pour des événements que la voix de la renommée transfigure en les portant au loin.
>
> GRATIUS.

Pour un nouveau débarqué, qui, par hauteur, ne faisait jamais de questions, Julien ne tomba pas dans de trop grandes sottises. Un jour, poussé dans un café de la rue Saint-Honoré, par une averse soudaine, un grand homme en redingote de castorine, étonné de son regard sombre, le regarda à son tour, absolument comme jadis, à Besançon, l'amant de mademoiselle Amanda.

Julien s'était reproché trop souvent d'avoir laissé passer cette première insulte, pour souffrir ce regard. Il en demanda l'explication. L'homme en redingote lui adressa aussitôt les plus sales injures : tout ce qui était dans le café les entoura ; les passants s'arrêtaient devant la porte. Par une précaution de provincial, Julien portait toujours des petits pistolets ; sa main les serrait dans sa poche d'un mouvement convulsif. Cependant il fut sage, et se borna à répéter à son homme de minute en minute : *Monsieur, votre adresse ? je vous méprise.*

La constance avec laquelle il s'attachait à ces six mots finit par frapper la foule.

Dame ! il faut que l'autre qui parle tout seul lui donne son adresse. L'homme à la redingote, entendant cette décision souvent répétée, jeta au nez de Julien cinq ou six cartes. Aucune heureusement ne l'atteignit au visage, il s'était promis de ne faire usage de ses pistolets que dans le cas où il serait touché. L'homme s'en alla, non sans se retourner de temps en temps pour le menacer du poing et lui adresser des injures.

Julien se trouva baigné de sueur. Ainsi il est au pouvoir du dernier des hommes de m'émouvoir à ce point ! se disait-il avec rage. Comment tuer cette sensibilité si humiliante ?

Il eût voulu pouvoir se battre à l'instant. Mais une difficulté l'arrêtait. Dans tout ce grand Paris, où prendre un témoin ? il n'avait pas un ami. Il avait eu plusieurs connaissances ; mais toutes, régulièrement, au bout de six semaines de relations, s'éloignaient de lui. Je suis insociable, et m'en voilà cruellement puni, pensa-t-il. Enfin, il eut l'idée de chercher un ancien lieutenant du 96ᵉ, nommé Liéven, pauvre diable avec qui il faisait souvent des armes. Julien fut sincère avec lui.

— Je veux bien être votre témoin, dit Liéven, mais à une condition : si vous ne blessez pas votre homme, vous vous battrez avec moi, séance tenante.

— Convenu, dit Julien en lui serrant la main avec enthousiasme ; et ils allèrent chercher M. C. de Beauvoisis à l'adresse indiquée par ses billets, au fond du faubourg Saint-Germain.

Il était sept heures du matin. Ce ne fut qu'en se faisant annoncer chez lui que Julien pensa que ce pouvait bien être le jeune parent de madame de Rênal, employé jadis à l'ambassade de Rome ou de Naples, et qui avait donné une lettre de recommandation au chanteur Geronimo.

Julien avait remis à un grand valet de chambre une des cartes jetées la veille, et une des siennes.

On le fit attendre, lui et son témoin, trois grands quarts d'heure ; enfin ils furent introduits dans un appartement admirable d'élégance. Ils trouvèrent un grand jeune homme en redingote rose-orange et blanc, mis comme une poupée ; ses traits offraient la perfection et l'insignifiance de la beauté grecque.

Sa tête, remarquablement étroite, portait une pyramide de cheveux du plus beau blond. Ils étaient frisés avec beaucoup de soin, pas un cheveu ne dépassait l'autre. C'est pour se faire friser ainsi, pensa le lieutenant du 96e, que ce maudit fat nous a fait attendre. La robe de chambre bariolée, le pantalon du matin, tout, jusqu'aux pantoufles brodées, était correct et merveilleusement soigné. Sa physionomie, noble et vide, annonçait des idées convenables et rares : l'idéal de l'homme aimable, l'horreur de l'imprévu et de la plaisanterie, beaucoup de gravité.

Julien, auquel son lieutenant du 96e avait expliqué que se faire attendre si longtemps, après lui avoir jeté si grossièrement sa carte à la figure, était une offense de plus, entra brusquement chez M. de Beauvoisis. Il avait l'intention d'être insolent, mais il aurait bien voulu en même temps être de bon ton.

Il fut si frappé de la douceur des manières de M. de Beauvoisis, de son air à la fois compassé, important et content de soi, de l'élégance admirable de ce qui l'entourait, qu'il perdit en un clin d'œil toute idée d'être insolent. Ce n'était pas son homme de la veille. Son étonnement fut tel de rencontrer un être aussi distingué au lieu du grossier personnage rencontré au café, qu'il ne put trouver une seule parole. Il présenta une des cartes qu'on lui avait jetées.

— C'est mon nom, dit l'homme à la mode, auquel l'habit noir de Julien, dès sept heures du matin, inspirait assez peu de considération ; mais je ne comprends pas, d'honneur...

La manière de prononcer ces derniers mots rendit à Julien une partie de son humeur.

— Je viens pour me battre avec vous, monsieur, et il expliqua d'un trait toute l'affaire.

M. Charles de Beauvoisis, après y avoir mûrement pensé, était assez content de la coupe de l'habit noir de Julien. Il est de Staub, c'est clair, se disait-il en l'écoutant parler ; ce gilet est de bon goût, ces bottes sont bien ; mais, d'un autre côté, cet habit noir dès le grand matin !... Ce sera pour mieux échapper à la balle, se dit le chevalier de Beauvoisis.

Dès qu'il se fut donné cette explication, il revint à une politesse parfaite, et presque d'égal à égal envers Julien. Le colloque fut assez long, l'affaire était délicate ; mais enfin Julien ne put se refuser à l'évidence. Le jeune homme si bien né qu'il avait devant lui n'offrait aucun point de ressemblance avec le grossier personnage, qui, la veille, l'avait insulté.

Julien éprouvait une invincible répugnance à s'en aller, il faisait durer l'explication. Il observait la suffisance du chevalier de Beauvoisis, c'est ainsi qu'il s'était nommé en parlant de lui, choqué de ce que Julien l'appelait tout simplement monsieur.

Il admirait sa gravité, mêlée d'une certaine fatuité modeste, mais qui ne l'abandonnait pas un seul instant. Il était étonné de sa manière singulière de remuer la langue en prononçant les mots... Mais enfin, dans tout cela, il n'y avait pas la plus petite raison de lui chercher querelle.

Le jeune diplomate offrait de se battre avec beaucoup de grâce, mais l'ex-lieutenant du 96e, assis depuis une heure, les jambes écartées, les mains sur les cuisses, et les coudes en dehors, décida que son ami M. Sorel n'était point fait pour chercher une querelle d'Allemand à un homme, parce qu'on avait volé à cet homme ses billets de visite.

Julien sortait de fort mauvaise humeur. La voiture du chevalier de Beauvoisis l'attendait dans la cour, devant le perron ; par hasard, Julien leva les yeux et reconnut son homme de la veille dans le cocher.

Le voir, le tirer par sa grande jaquette, le faire tomber de son siège et l'accabler de coups de cravache ne fut que l'affaire d'un instant. Deux laquais voulurent défendre leur camarade ; Julien reçut des coups de poing : au même instant il arma un de ses petits pistolets et le tira sur eux ; ils prirent la fuite. Tout cela fut l'affaire d'une minute.

Le chevalier de Beauvoisis descendait l'escalier avec la gravité la plus plaisante, répétant avec sa prononciation de grand seigneur : Qu'est ça ? qu'est ça ? Il était évidemment fort curieux, mais l'importance diplomatique ne lui permettait pas de marquer plus d'intérêt. Quand il sut de quoi il s'agissait, la hauteur le disputa encore dans ses traits au sang-froid légèrement badin qui ne doit jamais quitter une figure de diplomate.

Le lieutenant du 96e compris que M. de Beauvoisis avait envie de se battre ; il voulut diplomatiquement aussi conserver à son ami les avantages de l'initiative. — Pour le coup, s'écria-t-il, il y a là matière à duel ! — Je le croirais assez, reprit le diplomate.

— Je chasse ce coquin, dit-il à ses laquais ; qu'un autre monte. On ouvrit la portière de la voiture : le chevalier voulut absolument en faire les honneurs à Julien et à son témoin. On alla chercher un ami de M. de Beauvoisis, qui indiqua une place tranquille. La conversation en allant fut vraiment bien. Il n'y avait de singulier que le diplomate en robe de chambre.

Ces messieurs, quoique très nobles, pensa Julien, ne sont point ennuyeux comme les personnes qui viennent dîner chez M. de La Mole ; et je vois pourquoi, ajouta-t-il un instant après, ils se permettent d'être indécents. On parlait des danseuses que le public avait distinguées dans un ballet donné la veille. Ces messieurs faisaient allusion à des anecdotes piquantes que Julien et son témoin, le lieutenant du 96e, ignoraient absolument. Julien n'eut point la sottise de prétendre les savoir ; il avoua de bonne grâce son ignorance. Cette franchise plut à l'ami du chevalier ; il lui raconta ces anecdotes dans les plus grands détails, et fort bien.

Une chose étonna infiniment Julien. Un reposoir que l'on construisait au milieu de la rue, pour la procession de la Fête-Dieu, arrêta un instant la voiture. Ces messieurs se permirent plusieur plaisanteries ; le curé, suivant eux, était fils d'un archevêque. Jamais chez le marquis de La Mole, qui voulait être duc, on n'eût osé prononcer un tel mot.

Le duel fut fini en un instant : Julien eut une balle dans le bras ; on le lui serra avec des mouchoirs ; on les mouilla avec de l'eau-de-vie, et le chevalier de Beauvoisis pria Julien très poliment de lui permettre de le reconduire chez lui, dans la même voiture qui l'avait amené. Quand Julien indiqua l'hôtel de La Mole, il y eut un échange de regards entre le jeune diplomate et son ami. Le fiacre de Julien était là, mais il trouvait la conversation de ces messieurs infiniment plus amusante que celle du bon lieutenant du 96ᵉ.

Mon Dieu ! un duel, n'est-ce que ça ! pensait Julien. Que je suis heureux d'avoir retrouvé ce cocher ! Quel serait mon malheur, si j'avais dû supporter encore cette injure dans un café ! La conversation amusante n'avait presque pas été interrompue. Julien comprit alors que l'affectation diplomatique est bonne à quelque chose.

L'ennui n'est donc point inhérent, se disait-il, à une conversation entre gens de haute naissance ! Ceux-ci plaisantent de la procession de la Fête-Dieu, ils osent raconter et avec des détails pittoresques des anecdotes fort scabreuses. Il ne leur manque absolument que le raisonnement sur la chose politique, et ce manque-là est plus que compensé par la grâce de leur ton et la parfaite justesse de leurs expressions. Julien se sentait une vive inclination pour eux. Que je serais heureux de les voir souvent !

A peine se fut-on quitté, que le chevalier de Beauvoisis courut aux informations : elles ne furent pas brillantes.

Il était fort curieux de connaître son homme ; pouvait-il décemment lui faire une visite ? Le peu de renseignements qu'il put obtenir n'étaient pas d'une nature encourageante.

— Tout cela est affreux ! dit-il à son témoin. Il est impossible que j'avoue m'être battu avec un simple secrétaire de M. de La Mole, et encore parce que mon cocher m'a volé mes cartes de visite.

— Il est sûr qu'il y aurait dans tout cela possibilité de ridicule.

Le soir même, le chevalier de Beauvoisis et son ami dirent partout que ce M. Sorel, d'ailleurs un jeune homme parfait, était fils naturel d'un ami intime du marquis de La Mole. Ce fait passa sans difficulté. Une fois qu'il fut établi, le jeune diplomate et son ami daignèrent faire quelques visites à Julien, pendant les quinze jours qu'il passa dans sa chambre. Julien leur avoua qu'il n'était allé qu'une fois en sa vie à l'Opéra.

— Cela est épouvantable, lui dit-on, on ne va que là ; il faut que votre première sortie soit pour *le Comte Ory*.

A l'Opéra, le chevalier de Beauvoisis le présenta au fameux chanteur Geronimo, qui avait alors un immense succès.

Julien faisait presque la cour au chevalier ; ce mélange de respect pour soi-même, d'importance mystérieuse et de fatuité de jeune homme l'enchantait. Par exemple le chevalier bégayait un peu, parce qu'il avait l'honneur de voir souvent un grand seigneur qui avait ce défaut. Jamais Julien n'avait trouvé réunis dans un seul être le ridicule qui amuse et la perfection des manières qu'un pauvre provincial doit chercher à imiter.

On le voyait à l'Opéra avec le chevalier de Beauvoisis ; cette liaison fit prononcer son nom.

— Eh bien ! lui dit un jour M. de La Mole, vous voilà donc le fils naturel d'un riche gentilhomme de Franche-Comté, mon ami intime ?

Le marquis coupa la parole à Julien, qui voulait protester qu'il n'avait contribué en aucune façon à accréditer ce bruit.

— M. de Beauvoisis n'a pas voulu s'être battu contre le fils d'un charpentier.

— Je le sais, je le sais, dit M. de La Mole ; c'est à moi maintenant de donner de la conscience à ce récit, qui me convient. Mais j'ai une grâce à vous demander, et qui ne vous coûtera qu'une petite demi-heure de votre temps : tous les jours d'Opéra, à onze heures et demi, allez assister dans le vestibule à la sortie du beau monde. Je vous vois encore quelquefois des façons de province, il faudrait vous en défaire ; d'ailleurs il n'est pas mal de connaître, au moins de vue, de grands personnages auprès desquels je puis un jour vous donner quelque mission. Passez au bureau de location pour vous faire reconnaître ; on vous a donné les entrées.

CHAPITRE VII

UNE ATTAQUE DE GOUTTE

> Et j'eus de l'avancement, non pour mon mérite, mais parce que mon maître avait la goutte.
>
> BERTOLOTTI.

Le lecteur est peut-être surpris de ce ton libre et presque amical ; nous avons oublié de dire que, depuis six semaines, le marquis était retenu chez lui par une attaque de goutte.

Mademoiselle de La Mole et sa mère étaient à Hyères, auprès de la mère de la marquise. Le comte Norbert ne voyait son père que des instants ; ils étaient fort bien l'un pour l'autre, mais n'avaient rien à se dire. M. de La Mole, réduit à Julien, fut étonné de lui trouver des idées. Il se faisait lire les journaux. Bientôt le jeune secrétaire fut en état de choisir les passages intéressants. Il y avait un journal nouveau que le marquis abhorrait ; il avait juré de ne le jamais lire, et chaque jour en parlait. Julien riait et admirait la pauvreté du duel entre le pouvoir et une idée. Cette petitesse du marquis lui rendait tout le sang-froid qu'il était tenté de perdre en passant des soirées tête à tête avec un si grand seigneur. Le marquis, irrité contre le temps présent, se fit lire Tite-Live ; la traduction improvisée sur le texte latin l'amusait.

Un jour le marquis dit, avec ce ton de politesse excessive, qui souvent impatientait Julien :

— Permettez, mon cher Sorel, que je vous fasse cadeau d'un habit bleu : quand il vous conviendra de le prendre et de venir chez moi, vous serez, à mes yeux, le frère cadet du comte de Retz, c'est-à-dire le fils de mon ami le vieux duc.

Julien ne comprenait pas trop de quoi il s'agissait ; le soir même, il essaya une visite en habit bleu. Le marquis le traita comme un égal. Julien avait un cœur digne de sentir la vraie politesse, mais il n'avait pas d'idée des nuances. Il eût juré, avant cette fantaisie du marquis, qu'il était impossible d'être reçu par lui avec plus d'égards. Quel admirable talent ! se dit Julien ; quand il se leva pour sortir, le marquis lui fit des excuses de ne pouvoir l'accompagner à cause de sa goutte.

Cette idée singulière occupa Julien : se moquerait-il de moi ? pensa-t-il. Il alla demander conseil à l'abbé Pirard, qui, moins poli que le marquis, ne lui répondit qu'en sifflant et parlant d'autre chose. Le lendemain matin, Julien se présenta au marquis, en habit noir, avec son portefeuille et ses lettres à signer. Il en fut reçu à l'ancienne manière. Le soir en habit bleu, ce fut un ton tout différent et absolument aussi poli que la veille.

— Puisque vous ne vous ennuyez pas trop dans les visites que vous avez la bonté de faire à un pauvre vieillard malade, lui dit le marquis, il faudrait lui parler de tous les petits incidents de votre vie, mais franchement et sans songer à autre chose qu'à raconter clairement et d'une façon amusante. Car il faut s'amuser, continua le marquis ; il n'y a que cela de réel dans la vie. Un homme ne peut pas me sauver la vie à la guerre tous les jours, ou me faire tous les jours cadeau d'un million ; mais si j'avais Rivarol, ici, auprès de ma chaise-longue, tous les jours il m'ôterait une heure de souffrances et d'ennui. Je l'ai beaucoup vu à Hambourg, pendant l'émigration.

Et le marquis conta à Julien les anecdotes de Rivarol avec les Hambourgeois qui s'associaient quatre pour comprendre un bon mot.

M. de La Mole, réduit à la société de ce petit abbé, voulut l'émoustiller. Il piqua d'honneur l'orgueil de Julien. Puisqu'on lui demandait la vérité, Julien résolut de tout dire ; mais en taisant deux choses : son admiration fanatique pour un nom qui donnait de l'humeur au marquis, et la parfaite incrédulité qui n'allait pas trop bien à un futur curé. Sa petite affaire avec le chevalier de Beauvoisis arriva fort à propos. Le marquis rit aux larmes de la scène dans le café de la rue Saint-Honoré, avec le cocher qui l'accablait d'injures sales. Ce fut l'époque d'une franchise parfaite dans les relations entre le maître et le protégé.

M. de La Mole s'intéressa à ce caractère singulier. Dans les commencements, il caressait les ridicules de Julien, afin d'en jouir ; bientôt il trouva plus d'intérêt à corriger tout doucement les fausses manières de voir de ce jeune homme. Les autres provinciaux qui arrivent à Paris admirent tout, pensait le marquis ; celui-ci hait tout. Ils ont trop d'affectation, lui n'en a pas assez, et les sots le prennent pour un sot.

L'attaque de goutte fut prolongée par les grands froids de l'hiver et dura plusieurs mois.

On s'attache bien à un bel épagneul, se disait le marquis, pourquoi ai-je tant de honte de m'attacher à ce petit abbé ? il est original. Je le traite comme un fils ; eh bien ! où est l'inconvénient ? Cette fantaisie, si elle dure, me coûtera un diamant de cinq cents louis dans mon testament.

Une fois que le marquis eut compris le caractère ferme de son protégé, chaque jour il le chargeait de quelque nouvelle affaire.

Julien remarqua avec effroi qu'il arrivait à ce

grand seigneur de lui donner des décisions contradictoires sur le même objet.

Ceci pouvait le compromettre gravement. Julien ne travailla plus avec le marquis sans apporter un registre sur lequel il écrivait les décisions, et le marquis les paraphait. Julien avait pris un commis qui transcrivait les décisions relatives à chaque affaire sur un registre particulier. Ce registre recevait aussi la copie de toutes les lettres.

Cette idée sembla d'abord le comble du ridicule et de l'ennui. Mais, en moins de deux mois, le marquis en sentit les avantages. Julien lui proposa de prendre un commis sortant de chez un banquier, et qui tiendrait en partie double le compte de toutes les recettes et de toutes les dépenses des terres que Julien était chargé d'administrer.

Ces mesures éclaircirent tellement aux yeux du marquis ses propres affaires, qu'il put se donner le plaisir d'entreprendre deux ou trois nouvelles spéculations sans le secours de son prête-nom qui le volait.

— Prenez trois mille francs pour vous, dit-il un jour à son jeune ministre.

— Monsieur, ma conduite peut être calomniée.

— Que vous faut-il donc ? reprit le marquis avec humeur.

— Que vous veuilliez bien prendre un arrêté et l'écrire de votre main sur le registre ; cet arrêté me donnera une somme de trois mille francs. Au reste, c'est M. l'abbé Pirard qui a eu l'idée de toute cette comptabilité. Le marquis, avec la mine ennuyée du marquis de Moncade, écoutant les comptes de M. Poisson, son intendant, écrivit la décision.

Le soir, lorsque Julien paraissait en habit bleu, il n'était jamais question d'affaires. Les bontés du marquis étaient si flatteuses pour l'amour-propre toujours souffrant de notre héros, que bientôt, malgré lui, il éprouva une sorte d'attachement pour ce vieillard aimable. Ce n'est pas que Julien fût sensible, comme on l'entend à Paris ; mais ce n'était pas un monstre, et personne, depuis la mort du vieux chirurgien-major, ne lui avait parlé avec tant de bonté. Il remarquait avec étonnement que le marquis avait pour son amour-propre des ménagements de politesse qu'il n'avait jamais trouvés chez le vieux chirurgien. Il comprit enfin que le chirurgien était plus fier de sa croix que le marquis de son cordon bleu. Le père du marquis était un grand seigneur.

Un jour, à la fin d'une audience du matin, en habit noir et pour les affaires, Julien amusa le marquis, qui le retint deux heures, et voulut absolument lui donner quelques billets de banque que son prête-nom venait de lui apporter de la Bourse.

— J'espère, M. le marquis, ne pas m'écarter du profond respect que je vous dois en vous suppliant de me permettre un mot.

— Parlez, mon ami.

— Que M. le marquis daigne souffrir que je refuse ce don. Ce n'est pas à l'homme en habit noir qu'il est adressé, et il gâterait tout à fait les leçons que l'on a la bonté de tolérer chez l'homme en habit bleu.

Il salua avec beaucoup de respect, et sortit sans regarder.

Ce trait amusa le marquis. Il le conta le soir à l'abbé Pirard.

— Il faut que je vous avoue enfin une chose, mon cher abbé. Je connais la naissance de Julien, et je vous autorise à ne pas me garder le secret sur cette confidence.

Son procédé de ce matin est noble, pensa le marquis, et moi je l'anoblis.

Quelque temps après, le marquis put enfin sortir.

— Allez passer deux mois à Londres, dit-il à Julien. Les courriers extraordinaires et autres vous porteront les lettres reçues par moi avec mes notes. Vous ferez les réponses et me les renverrez en mettant chaque lettre dans sa réponse. J'ai calculé que le retard ne sera que de cinq jours.

En courant la poste sur la route de Calais, Julien s'étonnait de la futilité des prétendues affaires pour lesquelles on l'envoyait.

Nous ne dirons point avec quel sentiment de haine et presque d'horreur, il toucha le sol anglais. On connaît sa folle passion pour Bonaparte. Il voyait dans chaque officier un sir Hudson Lowe, dans chaque grand seigneur un lord Bathurst, ordonnant les infamies de Sainte-Hélène et en recevant la récompense par dix années de ministère.

A Londres, il connut enfin la haute fatuité. Il s'était lié avec de jeunes seigneurs russes qui l'initièrent.

— Vous êtes prédestiné, mon cher Sorel, lui disaient-ils, vous avez naturellement cette mine froide et à *mille lieues de la sensation présente*, que nous cherchons tant à nous donner.

— Vous n'avez pas compris votre siècle, lui disait le prince Korasoff : *Faites toujours le contraire de ce qu'on attend de vous*. Voilà, d'honneur, la seule religion de l'époque ; ne soyez ni fou, ni affecté, car alors on attendrait de vous des folies et des affectations, et le précepte ne serait plus accompli.

Julien se couvrit de gloire un jour dans le salon du duc de Fitz-Folke, qui l'avait engagé à dîner, ainsi que le prince Korasoff. On attendit pendant une heure. La façon dont Julien se conduisit, au milieu des vingt personnes qui attendaient, est encore citée parmi les jeunes secrétaires d'ambassade à Londres. Sa mine fut impayable.

Il voulut voir, malgré les plaisanteries des dandys ses amis, le célèbre Philippe Vane, le seul philosophe que l'Angleterre ait eu depuis Locke. Il le trouva achevant sa septième année de prison. L'aristocratie ne badine pas en ce pays-ci, pensa Julien ; de plus, Vane est déshonoré, vilipendé, etc.

Julien le trouva gaillard ; la rage de l'aristocratie le désennuyait. Voilà, se dit Julien en sortant de prison, le seul homme gai que j'aie vu en Angleterre.

L'idée la plus utile aux tyrans est celle de Dieu, lui avait dit Vane...

Nous supprimons le reste du système comme *cynique*.

A son retour : — Quelle idée amusante m'apportez-vous d'Angleterre ? lui dit M. de La

Mole… Il se taisait. — Quelle idée apportez-vous, amusante ou non ? reprit le marquis vivement.

— Primo, dit Julien, l'Anglais le plus sage est fou une heure par jour ; il est visité par le démon du suicide, qui est le dieu du pays.

2° L'esprit et le génie perdent vingt-cinq pour cent de leur valeur en débarquant en Angleterre.

3° Rien au monde n'est beau, admirable, attendrissant comme les paysages anglais.

— A mon tour, dit le marquis :

Primo, pourquoi allez-vous dire, au bal chez l'ambassadeur de Russie, qu'il y a en France trois cent mille jeunes gens de vingt-cinq ans qui désirent passionnément la guerre ? Croyez-vous que cela soit obligeant pour les rois ?

— On ne sait comment faire en parlant à nos grands diplomates, dit Julien. Ils ont la manie d'ouvrir des discussions sérieuses. Si l'on s'en tient aux lieux communs des journaux, on passe pour un sot. Si l'on se permet quelque chose de vrai et de neuf, ils sont étonnés, ne savent que répondre, et le lendemain matin, à sept heures, ils vous font dire par le premier secrétaire d'ambassade qu'on a été inconvenant.

— Pas mal, dit le marquis en riant. Au reste, je parie, monsieur l'homme profond, que vous n'avez pas deviné ce que vous êtes allé faire en Angleterre.

— Pardonnez-moi, reprit Julien ; j'y ai été pour dîner une fois la semaine chez l'ambassadeur du roi, qui est le plus poli des hommes.

— Vous êtes allé chercher la croix que voilà, lui dit le marquis. Je ne veux pas vous faire quitter votre habit noir et je suis accoutumé au ton plus amusant que j'ai pris avec l'homme portant l'habit bleu. Jusqu'à nouvel ordre, entendez bien ceci : quand je verrai cette croix, vous serez le fils cadet de mon ami le duc de Retz, qui, sans s'en douter, est depuis six mois employé dans la diplomatie. Remarquez, ajouta le marquis d'un air fort sérieux, et coupant court aux actions de grâces, que je ne veux point vous sortir de votre état. C'est toujours une faute et un malheur pour le protecteur comme pour le protégé. Quand mes procès vous ennuieront, ou que vous ne me conviendrez plus, je demanderai pour vous une bonne cure, comme celle de notre ami l'abbé Pirard, et *rien de plus*, ajouta le marquis d'un ton fort sec.

Cette croix mit à l'aise l'orgueil de Julien ; il parla beaucoup plus. Il se crut moins souvent offensé et pris de mire par ces propos, susceptibles de quelque explication peu polie et qui, dans une conversation animée, peuvent échapper à tout le monde.

Cette croix lui valut une singulière visite ; ce fut celle de M. le baron de Valenod, qui venait à Paris remercier le ministère de sa baronnie et s'entendre avec lui. Il allait être nommé maire de Verrières en remplacement de M. de Rênal destitué.

Julien rit bien, intérieurement, quand M. de Valenod lui fit entendre qu'on venait de découvrir que M. de Rênal était un jacobin. Le fait est que, dans une réélection générale qu'on préparait pour la Chambre des députés, le nouveau baron était le candidat du ministère, et au grand collège du département, à la vérité fort ultra, c'était M. de Rênal qui était porté par les libéraux.

Ce fut en vain que Julien essaya de savoir quelque chose de madame de Rênal ; le baron parut se souvenir de leur ancienne rivalité, et fut impénétrable. Il finit par demander à Julien la voix de son père dans les élections qui allaient avoir lieu. Julien promit d'écrire.

— Vous devriez, M. le chevalier, me présenter à M. le marquis de La Mole.

En effet, *je le devrais*, pensa Julien ; mais un tel coquin !...

— En vérité, répondit-il, je suis un trop petit garçon à l'hôtel de La Mole pour prendre sur moi de présenter.

Julien disait tout au marquis ; le soir il lui conta la prétention du Valenod, ainsi que ses faits et gestes depuis 1814.

— Non seulement, reprit M. de La Mole, d'un air fort sérieux, vous me présenterez demain le nouveau baron, mais je l'invite à dîner pour après-demain. Ce sera un de nos nouveaux préfets.

— En ce cas, reprit Julien froidement, je demande la place de directeur du dépôt de mendicité pour mon père.

— A la bonne heure, dit le marquis en reprenant l'air gai ; accordé ; je m'attendais à des moralités. Vous vous formez.

Julien apprit par M. de Valenod que le titulaire du bureau de loterie de Verrières venait de mourir ; Julien trouva plaisant de donner cette place à M. de Cholin, ce vieil imbécile dont jadis il avait ramassé la pétition dans la chambre de M. de La Mole. Le marquis rit de bien bon cœur de la pétition que Julien récita en lui faisant signer la lettre qui demandait cette place au ministre des finances.

A peine M. de Cholin nommé, Julien apprit que cette place avait été demandée par la députation du département pour M. Gros, le célèbre géomètre : cet homme généreux n'avait que quatorze cents francs de rente, et chaque année prêtait six cents francs au titulaire qui venait de mourir, pour l'aider à élever sa famille.

Julien fut étonné de ce qu'il avait fait. — Cette famille du mort, comment vit-elle aujourd'hui ? Cette idée lui serra le cœur. Ce n'est rien, se dit-il ; il faudra en venir à bien d'autres injustices, si je veux parvenir, et encore savoir les cacher sous de belles paroles sentimentales : pauvre M. Gros ! c'est lui qui méritait la croix, c'est moi qui l'ai, et je dois agir dans le sens du gouvernement qui me la donne.

CHAPITRE VIII

QUELLE EST LA DÉCORATION QUI DISTINGUE ?

Ton eau ne me rafraîchit pas, dit le génie altéré. — C'est pourtant le puits le plus frais de tout le Diar-Békir.

PELLICO.

Un jour Julien revenait de la charmante terre de Villequier, sur les bords de la Seine, que M. de La Mole voyait avec intérêt, parce que, de toutes les siennes, c'était la seule qui eût appartenu au célèbre Boniface de La Mole. Il trouva à l'hôtel la marquise et sa fille, qui arrivaient d'Hyères.

Julien était un dandy maintenant, et comprenait l'art de vivre à Paris. Il fut d'une froideur parfaite envers mademoiselle de La Mole. Il parut n'avoir gardé aucun souvenir des temps où elle lui demandait si gaiement des détails sur sa manière de tomber de cheval avec grâce.

Mademoiselle de La Mole le trouva grandi et pâli. Sa taille, sa tournure n'avaient plus rien de provincial ; il n'en était pas ainsi de sa conversation ; on y remarquait encore trop de sérieux, trop de positif. Malgré ces qualités raisonnables, grâce à son orgueil, elle n'avait rien de subalterne ; on sentait seulement qu'il regardait encore trop de choses comme importantes. Mais on voyait qu'il était homme à soutenir son dire.

— Il manque de légèreté, mais non pas d'esprit, dit mademoiselle de La Mole à son père, en plaisantant avec lui sur la croix qu'il avait donnée à Julien. Mon frère vous l'a demandée pendant dix-huit mois, et c'est un La Mole !

— Oui ; mais Julien a de l'imprévu, c'est ce qui n'est jamais arrivé au La Mole dont vous me parlez.

On annonça M. le duc de Retz.

Mathilde se sentit saisie d'un bâillement irrésistible ; à le voir, il lui semblait qu'elle reconnaissait les antiques dorures et les anciens habitués du salon paternel. Elle se faisait une image parfaitement ennuyeuse de la vie qu'elle allait reprendre à Paris. Et cependant, à Hyères, elle regrettait Paris.

Et pourtant j'ai dix-neuf ans ! pensait-elle ; c'est l'âge du bonheur, disent tous ces nigauds à tranches dorées. Elle regardait huit ou dix volumes de poésies nouvelles, accumulés, pendant le voyage de Provence, sur la console du salon. Elle avait le malheur d'avoir plus d'esprit que MM. de Croisenois, de Caylus, de Luz et ses autres amis. Elle se figurait tout ce qu'ils allaient lui dire sur le beau ciel de la Provence, la poésie, le midi, etc., etc.

Ces yeux si beaux, où respiraient l'ennui le plus profond et, pis encore, le désespoir de trouver le plaisir, s'arrêtèrent sur Julien. Du moins, il n'était pas exactement comme un autre.

— M. Sorel, dit-elle avec cette voix vive, brève et qui n'a rien de féminin, qu'emploient les jeunes femmes de la haute classe :

— M. Sorel, venez-vous ce soir au bal de M. de Retz ?

— Mademoiselle, je n'ai pas eu l'honneur d'être présenté à M. le duc. (On eût dit que ces mots et ce titre écorchaient la bouche du provincial orgueilleux.)

— Il a chargé mon frère de vous amener chez lui ; et, si vous y étiez venu, vous m'auriez donné des détails sur la terre de Villequier ; il est question d'y aller au printemps. Je voudrais savoir si le château est logeable, et si les environs sont aussi jolis qu'on le dit. Il y a tant de réputations usurpées !

Julien ne répondait pas.

— Venez au bal avec mon frère, ajouta-t-elle d'un ton fort sec.

Julien salua avec respect. Ainsi, même au milieu du bal, je dois des comptes à tous les membres de la famille ; ne suis-je pas payé comme homme d'affaires ? Sa mauvaise humeur ajouta : Dieu sait encore si ce que je dirai à la fille ne contrariera pas les projets du père, du frère, de la mère ! C'est une véritable cour de prince souverain. Il faudrait y être d'une nullité parfaite, et cependant ne donner à personne le droit de se plaindre.

Que cette grande fille me déplaît ! pensa-t-il en regardant marcher mademoiselle de La Mole, que sa mère avait appelée pour la présenter à plusieurs femmes de ses amies. Elle outre toutes les modes ; sa robe lui tombe des épaules... elle est encore plus pâle qu'avant son voyage... Quels cheveux sans couleur, à force d'être blonds ; on dirait que le jour passe à travers !... Que de hauteur dans cette façon de saluer, dans ce regard ! quels gestes de reine !

Mademoiselle de La Mole venait d'appeler son frère, au moment où il quittait le salon.

Le comte Norbert s'approcha de Julien :

— Mon cher Sorel, lui dit-il, où voulez-vous que je vous prenne à minuit pour le bal de M. de Retz ? Il m'a chargé expressément de vous amener.

— Je sais bien à qui je dois tant de bontés, répondit Julien, en saluant jusqu'à terre.

Sa mauvaise humeur, ne pouvant rien trouver à reprendre au ton de politesse et même d'intérêt avec lequel Norbert lui avait parlé, se mit à s'exercer sur la réponse que lui, Julien, avait faite à ce mot obligeant. Il y trouvait une nuance de bassesse.

Le soir, en arrivant au bal, il fut frappé de la magnificence de l'hôtel de Retz. La cour d'entrée était couverte d'une immense tente de coutil cramoisi avec des étoiles en or : rien de plus élégant. Au-dessous de cette tente, la cour était transformée en un bois d'orangers et de lauriers-roses en fleurs. Comme on avait eu soin d'enterrer suffisamment les vases, les lauriers et les orangers avaient l'air de sortir de terre. Le chemin que parcouraient les voitures était sablé.

Cet ensemble parut extraordinaire à notre provincial. Il n'avait pas l'idée d'une telle magnificence ; en un instant, son imagination émue fut à mille lieues de la mauvaise humeur. Dans la voiture, en venant au bal, Norbert était heureux, et lui voyait tout en noir ; à peine entrés dans la cour, les rôles changèrent.

Norbert n'était sensible qu'à quelques détails, qui, au milieu de tant de magnificence, n'avaient pu être soignés. Il évaluait la dépense de chaque chose et, à mesure qu'il arrivait à un total élevé, Julien remarqua qu'il s'en montrait presque jaloux et prenait de l'humeur.

Pour lui, il arriva séduit, admirant et presque timide à force d'émotion, dans le premier des salons où l'on dansait. On se pressait à la porte du second et la foule était si grande, qu'il lui fut impossible d'avancer. La décoration de ce second salon représentait l'Alhambra de Grenade.

— C'est la reine du bal, il faut en convenir, disait un jeune homme à moustaches, dont l'épaule entrait dans la poitrine de Julien.

— Mademoiselle Fourmont, qui tout l'hiver a été la plus jolie, lui répondait son voisin, s'aperçoit qu'elle descend à la seconde place ; vois son air singulier.

— Vraiment elle met toutes voiles dehors pour plaire. Vois, vois ce sourire gracieux au moment où elle figure seule dans cette contre-danse. C'est, d'honneur, impayable.

— Mademoiselle de La Mole a l'air d'être la maîtresse du plaisir que lui fait son triomphe, dont elle s'aperçoit fort bien. On dirait qu'elle craint de plaire à qui lui parle.

— Très bien ! voilà l'art de séduire.

Julien faisait de vains efforts pour apercevoir cette femme séduisante : sept ou huit hommes plus grands que lui l'empêchaient de la voir.

— Il y a bien de la coquetterie dans cette retenue si noble, reprit le jeune homme à moustaches.

— Et ces grands yeux bleus qui s'abaissent si lentement au moment où l'on dirait qu'ils sont sur le point de se trahir, reprit le voisin. Ma foi, rien de plus habile.

— Vois comme auprès d'elle la belle Fourmont a l'air commun, dit un troisième.

— Cet air de retenue veut dire : Que d'amabilité je déploierais pour vous, si vous étiez l'homme digne de moi !

— Et qui peut être digne de la sublime Mathilde ? dit le premier ; quelque prince. souverain, beau, spirituel, bien fait, un héros à la guerre, et âgé de vingt ans tout au plus.

— Le fils naturel de l'empereur de Russie...

auquel, en faveur de ce mariage, on ferait une souveraineté… ou tout simplement le comte de Thaler, avec son air de paysan habillé…

La porte fut dégagée, Julien put entrer.

Puisqu'elle passe pour si remarquable aux yeux de ces poupées, elle vaut la peine que je l'étudie, pensa-t-il. Je comprendrai quelle est la perfection pour ces gens-là.

Comme il la cherchait des yeux, Mathilde le regarda. Mon devoir m'appelle, se dit Julien ; mais il n'y avait plus d'humeur que dans son expression. La curiosité le faisait avancer avec un plaisir que la robe, fort basse des épaules, de Mathilde augmenta bien vite, à la vérité d'une manière peu flatteuse pour son amour-propre. Sa beauté a de la jeunesse, pensa-t-il. Cinq ou six jeunes gens, parmi lesquels Julien reconnut ceux qu'il avait entendus à la porte, étaient entre elle et lui.

— Vous, monsieur, qui avez été ici tout l'hiver, lui dit-elle, n'est-il pas vrai que ce bal est le plus joli de la saison ? Il ne répondait pas.

— Ce quadrille de Coulon me semble admirable, et ces dames le dansent d'une façon parfaite. Les jeunes gens se retournèrent pour voir quel était l'homme heureux dont on voulait absolument avoir une réponse. Elle ne fut pas encourageante.

— Je ne saurais être un bon juge, mademoiselle ; je passe ma vie à écrire : c'est le premier bal de cette magnificence que j'aie vu.

Les jeunes gens à moustaches furent scandalisés.

— Vous êtes un sage, M. Sorel, reprit-on avec un intérêt plus marqué ; vous voyez tous ces bals, toutes ces fêtes, comme un philosophe, comme J.-J. Rousseau. Ces folies vous étonnent sans vous séduire.

Un mot venait d'éteindre l'imagination de Julien, et de chasser de son cœur toute illusion. Sa bouche prit l'expression d'un dédain un peu exagéré peut-être.

— J.-J. Rousseau, répondit-il, n'est à mes yeux qu'un sot, lorsqu'il s'avise de juger le grand monde ; il ne le comprenait pas, et y portait le cœur d'un laquais parvenu.

— Il a fait le *Contrat Social*, dit Mathilde du ton de la vénération.

— Tout en prêchant la république et le renversement des dignités monarchiques, ce parvenu est ivre de bonheur, si un duc change la direction de sa promenade après dîner, pour accompagner un de ses amis.

— Ah, oui, le duc de Luxembourg à Montmorency accompagne un M. Coindet du côté de Paris..., reprit mademoiselle de La Mole avec le plaisir et l'abandon de la première jouissance de pédanterie. Elle était ivre de son savoir, à peu près comme l'académicien qui découvrit l'existence du roi Feretrius. L'œil de Julien resta pénétrant et sévère. Mathilde avait eu un moment d'enthousiasme ; la froideur de son partner la déconcerta profondément. Elle fut d'autant plus étonnée, que c'était elle qui avait coutume de produire cet effet-là sur les autres.

Dans ce moment, le marquis de Croisenois s'avançait avec empressement vers mademoiselle de La Mole. Il fut un instant à trois pas d'elle, sans pouvoir pénétrer à cause de la foule. Il la regardait en souriant de l'obstacle. La jeune marquise de Rouvray était près de lui, c'était une cousine de Mathilde. Elle donnait le bras à son mari, qui ne l'était que depuis quinze jours. Le marquis de Rouvray, fort jeune aussi, avait tout l'amour niais qui prend un homme qui, faisant un mariage de convenance uniquement arrangé par les notaires, trouve une personne parfaitement belle. M. de Rouvray allait être duc à la mort d'un oncle fort âgé.

Pendant que le marquis de Croisenois, ne pouvant percer la foule, regardait Mathilde d'un air riant, elle arrêtait ses grands yeux, d'un bleu céleste, sur lui et ses voisins. Quoi de plus plat, se dit-elle, que tout ce groupe ! Voilà Croisenois qui prétend m'épouser ; il est doux, poli, il a des manières parfaites comme M. de Rouvray. Sans l'ennui qu'ils donnent, ces messieurs seraient fort aimables. Lui aussi me suivra au bal avec cet air borné et content. Un an après le mariage, ma voiture, mes chevaux, mes robes, mon château à vingt lieues de Paris, tout cela sera aussi bien que possible, tout à fait ce qu'il faut pour faire périr d'envie une parvenue, une comtesse de Roiville par exemple ; et après ?

Mathilde s'ennuyait en espoir. Le marquis de Croisenois parvint à l'approcher, et lui parlait, mais elle rêvait sans l'écouter. Le bruit de ses paroles se confondait pour elle avec le bourdonnement du bal. Elle suivait de l'œil machinalement Julien, qui s'était éloigné d'un air respectueux, mais fier et mécontent. Elle aperçut dans un coin, loin de la foule circulante, le comte Altamira, condamné à mort dans son pays, que le lecteur connaît déjà. Sous Louis XIV, une de ses parentes avait épousé un prince de Conti ; ce souvenir le protégeait un peu contre la police de la congrégation.

Je ne vois que la condamnation à mort qui distingue un homme, pensa Mathilde, c'est la seule chose qui ne s'achète pas.

Ah ! c'est un bon mot que je viens de me dire ! quel dommage qu'il ne soit pas venu de façon à m'en faire honneur. Mathilde avait trop de goût pour amener dans la conversation un bon mot fait d'avance ; mais elle avait aussi trop de vanité pour ne pas être enchantée d'elle-même. Un air de bonheur remplaça dans ses traits l'apparence de l'ennui. Le marquis de Croisenois, qui lui parlait toujours, crut entrevoir le succès, et redoubla de faconde.

Qu'est-ce qu'un méchant pourrait objecter à mon bon mot ? se dit Mathilde. Je répondrais au critique : Un titre de baron, de vicomte, cela s'achète ; une croix, cela se donne ; mon frère vient de l'avoir, qu'a-t-il fait ? un grade, cela s'obtient. Dix ans de garnison, ou un parent ministre de la guerre, et l'on est chef d'escadron comme Norbert. Une grande fortune !... c'est encore ce qu'il y a de plus difficile et par conséquent de plus méritoire. Voilà ce qui est drôle ! c'est le contraire de tout ce que disent les livres...

Eh bien ! pour la fortune, on épouse la fille de M. Rothschild.

Réellement mon mot a de la profondeur. La condamnation à mort est encore la seule chose que l'on ne soit pas avisé de solliciter.

— Connaissez-vous le comte Altamira ? dit-elle à M. de Croisenois.

Elle avait l'air de revenir de si loin, et cette question avait si peu de rapport avec tout ce que le pauvre marquis lui disait depuis cinq minutes, que son amabilité en fut déconcertée. C'était pourtant un homme d'esprit et fort renommé comme tel.

Mathilde a de la singularité, pensa-t-il ; c'est un inconvénient, mais elle donne une si belle position sociale à son mari ! Je ne sais comment fait ce marquis de La Mole ; il est lié avec ce qu'il y a de mieux dans toutes les nuances ; c'est un homme qui ne peut sombrer. Et d'ailleurs, cette singularité de Mathilde peut passer pour du génie. Avec une haute naissance et beaucoup de fortune, le génie n'est point un ridicule, et alors quelle distinction ! Elle a si bien d'ailleurs, quand elle veut, ce mélange d'esprit, de caractère, et d'à-propos, qui fait l'amabilité parfaite... Comme il est difficile de faire bien deux choses à la fois, le marquis répondait à Mathilde d'un air vide et comme récitant une leçon :

— Qui ne connaît ce pauvre Altamira ? Et il lui faisait l'histoire de sa conspiration manquée, ridicule, absurde.

— Très absurde ! dit Mathilde, comme se parlant à elle-même, mais il a agi. Je veux voir un homme ; amenez-le moi, dit-elle au marquis très choqué.

Le comte Altamira était un des admirateurs les plus déclarés de l'air hautain et presque impertinent de mademoiselle de La Mole ; elle était suivant lui l'une des plus belles personnes de Paris.

— Comme elle serait belle sur un trône ! dit-il à M. de Croisenois ; et il se laissa amener sans difficulté.

Il ne manque pas de gens dans le monde qui veulent établir que rien n'est de mauvais ton comme une conspiration ; cela sent le jacobin. Et quoi de plus laid que le jacobin sans succès ?

Le regard de Mathilde se moquait du libéralisme d'Altamira avec M. de Croisenois, mais elle l'écoutait avec plaisir.

Un conspirateur au bal, c'est un joli contraste, pensait-elle. Elle trouvait à celui-ci, avec ses moustaches noires, la figure du lion quand il se repose ; mais elle s'aperçut bientôt que son esprit n'avait qu'une attitude : *l'utilité, l'admiration pour l'utilité.*

Excepté ce qui pouvait donner à son pays le gouvernement des deux chambres, le jeune comte trouvait que rien n'était digne de son attention. Il quitta avec plaisir Mathilde, la plus séduisante personne du bal, parce qu'il vit entrer un général péruvien.

Désespérant de l'Europe, le pauvre Altamira en était réduit à penser que, quand les États de l'Amérique méridionale seront forts et puissants, ils pourront rendre à l'Europe la liberté que Mirabeau leur a envoyée *.

Un tourbillon de jeunes gens à moustaches s'était approché de Mathilde. Elle avait bien vu qu'Altamira n'était pas séduit, et se trouvait piquée de son départ ; elle voyait son œil noir briller en parlant au général péruvien. Mademoiselle de La Mole promenait ses regards sur les jeunes Français avec ce sérieux profond qu'aucune de ses rivales ne pouvait imiter. Lequel d'entre eux, pensait-elle, pourrait se faire condamner à mort, en lui supposant même toutes les chances favorables ?

Ce regard singulier flattait ceux qui avaient peu d'esprit, mais inquiétait les autres. Ils redoutaient l'explosion de quelque mot piquant et de réponse difficile.

Une haute naissance donne cent qualités dont l'absence m'offenserait, je le vois par l'exemple de Julien, pensait Mathilde, mais elle étiole ces qualités de l'âme qui font condamner à mort.

En ce moment, quelqu'un disait près d'elle : Ce comte Altamira est le second fils du prince de San Nazaro-Pimentel ; c'est un Pimentel qui tenta de sauver Conradin, décapité en 1268. C'est l'une des plus nobles familles de Naples.

Voilà, se dit Mathilde, qui prouve joliment ma maxime : La haute naissance ôte la force de caractère sans laquelle on ne se fait point condamner à mort ! Je suis donc prédestinée à déraisonner ce

* Cette feuille, composée le 25 juillet 1830, a été imprimée le 4 août. *(Note de l'éditeur.)*

soir. Puisque je ne suis qu'une femme comme une autre, eh bien, il faut danser. Elle céda aux instances du marquis de Croisenois, qui depuis une heure sollicitait une galope. Pour se distraire de son malheur en philosophie, Mathilde voulut être parfaitement séduisante, M. de Croisenois fut ravi.

Mais ni la danse, ni le désir de plaire à l'un des plus jolis hommes de la cour, rien ne put distraire Mathilde. Il était impossible d'avoir plus de succès. Elle était la reine du bal, elle le voyait, mais avec froideur.

Quelle vie effacée je vais passer avec un être tel que Croisenois ! se disait-elle, comme il la ramenait à sa place une heure après... Où est le plaisir pour moi, ajouta-t-elle tristement, si, après six mois d'absence, je ne le trouve pas au milieu d'un bal, qui fait l'envie de toutes les femmes de Paris ? Et encore, j'y suis environnée des hommages d'une société que je ne puis pas imaginer mieux composée. Il n'y a ici de bourgeois que quelques pairs et un ou deux Julien peut-être. Et cependant, ajoutait-elle avec une tristesse croissante, quels avantages le sort ne m'a-t-il pas donnés : illustration, fortune, jeunesse ! hélas ! tout, excepté le bonheur.

Les plus douteux de mes avantages sont encore ceux dont ils m'ont parlé toute la soirée. L'esprit, j'y crois, car je leur fais peur évidemment à tous. S'ils osent aborder un sujet sérieux, au bout de cinq minutes de conversation, ils arrivent tout hors d'haleine, et comme faisant une grande découverte, à une chose que je leur répète depuis une heure. Je suis belle, j'ai cet avantage pour lequel madame de Staël eût tout sacrifié, et pourtant il est de fait que je meurs d'ennui. Y a-t-il une raison pour que je m'ennuie moins, quand j'aurai changé mon nom pour celui du marquis de Croisenois ?

Mais, mon Dieu ! ajouta-t-elle presque avec l'envie de pleurer, n'est-ce pas un homme parfait ? c'est le chef-d'œuvre de l'éducation de ce siècle ; on ne peut le regarder sans qu'il trouve une chose aimable, et même spirituelle, à vous dire ; il est brave... Mais ce Sorel est singulier, se dit-elle, et son œil quittait l'air morne pour l'air fâché. Je l'ai averti que j'avais à lui parler, et il ne daigne pas reparaître !

CHAPITRE IX

LE BAL

Le luxe des toilettes, l'éclat des bougies, les parfums ; tant de jolis bras, de belles épaules ! des bouquets ! des airs de Rossini qui enlèvent, des peintures de Cicéri ! Je suis hors de moi !

Voyages d'Uzeri.

— Vous avez de l'humeur, lui dit la marquise de La Mole, je vous en avertis, c'est de mauvaise grâce au bal.

— Je ne me sens que mal à la tête, répondit Mathilde d'un air dédaigneux, il fait trop chaud ici.

A ce moment, comme pour justifier mademoiselle de La Mole, le vieux baron de Tolly se trouva mal et tomba ; on fut obligé de l'emporter. On parla d'apoplexie, ce fut un événement désagréable.

Mathilde ne s'en occupa point. C'était un parti pris, chez elle, de ne regarder jamais les vieillards et tous les êtres reconnus pour dire des choses tristes.

Elle dansa pour échapper à la conversation sur l'apoplexie, qui même n'en était pas une, car le surlendemain le baron reparut.

Mais M. Sorel ne vient point, se dit-elle encore, après qu'elle eut dansé. Elle le cherchait presque des yeux, lorsqu'elle l'aperçut dans un autre salon. Chose étonnante, il semblait avoir perdu ce ton de froideur impassible qui lui était si naturel ; il n'avait plus l'air anglais.

Il cause avec le comte Altamira, mon condamné à mort ! se dit Mathilde. Son œil est plein d'un feu sombre ; il a la tournure d'un prince déguisé ; son regard a redoublé d'orgueil.

Julien se rapprochait de la place où elle était, toujours causant avec Altamira ; elle le regardait fixement, étudiant ses traits pour y chercher ces hautes qualités qui peuvent valoir à un homme l'honneur d'être condamné à mort.

Comme il passait près d'elle :

— Oui, disait-il au comte Altamira, Danton était un homme !

O ciel ! serait-il un Danton, se dit Mathilde ; mais il a une figure si noble, et ce Danton était si horriblement laid, un boucher, je crois. Julien était encore assez près d'elle, elle n'hésita pas à l'appeler ; elle avait la conscience et l'orgueil de faire une question extraordinaire pour une jeune fille.

— Danton n'était-il pas un boucher ? lui dit-elle.

— Oui, aux yeux de certaines personnes, lui répondit Julien, avec l'expression du mépris le plus mal déguisé ; et l'œil encore enflammé de sa conversation avec Altamira, mais malheureusement pour les gens bien nés, il était avocat à Méry-sur-Seine ; c'est-à-dire, mademoiselle, ajouta-t-il d'un air méchant, qu'il a commencé comme plusieurs pairs que je vois ici. Il est vrai que Danton avait un désavantage énorme aux yeux de la beauté, il était fort laid.

Ces derniers mots furent dits rapidement, d'un air extraordinaire et assurément fort peu poli.

Julien attendit un instant, le haut du corps légèrement penché, et avec un air orgueilleusement humble. Il semblait dire : Je suis payé pour vous répondre, et je vis de mon salaire. Il ne daignait pas lever l'œil sur Mathilde. Elle, avec ses beaux yeux ouverts extraordinairement et fixés sur lui, avait l'air de son esclave. Enfin, comme le silence continuait, il la regarda ainsi qu'un valet regarde son maître, afin de prendre des ordres. Quoique ses yeux rencontrassent en plein ceux de Mathilde, toujours fixés sur lui avec un regard étrange, il s'éloigna avec un empressement marqué.

Lui, qui est réellement si beau, se dit enfin Mathilde sortant de sa rêverie, faire un tel éloge de la laideur ! Jamais de retour sur lui-même ! Il n'est pas comme Caylus ou Croisenois. Ce Sorel a quelque chose de l'air que prend mon père quand il fait si bien Napoléon au bal. Elle avait tout à fait oublié Danton. Décidément, ce soir, je m'ennuie. Elle saisit le bras de son frère, et, à son grand chagrin, le força de faire un tour dans le bal. L'idée lui vint de suivre la conversation du condamné à mort avec Julien.

La foule était énorme. Elle parvint cependant à les rejoindre au moment où, à deux pas devant elle, Altamira s'approchait d'un plateau pour prendre une glace. Il parlait à Julien, le corps à demi tourné. Il vit un bras d'habit brodé qui prenait une glace à côté de la sienne. La broderie sembla exciter son attention ; il se retourna tout à fait pour voir le personnage à qui appartenait ce bras. A l'instant, ces yeux noirs, si nobles et si naïfs, prirent une légère expression de dédain.

— Vous voyez cet homme, dit-il assez bas à Julien ; c'est le prince d'Araceli, ambassadeur de ***. Ce matin il a demandé mon extradition à votre ministre des Affaires étrangères de France, M. de Nerval. Tenez, le voilà là-bas, qui joue au wisth. M. de Nerval est assez disposé à me livrer, car nous vous avons donné deux ou trois conspirateurs en 1816. Si l'on me rend à mon roi, je suis pendu dans les vingt-quatre heures. Et ce sera quelqu'un de ces jolis messieurs à moustaches qui *m'empoignera*.

— Les infâmes ! s'écria Julien à demi haut.

Mathilde ne perdait pas une syllabe de leur conversation. L'ennui avait disparu.

— Pas si infâmes, reprit le comte Altamira. Je vous ai parlé de moi pour vous frapper d'une image vive. Regardez le prince d'Araceli ; toutes les cinq minutes, il jette les yeux sur sa toison d'or ; il ne revient pas du plaisir de voir ce colifichet sur sa poitrine. Ce pauvre homme n'est au fond qu'un anachronisme. Il y a cent ans, la toison était un honneur insigne, mais alors elle eût passé bien au-dessus de sa tête. Aujourd'hui, parmi les gens bien nés, il faut être un Araceli pour en être enchanté. Il eût fait pendre toute une ville pour l'obtenir.

— Est-ce à ce prix qu'il l'a eue ? dit Julien avec anxiété.

— Non pas précisément, répondit Altamira froidement ; il a peut-être fait jeter à la rivière une trentaine de riches propriétaires de son pays, qui passaient pour libéraux.

— Quel monstre ! dit encore Julien.

Mademoiselle de La Mole, penchant la tête avec le plus vif intérêt, était si près de lui, que ses beaux cheveux touchaient presque son épaule.

— Vous êtes bien jeune ! répondait Altamira. Je vous disais que j'ai une sœur mariée en Provence ; elle est encore jolie, bonne, douce ; c'est une excellente mère de famille, fidèle à tous ses devoirs, pieuse et non dévote.

Où veut-il en venir ? pensait mademoiselle de La Mole.

— Elle est heureuse, continua le comte d'Altamira ; elle l'était en 1815. Alors j'étais caché chez elle, dans sa terre près d'Antibes ; eh bien, au moment où elle apprit l'exécution du maréchal Ney, elle se mit à danser !

— Est-il possible ? dit Julien atterré.

— C'est l'esprit de parti, reprit Altamira. Il n'y a plus de passions véritables au XIXe siècle ; c'est pour cela que l'on s'ennuie tant en France. On fait les plus grandes cruautés, mais sans cruauté.

— Tant pis ! dit Julien ; du moins, quand on fait des crimes, faut-il les faire avec plaisir ; ils n'ont que cela de bon, et l'on ne peut même les justifier un peu que par cette raison.

Mademoiselle de La Mole, oubliant tout à fait ce qu'elle se devait à elle-même, s'était placée presque entièrement entre Altamira et Julien. Son frère qui lui donnait le bras, accoutumé à lui obéir, regardait ailleurs dans la salle, et, pour se donner une contenance, avait l'air d'être arrêté par la foule.

— Vous avez raison, disait Altamira ; on fait tout sans plaisir et sans s'en souvenir, même les crimes. Je puis vous montrer dans ce bal dix hommes peut-être qui seront damnés comme assassins. Ils l'ont oublié, et le monde aussi *.

Plusieurs sont émus jusqu'aux larmes si leur chien se casse la patte. Au Père-la-Chaise, quand on jette des fleurs sur leur tombe, comme vous dites si plaisamment à Paris, on nous apprend

* C'est un mécontent qui parle.

(Note de Molière au Tartufe.)

qu'ils réunissaient toutes les vertus des preux chevaliers, et l'on parle des grandes actions de leur bisaïeul qui vivait sous Henri IV. Si, malgré les bons offices du prince d'Araceli, je ne suis pas pendu et que je jouisse jamais de ma fortune à Paris, je veux vous faire dîner avec huit ou dix assassins honorés et sans remords.

Vous et moi, à ce dîner, nous serons les seuls purs de sang, mais je serai méprisé et presque haï, comme un monstre sanguinaire et jacobin, et vous, méprisé simplement comme homme du peuple intrus dans la bonne compagnie.

— Rien de plus vrai, dit mademoiselle de La Mole.

Altamira la regarda étonné ; Julien ne daigna pas la regarder.

— Notez que la révolution à la tête de laquelle je me suis trouvé, continua le comte Altamira, n'a pas réussi uniquement parce que je n'ai pas voulu faire tomber trois têtes et distribuer à nos partisans sept à huit millions qui se trouvaient dans une caisse dont j'avais la clef. Mon roi qui, aujourd'hui, brûle de me faire pendre, et qui, avant la révolte, me tutoyait, m'eût donné le grand cordon de son ordre si j'avais fait tomber ces trois têtes et distribuer l'argent de ces caisses, car j'aurais obtenu au moins un demi-succès, et mon pays eût eu une charte telle quelle... Ainsi va le monde, c'est une partie d'échecs.

— Alors, reprit Julien l'œil en feu, vous ne saviez pas le jeu ; maintenant...

— Je ferais tomber des têtes, voulez-vous dire,

et je ne serais pas un Girondin comme vous me le faisiez entendre l'autre jour ?... Je vous répondrai, dit Altamira d'un air triste, quand vous aurez tué un homme en duel, ce qui encore est bien moins laid que de le faire exécuter par un bourreau.

— Ma foi ! dit Julien, qui veut la fin veut les moyens ; si, au lieu d'être un atome, j'avais quelque pouvoir, je ferais pendre trois hommes pour sauver la vie à quatre.

Ses yeux exprimaient le feu de la conscience et le mépris des vains jugements des hommes ; ils rencontrèrent ceux de mademoiselle de La Mole tout près de lui, et ce mépris, loin de se changer en air gracieux et civil, sembla redoubler.

Elle en fut profondément choquée, mais il ne fut plus en son pouvoir d'oublier Julien ; elle s'éloigna avec dépit, entraînant son frère.

Il faut que je prenne du punch et que je danse beaucoup, se dit-elle, je veux choisir ce qu'il y a de mieux et faire effet à tout prix. Bon, voici ce fameux impertinent, le comte de Fervaques. Elle accepta son invitation, ils dansèrent. Il s'agit de voir, pensa-t-elle, qui des deux sera le plus impertinent ; mais, pour me moquer pleinement de lui, il faut que je le fasse parler. Bientôt tout le reste de le contredanse ne dansa que par contenance. On ne voulait pas perdre une des reparties piquantes de Mathilde. M. de Fervaques se troublait, et, ne trouvant que des paroles élégantes au lieu d'idées, faisait des mines ; Mathilde, qui avait de l'humeur, fut cruelle pour lui, et s'en fit un ennemi. Elle dansa jusqu'au jour, et enfin se retira horriblement fatiguée. Mais, en voiture, le peu de forces qui lui restait était encore employé à la rendre triste et malheureuse ? Elle avait été méprisée par Julien, et ne pouvait le mépriser.

Julien était au comble du bonheur, ravi à son insu par la musique, les fleurs, les belles femmes, l'élégance générale, et, plus que tout, par son imagination qui rêvait des distinctions pour lui et la liberté pour tous. — Quel beau bal ! dit-il au comte, rien n'y manque.

— Il y manque la pensée, répondit Altamira.

Et sa physionomie trahissait ce mépris, qui n'en est que plus piquant, parce qu'on voit que la politesse s'impose le devoir de le cacher.

— Vous y êtes, M. le comte. N'est-ce pas la pensée, et conspirante encore ?

— Je suis ici à cause de mon nom. Mais on hait la pensée dans vos salons. Il faut qu'elle ne s'élève pas au-dessus de la pointe d'un couplet de vaudeville, alors on la récompense. Mais l'homme qui pense, s'il a de l'énergie et de la nouveauté dans ses saillies, vous l'appelez *cynique*. N'est-ce pas ce nom-là qu'un de vos juges a donné à Courier ? Vous l'avez mis en prison, ainsi que Béranger. Tout ce qui vaut quelque chose, chez vous, par l'esprit, la congrégation le jette à la police correctionnelle ; et la bonne compagnie applaudit.

C'est que votre société vieillie prise avant tout les convenances... Vous ne vous élèverez jamais au-dessus de la bravoure militaire ; vous aurez des Murat, et jamais de Washington. Je ne vois en France que de la vanité. Un homme qui invente en parlant arrive facilement à une saillie imprudente, et le maître de la maison se croit déshonoré.

A ces mots, la voiture du comte, qui ramenait Julien, s'arrêta devant l'hôtel de La Mole. Julien était amoureux de son conspirateur. Altamira lui avait fait ce beau compliment, évidemment échappé à une profonde conviction : Vous n'avez pas la légèreté française, et comprenez le principe de *l'utilité.* Or il se trouvait que, justement l'avant-veille, Julien avait vu *Marino Faliero*, tragédie de M. Casimir Delavigne.

Israël Bertuccio, un simple charpentier de l'arsenal, n'a-t-il pas plus de caractère que tous ces nobles Vénitiens ? se disait notre plébéien révolté ; et cependant ce sont des gens dont la noblesse prouvée remonte à l'an 700, un siècle avant Charlemagne, tandis que tout ce qu'il y avait de plus noble ce soir, au bal de M. de Retz, ne remonte, et encore clopin-clopant, que jusqu'au XIIIe siècle. Eh bien ! au milieu de ces nobles de Venise, si grands par la naissance, mais si étiolés, mais si effacés par le caractère, c'est d'Israël Bertuccio qu'on se souvient.

Une conspiration anéantit tous les titres donnés par les caprices sociaux. Là, un homme prend d'emblée le rang que lui assigne sa manière d'envisager la mort. L'esprit lui-même perd de son empire...

Que serait Danton aujourd'hui, dans ce siècle des Valenod et des Rênal ? pas même substitut du procureur du roi...

Que dis-je ? il se serait vendu à la congrégation ;

il serait ministre, car enfin ce grand Danton a volé. Mirabeau aussi s'est vendu. Napoléon avait volé des millions en Italie, sans quoi il eût été arrêté tout court par la pauvreté, comme Pichegru. La Fayette seul n'a jamais volé. Faut-il voler, faut-il se vendre ? pensa Julien. Cette question l'arrêta tout court. Il passa le reste de la nuit à lire l'histoire de la révolution.

Le lendemain, en faisant ses lettres dans la bibliothèque, il ne songeait encore qu'à la conversation du comte Altamira.

Dans le fait, se disait-il, après une longue rêverie, si ces Espagnols libéraux avaient compromis le peuple par des crimes, on ne les eût pas balayés avec cette facilité. Ce furent des enfants orgueilleux et bavards... comme moi ! s'écria tout à coup Julien, comme se réveillant en sursaut.

Qu'ai-je fait de difficile qui me donne le droit de juger de pauvres diables, qui enfin, une fois en la vie, ont osé, ont commencé à agir ? Je suis comme un homme qui, au sortir de table, s'écrie : Demain je ne dînerai pas ; ce qui ne m'empêchera point d'être fort et allègre comme je le suis aujourd'hui. Qui sait ce qu'on éprouve à moitié chemin d'une grande action ? Car enfin ces choses-là ne se font pas comme on tire un coup de pistolet... Ces hautes pensées furent troublées par l'arrivée imprévue de mademoiselle de La Mole, qui entrait dans la bibliothèque. Il était tellement animé par son admiration pour les grandes qualités de Danton, de Mirabeau, de Carnot, qui ont su n'être pas vaincus, que ses yeux s'arrêtèrent sur mademoiselle de

La Mole, mais sans songer à elle, sans la saluer, sans presque la voir. Quand enfin ses grands yeux si ouverts s'aperçurent de sa présence, son regard s'éteignit. Mademoiselle de La Mole le remarqua avec amertume.

En vain elle lui demanda un volume de l'*Histoire de France* de Vély, placé au rayon le plus élevé, ce qui obligeait Julien à aller chercher la plus grande des deux échelles ; Julien avait approché l'échelle, il avait cherché le volume, il le lui avait remis, sans encore pouvoir songer à elle. En remportant l'échelle, dans sa préoccupation, il donna un coup de coude dans une des glaces de la bibliothèque ; les éclats, en tombant sur le parquet, le réveillèrent enfin. Il se hâta de faire des excuses à mademoiselle de La Mole ; il voulut être poli, mais il ne fut que poli. Mathilde vit avec évidence qu'elle l'avait troublé, et qu'il eût mieux aimé songer à ce qui l'occupait avant son arrivée, que lui parler. Après l'avoir beaucoup regardé, elle s'en alla lentement. Julien la regardait marcher. Il jouissait du contraste de la simplicité de sa toilette actuelle, avec l'élégance magnifique de celle de la veille. La différence entre les deux physionomies était presque aussi frappante. Cette jeune fille, si altière au bal du duc de Retz, avait presque en ce moment un regard suppliant. Réellement, se dit Julien, cette robe noire fait briller encore mieux la beauté de sa taille. Elle a un port de reine, mais pourquoi est-elle en deuil ?

Si je demande à quelqu'un la cause de ce deuil, il se trouvera que je commets encore une gaucherie. Julien était tout à fait sorti des profondeurs de son enthousiasme. Il faut que je relise toutes les lettres que j'ai faites ce matin ; Dieu sait les mots sautés et les balourdises que j'y trouverai. Comme il lisait avec une attention forcée la première de ces lettres, il entendit tout près de lui le bruissement d'une robe de soie, il se retourna rapidement ; mademoiselle de La Mole était à deux pas de sa table, elle riait. Cette seconde interruption donna de l'humeur à Julien.

Pour Mathilde, elle venait de sentir vivement qu'elle n'était rien pour ce jeune homme ; ce rire était fait pour cacher son embarras, elle y réussit.

— Évidemment, vous songez à quelque chose de bien intéressant, M. Sorel. N'est-ce point quelque anecdote curieuse sur la conspiration qui nous a envoyé à Paris M. le comte Altamira ? Dites-moi ce dont il s'agit, je brûle de le savoir ; je serai discrète, je vous le jure. Elle fut étonnée de ce mot en se l'entendant prononcer. Quoi donc, elle suppliait un subalterne ! Son embarras augmentant, elle ajouta d'un petit air léger :

— Qu'est-ce qui a pu faire de vous, ordinairement si froid, un être inspiré, une espèce de prophète de Michel-Ange ?

Cette vive et indiscrète interrogation, blessant Julien profondément, lui rendit toute sa folie.

— Danton a-t-il bien fait de voler ? lui dit-il brusquement, et d'un air qui devenait de plus en plus farouche. Les révolutionnaires du Piémont, de l'Espagne, devaient-ils compromettre le peuple par des crimes ? donner à des gens même sans mérite toutes les places de l'armée, toutes les croix ? les gens qui auraient porté ces croix n'eussent-ils pas redouté le retour du roi ? fallait-il mettre le trésor de Turin au pillage ? En un mot, mademoiselle, dit-il en s'approchant d'elle d'un air terrible, l'homme qui veut chasser l'ignorance et le crime de la terre, doit-il passer comme la tempête et faire le mal comme au hasard ?

Mathilde eut peur, ne put soutenir son regard, et recula deux pas. Elle le regarda un instant ; puis, honteuse de sa peur, d'un pas léger elle sortit de la bibliothèque.

CHAPITRE X

LA REINE MARGUERITE

Amour ! dans quelle folie ne parviens-tu pas
à nous faire trouver du plaisir ?
Lettre d'une RELIGIEUSE PORTUGAISE.

Julien relut ses lettres. Quand la cloche du dîner se fit entendre : Combien je dois avoir été ridicule aux yeux de cette poupée parisienne ! se dit-il ; quelle folie de lui dire réellement ce à quoi je pensais ! mais peut-être folie pas si grande. La vérité dans cette occasion était digne de moi.

Pourquoi aussi venir m'interroger sur des choses intimes ? cette question est indiscrète de sa part. Elle a manqué d'usage. Mes pensées sur Danton ne font point partie du service pour lequel son père me paye.

En arrivant dans la salle à manger, Julien fut distrait de son humeur par le grand deuil de mademoiselle de La Mole, qui le frappa d'autant plus qu'aucune autre personne de la famille n'était en noir.

Après le dîner, il se trouva tout à fait débarrassé de l'accès d'enthousiasme qui l'avait obsédé toute la journée. Par bonheur, l'académicien qui savait le latin était de ce dîner. Voilà l'homme qui se moquera le moins de moi, se dit Julien, si, comme je le présume, ma question sur le deuil de mademoiselle de La Mole est une gaucherie.

Mathilde le regardait avec une expression singulière. Voilà bien la coquetterie des femmes de ce pays telle que madame de Rênal me l'avait peinte, se dit Julien. Je n'ai pas été aimable pour elle ce matin, je n'ai pas cédé à la fantaisie qu'elle avait de causer. J'en augmente de prix à ses yeux. Sans doute le diable n'y perd rien. Plus tard, sa hauteur dédaigneuse saura bien se venger. Je la mets à pis faire. Quelle différence avec ce que j'ai perdu ! quel naturel charmant ! quelle naïveté ! Je savais ses pensées avant elle, je les voyais naître, je n'avais pour antagoniste, dans son cœur, que la peur de la mort de ses enfants ; c'était une affection raisonnable et naturelle, aimable même pour moi qui en souffrais. J'ai été un sot. Les idées que je me faisais de Paris m'ont empêché d'apprécier cette femme sublime.

Quelle différence, grand Dieu ! et qu'est-ce que je trouve ici ? de la vanité sèche et hautaine, toutes les nuances de l'amour-propre et rien de plus.

On se levait de table. Ne laissons pas engager mon académicien, se dit Julien. Il s'approcha de lui comme on passait au jardin, prit un air doux et soumis, et partagea sa fureur contre le succès d'*Hernani*.

— Si nous étions encore au temps des lettres de cachet !... dit-il.

— Alors il n'eût pas osé, s'écria l'académicien avec un geste à la Talma.

A propos d'une fleur, Julien cita quelques mots des *Géorgiques* de Virgile, et trouva que rien n'était égal aux vers de l'abbé Delille. En un mot, il flatta l'académicien de toutes les façons. Après quoi, de l'air le plus indifférent : — Je suppose, lui dit-il, que mademoiselle de La Mole a hérité de quelque oncle dont elle porte le deuil.

— Quoi ! vous êtes de la maison, dit l'académicien en s'arrêtant tout court, et vous ne savez pas sa folie ? Au fait, il est étrange que sa mère lui permette de telles choses ; mais, entre nous, ce n'est pas précisément par la force du caractère qu'on brille dans cette maison. Mademoiselle Mathilde en a pour eux tous et les mène. C'est aujourd'hui le 30 avril ! et l'académicien s'arrêta en regardant Julien d'un air fin. Julien sourit de l'air le plus spirituel qu'il put.

Quel rapport peut-il y avoir entre mener toute une maison, porter une robe noire et le 30 avril ? se disait-il. Il faut que je sois encore plus gauche que je ne le pensais.

— Je vous avouerai..., dit-il à l'académicien, et son œil continuait à interroger. Faisons un tour de jardin, dit l'académicien entrevoyant avec ravissement l'occasion de faire une longue narration élégante.

— Quoi ! est-il possible que vous ne sachiez pas ce qui s'est passé le 30 avril 1574 ?

— Et où ? dit Julien étonné.

— En place de Grève.

Julien était si étonné, que ce mot ne le mit pas au fait. La curiosité, l'attente d'un intérêt tragique, si en rapport avec son caractère, lui donnaient ces yeux brillants qu'un narrateur aime tant à voir chez la personne qui écoute. L'académicien, ravi de trouver une oreille vierge, raconta longuement à Julien comme quoi, le 30 avril 1574, le plus joli garçon de son siècle, Boniface de La Mole, et Annibal de Coconasso, gentilhomme piémontais, son ami, avaient eu la tête tranchée en place de Grève. La Mole était l'amant adoré de la reine Marguerite de Navarre ; et remarquez, ajouta l'académicien, que mademoiselle de La Mole s'appelle *Mathilde-Marguerite*. La Mole était en même temps le favori du duc d'Alençon et l'intime ami du roi de Navarre, depuis Henri IV, mari de sa maîtresse. Le jour du mardi-gras de cette année 1574, la cour se trouvait à Saint-Germain avec le pauvre roi Charles IX, qui s'en allait mourant. La Mole voulut enlever les princes ses amis, que la reine Catherine de Médicis retenait comme prisonniers à la cour. Il fit avancer deux cents chevaux sous les murs de Saint-Germain, le duc d'Alençon eut peur, et La Mole fut jeté au bourreau.

Mais ce qui touche mademoiselle Mathilde, ce qu'elle m'a avoué elle-même, il y a sept à huit ans, quand elle en avait douze, car c'est une tête, une tête !... et l'académicien leva les yeux au ciel. Ce qui l'a frappée dans cette catastrophe politique, c'est que la reine Marguerite de Navarre, cachée dans une maison de la place de Grève, osa faire demander au bourreau la tête de son amant. Et la nuit suivante, à minuit, elle prit cette tête dans sa voiture, et alla l'enfermer elle-même dans une chapelle située au pied de la colline de Montmartre.

— Est-il possible ? s'écria Julien touché.

— Mademoiselle Mathilde méprise son frère, parce que, comme vous le voyez, il ne songe nullement à toute cette histoire ancienne, et ne prend point le deuil le 30 avril. C'est depuis ce fameux supplice, et pour rappeler l'amitié intime de La Mole pour Coconasso, lequel Coconasso, comme un Italien qu'il était, s'appelait Annibal, que tous les hommes de cette famille portent ce nom. Et, ajouta l'académicien en baissant la voix, ce Coconasso fut, au dire de Charles IX lui-même, l'un des plus cruels assassins du 24 août 1572... Mais comment est-il possible, mon cher Sorel, que vous ignoriez ces choses, vous, commensal de cette maison ?

— Voilà donc pourquoi, deux fois à dîner, mademoiselle de La Mole a appelé son frère Annibal. Je croyais avoir mal entendu.

— C'était un reproche. Il est étrange que la marquise souffre de telles folies... Le mari de cette grande fille en verra de belles !

Ce mot fut suivi de cinq ou six phrases satiriques. La joie et l'intimité qui brillaient dans les yeux de l'académicien choquèrent Julien. Nous voici deux domestiques occupés à médire de leurs maîtres, pensa-t-il. Mais rien ne doit m'étonner de la part de cet homme d'académie.

Un jour, Julien l'avait surpris aux genoux de la marquise de La Mole ; il lui demandait une recette de tabac pour un neveu de province. Le soir, une petite femme de chambre de mademoiselle de La Mole, qui faisait la cour à Julien, comme jadis Élisa, lui donna cette idée, que le deuil de sa maîtresse n'était point pris pour attirer les regards. Cette bizarrerie tenait au fond de son caractère. Elle aimait réellement ce La Mole, amant aimé de la reine la plus spirituelle de son siècle, et qui mourut pour avoir voulu rendre la liberté à ses amis. Et quels amis ! le premier prince du sang et Henri IV.

Accoutumé au naturel parfait qui brillait dans toute la conduite de madame de Rênal, Julien ne voyait qu'affectation dans toutes les femmes de Paris ; et, pour peu qu'il fût disposé à la tristesse, ne trouvait rien à leur dire. Mademoiselle de La Mole fit exception.

Il commençait à ne plus prendre pour de la sécheresse de cœur le genre de beauté qui tient à la noblesse du maintien. Il eut de longues conversations avec mademoiselle de La Mole, qui, pendant les beaux jours du printemps, se promenait avec lui dans le jardin, le long des fenêtres ouvertes du salon. Elle lui dit un jour qu'elle lisait l'histoire de d'Aubigné, et Brantôme. Singulière lecture, pensa Julien ; et la marquise ne lui permet pas de lire les romans de Walter Scott !

Un jour elle lui raconta, avec ces yeux brillants de plaisir qui prouvent la sincérité de l'admiration, ce trait d'une jeune femme du règne de Henri III, qu'elle venait de lire dans les *Mémoires* de l'Étoile : Trouvant son mari infidèle, elle le poignarda.

L'amour-propre de Julien était flatté. Une personne environnée de tant de respects, et qui, au dire de l'académicien, menait toute la maison, daignait lui parler d'un air qui pouvait presque ressembler à de l'amitié.

Je m'étais trompé, pensa bientôt Julien ; ce n'est pas de la familiarité, je ne suis qu'un confident de tragédie, c'est le besoin de parler. Je passe pour savant dans cette famille. Je m'en vais lire Brantôme, d'Aubigné, l'Étoile. Je pourrai contester quelques-unes des anecdotes dont me parle mademoiselle de La Mole. Je veux sortir de ce rôle de confident passif.

Peu à peu ses conversations avec cette jeune fille, d'un maintien si imposant et en même temps si aisé, devinrent plus intéressantes. Il oubliait son triste rôle de plébéien révolté. Il la trouvait savante, et même raisonnable. Ses opinions dans le jardin étaient bien différentes de celles qu'elle avouait au salon. Quelquefois elle avait avec lui un enthousiasme et une franchise qui formaient un contraste parfait avec sa manière d'être ordinaire, si altière et si froide.

Les guerres de la Ligue sont les temps héroïques de la France, lui disait-elle un jour, avec des yeux étincelants de génie et d'enthousiasme. Alors chacun se battait pour obtenir une certaine chose qu'il désirait, pour faire triompher son parti, et non pas pour gagner platement une croix, comme du temps de votre empereur. Convenez qu'il y avait moins d'égoïsme et de petitesse. J'aime ce siècle.

— Et Boniface de La Mole en fut le héros, lui dit-il.

— Du moins il fut aimé comme peut-être il est doux de l'être. Quelle femme actuellement vivante n'aurait horreur de toucher à la tête de son amant décapité ?

Madame de La Mole appela sa fille. L'hypocrisie, pour être utile, doit se cacher ; et Julien, comme on voit, avait fait à mademoiselle de La Mole une demi-confidence sur son admiration pour Napoléon.

Voilà l'immense avantage qu'ils ont sur nous, se dit Julien, resté seul au jardin. L'histoire de leurs aïeux les élève au-dessus des sentiments vulgaires, et ils n'ont pas toujours à songer à leur subsistance ! Quelle misère ! ajoutait-il avec amertume, je suis indigne de raisonner sur ces grands intérêts. Je les vois mal sans doute. Ma vie n'est qu'une suite d'hypocrisies, parce que je n'ai pas mille francs de rente pour acheter du pain.

— A quoi rêvez-vous là, monsieur ? lui dit Mathilde, qui revenait en courant.

Il y avait de l'intimité dans cette question, et elle revenait en courant et essoufflée pour être avec lui. Julien était las de se mépriser. Par orgueil, il dit franchement sa pensée. Il rougit beaucoup en parlant de sa pauvreté à une personne aussi riche. Il chercha à bien exprimer par son ton fier qu'il ne demandait rien. Jamais il n'avait semblé aussi joli à Mathilde ; elle lui trouva une expression de sensibilité et de franchise qui souvent lui manquait.

A moins d'un mois de là, Julien se promenait pensif, dans le jardin de l'hôtel de La Mole, mais sa figure n'avait plus la dureté et la roguerie philosophique qu'y imprimait le sentiment continu de son infériorité. Il venait de reconduire jusqu'à la porte du salon mademoiselle de La Mole, qui prétendait s'être fait mal au pied en courant avec son frère.

Elle s'est appuyée sur mon bras d'une façon bien singulière ! se disait Julien. Suis-je un fat, ou serait-il vrai qu'elle a du goût pour moi ? Elle m'écoute d'un air si doux, même quand je lui avoue toutes les souffrances de mon orgueil ! Elle qui a tant de fierté avec tout le monde ! On serait bien étonné au salon, si on lui voyait cette physionomie. Très certainement cet air doux et bon, elle ne l'a avec personne.

Julien cherchait à ne pas s'exagérer cette singulière amitié. Il la comparait lui-même à un commerce armé. Chaque jour en se retrouvant, avant de reprendre le ton presque intime de la veille, on se demandait presque : Serons-nous aujourd'hui amis ou ennemis ? Dans les premières phrases échangées, le fond des choses n'était plus rien. On n'était attentif des deux côtés qu'à la forme. Julien avait compris que se laisser offenser impunément une seule fois par cette fille si hautaine, c'était tout perdre. Si je dois me brouiller, ne vaut-il pas mieux que ce soit de prime abord, en défendant les justes droits de mon orgueil, qu'en repoussant les marques de mépris dont serait bientôt suivi le moindre abandon de ce que je dois à ma dignité personnelle ?

Plusieurs fois, en des jours de mauvaise humeur, Mathilde essaya de prendre avec lui le ton d'une grande dame ; elle mettait une rare finesse à ces tentatives, mais Julien les repoussait rudement.

Un jour il l'interrompit brusquement : Mademoiselle de La Mole a-t-elle quelque ordre à donner au secrétaire de son père ? lui dit-il ; il doit écouter ses ordres et les exécuter avec respect, mais du reste, il n'a pas le plus petit mot à lui adresser. Il n'est point payé pour lui communiquer ses pensées.

Cette manière d'être et les singuliers doutes qu'avait Julien firent disparaître l'ennui qu'il avait trouvé durant les premiers mois dans ce salon si magnifique, mais où l'on avait peur de tout, et où il n'était convenable de plaisanter de rien.

Il serait plaisant qu'elle m'aimât ! Qu'elle m'aime ou non, continuait Julien, j'ai pour confidente intime une fille d'esprit, devant laquelle je vois trembler toute la maison, et, plus que tous les autres, le marquis de Croisenois. Ce jeune homme si poli, si doux, si brave, et qui réunit tous les avantages de naissance et de fortune dont un seul me mettrait le cœur si à l'aise ! Il en est amoureux fou, c'est-à-dire autant qu'un Parisien peut être amoureux, il doit l'épouser. Que de lettres M. de La Mole m'a fait écrire aux deux notaires pour arranger le contrat ! Et moi qui me vois, le matin, si subalterne la plume à la main, deux heures après, ici dans le jardin, je triomphe de ce jeune homme si aimable, car enfin, les préférences sont frappantes, directes. Peut-être aussi elle hait en lui un mari futur. Elle a assez de hauteur pour cela. Et alors, les bontés qu'elle a pour moi, je les obtiens à titre de confident subalterne !

Mais non, ou je suis fou, ou elle me fait la cour ; plus je me montre froid et respectueux avec elle, plus elle me recherche. Ceci pourrait être un parti pris, une affectation ; mais je vois ses yeux s'animer, quand je parais à l'improviste. Les femmes de Paris savent-elles feindre à ce point ? Que m'importe ! j'ai l'apparence pour moi, jouissons des apparences. Mon Dieu, qu'elle est belle ! Que ses grands yeux bleus me plaisent, vus de près, et me regardant comme ils le font souvent ! Quelle différence de ce printemps-ci à celui de l'année passée, quand je vivais malheureux et me soutenant à force de caractère, au milieu de ces trois cents hypocrites méchants et sales ! J'étais presque aussi méchant qu'eux.

Dans les jours de méfiance : Cette jeune fille se moque de moi, pensait Julien. Elle est d'accord avec son frère pour me mystifier. Mais elle a l'air de tellement mépriser le manque d'énergie de ce frère ! Il est brave, et puis c'est tout, me dit-elle. Et encore, brave devant l'épée des Espagnols. A Paris tout lui fait peur, il voit partout le danger du ridicule. Il n'a pas une pensée qui ose s'écarter de la mode. C'est toujours moi qui suis obligée de prendre sa défense. Une jeune fille de dix-neuf ans ! A cet âge peut-on être fidèle à chaque instant de la journée à l'hypocrisie qu'on s'est prescrite ?

D'un autre côté, quand mademoiselle de La Mole fixe sur moi ses grands yeux bleus avec une certaine expression singulière, toujours le comte Norbert s'éloigne. Ceci m'est suspect ; ne devrait-il pas s'indigner de ce que sa sœur distingue un *domestique* de leur maison ? car j'ai entendu le duc de Chaulnes parler ainsi de moi. A ce souvenir, la colère remplaçait tout autre sentiment. Est-ce amour du vieux langage chez ce duc maniaque ?

Eh bien, elle est jolie ! continuait Julien avec des regards de tigre. Je l'aurai, je m'en irai ensuite, et malheur à qui me troublera dans ma fuite !

Cette idée devint l'unique affaire de Julien ; il ne pouvait plus penser à rien d'autre. Ses journées passaient comme des heures.

A chaque instant, cherchant à s'occuper de quelque affaire sérieuse, sa pensée se perdait dans une rêverie profonde et il se réveillait un quart d'heure après, le cœur palpitant d'ambition, la tête troublée et rêvant à cette idée : M'aime-t-elle ?

CHAPITRE XI

L'EMPIRE D'UNE JEUNE FILLE !

> J'admire sa beauté, mais je crains son esprit.
>
> MÉRIMÉE.

Si Julien eût employé à examiner ce qui se passait dans le salon le temps qu'il mettait à s'exagérer la beauté de Mathilde, ou à se passionner contre la hauteur naturelle à sa famille, qu'elle oubliait pour lui, il eût compris en quoi consistait son empire sur tout ce qui l'entourait. Dès qu'on déplaisait à mademoiselle de La Mole, elle savait punir par une plaisanterie si mesurée, si bien choisie, si convenable en apparence, lancée si à propos, que la blessure croissait à chaque instant, plus on y réfléchissait. Peu à peu elle devenait atroce pour l'amour-propre offensé. Comme elle n'attachait aucun prix à bien des choses qui étaient des objets de désirs sérieux pour le reste de la famille, elle paraissait toujours de sang-froid à leurs yeux.

Les salons de l'aristocratie sont agréables à citer, quand on en sort, mais voilà tout. L'insignifiance complète, les propos *communs* surtout qui vont au-devant même de l'hypocrisie finissent par impatienter à force de douceur nauséabonde. La politesse toute seule n'est quelque chose par elle-même que les premiers jours. Julien l'éprouvait ; après le premier enchantement, le premier étonnement : La politesse, se disait-il, n'est que l'absence de la colère que donneraient les mauvaises manières. Mathilde s'ennuyait souvent, peut-être se fût-elle ennuyée partout. Alors aiguiser une épigramme était pour elle une distraction et un vrai plaisir.

C'était peut-être pour avoir des victimes un peu plus amusantes que ses grands-parents, que l'académicien et les cinq ou six autres subalternes qui leur faisaient la cour, qu'elle avait donné des espérances au marquis de Croisenois, au comte de Caylus et deux ou trois autres jeunes gens de la première distinction. Ils n'étaient pour elle que de nouveaux objets d'épigramme.

Nous avouerons avec peine, car nous aimons Mathilde, qu'elle avait reçu des lettres de plusieurs d'entre eux et leur avait quelquefois répondu. Nous nous hâtons d'ajouter que ce personnage fait exception aux mœurs du siècle. Ce n'est pas en général le manque de prudence que l'on peut reprocher aux élèves du noble couvent du Sacré-Cœur.

Un jour, le marquis de Croisenois rendit à Mathilde une lettre assez compromettante qu'elle lui avait écrite la veille. Il croyait par cette marque de haute prudence avancer beaucoup ses affaires. Mais c'était l'imprudence que Mathilde aimait dans ses correspondances. Son plaisir était de jouer son sort. Elle ne lui adressa pas la parole de six semaines.

Elle s'amusait des lettres de ces jeunes gens ; mais, suivant elle, toutes se ressemblaient. C'était toujours la passion la plus profonde, la plus mélancolique.

— Ils sont tous le même homme parfait, prêt à partir pour la Palestine, disait-elle à sa cousine. Connaissez-vous quelque chose de plus insipide ? Voilà donc des lettres que je vais recevoir toute la vie ! Ces lettres-là ne doivent changer que tous les vingt ans, suivant le genre d'occupation qui est à la mode. Elles devaient être moins décolorées du temps de l'empire. Alors tous ces jeunes gens du grand monde avaient vu ou fait des actions qui *réellement* avaient de la grandeur. Le duc de N***, mon oncle, a été à Wagram.

— Quel esprit faut-il pour donner un coup de sabre ? Et quand cela leur est arrivé, ils en parlent si souvent ! dit mademoiselle de Sainte-Hérédité, la cousine de Mathilde.

— Eh bien ! ces récits me font plaisir. Être dans une *véritable* bataille, une bataille de Napoléon, où l'on tuait dix mille soldats, cela prouve du courage. S'exposer au danger élève l'âme et la sauve de l'ennui où mes pauvres adorateurs semblent plongés ; et il est contagieux, cet ennui. Lequel d'entre eux a l'idée de faire quelque chose d'extraordinaire ? Ils cherchent à obtenir ma main, la belle affaire ! Je suis riche et mon père avancera son gendre. Ah ! pût-il en trouver un qui fût un peu amusant !

La manière de voir vive, nette, pittoresque de Mathilde gâtait son langage comme on voit. Souvent un mot d'elle faisait tache aux yeux de ses amis si polis. Ils se seraient presque avoué, si elle eût été moins à la mode, que son parler avait quelque chose d'un peu coloré pour la délicatesse féminine.

Elle, de son côté, était bien injuste envers les jolis cavaliers qui peuplent le bois de Boulogne. Elle voyait l'avenir non pas avec terreur, c'eût été un sentiment vif, mais avec un dégoût bien rare à son âge.

Que pouvait-elle désirer ? la fortune, la haute naissance, l'esprit, la beauté à ce qu'on disait, et à ce qu'elle croyait, tout avait été accumulé sur elle par les mains du hasard.

Voilà quelles étaient les pensées de l'héritière la plus enviée du faubourg Saint-Germain, quand elle commença à trouver du plaisir à se promener avec

Julien. Elle fut étonnée de son orgueil ; elle admira l'adresse de ce petit bourgeois. Il saura se faire évêque comme l'abbé Maury, se dit-elle.

Bientôt cette résistance sincère et non jouée, avec laquelle notre héros accueillait plusieurs de ses idées, l'occupa ; elle y pensait ; elle racontait à son amie les moindres détails des conversations, et trouvait que jamais elle ne parvenait à en bien rendre toute la physionomie.

Une idée l'illumina tout à coup : J'ai le bonheur d'aimer, se dit-elle un jour, avec un transport de joie incroyable. J'aime, j'aime, c'est clair ! A mon âge, une fille jeune, belle, spirituelle, où peut-elle trouver des sensations, si ce n'est dans l'amour ? J'ai beau faire, je n'aurai jamais d'amour pour Croisenois, Caylus ; et *tutti quanti*. Ils sont parfaits, trop parfaits peut-être ; enfin, ils m'ennuient.

Elle repassa dans sa tête toutes les descriptions de passion qu'elle avait lues dans *Manon Lescaut*, la *Nouvelle Héloïse*, les *Lettres d'une Religieuse portugaise*, etc., etc. Il n'était question, bien entendu, que de la grande passion ; l'amour léger était indigne d'une fille de son âge et de sa naissance. Elle ne donnait le nom d'amour qu'à ce sentiment héroïque que l'on rencontrait en France du temps de Henri III et de Bassompierre. Cet amour-là ne cédait point bassement aux obstacles, mais, bien loin de là, faisait faire de grandes choses. Quel malheur pour moi qu'il n'y ait pas une cour véritable, comme celle de Catherine de Médicis ou de Louis XIII ! Je me sens au niveau de tout ce qu'il y a de plus hardi et de plus grand.

Que ne ferais-je pas d'un roi homme de cœur, comme Louis XIII, soupirant à mes pieds ! Je le mènerais en Vendée, comme dit si souvent le baron de Tolly, et de là il reconquerrait son royaume ; alors plus de charte... et Julien me seconderait. Que lui manque-t-il ? un nom et de la fortune. Il se ferait un nom, il acquerrait de la fortune.

Rien ne manque à Croisenois, et il ne sera toute sa vie qu'un duc à demi ultra, à demi libéral, un être indécis parlant quand il faut agir, toujours éloigné des extrêmes, et *par conséquent se trouvant le second partout*.

Quelle est la grande action qui ne soit pas *un extrême* au moment où on l'entreprend ? C'est quand elle est accomplie, qu'elle semble possible aux êtres du commun. Oui, c'est l'amour avec tous ses miracles qui va régner dans mon cœur ; je le sens au feu qui m'anime. Le ciel me devait cette faveur. Il n'aura pas en vain accumulé sur un seul être tous les avantages. Mon bonheur sera digne de moi. Chacune de mes journées ne ressemblera pas froidement à celle de la veille. Il y a déjà de la grandeur et de l'audace à oser aimer un homme placé si loin de moi par sa position sociale. Voyons : continuera-t-il à me mériter ? A la première faiblesse que je vois en lui, je l'abandonne. Une fille de ma naissance, et avec le caractère chevaleresque que l'on veut bien m'accorder (c'était un mot de son père), ne doit pas se conduire comme une sotte.

N'est-ce pas là le rôle que je jouerais si j'aimais le marquis de Croisenois ? J'aurais une nouvelle édition du bonheur de mes cousines, que je méprise si complètement. Je sais d'avance tout ce que me dirait le pauvre marquis, tout ce que j'aurais à lui répondre. Qu'est-ce qu'un amour qui fait bâiller ? autant vaudrait être dévote. J'aurais une signature de contrat comme celle de la cadette de mes cousines, où les grands-parents s'attendriraient, si pourtant ils n'avaient pas d'humeur à cause d'une dernière condition introduite la veille dans le contrat par le notaire de la partie adverse.

CHAPITRE XII

SERAIT-CE UN DANTON ?

Le besoin d'anxiété, tel était le caractère de la belle Marguerite de Valois, ma tante, qui bientôt épousa le roi de Navarre, que nous voyons de présent régner en France, sous le nom de Henry IVe. Le besoin de jouer formait tout le secret du caractère de cette princesse aimable ; de là ses brouilles et ses raccommodements avec ses frères dès l'âge de seize ans. Or que peut jouer une jeune fille ? Ce qu'elle a de plus précieux : sa réputation, la considération de toute sa vie.

*Mémoires du duc d'*ANGOULÊME,
fils naturel de Charles IX.

Entre Julien et moi il n'y a point de signature de contrat, point de notaire pour la cérémonie bourgeoise ; tout est héroïque, tout sera fils du hasard. A la noblesse près, qui lui manque, c'est l'amour de Marguerite de Valois pour le jeune La Mole, l'homme le plus distingué de son temps. Est-ce ma faute à moi, si les jeunes gens de la cour sont de si grands partisans du *convenable*, et pâlissent à la seule idée de la moindre aventure un peu singulière ? Un petit voyage en Grèce ou en Afrique est, pour eux, le comble de l'audace, et encore ne savent-ils marcher qu'en troupe. Dès qu'ils se voient seuls, ils ont peur, non de la lance du Bédouin, mais du ridicule, et cette peur les rend fous.

Mon petit Julien, au contraire, n'aime à agir que seul. Jamais, dans cet être privilégié, la moindre idée de chercher de l'appui et du secours dans les autres ! il méprise les autres et c'est pour cela que je ne le méprise pas.

Si, avec sa pauvreté, Julien était noble, mon amour ne serait qu'une sottise vulgaire, une mésalliance plate ; je n'en voudrais pas ; il n'aurait point ce qui caractérise les grandes passions : l'immensité de la difficulté à vaincre et la noire incertitude de l'événement.

Mademoiselle de La Mole était si préoccupée de ces beaux raisonnements, que le lendemain, sans s'en douter, elle vantait Julien au marquis de Croisenois et à son frère. Son éloquence alla si loin, qu'elle les piqua.

— Prenez bien garde à ce jeune homme qui a tant d'énergie, s'écria son frère ; si la révolution recommence, il nous fera tous guillotiner.

Elle se garda de répondre, et se hâta de plaisanter son frère et le marquis de Croisenois sur la peur que leur faisait l'énergie. Ce n'est au fond que la peur de rencontrer l'imprévu, que la crainte de rester court en présence de l'imprévu...

— Toujours, toujours, messieurs, la peur du ridicule, monstre qui, par malheur, est mort en 1816.

Il n'y a plus de ridicule, disait M. de La Mole, dans un pays où il y a deux partis.

Sa fille avait compris cette idée.

— Ainsi, messieurs, disait-elle aux ennemis de Julien, vous aurez eu bien peur toute votre vie, et après on vous dira :

Ce n'était pas un loup, ce n'en était que l'ombre.

Mathilde les quitta bientôt. Le mot de son frère lui faisait horreur ; il l'inquiéta beaucoup ; mais, dès le lendemain, elle y voyait la plus belle des louanges.

Dans ce siècle, où toute énergie est morte, son énergie leur fait peur. Je lui dirai le mot de mon frère ; je veux voir la réponse qu'il y fera. Mais je choisirai un des moments où ses yeux brillent. Alors il ne peut me mentir.

— Ce serait un Danton ! ajouta-t-elle après une longue et indistincte rêverie. Eh bien ! la révolution aurait recommencé. Quels rôles joueraient alors Croisenois et mon frère ? Il est écrit d'avance : La résignation sublime. Ce seraient des moutons héroïques, se laissant égorger sans mot dire. Leur seule peur en mourant serait encore d'être de mauvais goût. Mon petit Julien brûlerait la cervelle au jacobin qui viendrait l'arrêter, pour peu qu'il eût l'espérance de se sauver. Il n'a pas peur d'être de mauvait goût, lui.

Ce dernier mot la rendit pensive ; il réveillait de pénibles souvenirs, et lui ôta toute sa hardiesse. Ce mot lui rappelait les plaisanteries de MM. de Caylus, de Croisenois, de Luz et de son frère. Ces messieurs reprochaient unanimement à Julien l'air *prêtre* : humble et hypocrite.

— Mais, reprit-elle tout à coup, l'œil brillant de joie, l'amertume et la fréquence de leurs plaisanteries prouvent, en dépit d'eux, que c'est l'homme le plus distingué que nous ayons vu cet hiver. Qu'importent ses défauts, ses ridicules ? Il a de la grandeur et ils en sont choqués, eux d'ailleurs si bons et si indulgents. Il est sûr qu'il est pauvre et qu'il a étudié pour être prêtre ; eux sont chefs d'escadron, et n'ont pas eu besoin d'études ; c'est plus commode.

Malgré tous les désavantages de son éternel habit noir et de cette physionomie de prêtre, qu'il lui faut bien avoir, le pauvre garçon, sous peine de mourir de faim, son mérite leur fait peur, rien de plus clair. Et cette physionomie de prêtre, il ne l'a plus dès que nous sommes quelques instants seuls ensemble. Et quand ces messieurs disent un mot qu'ils croient fin et imprévu, leur premier regard n'est-il pas pour Julien ? je l'ai fort bien remarqué. Et pourtant ils savent bien que jamais il ne leur parle, à moins d'être interrogé. Ce n'est qu'à moi qu'il adresse la parole, il me croit l'âme haute. Il ne répond à leurs objections que juste autant qu'il faut pour être poli. Il tourne au respect tout de suite. Avec moi, il discute des heures entières, il n'est pas sûr de ses idées tant que j'y trouve la moindre objection. Enfin, tout cet hiver, nous n'avons pas eu de coups de fusil ; il ne s'est agi que d'attirer l'attention par des paroles. Eh bien, mon père, homme supérieur, et qui portera loin la fortune de notre maison, respecte Julien. Tout le reste le hait, personne ne le méprise, que les dévotes amies de ma mère.

Le comte de Caylus avait ou feignait une grande passion pour les chevaux ; il passait sa vie dans son écurie et souvent y déjeunait. Cette grande passion, jointe à l'habitude de ne jamais rire, lui donnait beaucoup de considération parmi ses amis : c'était l'aigle de ce petit cercle.

Dès qu'il fut réuni le lendemain derrière la bergère de madame de La Mole, Julien n'étant point présent, M. de Caylus, soutenu par Croisenois et par Norbert, attaqua vivement la bonne opinion que Mathilde avait de Julien, et cela sans à-propos, et presque au premier moment où il vit mademoiselle de La Mole. Elle comprit cette finesse d'une lieue, et en fut charmée.

Les voilà tous ligués, se dit-elle, contre un homme de génie qui n'a pas dix louis de rente, et qui ne peut leur répondre qu'autant qu'il est interrogé. Ils en ont peur sous son habit noir. Que serait-ce avec des épaulettes ?

Jamais elle n'avait été plus brillante. Dès les premières attaques, elle couvrit de sarcasmes plaisants Caylus et ses alliés. Quand le feu des plaisanteries de ces brillants officiers fut éteint :

— Que demain quelque hobereau des montagnes de la Franche-Comté, dit-elle à M. de Caylus, s'aperçoive que Julien est son fils naturel, et lui donne un nom et quelques milliers de francs, dans six semaines il a des moustaches comme vous, messieurs ; dans six mois il est officier de housards comme vous, messieurs. Et alors la grandeur de son caractère n'est plus un ridicule. Je vous vois réduit, M. le duc futur, à cette ancienne mauvaise raison : la supériorité de la noblesse de cour sur la noblesse de province. Mais que vous restera-t-il si je veux vous pousser à bout, si j'ai la malice de donner pour père à Julien un duc espagnol, prisonnier de guerre à Besançon du temps de Napoléon, et qui, par scrupule de conscience, le reconnaît à son lit de mort ?

Toutes ces suppositions de naissance non légitime furent trouvées d'assez mauvais goût par MM. de Caylus et de Croisenois. Voilà tout ce qu'ils virent dans le raisonnement de Mathilde.

Quelque dominé que fût Norbert, les paroles de sa sœur étaient si claires, qu'il prit un air grave qui allait assez mal, il faut l'avouer, à sa physionomie souriante et bonne. Il osa dire quelques mots :

— Êtes-vous malade, mon ami ? lui répondit Mathilde d'un petit air sérieux. Il faut que vous soyez bien mal pour répondre à des plaisanteries par de la morale.

De la morale, vous ! est-ce que vous sollicitez une place de préfet ?

Mathilde oublia bien vite l'air piqué du comte de Caylus, l'humeur de Norbert et le désespoir de M. de Croisenois. Elle avait à prendre un parti sur une idée fatale qui venait de saisir son âme.

Julien est assez sincère avec moi, se dit-elle ; à son âge, dans une fortune inférieure, malheureux comme il l'est par une ambition étonnante, on a besoin d'une amie. Je suis peut-être cette amie ; mais je ne lui vois point d'amour. Avec l'audace de son caractère, il m'eût parlé de cet amour.

Cette incertitude, cette discussion avec soi-même, qui, dès cet instant, occupa chacun des instants de Mathilde, et pour laquelle, à chaque fois que Julien lui parlait, elle se trouvait de nouveaux arguments, chassa tout à fait ces moments d'ennui auxquels elle était tellement sujette.

Fille d'un homme d'esprit qui pouvait devenir ministre, et rendre ses bois au clergé, mademoiselle de La Mole avait été, au couvent du Sacré-Cœur, l'objet des flatteries les plus excessives. Ce malheur jamais ne se répare. On lui avait persuadé qu'à cause de tous ses avantages de naissance, de fortune, etc., elle devait être plus heureuse qu'une autre. C'est la source de l'ennui des princes et de toutes leurs folies.

Mathilde n'avait point échappé à la funeste influence de cette idée. Quelque esprit qu'on ait, l'on n'est pas en garde à dix ans contre les flatteries de tout un couvent, et aussi bien fondées en apparence.

Du moment qu'elle eut décidé qu'elle aimait Julien, elle ne s'ennuya plus. Tous les jours, elle se félicitait du parti qu'elle avait pris de se donner une grande passion. Cet amusement a bien des dangers, pensait-elle. Tant mieux ! mille fois tant mieux !

Sans grande passion, j'étais languissante d'ennui au plus beau moment de la vie, de seize ans jusqu'à vingt. J'ai déjà perdu mes plus belles années, obligée pour tout plaisir à entendre déraisonner les amies de ma mère, qui, à Coblentz en 1792, n'étaient pas tout à fait, dit-on, aussi sévères que leurs paroles d'aujourd'hui.

C'était pendant que ces grandes incertitudes agitaient Mathilde, que Julien ne comprenait pas ses longs regards qui s'arrêtaient sur lui. Il trouvait bien un redoublement de froideur dans les manières du comte Norbert, et un nouvel accès de hauteur dans celles de MM. de Caylus, de Luz et de Croisenois. Il y était accoutumé. Ce malheur lui arrivait quelquefois à la suite d'une soirée où il avait brillé plus qu'il ne convenait à sa position. Sans l'accueil particulier que lui faisait Mathilde, et la curiosité que tout cet ensemble lui inspirait, il eût évité de suivre au jardin ces brillants jeunes gens à moustaches, lorsque, les après-dîners, ils y accompagnaient mademoiselle de La Mole.

Oui, il est impossible que je me le dissimule, se disait Julien, mademoiselle de La Mole me regarde d'une façon singulière. Mais, même quand ses beaux yeux bleus fixés sur moi sont ouverts avec le plus d'abandon, j'y lis toujours un fond d'examen, de sang-froid et de méchanceté. Est-ce possible que ce soit là de l'amour ? Quelle différence avec les regards de madame de Rênal !

Une après-dînée, Julien, qui avait suivi M. de La Mole dans son cabinet, revenait rapidement au jardin. Comme il approchait sans précaution du groupe de Mathilde, il surprit quelques mots prononcés très haut. Elle tourmentait son frère. Julien entendit son nom prononcé distinctement deux fois. Il parut ; un silence profond s'établit tout à coup, et l'on fit de vains efforts pour le faire cesser. Mademoiselle de La Mole et son frère étaient trop animés pour trouver un autre sujet de conversation. MM. de Caylus, de Croisenois, de Luz et un de leurs amis parurent à Julien d'un froid de glace. Il s'éloigna.

CHAPITRE XIII

UN COMPLOT

> Des propos décousus, des rencontres par effet du hasard se transforment en preuves de la dernière évidence aux yeux de l'homme à imagination s'il a quelque feu dans le cœur.
>
> SCHILLER.

Le lendemain, il surprit encore Norbert et sa sœur qui parlaient de lui. A son arrivée, un silence de mort s'établit, comme la veille. Ses soupçons n'eurent plus de bornes. Ces aimables jeunes gens auraient-ils entrepris de se moquer de moi ? Il faut avouer que cela est beaucoup plus probable, beaucoup plus naturel qu'une prétendue passion de mademoiselle de La Mole, pour un pauvre diable de secrétaire. D'abord, ces gens-là ont-ils des passions ? Mystifier est leur fort. Ils sont jaloux de ma pauvre petite supériorité de paroles. Être jaloux est encore un de leurs faibles. Tout s'explique dans ce système. Mademoiselle de La Mole veut me persuader qu'elle me distingue, tout simplement pour me donner en spectacle à son prétendu.

Ce cruel soupçon changea toute la position morale de Julien. Cette idée trouva dans son cœur un commencement d'amour qu'elle n'eut pas de peine à détruire. Cet amour n'était fondé que sur la rare beauté de Mathilde, ou plutôt sur ses façons de reine et sa toilette admirable. En cela Julien était encore un parvenu. Une jolie femme du grand monde est, à ce qu'on assure, ce qui étonne le plus un paysan homme d'esprit, quand il arrive aux premières classes de la société. Ce n'était point le caractère de Mathilde qui faisait rêver Julien les jours précédents. Il avait assez de sens pour comprendre qu'il ne connaissait point ce caractère. Tout ce qu'il en voyait pouvait n'être qu'une apparence.

Par exemple, pour tout au monde, Mathilde n'aurait pas manqué la messe un dimanche ; presque tous les jours, elle y accompagnait sa mère. Si, dans le salon de l'hôtel de La Mole, quelque imprudent oubliait le lieu où il était et se permettait l'allusion la plus éloignée à une plaisanterie contre les intérêts vrais ou supposés du trône ou de l'autel, Mathilde devenait à l'instant d'un sérieux de glace. Son regard, qui était si piquant, reprenait toute la hauteur impassible d'un vieux portrait de famille.

Mais Julien s'était assuré qu'elle avait toujours dans sa chambre un ou deux des volumes les plus philosophiques de Voltaire. Lui-même volait souvent quelques tomes de la belle édition si magnifiquement reliée. En écartant un peu chaque volume de son voisin, il cachait l'absence de celui qu'il emportait ; mais bientôt il s'aperçut qu'une autre personne lisait Voltaire. Il eut recours à une finesse de séminaire, il plaça quelques petits morceaux de crin sur les volumes qu'il supposait pouvoir intéresser mademoiselle de La Mole. Ils disparaissaient pendant des semaines entières.

M. de La Mole, impatienté contre son libraire, qui lui envoyait tous les *faux Mémoires*, chargea Julien d'acheter toutes les nouveautés un peu piquantes. Mais, pour que le venin ne se répandît pas dans la maison, le secrétaire avait l'ordre de déposer ces livres dans une petite bibliothèque, placée dans la chambre même du marquis. Il eut bientôt la certitude que, pour peu que ces livres nouveaux fussent hostiles aux intérêts du trône et de l'autel, ils ne tardaient pas à disparaître. Certes, ce n'était pas Norbert qui lisait.

Julien, s'exagérant cette expérience, croyait à mademoiselle de La Mole la duplicité de Machiavel. Cette scélératesse prétendue était un charme à ses yeux, presque l'unique charme moral qu'elle eût. L'ennui de l'hypocrisie et des propos de vertu le jetait dans cet excès.

Il excitait son imagination plus qu'il n'était entraîné par son amour.

C'était après s'être perdu en rêveries sur l'élégance de la taille de mademoiselle de La Mole, sur l'excellent goût de sa toilette, sur la blancheur de sa main, sur la beauté de son bras, sur la *disinvoltura* de tous ses mouvements, qu'il se trouvait amoureux. Alors, pour achever le charme, il la croyait une Catherine de Médicis. Rien n'était trop profond ou trop scélérat pour le caractère qu'il lui prêtait. C'était l'idéal des Maslon, des Frilair et des Castanède par lui admirés dans sa jeunesse. C'était, en un mot, pour lui l'idéal de Paris.

Y eut-il jamais rien de plus plaisant que de supposer de la profondeur ou de la scélératesse au caractère parisien ?

Il est possible que ce *trio* se moque de moi, pensait Julien. On connaît bien peu son caractère, si l'on ne voit pas déjà l'expression sombre et froide que prirent ses regards en répondant à ceux de Mathilde. Une ironie amère repoussa les assurances d'amitié que mademoiselle de La Mole étonnée osa hasarder deux ou trois fois.

Piqué par cette bizarrerie soudaine, le cœur de cette jeune fille naturellement froid, ennuyé, sensible à l'esprit, devint aussi passionné qu'il était dans la nature de l'être. Mais il y avait aussi beaucoup d'orgueil dans le caractère de Mathilde, et la naissance d'un sentiment qui faisait dépendre d'un autre tout son bonheur fut accompagnée d'une sombre tristesse.

Julien avait déjà assez profité depuis son arrivée à Paris, pour distinguer que ce n'était pas là la tristesse sèche de l'ennui. Au lieu d'être avide, comme autrefois, de soirées, de spectacles et de distractions de tous genres, elle les fuyait.

La musique chantée par des Français ennuyait Mathilde à la mort, et cependant Julien, qui se faisait un devoir d'assister à la sortie de l'Opéra, remarqua qu'elle s'y faisait mener le plus souvent qu'elle pouvait. Il crut distinguer qu'elle avait perdu un peu de la mesure parfaite qui brillait dans toutes ses actions. Elle répondait quelquefois à ses amis par des plaisanteries outrageantes à force de piquante énergie. Il lui sembla qu'elle prenait en guignon le marquis de Croisenois. Il faut que ce jeune homme aime furieusement l'argent, pour ne pas planter là cette fille, si riche qu'elle soit ! pensait Julien. Et pour lui, indigné des outrages faits à la dignité masculine, il redoublait de froideur envers elle. Souvent il alla jusqu'aux réponses peu polies.

Quelque résolu qu'il fût à ne pas être dupe des marques d'intérêt de Mathilde, elles étaient si évidentes certains jours, et Julien, dont les yeux commençaient à se dessiller, la trouvait si jolie, qu'il en était quelquefois embarrassé.

L'adresse et la longanimité de ces jeunes gens du grand monde finiraient par triompher de mon peu d'expérience, se dit-il ; il faut partir et mettre un terme à tout ceci. Le marquis venait de lui confier l'administration d'une quantité de petites terres et de maisons qu'il possédait dans le Bas-Languedoc. Un voyage était nécessaire : M. de La Mole y consentit avec peine. Excepté pour les matières de haute ambition, Julien était devenu un autre lui-même.

Au bout du compte, ils ne m'ont point attrapé, se disait Julien, en préparant son départ. Que les plaisanteries que mademoiselle de Le Mole fait à ces messieurs soient réelles ou seulement destinées à m'inspirer de la confiance, je m'en suis amusé.

S'il n'y a pas conspiration contre le fils du charpentier, mademoiselle de La Mole est inexplicable, mais elle l'est pour le marquis de Croisenois du moins autant que pour moi. Hier, par exemple, son humeur était bien réelle, et j'ai eu le plaisir de faire bouquer par ma faveur un jeune homme aussi noble et aussi riche que je suis gueux et plébéien. Voilà le plus beau de mes triomphes ; il m'égaiera dans ma chaise de poste, en courant les plaines du Languedoc.

Il avait fait de son départ un secret, mais Mathilde savait mieux que lui qu'il allait quitter Paris le lendemain, et pour longtemps. Elle eut recours à un mal de tête fou, qu'augmentait l'air étouffé du salon. Elle se promena beaucoup dans le jardin, et poursuivit tellement de ses plaisanteries mordantes Norbert, le marquis de Croisenois, Caylus, de Luz et quelques autres jeunes gens qui avaient dîné à l'hôtel de La Mole, qu'elle les força de partir. Elle regardait Julien d'une façon étrange.

Ce regard est peut-être une comédie, pensa Julien ; mais cette respiration pressée, mais tout ce trouble ! Bah ! se dit-il, qui suis-je pour juger de toutes ces choses ? Il s'agit ici de ce qu'il y a de plus sublime et de plus fin parmi les femmes de Paris. Cette respiration pressée qui a été sur le point de me toucher, elle l'aura étudiée chez Léontine Fay, qu'elle aime tant.

Ils étaient restés seuls ; la conversation languissait évidemment. Non ! Julien ne sent rien pour moi, se disait Mathilde vraiment malheureuse.

Comme il prenait congé d'elle, elle lui serra le bras avec force :

— Vous recevrez ce soir une lettre de moi, lui dit-elle d'une voix tellement altérée, que le son n'en était pas reconnaissable.

Cette circonstance toucha sur-le-champ Julien.

— Mon père, continua-t-elle, a une juste estime pour les services que vous lui rendez. *Il faut* ne pas partir demain ; trouvez un prétexte. Et elle s'éloigna en courant.

Sa taille était charmante. Il était impossible d'avoir un plus joli pied, elle courait avec une grâce qui ravit Julien ; mais devinerait-on à quoi fut sa seconde pensée après qu'elle eut tout à fait disparu ? Il fut offensé du ton impératif avec lequel elle avait dit ce mot *il faut.* Louis XV aussi, au moment de mourir, fut vivement piqué du mot *il faut*, maladroitement employé par son premier médecin, et Louis XV pourtant n'était pas un parvenu.

Une heure après, un laquais remit une lettre à

Julien ; c'était tout simplement une déclaration d'amour.

Il n'y a pas trop d'affectation dans le sytle, se dit Julien, cherchant par ses remarques littéraires à contenir la joie qui contractait ses joues et le forçait à rire malgré lui.

Enfin moi, s'écria-t-il tout à coup, la passion étant trop forte pour être contenue, moi, pauvre paysan, j'ai donc une déclaration d'amour d'une grande dame !

Quant à moi, ce n'est pas mal, ajouta-t-il en comprimant sa joie le plus possible. J'ai su conserver la dignité de mon caractère. Je n'ai point dit que j'aimais. Il se mit à étudier la forme des caractères ; mademoiselle de La Mole avait une jolie petite écriture anglaise. Il avait besoin d'une occupation physique pour se distraire d'une joie qui allait jusqu'au délire.

« Votre départ m'oblige à parler... Il serait au-dessus de mes forces de ne plus vous voir... »

Une pensée vint frapper Julien comme une découverte, interrompre l'examen qu'il faisait de la lettre de Mathilde, et redoubler sa joie. Je l'emporte sur le marquis de Croisenois, s'écria-t-il, moi, qui ne dis que des choses sérieuses ! Et lui est si joli ! il a des moustaches, un charmant uniforme ; il trouve toujours à dire, juste au moment convenable, un mot spirituel et fin.

Julien eut un instant délicieux ; il errait à l'aventure dans le jardin, fou de bonheur.

Plus tard il monta à son bureau et se fit annoncer chez le marquis de La Mole, qui heureusement n'était pas sorti. Il lui prouva facilement, en lui montrant quelques papiers marqués arrivés de Normandie, que le soin des procès normands l'obligeait à différer son départ pour le Languedoc.

— Je suis bien aise que vous ne partiez pas, lui dit le marquis, quand ils eurent fini de parler d'affaires, *j'aime à vous voir.* Julien sortit ; ce mot le gênait.

Et moi, je vais séduire sa fille ! rendre impossible peut-être ce mariage avec le marquis de Croisenois qui fait le charme de son avenir : s'il n'est pas duc, du moins sa fille aura un bon tabouret. Julien eut l'idée de partir pour le Languedoc malgré la lettre de Mathilde, malgré l'explication donnée au marquis. Cet éclair de vertu disparut bien vite.

Que je suis bon, se dit-il ; moi, plébéien, avoir pitié d'une famille de ce rang ! Moi que le duc de Chaulnes appelle un domestique ! Comment le marquis augmente-t-il son immense fortune ? En vendant de la rente, quand il apprend au château qu'il y aura le lendemain apparence de coup d'État. Et moi, jeté au dernier rang par une providence marâtre, moi à qui elle a donné un cœur noble et pas mille francs de rente, c'est-à-dire pas de pain, *exactement parlant, pas de pain* ; moi, refuser un plaisir qui s'offre ! Une source limpide qui vient étancher ma soif dans le désert brûlant de la médiocrité que je traverse si péniblement ! Ma foi, pas si bête ; chacun pour soi dans ce désert d'égoïsme qu'on appelle la vie.

Et il se rappela quelques regards remplis de dédain, à lui adressés par madame de La Mole, et surtout par les *dames* ses amies.

Le plaisir de triompher du marquis de Croisenois vint achever la déroute de ce souvenir de vertu.

Que je voudrais qu'il se fâchât ! dit Julien ; avec quelle assurance je lui donnerais maintenant un coup d'épée. Et il faisait le geste du coup de seconde. Avant ceci, j'étais un cuistre, abusant bassement d'un peu de courage. Après cette lettre, je suis son égal.

Oui, se disait-il avec une volupté infinie et en parlant lentement, nos mérites, au marquis et à moi, ont été pesés, et le pauvre charpentier du Jura l'emporte.

Bon ! s'écria-t-il, voilà la signature de ma réponse trouvée. N'allez pas vous figurer, mademoiselle de La Mole, que j'oublie mon état. Je vous ferai comprendre et bien sentir que c'est pour le fils d'un charpentier que vous trahissez un descendant du fameux Guy de Croisenois, qui suivit saint Louis à la croisade.

Julien ne pouvait contenir sa joie. Il fut obligé de descendre au jardin. Sa chambre, où il s'était enfermé à clef, lui semblait trop étroite pour y respirer.

Moi, pauvre paysan du Jura, se répétait-il sans cesse, moi condamné à porter toujours ce triste habit noir ! Hélas ! vingt ans plus tôt, j'aurais porté l'uniforme comme eux ! Alors un homme comme moi était tué, ou *général à trente-six ans*.

Cette lettre, qu'il tenait serrée dans sa main, lui donnait la taille et l'attitude d'un héros. Maintenant, il est vrai, avec cet habit noir, à quarante ans, on a cent mille francs d'appointements et le cordon bleu, comme M. l'évêque de Beauvais.

Eh bien ! se dit-il en riant comme Méphistophélès, j'ai plus d'esprit qu'eux ; je sais choisir l'uniforme de mon siècle. Et il sentit redoubler son ambition et son attachement à l'habit ecclésiastique. Que de cardinaux nés plus bas que moi et qui ont gouverné ! mon compatriote Granvelle, par exemple.

Peu à peu l'agitation de Julien se calma ; la prudence surnagea. Il se dit, comme son maître Tartufe, dont il savait le rôle par cœur :

> Je puis croire ces mots un artifice honnête.
> ....
> Je ne me fîrai point à des propos si doux,
> Qu'un peu de ses faveurs, après quoi je soupire,
> Ne vienne m'assurer tout ce qu'ils m'ont pu dire.
>
> TARTUFE, acte IV, scène V.

Tartufe aussi fut perdu par une femme, et il en valait bien un autre... Ma réponse peut être montrée..., à quoi nous trouvons ce remède, ajouta-t-il en prononçant lentement, et avec l'accent de la férocité qui se contient, nous la commençons par les phrases les plus vives de la lettre de la sublime Mathilde.

Oui, mais quatre laquais de M. de Croisenois se précipitent sur moi et m'arrachent l'original.

Non, car je suis bien armé, et j'ai l'habitude, comme on sait, de faire feu sur les laquais.

Eh bien ! l'un d'eux a du courage ; il se précipite sur moi. On lui a promis cent napoléons. Je le tue ou je le blesse, à la bonne heure, c'est ce qu'on demande. On me jette en prison fort légalement ; je parais en police correctionnelle, et l'on m'envoie, avec toute justice et équité de la part des juges, tenir compagnie dans Poissy à MM. Fontan et Magalon. Là, je couche avec quatre cents gueux pêle-mêle... Et j'aurais quelque pitié de ces gens-là ! s'écria-t-il en se levant impétueusement. En ont-ils pour les gens du tiers-état, quand ils les tiennent ? Ce mot fut le dernier soupir de sa reconnaissance pour M. de La Mole qui, malgré lui, le tourmentait jusque-là.

Doucement, messieurs les gentilshommes, je comprends ce petit trait de machiavélisme ; l'abbé Maslon ou M. Castanède du séminaire n'auraient pas mieux fait. Vous m'enlèverez la lettre *provocatrice*, et je serai le second tome du colonel Caron à Colmar.

Un instant, messieurs, je vais envoyer la lettre fatale en dépôt dans un paquet bien cacheté à M. l'abbé Pirard. Celui-là est honnête homme, janséniste, et en cette qualité à l'abri des séductions du budget. Oui, mais il ouvre les lettres... ; c'est à Fouqué que j'enverrai celle-ci.

Il faut en convenir, le regard de Julien était atroce, sa physionomie hideuse ; elle respirait le crime sans alliage. C'était l'homme malheureux en guerre avec toute la société.

Aux armes ! s'écria Julien. Et il franchit d'un saut les marches du perron de l'hôtel. Il entra dans l'échoppe de l'écrivain du coin de la rue ; il lui fit peur. Copiez, lui dit-il en lui donnant la lettre de mademoiselle de La Mole.

Pendant que l'écrivain travaillait, il écrivit lui-même à Fouqué ; il le priait de lui conserver un dépôt précieux. Mais, se dit-il en s'interrompant, le cabinet noir à la poste ouvrira ma lettre et vous rendra celle que vous cherchez... ; non, messieurs. Il alla acheter une énorme bible chez un libraire protestant, cacha fort adroitement la lettre de Mathilde dans la couverture, fit emballer le tout, et son paquet partit par la diligence, adressé à un des ouvriers de Fouqué, dont personne à Paris ne savait le nom.

Cela fait, il rentra joyeux et leste à l'hôtel de La Mole. *A nous !* maintenant, s'écria-t-il, en s'enfermant à clef dans sa chambre, et jetant son habit :

« Quoi ! mademoiselle, écrivait-il à Mathilde, c'est mademoiselle de La Mole qui, par les mains d'Arsène, laquais de son père, fait remettre une lettre trop séduisante à un pauvre charpentier du Jura, sans doute pour se jouer de sa simplicité... » Et il transcrivait les phrases les plus claires de la lettre qu'il venait de recevoir.

La sienne eût fait honneur à la prudence diplomatique de M. le chevalier de Beauvoisis. Il n'était encore que dix heures ; Julien, ivre de bonheur et du sentiment de sa puissance, si nouveau pour un pauvre diable, entra à l'Opéra italien. Il entendit chanter son ami Geronimo. Jamais la musique ne l'avait exalté à ce point. Il était un dieu.

CHAPITRE XIV

PENSÉES D'UNE JEUNE FILLE

> Que de perplexités ! Que de nuits passées sans sommeil ! Grand Dieu ! vais-je me rendre méprisable ? Il me méprisera lui-même. Mais il part, il s'éloigne.
>
> ALFRED DE MUSSET.

Ce n'était point sans combats que Mathilde avait écrit. Quel qu'eût été le commencement de son intérêt pour Julien, bientôt il domina l'orgueil qui, depuis qu'elle se connaissait, régnait seul dans son cœur. Cette âme haute et froide était emportée pour la première fois par un sentiment passionné. Mais s'il dominait l'orgueil, il était encore fidèle aux habitudes de l'orgueil. Deux mois de combats et de sensations nouvelles renouvelèrent, pour ainsi dire, tout son être moral.

Mathilde croyait voir le bonheur. Cette vue toute puissante sur les âmes courageuses, liées à un esprit supérieur, eut à lutter longuement contre la dignité et tous les sentiments de devoirs vulgaires. Un jour, elle entra chez sa mère, dès sept heures du matin, la priant de lui permettre de se réfugier à Villequier. La marquise ne daigna pas même lui répondre, et lui conseilla d'aller se remettre au lit. Ce fut le dernier effort de la sagesse vulgaire et de la déférence aux idées reçues.

La crainte de mal faire et de heurter les idées tenues pour sacrées par les Caylus, les de Luz, les Croisenois, avait assez peu d'empire sur son âme ; de tels êtres ne lui semblaient pas faits pour la comprendre ; elle les eût consultés s'il eût été question d'acheter une calèche ou une terre. Sa véritable terreur était que Julien ne fût mécontent d'elle.

Peut-être aussi n'a-t-il que les apparences d'un homme supérieur ?

Elle abhorrait le manque de caractère, c'était sa seule objection contre les beaux jeunes gens qui l'entouraient. Plus ils plaisantaient avec grâce tout ce qui s'écarte de la mode, ou la suit mal, croyant la suivre, plus ils se perdaient à ses yeux.

Ils étaient braves, et voilà tout. Et encore, comment braves ? se disait-elle : en duel. Mais le duel n'est plus qu'une cérémonie. Tout en est su d'avance, même ce que l'on doit dire en tombant. Étendu sur le gazon, et la main sur le cœur, il faut un pardon généreux pour l'adversaire et un mot pour une belle souvent imaginaire, ou bien qui va au bal le jour de votre mort, de peur d'exciter les soupçons.

On brave le danger à la tête d'un escadron tout brillant d'acier, mais le danger solitaire, singulier, imprévu, vraiment laid ?

Hélas ! se disait Mathilde, c'était à la cour de Henri III que l'on trouvait des hommes grands par le caractère comme par la naissance ! Ah ! si Julien avait servi à Jarnac ou à Moncontour, je n'aurais plus de doute. En ces temps de vigueur et de force, les Français n'étaient pas des poupées. Le jour de la bataille était presque celui des moindres perplexités.

Leur vie n'était pas emprisonnée, comme une momie d'Égypte, sous une enveloppe toujours commune à tous, toujours la même. Oui, ajoutait-elle, il y avait plus de vrai courage à se retirer seul à onze heures du soir, en sortant de l'hôtel de Soissons, habité par Catherine de Médicis, qu'aujourd'hui à courir à Alger. La vie d'un homme était une suite de hasards. Maintenant la civilisation et le préfet de police ont chassé le hasard, plus d'imprévu. S'il paraît dans les idées, il n'est pas assez d'épigrammes pour lui ; s'il paraît dans les événements, aucune lâcheté n'est au-dessus de notre peur. Quelque folie que nous fasse la peur, elle est excusée. Siècle dégénéré et ennuyeux ! Qu'aurait dit Boniface de La Mole si, levant hors de la tombe sa tête coupée, il eût vu, en 1793, dix-sept de ses descendants, se laisser prendre comme des moutons, pour être guillotinés deux jours après ? La mort était certaine, mais il eût été de mauvais ton de se défendre et de tuer au moins un jacobin ou deux. Ah ! dans les temps héroïques de la France, au siècle de Boniface de La Mole, Julien eût été le chef d'escadron, et mon frère le jeune prêtre, aux mœurs convenables, avec la sagesse dans les yeux et la raison à la bouche.

Quelques mois auparavant, Mathilde désespérait de rencontrer un être un peu différent du patron commun. Elle avait trouvé quelque bonheur en se permettant d'écrire à quelques jeunes gens de la société. Cette hardiesse si inconvenante, si imprudente chez une jeune fille pouvait la déshonorer aux yeux de M. de Croisenois, du duc de Chaulnes son grand-père, et de tout l'hôtel de Chaulnes, qui, voyant se rompre le mariage projeté, aurait voulu savoir pourquoi. En ce temps-là, les jours où elle avait écrit une de ces lettres, Mathilde ne pouvait dormir. Mais ces lettres n'étaient que des réponses.

Ici elle osait dire qu'elle aimait. Elle écrivait *la première* (quel mot terrible !) à un homme placé dans les derniers rangs de la société.

Cette circonstance assurait, en cas de découverte, un déshonneur éternel. Laquelle des femmes venant chez sa mère eût osé prendre son parti ?

Quelle phrase eût-on pu leur donner à répéter pour amortir le coup de l'affreux mépris des salons ?

Et encore parler était affreux, mais écrire ! *Il est des choses qu'on n'écrit pas*, s'écriait Napoléon apprenant la capitulation de Baylen. Et c'était Julien qui lui avait conté ce mot ! comme lui faisant d'avance une leçon.

Mais tout cela n'était rien encore, l'angoisse de Mathilde avait d'autres causes. Oubliant l'effet horrible sur la société, la tache ineffaçable et toute pleine de mépris, car elle outrageait sa caste, Mathilde allait écrire à un être d'une bien autre nature que les Croisenois, les de Luz, les Caylus.

La profondeur, l'*inconnu* du caractère de Julien eussent effrayé, même en nouant avec lui une relation ordinaire. Et elle en allait faire son amant, peut-être son maître !

Quelles ne seront pas ses prétentions, si jamais il peut tout sur moi ? Eh bien ! je me dirai comme Médée : *Au milieu de tant de périls, il me reste* MOI.

Julien n'avait nulle vénération pour la noblesse du sang, croyait-elle. Bien plus, peut-être il n'avait nul amour pour elle !

Dans ces derniers moments de doutes affreux, se présentèrent les idées d'orgueil féminin. Tout doit être singulier dans le sort d'une fille comme moi, s'écria Mathilde impatientée. Alors l'orgueil qu'on lui avait inspiré dès le berceau se trouvait un adversaire pour la vertu. Ce fut dans cet instant que le départ de Julien vint tout précipiter.

(De tels caractères sont heureusement fort rares.)

Le soir, fort tard, Julien eut la malice de faire descendre une malle très pesante chez le portier ; il appela pour la transporter le valet de pied qui faisait la cour à la femme de chambre de mademoiselle de La Mole. Cette manœuvre peut n'avoir aucun résultat, se dit-il, mais si elle réussit, elle me croit parti. Il s'endormit fort gai sur cette plaisanterie. Mathilde ne ferma pas l'œil.

Le lendemain, de fort grand matin, Julien sortit de l'hôtel sans être aperçu, mais il rentra avant huit heures.

A peine était-il dans la bibliothèque, que mademoiselle de La Mole parut sur la porte. Il lui remit sa réponse. Il pensait qu'il était de son devoir de lui parler ; rien n'était plus commode, du moins, mais mademoiselle de La Mole ne voulut pas l'écouter et disparut. Julien en fut charmé, il ne savait que lui dire.

Si tout ceci n'est pas un jeu convenu avec le comte Norbert, il est clair que ce sont mes regards pleins de froideur qui ont allumé l'amour baroque que cette fille de si haute naissance s'avise d'avoir pour moi. Je serais un peu plus sot qu'il ne convient, si jamais je me laissais entraîner à avoir du goût pour cette grande poupée blonde. Ce raisonnement le laissa plus froid et plus calculant qu'il n'avait été de sa vie.

Dans la bataille qui se prépare, ajouta-t-il, l'orgueil de la naissance sera comme une colline élevée, formant position militaire entre elle et moi. C'est là-dessus qu'il faut manœuvrer. J'ai fort mal fait de rester à Paris ; cette remise de mon départ m'avilit et m'expose, si tout ceci n'est qu'un jeu. Quel danger y avait-il à partir ? Je me moquais d'eux, s'ils se moquent de moi. Si son intérêt pour moi a quelque réalité, je centuplais cet intérêt.

La lettre de mademoiselle de La Mole avait donné à Julien une jouissance de vanité si vive, que, tout en riant de ce qui lui arrivait, il avait oublié de songer sérieusement à la convenance du départ.

C'était une fatalité de son caractère d'être extrêmement sensible à ses fautes. Il était fort contrarié de celle-ci, et ne songeait plus à la victoire incroyable qui avait précédé ce petit échec, lorsque, vers les neuf heures, mademoiselle de La Mole parut sur le seuil de la porte de la bibliothèque, lui jeta une lettre et s'enfuit.

Il paraît que ceci va être le roman par lettres, dit-il en relevant celle-ci. L'ennemi fait un faux mouvement, moi je vais faire donner la froideur et la vertu.

On lui demandait une réponse décisive avec une hauteur qui augmenta sa gaîté intérieure. Il se donna le plaisir de mystifier, pendant deux pages, les personnages qui voudraient se moquer de lui, et ce fut encore par une plaisanterie qu'il annonça, vers la fin de sa réponse, son départ décidé pour le lendemain matin.

Cette lettre terminée : Le jardin va me servir pour la remettre, pensa-t-il, et il y alla. Il regardait la fenêtre de la chambre de mademoiselle de La Mole.

Elle était au premier étage, à côté de l'appartement de sa mère, mais il y avait un entresol.

Ce premier était tellement élevé, qu'en se promenant sous l'allée de tilleuls, sa lettre à la main, Julien ne pouvait être aperçu de la fenêtre de mademoiselle de La Mole. La voûte formée par les tilleuls, fort bien taillés, interceptait la vue. Mais quoi ! se dit Julien avec humeur, encore une imprudence ! Si l'on a entrepris de se moquer de moi, me faire voir une lettre à la main, c'est servir mes ennemis.

La chambre de Norbert était précisément au-dessus de celle de sa sœur, et si Julien sortait de la voûte formée par les branches taillées des tilleuls, le comte et ses amis pouvaient suivre tous ses mouvements.

Mademoiselle de La Mole parut derrière sa vitre ; il montra sa lettre à demi ; elle baissa la tête. Aussitôt Julien remonta chez lui en courant, et rencontra par hasard, dans le grand escalier, la belle Mathilde, qui saisit sa lettre avec une aisance parfaite et des yeux riants.

Que de passion il y avait dans les yeux de cette pauvre madame de Rênal, se dit Julien, quand, même après six mois de relations intimes, elle osait recevoir une lettre de moi ! De sa vie, je crois, elle ne m'a regardé avec des yeux riants.

Il ne s'exprima pas aussi nettement le reste de sa réponse ; avait-il honte de la futilité des motifs ? Mais aussi quelle différence, ajoutait sa pensée, dans l'élégance de la robe du matin, dans l'élégance de la tournure ! En apercevant mademoiselle de La Mole à trente pas de distance, un homme de goût devinerait le rang qu'elle occupe dans la société. Voilà ce qu'on peut appeler un mérite explicite.

Tout en plaisantant, Julien ne s'avouait pas encore toute sa pensée ; madame de Rênal n'avait pas de marquis de Croisenois à lui sacrifier. Il n'avait pour rival que cet ignoble sous-préfet M. Charcot, qui se faisait appeler de Maugiron, parce qu'il n'y a plus de Maugirons.

A cinq heures, Julien reçut une troisième lettre ; elle lui fut lancée de la porte de la bibliothèque. Mademoiselle de La Mole s'enfuit encore. Quelle manie d'écrire ! se dit-il en riant, quand on peut se parler si commodément ! L'ennemi veut avoir de mes lettres, c'est clair, et plusieurs ! Il ne se hâtait point d'ouvrir celle-ci. Encore des phrases élégantes, pensait-il ; mais il pâlit en lisant. Il n'y avait que huit lignes :

« J'ai besoin de vous parler ; il faut que je vous parle, ce soir ; au moment où une heure après minuit sonnera, trouvez-vous dans le jardin. Prenez la grande échelle du jardinier auprès du puits ; placez-la contre ma fenêtre et montez chez moi. Il fait clair de lune ; n'importe. »

CHAPITRE XV

EST-CE UN COMPLOT ?

> Ah ! que l'intervalle est cruel entre un grand projet conçu et son exécution ! Que de vaines terreurs ! que d'irrésolutions ! Il s'agit de la vie. — Il s'agit de bien plus : de l'honneur !
>
> SCHILLER.

Ceci devient sérieux, pensa Julien… et un peu trop clair, ajouta-t-il après avoir pensé. Quoi ! cette belle demoiselle peut me parler dans la bibliothèque avec une liberté qui, grâce à Dieu, est entière ; le marquis, dans la peur qu'il a que je ne lui montre des comptes, n'y vient jamais. Quoi ! M. de La Mole et le comte Norbert, les seules personnes qui entrent ici, sont absents presque toute la journée ; on peut facilement observer le moment de leur entrée à l'hôtel, et la sublime Mathilde, pour la main de laquelle un prince souverain ne serait pas trop noble, veut que je commette une imprudence abominable !

C'est clair, on veut me perdre ou se moquer de moi, tout au moins. D'abord, on a voulu me perdre avec mes lettres ; elles se trouvent prudentes ; eh bien ! il leur faut une action plus claire que le jour. Ces jolis petits messieurs me croient aussi trop bête ou trop fat. Diable ! par le plus beau clair de lune du monde, monter ainsi par une échelle à un premier étage de vingt-cinq pieds d'élévation ! on aura le temps de me voir, même des hôtels voisins. Je serai beau sur mon échelle ! Julien monta chez lui et se mit à faire sa malle en sifflant. Il était résolu à partir et à ne pas même répondre.

Mais cette sage résolution ne lui donnait pas la paix du cœur. Si par hasard, se dit-il tout à coup, sa malle fermée, Mathilde était de bonne foi ! alors moi je joue, à ses yeux, le rôle d'un lâche parfait. Je n'ai point de naissance, moi, il me faut de grandes qualités, argent comptant, sans suppositions complaisantes, bien prouvées par des actions parlantes...

Il fut un quart d'heure à se promener dans sa chambre. A quoi bon le nier ? dit-il enfin ; je serai un lâche à ses yeux. Je perds non seulement la personne la plus brillante de la haute société, ainsi qu'ils disaient tous au bal de M. le duc de Retz, mais encore le divin plaisir de me voir sacrifier le marquis de Croisenois, le fils d'un duc, et qui sera duc lui-même. Un jeune homme charmant qui a toutes les qualités qui me manquent : esprit d'à-propos, naissance, fortune…

Ce remords va me poursuivre toute ma vie, non pour elle, il est tant de maîtresses !

. . . . Mais il n'est qu'un honneur !

dit le vieux don Diègue, et ici clairement et nettement, je recule devant le premier péril qui m'est offert ; car ce duel avec M. de Beauvoisis se présentait comme une plaisanterie. Ceci est tout différent. Je puis être tiré au blanc par un domestique, mais c'est le moindre danger, je puis être déshonoré !

Ceci devient sérieux, mon garçon, ajouta-t-il avec une gaîté et un accent gascons. Il y va de l'*honur*. Jamais un pauvre diable, jeté aussi bas que moi par le hasard, ne retrouvera une telle occasion : j'aurai des bonnes fortunes, mais subalternes…

Il réfléchit longtemps, il se promenait à pas précipités, s'arrêtant tout court de temps à autre. On avait déposé dans sa chambre un magnifique buste en marbre du cardinal de Richelieu qui, malgré lui, attirait ses regards. Ce buste éclairé par sa lampe avait l'air de le regarder d'une façon sévère, et comme lui reprochant le manque de cette audace qui doit être si naturelle au caractère français. De ton temps, grand homme, aurais-je hésité ?

Au pire, se dit enfin Julien, supposons que tout ceci soit un piège, il est bien noir et bien compromettant pour une jeune fille. On sait que je ne suis pas homme à me taire. Il faudra donc me tuer. Cela était bon en 1574, du temps de Boniface de La Mole, mais jamais celui d'aujourd'hui n'oserait. Ces gens-là ne sont plus les mêmes. Mademoiselle de La Mole est si enviée ! Quatre cents salons retentiraient demain de sa honte, et avec quel plaisir !

Les domestiques jasent, entre eux, des préférences marquées dont je suis l'objet, je le sais, je les ai entendus...

D'un autre côté, ses lettres !... ils peuvent croire que je les ai sur moi. Surpris dans sa chambre, on me les enlève. J'aurai affaire à deux, trois, quatre hommes, que sais-je ? Mais ces hommes, où les prendront-ils ? où trouver des subalternes discrets à Paris ? La justice leur fait peur... Parbleu ! les Caylus, les Croisenois, les de Luz eux-mêmes. Ce moment, et la sotte figure que je ferai au milieu d'eux sera ce qui les aura séduits. Gare le sort d'Abeilard, M. le secrétaire !

Eh bien, parbleu ! messieurs, vous porterez de mes marques, je frapperai à la figure, comme les soldats de César à Pharsale... Quant aux lettres, je puis les mettre en lieu sûr.

Julien fit des copies des deux dernières, les cacha dans un volume du beau Voltaire de la bibliothèque, et porta lui-même les originaux à la poste.

Quand il fut de retour : Dans quelle folie je vais me jeter ! se dit-il avec surprise et terreur. Il avait été un quart d'heure sans regarder en face son action de la nuit prochaine.

Mais, si je refuse, je me méprise moi-même dans la suite ! Toute la vie, cette action sera un grand sujet de doute pour moi et un tel doute est le plus cuisant des malheurs. Ne l'ai-je pas éprouvé pour l'amant d'Amanda ! Je crois que je me pardonnerais plus aisément un crime bien clair ; une fois avoué, je cesserais d'y penser.

Quoi ! un destin, incroyable à force de bonheur, me tire de la foule pour me mettre en rivalité avec un homme portant un des plus beaux noms de France, et je me serai moi-même, de gaîté de cœur, déclaré son inférieur ! Au fond, il y a de la lâcheté à ne pas aller. Ce mot décide tout, s'écria Julien en se levant... d'ailleurs elle est bien jolie !

Si ceci n'est pas une trahison, quelle folie elle fait pour moi !... Si c'est une mystification, parbleu ! messieurs, il ne tient qu'à moi de rendre la plaisanterie sérieuse, et ainsi ferai-je.

Mais s'ils m'attachent les bras au moment de l'entrée dans la chambre ; ils peuvent avoir placé quelque machine ingénieuse !

C'est comme un duel, se dit-il en riant, il y a parade à tout, dit mon maître d'armes, mais le bon Dieu, qui veut qu'on en finisse, fait que l'un des deux oublie de parer. Du reste, voici de quoi leur répondre : il tirait ses pistolets de poche ; et quoique l'amorce fût fulminante, il la renouvela.

Il y avait encore bien des heures à attendre ; pour faire quelque chose, Julien écrivit à Fouqué : « Mon ami, n'ouvre la lettre ci-incluse qu'en cas d'accident, si tu entends dire que quelque chose d'étrange m'est arrivé. Alors, efface les noms propres du manuscrit que je t'envoie, et fais-en huit copies que tu enverras aux journaux de Marseille, Bordeaux, Lyon, Bruxelles, etc. ; dix jours plus tard, fais imprimer ce manuscrit, envoie le premier exemplaire à M. le marquis de La Mole ; et quinze jours après, jette les autres exemplaires de nuit dans les rues de Verrières. »

Ce petit mémoire justificatif arrangé en forme de conte, que Fouqué ne devait ouvrir qu'en cas d'accident, Julien le fit aussi peu compromettant que possible pour mademoiselle de La Mole ; mais enfin, il peignait fort exactement sa position.

Julien achevait de fermer son paquet, lorsque la cloche du dîner sonna ; elle fit battre son cœur. Son imagination, préoccupée du récit qu'il venait de composer, était toute aux pressentiments tragiques. Il s'était vu saisi par des domestiques, garrotté, conduit dans une cave, avec un bâillon dans la bouche. Là, un domestique le gardait à vue, et si l'honneur de la noble famille exigeait que l'aventure eût une fin tragique, il était facile de tout finir avec ces poisons qui ne laissent point de traces ; alors, on disait qu'il était mort de maladie, et on le transportait mort dans sa chambre.

Émmu de son propre conte comme un auteur dramatique, Julien avait réellement peur lorsqu'il entra dans la salle à manger. Il regardait tous ces domestiques en grande livrée. Il étudiait leur physionomie. Quels sont ceux qu'on a choisis pour l'expédition de cette nuit ? se disait-il. Dans cette famille, les souvenirs de la cour de Henri III sont si présents, si souvent rappelés, que, se croyant outragés, ils auront plus de décision que les autres personnages de leur rang. Il regarda mademoiselle de La Mole pour lire dans ses yeux les projets de sa famille ; elle était pâle, et il lui trouvait tout à fait une physionomie du moyen âge. Jamais il ne lui avait vu l'air si grand, elle était vraiment belle et imposante. Il en devint presque amoureux. *Pallida morte futura*, se dit-il. (Sa pâleur annonce ses grands desseins.)

En vain, après dîner, il affecta de se promener longtemps dans le jardin, mademoiselle de La Mole n'y parut pas. Lui parler eût, dans ce moment, délivré son cœur d'un grand poids.

Pourquoi ne pas l'avouer ? il avait peur. Comme il était résolu à agir, il s'abandonnait à ce sentiment sans vergogne. Pourvu qu'au moment d'agir, je me trouve le courage qu'il faut, se disait-il, qu'importe ce que je puis sentir en ce moment ? Il alla reconnaître la situation et le poids de l'échelle.

C'est un instrument, se dit-il en riant, dont il est dans mon destin de me servir ! ici comme à Verrières. Quelle différence ! Alors, ajouta-t-il avec un soupir, je n'étais pas obligé de me méfier de la personne pour laquelle je m'exposais. Quelle différence aussi dans le danger !

J'eusse été tué dans les jardins de M. de Rênal qu'il n'y avait point de déshonneur pour moi. Facilement on eût rendu ma mort inexplicable. Ici, quels récits abominables ne va-t-on pas faire dans les salons de l'hôtel de Chaulnes, de l'hôtel de Caylus, de l'hôtel de Retz, etc., partout enfin. Je serai un monstre dans la postérité.

Pendant deux ou trois ans, reprit-il en riant, et se moquant de soi. Mais cette idée l'anéantissait. Et moi, où pourra-t-on me justifier ? En supposant que Fouqué imprime mon pamphlet posthume, ce ne sera qu'une infamie de plus. Quoi ! Je suis reçu dans une maison, et, pour prix de l'hospitalité que j'y reçois, des bontés dont on m'y accable, j'imprime un pamphlet sur ce qui s'y passe ! j'attaque l'honneur des femmes ! Ah, mille fois plutôt, soyons dupes !

Cette soirée fut affreuse.

CHAPITRE XVI

UNE HEURE DU MATIN

> Ce jardin était fort grand, dessiné depuis peu d'années avec un goût parfait. Mais les arbres avaient figuré dans le fameux Pré-aux-Clercs, si célèbre du temps de Henry III, ils avaient plus d'un siècle. On y trouvait quelque chose de champêtre.
>
> MASSINGER.

Il allait écrire un contre-ordre à Fouqué lorsque onze heures sonnèrent. Il fit jouer avec bruit la serrure de la porte de sa chambre, comme s'il se fût enfermé chez lui. Il alla observer à pas de loup ce qui se passait dans toute la maison, surtout dans les mansardes du quatrième, habitées par les domestiques. Il n'y avait rien d'extraordinaire. Une des femmes de chambre de madame de La Mole donnait soirée, les domestiques prenaient du punch fort gaîment. Ceux qui rient ainsi, pensa Julien, ne doivent pas faire partie de l'expédition nocturne, ils seraient plus sérieux.

Enfin il alla se placer dans un coin obscur du jardin. Si leur plan est de se cacher des domestiques de la maison, ils feront arriver par-dessus les murs du jardin les gens chargés de me surprendre.

Si M. de Croisenois porte quelque sang-froid dans tout ceci, il doit trouver moins compromettant pour la jeune personne qu'il veut épouser de me faire surprendre avant le moment où je serai entré dans sa chambre.

Il fit une reconnaissance militaire et fort exacte. Il s'agit de mon honneur, pensa-t-il ; si je tombe dans quelque bévue, ce ne sera pas une excuse à mes propres yeux de me dire : Je n'y avais pas songé.

Le temps était d'une sérénité désespérante. Vers les onze heures la lune s'était levée, à minuit et demi elle éclairait en plein la façade de l'hôtel donnant sur le jardin.

Elle est folle, se disait Julien ; comme une heure sonna, il y avait encore de la lumière aux fenêtres du comte Norbert. De sa vie Julien n'avait eu autant de peur, il ne voyait que les dangers de l'entreprise, et n'avait aucun enthousiasme.

Il alla prendre l'immense échelle, attendit cinq minutes, pour laisser le temps à un contre-ordre, et à une heure cinq minutes posa l'échelle contre la fenêtre de Mathilde. Il monta doucement le pistolet à la main, étonné de n'être pas attaqué. Comme il approchait de la fenêtre, elle s'ouvrit sans bruit :

— Vous voilà, monsieur, lui dit Mathilde avec beaucoup d'émotion ; je suis vos mouvements depuis une heure.

Julien était fort embarrassé, il ne savait comment se conduire, il n'avait pas d'amour du tout. Dans son embarras, il pensa qu'il fallait oser, il essaya d'embrasser Mathilde.

— Fi donc ! lui dit-elle en le repoussant.

Fort content d'être éconduit, il se hâta de jeter un coup d'œil autour de lui : la lune était si brillante que les ombres qu'elle formait dans la chambre de mademoiselle de La Mole étaient noires. Il peut fort bien y avoir là des hommes cachés sans que je les voie, pensa-t-il.

— Qu'avez-vous dans la poche de côté de votre habit ? lui dit Mathilde, enchantée de trouver un sujet de conversation. Elle souffrait étrangement ; tous les sentiments de retenue et cette timidité, si naturels à une fille bien née, avaient repris leur empire, et la mettaient au supplice.

— J'ai toutes sortes d'armes et de pistolets, répondit Julien, non moins content d'avoir quelque chose à dire.

— Il faut abaisser l'échelle, dit Mathilde.

— Elle est immense, et peut casser les vitres du salon en bas, ou de l'entre-sol.

— Il ne faut pas casser les vitres, reprit Mathilde essayant en vain de prendre le ton de la conversation ordinaire ; vous pourriez, ce me semble, abaisser l'échelle au moyen d'une corde qu'on attacherait au premier échelon. J'ai toujours une provision de cordes chez moi.

Et c'est là une femme amoureuse ! pensa Julien, elle ose dire qu'elle aime ! tant de sang-froid, tant de sagesse dans les précautions m'indiquent assez que je ne triomphe pas de M. de Croisenois comme je le croyais sottement ; mais que tout simplement je lui succède. Au fait, que m'importe ! est-ce que je l'aime ? je triomphe du marquis en ce sens, qu'il sera très fâché d'avoir un successeur, et plus fâché encore que ce successeur soit moi. Avec quelle hauteur il me regardait hier soir au café Tortoni, en affectant de ne pas me reconnaître ; avec quel air méchant il me salua ensuite, quand il ne put plus s'en dispenser !

Julien avait attaché la corde au dernier échelon de l'échelle, il la descendait doucement, et en se penchant beaucoup en dehors du balcon pour faire en sorte qu'elle ne touchât pas les vitres. Beau moment pour me tuer, pensa-t-il, si quelqu'un est caché dans la chambre de Mathilde ; mais un silence profond continuait à régner partout.

L'échelle toucha la terre, Julien parvint à la coucher dans la plate-bande de fleurs exotiques le long du mur.

— Que va dire ma mère, dit Mathilde, quand elle verra ses belles plantes tout écrasées !... Il faut jeter la corde, ajouta-t-elle d'un grand sang-froid. Si on l'apercevait remontant au balcon ce serait une circonstance difficile à expliquer.

— Et comment moi m'en aller ? dit Julien d'un ton plaisant, et en affectant le langage créole. (Une des femmes de chambre de la maison était née à Saint-Domingue.)

— Vous, vous en aller par la porte, dit Mathilde ravie de cette idée.

Ah ! que cet homme est digne de tout mon amour ! pensa-t-elle.

Julien venait de laisser tomber la corde dans le jardin ; Mathilde lui serra le bras. Il crut être saisi par un ennemi, et se retourna vivement en tirant un poignard. Elle avait cru entendre ouvrir une fenêtre. Ils restèrent immobiles et sans respirer. La lune les éclairait en plein. Le bruit ne se renouvelant pas, il n'y eut plus d'inquiétude.

Alors l'embarras recommença, il était grand des deux parts. Julien s'assura que la porte était fermée avec tous ses verrous ; il pensait bien à regarder sous le lit, mais n'osait pas ; on avait pu y placer un ou deux laquais. Enfin il craignit un reproche futur de sa prudence et regarda.

Mathilde était tombée dans toutes les angoisses de la timidité la plus extrême. Elle avait horreur de sa position.

— Qu'avez-vous fait de mes lettres ? dit-elle enfin.

Quelle bonne occasion de déconcerter ces messieurs s'ils sont aux écoutes, et d'éviter la bataille ! pensa Julien.

— La première est cachée dans une grosse bible protestante que la diligence d'hier soir emporte bien loin d'ici.

Il parlait fort distinctement en entrant dans ces détails, et de façon à être entendu des personnes qui pouvaient être cachées dans deux grandes armoires d'acajou qu'il n'avait pas osé visiter.

— Les deux autres sont à la poste, et suivent la même route que la première.

— Eh, grand Dieu ! pourquoi toutes ces précautions ? dit Mathilde étonnée.

A propos de quoi est-ce que je mentirais? pensa Julien, et il lui avoua tous ses soupçons.

— Voilà donc la cause de la froideur de tes lettres ! s'écria Mathilde avec l'accent de la folie plus que de la tendresse.

Julien ne remarqua pas cette nuance. Ce tutoiement lui fit perdre la tête, ou du moins ses soupçons s'évanouirent ; il se trouva élevé à ses propres yeux ; il osa serrer dans ses bras cette fille si belle, et qui lui inspirait tant de respect. Il ne fut repoussé qu'à demi.

Il eut recours à sa mémoire, comme jadis à Besançon auprès d'Amanda Binet, et récita plusieurs des plus belles phrases de la *Nouvelle Héloïse.*

— Tu as un cœur d'homme, lui répondit-on sans trop écouter ses phrases ; j'ai voulu éprouver ta bravoure, je l'avoue. Tes premiers soupçons et ta résolution te montrent plus intrépide encore que je ne croyais.

Mathilde faisait effort pour le tutoyer, elle était évidemment plus attentive à cette étrange façon de parler qu'au fond des choses qu'elle disait. Ce tutoiement, dépouillé du ton de la tendresse, au bout d'un moment ne fit aucun plaisir à Julien ; il s'étonnait de l'absence du bonheur ; enfin, pour le sentir, il eut recours à sa raison. Il se voyait estimé par cette jeune fille si fière, et qui n'accordait jamais de louanges sans restriction ; avec ce raisonnement il parvint à un bonheur d'amour-propre.

Ce n'était pas, il est vrai, cette volupté de l'âme qu'il avait trouvée quelquefois auprès de madame de Rênal. Quelle différence, grand Dieu ! Il n'y avait rien de tendre dans ses sentiments de ce premier moment. C'était le plus vif bonheur d'ambition, et Julien était surtout ambitieux. Il parla de nouveau des gens par lui soupçonnés, et des précautions qu'il avait inventées. En parlant, il songeait aux moyens de profiter de sa victoire.

Mathilde encore fort embarrassée, et qui avait l'air atterrée de sa démarche, parut enchantée de trouver un sujet de conversation. On parla des moyens de se revoir. Julien jouit délicieusement de l'esprit et de la bravoure dont il fit preuve de nouveau pendant cette discussion. On avait affaire à des gens très clairvoyants, le petit Tanbeau était certainement un espion, mais Mathilde et lui n'étaient pas non plus sans adresse.

Quoi de plus facile que de se rencontrer dans la bibliothèque, pour convenir de tout ?

— Je puis paraître, sans exciter de soupçons, dans toutes les parties de l'hôtel, ajoutait Julien, et presque jusque dans la chambre de madame de La Mole. Il fallait absolument la traverser pour arriver à celle de sa fille. Si Mathilde trouvait mieux qu'il arrivât toujours par une échelle, c'était avec un cœur ivre de joie qu'il s'exposerait à ce faible danger.

En l'écoutant parler, Mathilde était choquée de cet air de triomphe. Il est donc mon maître ! se dit-elle. Déjà elle était en proie au remords. Sa raison avait horreur de l'insigne folie qu'elle venait de commettre. Si elle l'eût pu, elle eût anéanti elle et Julien. Quand, par instants, la force de sa volonté faisait taire les remords, des sentiments de timidité et de pudeur souffrante la rendaient malheureuse. Elle n'avait nullement prévu l'état affreux où elle se trouvait.

Il faut cependant que je lui parle, se dit-elle à la fin, cela est dans les convenances, on parle à son amant. Et alors, pour accomplir un devoir et avec une tendresse qui était bien plus dans les paroles dont elle se servait que dans le son de sa voix, elle raconta les diverses résolutions qu'elle avait prises à son égard pendant ces derniers jours.

Elle avait décidé que, s'il osait arriver chez elle avec le secours de l'échelle du jardinier, ainsi qu'il lui était prescrit, elle serait toute à lui. Mais jamais l'on ne dit d'un ton plus froid et plus poli des choses aussi tendres. Jusque-là ce rendez-vous était glacé. C'était à faire prendre l'amour en haine. Quelle leçon de morale pour une jeune imprudente ! Vaut-il la peine de perdre son avenir pour un tel moment ?

Après de longues incertitudes, qui eussent pu paraître à un observateur superficiel l'effet de la haine la plus décidée, tant les sentiments qu'une femme se doit à elle-même avaient de peine à céder à volonté aussi ferme, Mathilde finit par être pour lui une maîtresse aimable.

A la vérité, ces transports étaient un peu *voulus*. L'amour passionné était bien plutôt un modèle qu'on imitait qu'une réalité.

Mademoiselle de La Mole croyait remplir un devoir envers elle-même et envers son amant. Le pauvre garçon, se disait-elle, a été d'une bravoure achevée, il doit être heureux, ou bien c'est moi qui manque de caractère. Mais elle eût voulut racheter au prix d'une éternité de malheur la nécessité où elle se trouvait.

Malgré la violence affreuse qu'elle s'imposait, elle fut parfaitement maîtresse de ses paroles.

Aucun regret, aucun reproche ne vinrent gâter cette nuit qui sembla singulière plutôt qu'heureuse à Julien. Quelle différence, grand Dieu ! avec son dernier séjour de vingt-quatre heures à Verrières ! Ces belles façons de Paris ont trouvé le secret de tout gâter, même l'amour, se disait-il dans son injustice extrême.

Il se livrait à ces réflexions debout dans une des grandes armoires d'acajou où on l'avait fait entrer aux premiers bruits entendus dans l'appartement voisin, qui était celui de madame de La Mole. Mathilde suivit sa mère à la messe, les femmes quittèrent l'appartement, et Julien s'échappa avant qu'elles ne revinssent terminer leurs travaux.

Il monta à cheval et alla au pas rechercher les endroits les plus solitaires du bois de Meudon. Il était bien plus étonné qu'heureux. Le bonheur qui, de temps à autre, venait occuper son âme, était comme celui d'un jeune sous-lieutenant qui, à la suite de quelque action étonnante, aurait été nommé colonel d'emblée par le général en chef ; il se sentait porté à une immense hauteur. Tout ce qui était au-dessus de lui la veille, était à ses côtés maintenant ou bien au-dessous. Peu à peu le bonheur de Julien augmenta à mesure qu'il s'éloignait.

S'il n'y avait rien de tendre dans son âme, c'est que, quelque étrange que ce mot puisse paraître, Mathide, dans toute sa conduite avec lui, avait accompli un devoir. Il n'y eut rien d'imprévu pour elle dans tous les événements de cette nuit, que le malheur et la honte qu'elle avait trouvés au lieu de ces transports divins dont parlent les romans.

Me serais-je trompée, n'aurais-je pas d'amour pour lui ? se dit-elle.

CHAPITRE XVII

UNE VIEILLE ÉPÉE

I now mean to be serious ; — it is time,
Since laughter now-a-days is deem'd too serious
A jest at vice by virtue's called a crime.
Don Juan, c. XIII.

Elle ne parut point au dîner. Le soir elle vint un instant au salon, mais ne regarda pas Julien. Cette conduite lui parut étrange; mais, pensa-t-il, je dois me l'avouer, je ne connais les usages de la bonne compagnie que par les actions de la vie de tous les jours que j'ai vu faire cent fois ; elle me donnera quelque bonne raison pour tout ceci. Toutefois, agité par la plus extrême curiosité, il étudiait l'expression des traits de Mathilde ; il ne put pas se dissimuler qu'elle avait l'air sec et méchant. Évidemment ce n'était pas la même femme qui, la nuit précédente, avait ou feignait des transports de bonheur trop excessifs pour être vrais.

Le lendemain, le surlendemain, même froideur de sa part ; elle ne le regardait point, elle ne s'apercevait pas de son existence. Julien, dévoré par la plus vive inquiétude, était à mille lieues des sentiments de triomphe qui l'avaient seuls animé le premier jour. Serait-ce, par hasard, se dit-il, un retour à la vertu ? Mais ce mot était bien bourgeois pour l'altière Mathilde.

Dans les positions ordinaires de la vie, elle ne croit guère à la religion, pensait Julien, elle l'aime comme utile aux intérêts de sa caste.

Mais par simple délicatesse féminine ne peut-elle pas se reprocher vivement la faute irréparable qu'elle a commise ? Julien croyait être le premier amant.

Mais, se disait-il dans d'autres instants, il faut avouer qu'il n'y a rien de naïf, de simple, de tendre dans toute sa manière d'être ; jamais je ne l'ai vue plus semblable à une reine qui vient de descendre de son trône. Me mépriserait-elle ? Il serait digne d'elle de se reprocher ce qu'elle a fait pour moi, à cause seulement de la bassesse de ma naissance.

Pendant que Julien, rempli de ses préjugés puisés dans les livres et dans les souvenirs de Verrières, poursuivait la chimère d'une maîtresse tendre et qui ne songe plus à sa propre existence du moment qu'elle a fait le bonheur de son amant, la vanité de Mathilde était furieuse contre lui.

Comme elle ne s'ennuyait plus depuis deux mois, elle ne craignait plus l'ennui ; ainsi, sans pouvoir s'en douter le moins du monde, Julien avait perdu son plus grand avantage.

Je me suis donc donné un maître ! se disait mademoiselle de La Mole en se promenant agitée dans sa chambre. Il est rempli d'honneur, à la bonne heure ; mais si je pousse à bout sa vanité, il se vengera en faisant connaître la nature de nos relations. Tel est le malheur de notre siècle, les plus étranges égarements même ne guérissent pas de l'ennui. Julien était le premicr amour de Mathilde, et, dans cette circonstance de la vie qui donne quelques illusions tendres même aux âmes les plus sèches, elle était en proie aux réflexions les plus amères.

Il a sur moi un empire immense, puisqu'il règne par la terreur et peut me punir d'une peine atroce, si je le pousse à bout. Cette seule idée suffisait pour porter Mathilde à l'outrage, car le courage était la première qualité de son caractère. Rien ne pouvait lui donner quelque agitation et la guérir d'un fond d'ennui sans cesse renaissant que l'idée qu'elle jouait à croix ou pile son existence entière.

Le troisième jour, comme mademoiselle de La Mole s'obstinait à ne pas le regarder, Julien la suivit après dîner, et évidemment malgré elle dans la salle de billard.

— Eh bien, monsieur, vous croyez donc avoir acquis des droits bien puissants sur moi, lui dit-elle avec une colère à peine retenue, puisque en opposition à ma volonté bien clairement déclarée, vous prétendez me parler ?... Savez-vous que personne au monde n'a jamais tant osé ?

Rien ne fut plaisant comme le dialogue de ces deux jeunes amants ; sans s'en douter, ils étaient animés l'un contre l'autre des sentiments de la haine la plus vive. Comme aucun des deux n'avait le caractère endurant, que d'ailleurs ils avaient des habitudes de bonne compagnie, ils en furent bientôt à se déclarer nettement qu'ils se brouillaient à jamais.

— Je vous jure un éternel secret, dit Julien, j'ajouterais même que jamais je ne vous adresserai la parole, si votre réputation ne pouvait souffrir de ce changement trop marqué. Il salua avec un parfait respect et partit.

Il accomplissait sans trop de peine ce qu'il croyait un devoir ; il était bien loin de se croire fort amoureux de mademoiselle de La Mole. Sans doute il ne l'aimait pas trois jours auparavant, quand on l'avait caché dans la grande armoire d'acajou. Mais tout changea rapidement dans son âme, du moment qu'il se vit à jamais brouillé avec elle.

Sa mémoire cruelle se mit à lui retracer les moindres circonstances de cette nuit qui, dans la réalité, l'avait laissé si froid.

Dès la seconde nuit qui suivit la déclaration de brouille éternelle, Julien faillit devenir fou en étant obligé de s'avouer qu'il avait de l'amour pour mademoiselle de La Mole.

Des combats affreux suivirent cette découverte : tous ses sentiments étaient bouleversés.

Huit jours après, au lieu d'être fier avec M. de Croisenois, il l'aurait presque embrassé en fondant en larmes.

L'habitude du malheur lui donna une lueur de bon sens, il se décida à partir pour le Languedoc, fit sa malle et alla à la poste.

Il se sentit défaillir quand, arrivé au bureau des malles-poste, on lui apprit que, par un hasard singulier, il y avait une place dès le lendemain dans la malle de Toulouse. Il l'arrêta et revint à l'hôtel de la Mole, annoncer son départ au marquis.

M. de La Mole était sorti. Plus mort que vif, Julien alla l'attendre dans la bibliothèque. Que devint-il en y trouvant mademoiselle de La Mole ?

En le voyant paraître, elle prit un air de méchanceté auquel il lui fut impossible de se méprendre.

Emporté par son maheur, égaré par la surprise, Julien eut la faiblesse de lui dire, du ton le plus tendre et qui venait de l'âme : Ainsi, vous ne m'aimez plus ?

— J'ai horreur de m'être livrée au premier venu, dit Mathilde, en pleurant de rage contre elle-même.

— *Au premier venu !* s'écria Julien, et il s'élança sur une vieille épée du moyen âge, qui était conservée dans la bibliothèque comme une curiosité.

Sa douleur, qu'il croyait extrême au moment où il avait adressé la parole à mademoiselle de La Mole, venait d'être centuplée par les larmes de honte qu'il lui voyait répandre. Il eût été le plus heureux des hommes de pouvoir la tuer.

Au moment où il venait de tirer l'épée, avec quelque peine, de son fourreau antique, Mathilde, heureuse d'une sensation si nouvelle, s'avança fièrement vers lui ; ses larmes s'étaient taries.

L'idée du marquis de La Mole, son bienfaiteur, se présenta vivement à Julien. Je tuerais sa fille ! se dit-il, quelle horreur ! Il fit un mouvement pour jeter l'épée. Certainement, pensa-t-il, elle va éclater de rire à la vue de ce mouvement de mélodrame : il dut à cette idée le retour de tout son sang-froid. Il regarda la lame de la vieille épée curieusement et comme s'il eût cherché quelque tache de rouille, puis il la remit dans le fourreau, et avec la plus grande tranquillité la replaça au clou de bronze doré qui la soutenait.

Tout ce mouvement, fort lent sur la fin, dura bien une minute ; mademoiselle de la Mole le regardait étonnée : J'ai donc été sur le point d'être tuée par mon amant ! se disait-elle.

Cette idée la transportait dans les plus belles années du siècle de Charles IX et de Henri III.

Elle était immobile, debout devant Julien qui venait de replacer l'épée, elle le regardait avec des yeux d'où la haine s'était envolée. Il faut convenir qu'elle était bien séduisante en ce moment ; certainement jamais femme n'avait moins ressemblé à une poupée parisienne (ce mot était la grande objection de Julien contre les femmes de ce pays).

Je vais retomber dans quelque faiblesse pour lui, pensa Mathilde ; c'est bien pour le coup qu'il se croirait mon seigneur et maître, après une rechute, et au moment précis où je viens de lui parler si ferme. Elle s'enfuit.

Mon Dieu ! qu'elle est belle ! dit Julien en la voyant courir : voilà cet être qui se précipitait dans mes bras avec tant de fureur il n'y a pas quinze jours... et ces instants ne reviendront jamais ! et c'est par ma faute ! et, au moment d'une action si extraordinaire, si intéressante pour moi, je n'y étais pas sensible !... Il faut avouer que je suis né avec un caractère bien plat et bien malheureux.

Le marquis parut ; Julien se hâta de lui annoncer son départ.

— Pour où ? dit M. de La Mole.

— Pour le Languedoc.

— Non pas, s'il vous plaît, vous êtes réservé à de plus hautes destinées, si vous partez ce sera pour le Nord... même, en termes militaires, je vous consigne à l'hôtel. Vous m'obligerez de n'être jamais plus de deux ou trois heures absent, je puis avoir besoin de vous d'un moment à l'autre.

Julien salua et se retira sans mot dire, laissant le marquis fort étonné ; il était hors d'état de parler, il s'enferma dans sa chambre. Là, il put s'exagérer en liberté toute l'atrocité de son sort.

Ainsi, pensait-il, je ne puis pas même m'éloigner ! Dieu sait combien de jours le marquis va me retenir à Paris ; grand Dieu ! que vais-je devenir ?

et pas un ami que je puisse consulter : l'abbé Pirard ne me laisserait pas finir la première phrase, le comte Altamira me proposerait, pour me distraire, de m'affilier à quelque conspiration.

Et cependant je suis fou, je le sens ; je suis fou ! Qui pourra me guider, que vais-je devenir ?

CHAPITRE XVIII

MOMENTS CRUELS

> Et elle me l'avoue ! Elle détaille jusqu'aux moindres circonstances ! Son œil si beau fixé sur le mien peint l'amour qu'elle sent pour un autre !
>
> SCHILLER.

Mademoiselle de La Mole ravie, ne songeait qu'au bonheur d'avoir été sur le point d'être tuée. Elle allait jusqu'à se dire : Il est digne d'être mon maître, puisqu'il a été sur le point de me tuer. Combien faudrait-il fondre ensemble de beaux jeunes gens de la société pour arriver à un tel mouvement de passion ?

Il faut avouer qu'il était bien joli au moment où il est monté sur la chaise, pour replacer l'épée, précisément dans la position pittoresque que le tapissier décorateur lui a donnée ! Après tout, je n'ai pas été si folle de l'aimer.

Dans cet instant, s'il se fût présenté quelque moyen honnête de renouer, elle l'eût saisi avec plaisir. Julien, enfermé à double tour dans sa chambre, était en proie au plus violent désespoir. Dans ses idées folles, il pensait à se jeter à ses pieds. Si au lieu de se tenir dans un lieu écarté, il eût erré au jardin et dans l'hôtel, de manière à se tenir à portée des occasions, il eût peut-être, en un seul instant, changé en bonheur le plus vif son affreux malheur.

Mais l'adresse dont nous lui reprochons l'absence aurait exclu le mouvement sublime de saisir l'épée qui, dans ce moment, le rendait si joli aux yeux de mademoiselle de La Mole. Ce caprice, favorable à Julien, dura toute la journée ; Mathilde se faisait une image charmante des courts instants pendant lesquels elle l'avait aimé, elle les regrettait.

Au fait, se disait-elle, ma passion pour ce pauvre garçon n'a duré à ses yeux que depuis une heure après minuit, quand je l'ai vu arriver par son échelle avec tous ses pistolets dans la poche de côté de son habit, jusqu'à neuf heures du matin. C'est un quart d'heure après, en entendant la messe à

Sainte-Valère, que j'ai commencé à penser qu'il allait se croire mon maître, et qu'il pourrait bien essayer de me faire obéir au nom de la terreur.

Après dîner, mademoiselle de la Mole, loin de fuir Julien, lui parla et l'engagea en quelque sorte à la suivre au jardin ; il obéit. Cette épreuve lui manquait. Mathilde cédait, sans trop s'en douter, à l'amour qu'elle reprenait pour lui. Elle trouvait un plaisir extrême à se promener à ses côtés ; c'était avec curiosité qu'elle regardait ces mains qui, le matin, avaient saisi l'épée pour la tuer.

Cependant, après tout ce qui s'était passé, il ne pouvait plus être question de leur ancienne conversation.

Peu à peu, Mathilde se mit à lui parler avec confidence intime de l'état de son cœur. Elle trouvait une singulière volupté dans ce genre de conversation ; elle en vint à lui raconter longuement les mouvements d'enthousiasme passager qu'elle avait éprouvés jadis pour M. de Croisenois, ensuite pour M. de Caylus...

— Quoi ! pour M. de Caylus aussi ! s'écria Julien ; et toute l'amère jalousie d'un amant délaissé éclatait dans ce mot. Mathilde en jugea ainsi, et n'en fut point offensée.

Elle continua à torturer Julien, en lui détaillant ses sentiments d'autrefois de la façon la plus pittoresque, et avec l'accent de la plus intime vérité. Il voyait qu'elle peignait ce qu'elle avait sous les yeux. Il avait la douleur de remarquer qu'en parlant, elle faisait des découvertes dans son propre cœur.

Le malheur de la jalousie ne peut aller plus loin. Soupçonner qu'un rival est aimé est déjà bien cruel, mais se voir avouer en détail l'amour qu'il inspire par la femme qu'on adore est peut-être le comble des douleurs.

O combien étaient punis, en cet instant, les mouvements d'orgueil qui avaient porté Julien à se préférer aux Caylus, aux Croisenois ! Avec quel malheur intime et senti, il s'exagérait leurs plus petits avantages ! Avec quelle bonne foi ardente il se méprisait lui-même !

Mathilde lui semblait un être au-dessus du divin ; toute parole est faible pour exprimer l'excès de son admiration. En se promenant à côté d'elle, il regardait à la dérobée ses mains, ses bras, sa taille de reine. Il était sur le point de tomber à ses pieds, anéanti d'amour et de malheur, et en criant : Pitié !

Et cette personne si belle, si supérieure à tout, qui une fois m'a aimé, c'est M. de Caylus qu'elle aimera sans doute bientôt !

Julien ne pouvait douter de la sincérité de mademoiselle de La Mole ; l'accent de la vérité était trop évident dans tout ce qu'elle disait. Pour que rien absolument ne manquât à son malheur, il y eut des moments où, à force de s'occuper des sentiments qu'elle avait éprouvés une fois pour M. de Caylus, Mathilde en vint à parler de lui comme si elle l'aimait actuellement. Certainement il y avait de l'amour dans son accent, Julien le voyait nettement.

L'intérieur de sa poitrine eût été inondé de plomb fondu qu'il eût moins souffert. Comment, arrivé à cet excès de malheur, le pauvre garçon eût-il pu deviner que c'était parce qu'elle parlait à lui, que mademoiselle de La Mole trouvait tant de plaisir à repenser aux velléités d'amour qu'elle avait éprouvées jadis pour M. de Caylus ou M. de Croisenois ?

Rien ne saurait exprimer les tortures de Julien. Il écoutait les confidences détaillées de l'amour éprouvé pour d'autres, dans cette même allée de tilleuls où, si peu de jours auparavant, il attendait qu'une heure sonnât pour pénétrer dans sa chambre. Un être humain ne peut soutenir le malheur à un plus haut degré.

Ce genre d'intimité cruelle dura huit grands jours. Mathilde tantôt semblait rechercher, tantôt ne fuyait pas les occasions de lui parler ; et le sujet de conversation, auquel ils semblaient tous deux revenir avec une sorte de volupté cruelle, c'était le récit des sentiments qu'elle avait éprouvés pour d'autres : elle lui racontait les lettres qu'elle avait écrites, elle lui en rappelait jusqu'aux paroles, elle lui récitait des phrases entières. Les derniers jours, elle semblait contempler Julien avec une sorte de joie maligne. Ses douleurs étaient une vive jouissance pour elle ; elle y voyait la faiblesse de son tyran, elle pouvait donc se permettre de l'aimer.

On voit que Julien n'avait aucune expérience de la vie, il n'avait pas même lu de romans ; s'il eût été un peu moins gauche et qu'il eût dit avec quelque sang-froid à cette jeune fille, par lui si adorée et qui lui faisait des confidences si étranges :

Convenez que quoique je ne vaille pas tous ces messieurs, c'est pourtant moi que vous aimez...

Peut-être eût-elle été heureuse d'être devinée ; du moins le succès eût-il dépendu entièrement de la grâce avec laquelle Julien eût exprimé cette idée, et du moment qu'il eût choisi. Dans tous les cas, il sortait bien, et avec avantage pour lui, d'une situation qui allait devenir monotone aux yeux de Mathilde.

— Et vous ne m'aimez plus, moi qui vous adore ! lui dit un jour, après une longue promenade, Julien éperdu d'amour et de malheur. Cette sottise était à peu près la plus grande qu'il pût commettre.

Ce mot détruisit en un clin d'œil tout le plaisir que mademoiselle de La Mole trouvait à lui parler de l'état de son cœur. Elle commençait à s'étonner qu'après ce qui s'était passé il ne s'offensât pas de ses récits ; elle allait jusqu'à s'imaginer, au moment où il lui tint ce sot propos, que peut-être il ne l'aimait plus. La fierté a sans doute éteint son amour, se disait-elle. Il n'est pas homme à se voir impunément préférer des êtres comme Caylus, de Luz, Croisenois, qu'il avoue lui être tellement supérieurs. Non, je ne le verrai plus à mes pieds !

Les jours précédents, dans la naïveté de son malheur, Julien lui faisait un éloge passionné des brillantes qualités de ces messieurs ; il allait jusqu'à les exagérer. Cette nuance n'avait point échappé à mademoiselle de La Mole, elle en était étonnée. L'âme frénétique de Julien, en louant un rival qu'il croyait aimé, sympathisait avec son bonheur.

Son mot si franc, mais si stupide, vint tout changer en un instant ; Mathilde, sûre d'être aimée, le méprisa parfaitement.

Elle se promenait avec lui au moment de ce propos maladroit ; elle le quitta, et son dernier regard exprimait le plus affreux mépris. Rentrée au salon, de toute la soirée elle ne le regarda plus. Le lendemain ce mépris occupait tout son cœur ; il n'était plus question du mouvement qui, pendant huit jours, lui avait fait trouver tant de plaisir à traiter Julien comme l'ami le plus intime ; sa vue lui était désagréable. La sensation de Mathilde alla bientôt jusqu'au dégoût ; rien ne saurait exprimer l'excès du mépris qu'elle éprouvait en le rencontrant sous ses yeux.

Julien n'avait rien compris à tout ce qui s'était passé dans le cœur de Mathilde, mais sa vanité clairvoyante discerna le mépris. Il eut le bon sens de ne paraître devant elle que le plus rarement possible, et jamais ne la regarda.

Mais ce ne fut pas sans une peine mortelle qu'il se priva en quelque sorte de sa présence. Il crut sentir que son malheur s'en augmentait encore. Le courage d'un cœur d'homme ne peut aller plus loin, se disait-il. Il passait sa vie à une petite fenêtre dans les combles de l'hôtel ; la persienne en était fermée avec soin, et de là du moins il pouvait apercevoir mademoiselle de La Mole dans les instants où elle paraissait au jardin.

Que devenait-il quand, après dîner, il la voyait se promener avec M. de Caylus, M. de Luz ou tel autre pour qui elle lui avait avoué quelque velléité d'amour autrefois éprouvée ?

Julien n'avait pas l'idée d'une telle intensité de malheur ; il était sur le point de jeter des cris ; cette âme si ferme était enfin bouleversée de fond en comble

Toute pensée étrangère à mademoiselle de La Mole lui était devenue odieuse ; il était incapable d'écrire les lettres les plus simples.

— Vous êtes fou, lui dit un matin le marquis.

Julien, tremblant d'être deviné, parla de maladie et parvint à se faire croire. Heureusement pour lui, M. de La Mole le plaisanta à dîner sur son prochain voyage : Mathilde comprit qu'il pouvait être fort long. Il y avait déjà plusieurs jours que Julien la fuyait, et les jeunes gens si brillants qui avaient tout cc qui manquait à cet être si pâle et si sombre, autrefois aimé d'elle, n'avaient plus le pouvoir de la tirer de sa rêverie.

Une fille ordinaire, se disait-elle, eût cherché l'homme qu'elle préfère parmi ces jeunes gens qui attirent tous les regards dans un salon ; mais un des caractères du génie est de ne pas traîner sa pensée dans l'ornière tracée par le vulgaire.

Compagne d'un homme tel que Julien, auquel il ne manque que de la fortune que j'ai, j'exciterai continuellement l'attention, je ne passerai point inaperçue dans la vie. Bien loin de redouter sans cesse une révolution comme mes cousines, qui, de peur du peuple, n'osent pas gronder un postillon qui les mène mal, je serai sûre de jouer un rôle et un grand rôle, car l'homme que j'ai choisi a du caractère et une ambition sans bornes. Que lui manque-t-il ? des amis, de l'argent ? je lui donne tout cela. Mais sa pensée traitait un peu Julien en être inférieur dont on fait la fortune quand et comment on veut et de l'amour duquel on ne se permet pas même de douter.

CHAPITRE XIX

L'OPÉRA BOUFFE

O how this spring of love resembleth
The uncertain glory of an April day ;
Which now shows all the beauty of the sun
And by and by a cloud takes all away !
SHAKSPEARE.

Occupée de l'avenir et du rôle singulier qu'elle espérait, Mathilde en vint bientôt jusqu'à regretter les discussions sèches et métaphysiques qu'elle avait jadis avec Julien. Fatiguée de si hautes pensées, quelquefois aussi elle regrettait les moments de bonheur qu'elle avait trouvés auprès de lui ; ces derniers souvenirs ne paraissaient point sans remords, elle en était accablée dans de certains moments.

Mais si l'on a une faiblesse, se disait-elle, il est digne d'une fille telle que moi de n'oublier ses devoirs que pour un homme de mérite ; on ne dira point que ce sont ses jolies moustaches ni sa grâce à monter à cheval qui m'ont séduite, mais ses profondes discussions sur l'avenir qui attend la France, ses idées sur la ressemblance que les événements qui vont fondre sur nous peuvent avoir avec la révolution de 1688 en Angleterre. J'ai été séduite, répondait-elle à ses remords, je suis une faible femme, mais du moins je n'ai pas été égarée comme une poupée par les avantages extérieurs.

S'il y a une révolution, pourquoi Julien Sorel ne jouerait-il pas le rôle de Roland, et moi celui de madame Roland ? j'aime mieux ce rôle que celui de madame de Staël : l'immoralité de la conduite sera un obstacle dans notre siècle. Certainement on ne me reprochera pas une seconde faiblesse ; j'en mourrais de honte.

Les rêveries de Mathilde n'étaient pas toutes aussi graves, il faut l'avouer, que les pensées que nous venons de transcrire.

Elle regardait Julien à la dérobée, elle trouvait une grâce charmante à ses moindres actions.

Sans doute, se disait-elle, je suis parvenue à détruire chez lui jusqu'à la plus petite idée qu'il a des droits.

L'air de malheur et de passion profonde avec lequel le pauvre garçon m'a dit ce mot d'amour naïf, au jardin, il y a huit jours, le prouve de reste ; il faut convenir que j'ai été bien extraordinaire de me fâcher d'un mot où brillaient tant de respect, tant de passion. Ne suis-je pas sa femme ? Son mot était naturel, et, il faut l'avouer, il était bien aimable. Julien m'aimait encore après des conversations éternelles, dans lesquelles je ne lui avais parlé, et avec bien de la cruauté, j'en conviens, que des velléités d'amour que l'ennui de la vie que je mène m'avait inspirées pour ces jeunes gens de la société desquels il est si jaloux. Ah ! s'il savait combien ils sont peu dangereux pour lui ! combien auprès de lui ils me semblent étiolés et pâles copies les uns des autres.

En faisant ces réflexions, Mathilde, pour se donner une contenance aux yeux de sa mère qui la regardait, traçait au hasard des traits de crayon sur une feuille de son album. Un des profils qu'elle venait d'achever l'étonna, la ravit : il ressemblait à Julien d'une façon frappante. C'est la voix du ciel ! voilà un des miracles de l'amour, s'écria-t-elle avec transport : sans m'en douter, je fais son portrait.

Elle s'enfuit dans sa chambre, s'y enferma, prit des couleurs, s'appliqua beaucoup, chercha sérieusement à faire le portrait de Julien, mais elle ne put réussir ; le profil tracé au hasard se trouva toujours le plus ressemblant ; Mathilde en fut enchantée, elle y vit une preuve évidente de grande passion.

Elle ne quitta son album que fort tard, quand la marquise la fit appeler pour aller à l'Opéra italien.

Elle n'eut qu'une idée, chercher Julien des yeux pour le faire engager par sa mère à les accompagner.

Il ne parut point ; ces dames n'eurent que des être vulgaires dans leur loge. Pendant tout le premier acte de l'opéra, Mathilde rêva à l'homme qu'elle aimait avec les transports de la passion la plus vive ; mais au second acte, une maxime d'amour chantée, il faut l'avouer, sur une mélodie digne de Cimarosa, pénétra son cœur. L'héroïne de l'opéra disait : Il faut me punir de l'excès d'adoration que je sens pour lui, c'est trop l'aimer !

Du moment qu'elle eut entendu cette cantilène sublime, tout ce qui existait au monde disparut pour Mathilde. On lui parlait, elle ne répondait pas ; sa mère la grondait, à peine pouvait-elle prendre sur elle de la regarder. Son extase arriva à un état d'exaltation et de passion comparable aux mouvements les plus violents que, depuis quelques jours, Julien avait éprouvés pour elle. La cantilène, pleine d'une grâce divine, sur laquelle était chantée la maxime qui lui semblait faire une application si frappante à sa position, occupait tous les instants où elle ne songeait pas directement à Julien. Grâce à son amour pour la musique, elle fut ce soir-là comme madame de Rênal était toujours en pensant à Julien. L'amour de tête a plus d'esprit sans doute que l'amour vrai, mais il n'a que des instants d'enthousiasme ; il se connaît trop, il se juge sans cesse ; loin d'égarer la pensée, il n'est bâti qu'à force de pensées.

De retour à la maison, quoi que pût dire

madame de La Mole, Mathilde prétendit avoir la fièvre et passa une partie de la nuit à répéter cette cantilène sur son piano. Elle chantait les paroles de l'air célèbre qui l'avait charmée :

Devo punirmi, devo punirmi,
Se troppo amai, etc.

Le résultat de cette nuit de folie fut qu'elle crut être parvenue à triompher de son amour. (Cette page nuira de plus d'une façon au malheureux auteur. Les âmes glacées l'accuseront d'indécence. Il ne fait point l'injure aux jeunes personnes qui brillent dans les salons de Paris, de supposer qu'une seule d'entre elles soit susceptible des mouvements de folie qui dégradent le caractère de Mathilde. Ce personnage est tout à fait d'imagination, et même imaginé bien en dehors des habitudes sociales qui, parmi tous les siècles, assureront un rang si distingué à la civilisation du XIXe siècle.

Ce n'est point la prudence qui manque aux jeunes filles qui ont fait l'ornement des bals de cet hiver.

Je ne pense pas non plus que l'on puisse les accuser de trop mépriser une brillante fortune, des chevaux, de belles terres et tout ce qui assure une position agréable dans le monde. Loin de ne voir que de l'ennui dans tous ces avantages, ils sont en général l'objet des désirs les plus constants, et, s'il y a passion dans les cœurs, elle est pour eux.

Ce n'est point l'amour non plus qui se charge de la fortune des jeunes gens doués de quelque talent comme Julien ; ils s'attachent d'une étreinte invincible à une coterie, et quand la coterie fait fortune, toutes les bonnes choses de la société pleuvent sur eux. Malheur à l'homme d'étude qui n'est d'aucune coterie, on lui reprochera jusqu'à de petits succès fort incertains, et la haute vertu triomphera en le volant. Hé, monsieur, un roman est un miroir qui se promène sur une grande route. Tantôt il reflète à vos yeux l'azur des cieux, tantôt la fange des bourbiers de la route. Et l'homme qui porte le miroir dans sa hotte sera par vous accusé d'être immoral ! Son miroir montre la fange, et vous accusez le miroir ! Accusez bien plutôt le grand chemin où est le bourbier, et plus encore l'inspecteur des routes qui laisse l'eau croupir et le bourbier se former.

Maintenant qu'il est bien convenu que le caractère de Mathilde est impossible dans notre siècle, non moins prudent que vertueux, je crains moins d'irriter en continuant le récit des folies de cette aimable fille.)

Pendant toute la journée du lendemain, elle épia les occasions de s'assurer de son triomphe sur sa folle passion. Son grand but fut de déplaire en tout à Julien ; mais aucun de ses mouvements ne lui échappa.

Julien était trop malheureux et surtout trop agité pour deviner une manœuvre de passion aussi compliquée, encore moins put-il voir tout ce qu'elle avait de favorable pour lui : il en fut la victime ;

jamais peut-être son malheur n'avait été aussi excessif. Ses actions étaient tellement peu sous la direction de son esprit, que si quelque philosophe chagrin lui eût dit : « Songez à profiter rapidement des dispositions qui vont vous être favorables ; dans ce genre d'amour de tête, que l'on voit à Paris, la même manière d'être ne peut durer plus de deux jours », il ne l'eût pas compris. Mais quelque exalté qu'il fût, Julien avait de l'honneur. Son premier devoir était la discrétion ; il le comprit. Demander conseil, raconter son supplice au premier venu eût été un bonheur comparable à celui du malheureux qui, traversant un désert enflammé, reçoit du ciel une gorgée d'eau glacée. Il connut le péril, il craignit de répondre par un torrent de larmes à l'indiscret qui l'interrogerait ; il s'enferma chez lui.

Il vit Mathilde se promener longtemps au jardin ; quand enfin elle l'eut quitté, il y descendit ; il s'approcha d'un rosier où elle avait pris une fleur.

La nuit était sombre, il put se livrer à tout son malheur sans craindre d'être vu. Il était évident pour lui que mademoiselle de La Mole aimait un de ces jeunes officiers avec qui elle venait de parler si gaîment. Elle l'avait aimé lui, mais elle avait connu son peu de mérite.

Et en effet, j'en ai bien peu ! se disait Julien avec pleine conviction ; je suis au total un être bien plat, bien vulgaire, bien ennuyeux pour les autres, bien insupportable à moi-même. Il était mortellement dégoûté de toutes ses bonnes qualités, de toutes les choses qu'il avait aimées avec enthousiasme ; et dans cet état d'*imagination renversée*, il entreprenait de juger la vie avec son imagination. Cette erreur est d'un homme supérieur.

Plusieurs fois l'idée du suicide s'offrit à lui ; cette image était pleine de charmes, c'était comme un repos délicieux, c'était le verre d'eau glacée offert au misérable qui, dans le désert, meurt de soif et de chaleur.

Ma mort augmentera le mépris qu'elle a pour moi ! s'écria-t-il. Quel souvenir je laisserai !

Tombé dans ce dernier abîme du malheur, un être humain n'a de ressource que le courage. Julien n'eut pas assez de génie pour se dire : Il faut oser ; mais comme, le soir, il regardait la fenêtre de la chambre de Mathilde, il vit à travers les persiennes qu'elle éteignait sa lumière : il se figurait cette chambre charmante qu'il avait vue, hélas ! une fois en sa vie. Son imagination n'allait pas plus loin.

Une heure sonna ; entendre le son de la cloche et se dire : Je vais monter avec l'échelle, ne fut qu'un instant.

Ce fut l'éclair du génie, les bonnes raisons arrivèrent en foule. Puis-je être plus malheureux ! se disait-il. Il courut à l'échelle, le jardinier l'avait enchaînée. A l'aide du chien d'un de ses petits pistolets, qu'il brisa, Julien, animé dans ce moment d'une force surhumaine, tordit un des chaînons de la chaîne qui retenait l'échelle ; il en fut maître en peu de minutes, et la plaça contre la fenêtre de Mathilde.

Elle va se fâcher, m'accabler de mépris, qu'importe ? Je lui donne un baiser, un dernier baiser, je monte chez moi et je me tue... ; mes lèvres toucheront sa joue avant que de mourir !

Il volait en montant l'échelle, il frappe à la persienne ; après quelques instants Mathilde l'entend, elle veut ouvrir la persienne, l'échelle s'y oppose : Julien se cramponne au crochet de fer destiné à tenir la persienne ouverte, et, au risque de se précipiter mille fois, donne une violente secousse à l'échelle et la déplace un peu. Mathilde peut ouvrir la persienne.

Il se jette dans la chambre plus mort que vif :

— C'est donc toi ! dit-elle en se précipitant dans ses bras.

. . . .

Qui pourra décrire l'cxcès du bonheur de Julien ? celui de Mathilde fut presque égal.

Elle lui parlait contre elle-même, elle se dénonçait à lui.

— Punis-moi de mon orgueil atroce, lui disait-elle, en le serrant dans ses bras de façon à l'étouffer ; tu es mon maître, je suis ton esclave, il faut que je te demande pardon à genoux d'avoir voulu me révolter. Elle quittait ses bras pour tomber à ses pieds. Oui, tu es mon maître, lui disait-elle encore, ivre de bonheur et d'amour ; règne à jamais sur moi, punis sévèrement ton esclave quand elle voudra se révolter.

Dans un autre moment, elle s'arrache de ses bras, allume la bougie, et Julien a toutes les peines du monde à l'empêcher de se couper tout un côté de ses cheveux.

— Je veux me rappeler, lui dit-elle, que je suis ta servante : si jamais un exécrable orgueil vient m'égarer, montre-moi ces cheveux et dis : Il n'est plus question d'amour, il ne s'agit pas de l'émotion que votre âme peut éprouver en ce moment, vous avez juré d'obéir, obéissez sur l'honneur.

Mais il est plus sage de supprimer la description d'un tel degré d'égarement et de félicité.

La vertu de Julien fut égale à son bonheur ; il faut que je descende par l'échelle, dit-il à Mathilde, quand il vit l'aube du jour paraître sur les cheminées lointaines du côté de l'orient, au-delà des jardins. Le sacrifice que je m'impose est digne de vous, je me prive de quelques heures du plus étonnant bonheur qu'une âme humaine puisse goûter, c'est un sacrifice que je fais à votre réputation : si vous connaissez mon cœur, vous comprenez la violence que je me fais. Serez-vous toujours pour moi ce que vous êtes en ce moment ? mais l'honneur parlé, il suffit. Apprenez que, lors de notre première entrevue, tous les soupçons n'ont pas été dirigés contre les voleurs. M. de La Mole a fait établir une garde dans le jardin. M. de Croisenois est environné d'espions, on sait ce qu'il fait chaque nuit…

— Le pauvre garçon, s'écria Mathilde et elle rit aux éclats. Sa mère et une femme de service furent éveillées ; tout à coup on lui adressa la parole à travers la porte. Julien la regarda, elle pâlit en grondant la femme de chambre et ne daigna pas adresser la parole à sa mère.

— Mais si elles ont l'idée d'ouvrir la fenêtre, elles voient l'échelle ! lui dit Julien.

Il la serra encore une fois dans ses bras, se jeta sur l'échelle et se laissa glisser plutôt qu'il ne descendit ; en un moment il fut à terre.

Trois secondes après, l'échelle était sous l'allée de tilleuls, et l'honneur de Mathilde était sauvé. Julien, revenu à lui, se trouva tout en sang et presque nu ; il s'était blessé en se laissant glisser sans précaution.

L'excès du bonheur lui avait rendu toute l'énergie de son caractère : vingt hommes se fussent présentés, que les attaquer seul, en cet instant, n'eût été qu'un plaisir de plus. Heureusement sa vertu militaire ne fut pas mise à l'épreuve : il coucha l'échelle à sa place ordinaire ; il replaça la chaîne qui la retenait ; il n'oublia point de revenir effacer l'empreinte que l'échelle avait laissée dans la plate-bande de fleurs exotiques sous la fenêtre de Mathilde.

Comme, dans l'obscurité, il promenait sa main sur la terre molle pour s'assurer que l'empreinte était entièrement effacée, il sentit tomber quelque chose sur ses mains, c'était tout un côté des cheveux de Mathilde, qu'elle avait coupé et qu'elle lui jetait.

Elle était à sa fenêtre.

— Voilà ce que t'envoie ta servante, lui dit-elle assez haut, c'est le signe d'une obéissance éternelle. Je renonce à l'exercice de ma raison, sois mon maître.

Julien vaincu fut sur le point d'aller reprendre l'échelle et de remonter chez elle. Enfin la raison fut la plus forte.

Rentrer du jardin dans l'hôtel n'était pas chose facile. Il réussit à forcer la porte d'une cave ; parvenu dans la maison, il fut obligé d'enfoncer le plus silencieusement possible la porte de sa chambre. Dans son trouble il avait laissé, dans la petite chambre qu'il venait d'abandonner si rapidement, jusqu'à la clef qui était dans la poche de son habit. Pourvu, pensa-t-il, qu'elle songe à cacher toute cette dépouille mortelle !

Enfin, la fatigue l'emporta sur le bonheur, et, comme le soleil se levait, il tomba dans un profond sommeil.

La cloche du déjeuner eut grand'peine à l'éveiller, il parut à la salle à manger. Bientôt après Mathilde y entra. L'orgueil de Julien eut un moment bien heureux en voyant l'amour qui éclatait dans les yeux de cette personne si belle et environnée de tant d'hommages ; mais bientôt sa prudence eut lieu d'être effrayée.

Sous prétexte du peu de temps qu'elle avait eu pour soigner sa coiffure, Mathilde avait arrangé ses cheveux de façon à ce que Julien pût apercevoir du premier coup d'œil toute l'étendue du sacrifice qu'elle avait fait pour lui en les coupant la nuit précédente. Si une aussi belle figure avait pu être gâtée par quelque chose, Mathilde y serait parvenue ; tout un côté de ses beaux cheveux, d'un blond cendré, était coupé inégalement à un demi-pouce de la tête.

A déjeuner, toute la manière d'être de Mathilde répondit à cette première imprudence. On eût dit qu'elle prenait à tâche de faire savoir à tout le monde la folle passion qu'elle avait pour Julien. Heureusement, ce jour-là, M. de La Mole et la marquise étaient fort occupés d'une promotion de cordons bleus, qui allait avoir lieu, et dans laquelle M. de Chaulnes n'était pas compris. Vers la fin du repas, il arriva à Mathilde, qui parlait à Julien, de l'appeler *mon maître*. Il rougit jusqu'au blanc des yeux.

Soit hasard ou fait exprès de la part de madame de La Mole, Mathilde ne fut pas un instant seule ce jour-là. Le soir, en passant de la salle à manger au salon, elle trouva pourtant le moment de dire à Julien :

— Tous mes projets sont renversés. Croirez-vous que ce soit un prétexte de ma part ? maman vient de décider qu'une de ses femmes s'établira la nuit dans mon appartement.

Cette journée passa comme un éclair, Julien était au comble du bonheur. Dès sept heures du matin, le lendemain, il était installé dans la bibliothèque ; il espérait que mademoiselle de La Mole daignerait y paraître, il lui avait écrit une lettre infinie.

Il ne la vit que bien des heures après, au déjeuner. Elle était ce jour-là coiffée avec le plus grand soin ; un art merveilleux s'était chargé de cacher la place des cheveux coupés. Elle regarda une ou deux fois Julien, mais avec des yeux polis et calmes, il n'était plus question de l'appeler *mon maître*.

L'étonnement de Julien l'empêchait de respirer... Mathilde se reprochait presque tout ce qu'elle avait fait pour lui.

En y pensant mûrement, elle avait décidé que c'était un être, si ce n'est tout à fait commun, du moins ne sortant pas assez de la ligne pour mériter toutes les étranges folies qu'elle avait osées pour lui. Au total, elle ne songeait guère à l'amour ; ce jour-là, elle était lasse d'aimer.

Pour Julien, les mouvements de son cœur furent ceux d'un enfant de seize ans. Le doute affreux, l'étonnement, le désespoir l'occupèrent tour à tour pendant ce déjeuner qui lui sembla d'une éternelle durée.

Dès qu'il put décemment se lever de table, il se précipita plutôt qu'il ne courut à l'écurie, sella lui-même son cheval et partit au galop ; il craignait de se déshonorer par quelque faiblesse. Il faut que je tue mon cœur à force de fatigue physique, se disait-il en galopant dans les bois de Meudon. Qu'ai-je fait, qu'ai-je dit pour mériter une telle disgrâce ?

Il faut ne rien faire, ne rien dire aujourd'hui, pensa-t-il en rentrant à l'hôtel, être mort au physique comme je le suis au moral. Julien ne vit plus, c'est son cadavre qui s'agite encore.

CHAPITRE XX

LE VASE DU JAPON

Son cœur ne comprend pas d'abord tout l'excès de son malheur : il est plus troublé qu'ému. Mais à mesure que la raison revient, il sent la profondeur de son infortune. Tous les plaisirs de la vie se trouvent anéantis pour lui, il ne peut sentir que les vives pointes du désespoir qui le déchire. Mais à quoi bon parler de douleur physique ? Quelle douleur, sentie par le corps seulement, est comparable à celle-ci ?

JEAN-PAUL.

On sonnait le dîner, Julien n'eut que le temps de s'habiller ; il trouva au salon Mathilde, qui faisait des instances à son frère et à M. de Croisenois, pour les engager à ne pas aller passer la soirée à Suresnes, chez madame la maréchale de Fervaques.

Il eût été difficile d'être plus séduisante et plus aimable pour eux. Après dîner parurent MM. de Luz, de Caylus et plusieurs de leurs amis. On eût dit que mademoiselle de La Mole avait repris avec le culte de l'amitié fraternelle, celui des convenances les plus exactes. Quoique le temps fût charmant ce soir-là, elle insista pour ne pas aller au jardin ; elle voulut que l'on ne s'éloignât pas de la bergère où madame de La Mole était placée. Le canapé bleu fut le centre du groupe, comme en hiver.

Mathilde avait de l'humeur contre le jardin, ou du moins il lui semblait parfaitement ennuyeux : il était lié au souvenir de Julicn.

Le malheur diminue l'esprit. Notre héros eut la gaucherie de s'arrêter auprès de cette petite chaise de paille, qui jadis avait été témoin de triomphes si brillants. Aujourd'hui personne ne lui adressa la parole ; sa présence était comme inaperçue et pire encore. Ceux des amis de mademoiselle de La Mole, qui étaient placés près de lui à l'extrémité du canapé, affectaient en quelque sorte de lui tourner le dos, du moins il en eut l'idée.

C'est une disgrâce de cour, pensa-t-il. Il voulut étudier un instant les gens qui prétendaient l'accabler de leur dédain.

L'oncle de M. de Luz avait une grande charge auprès du roi, d'où il résultait que ce bel officier plaçait au commencement de sa conversation, avec chaque interlocuteur qui survenait, cette particularité piquante : son oncle s'était mis en route à sept heures pour Saint-Cloud, et le soir il comptait y coucher. Ce détail était amené avec toute l'apparence de la bonhomie, mais toujours il arrivait.

En observant M. de Croisenois avec l'œil sévère du malheur, Julien remarqua l'extrême influence que cet aimable et bon jeune homme supposait aux causes occultes. C'était au point qu'il s'attristait et prenait de l'humeur, s'il voyait attribuer un événement un peu important à une cause simple et toute naturelle. Il y a là un commencement de folie, se dit Julien. Ce caractère a un rapport frappant avec celui de l'empereur Alexandre, tel que me l'a décrit le prince Korasoff. Durant la première année de son séjour à Paris, le pauvre Julien sortant du séminaire, ébloui par les grâces pour lui si nouvelles de tous ces aimables jeunes gens, n'avait pu que les admirer. Leur véritable caractère commençait seulement à se dessiner à ses yeux.

Je joue ici un rôle indigne, pensa-t-il tout à coup. Il s'agissait de quitter sa petite chaise de paille d'une façon qui ne fût pas trop gauche. Il voulut inventer, il demandait quelque chose de nouveau à une imagination tout occupée ailleurs. Il fallait avoir recours à la mémoire, la sienne était, il faut l'avouer, peu riche en ressources de ce genre ; le pauvre garçon avait encore bien peu d'usage, aussi fut-il d'une gaucherie parfaite et remarquée de tous lorsqu'il se leva pour quitter le salon. Le malheur était trop évident dans toute sa manière d'être. Il jouait depuis trois quarts d'heure le rôle d'un importun subalterne auquel on ne se donne pas la peine de cacher ce qu'on pense de lui.

Les observations critiques qu'il venait de faire sur ses rivaux, l'empêchèrent toutefois de prendre son malheur trop au tragique ; il avait, pour soutenir sa fierté, le souvenir de ce qui s'était passé l'avant-veille. Quels que soient leurs mille avantages sur moi, pensait-il en entrant seul au jardin, Mathilde n'a été pour aucun d'eux ce que, deux fois dans ma vie, elle a daigné être pour moi.

Sa sagesse n'alla pas plus loin. Il ne comprenait nullement le caractère de la personne singulière que le hasard venait de rendre maîtresse absolue de tout son bonheur.

Il s'en tint, la journée suivante, à tuer de fatigue lui et son cheval. Il n'essaya plus de s'approcher, le soir, du canapé bleu, auquel Mathilde restait fidèle. Il remarqua que le comte Norbert ne daignait pas même le regarder en le rencontrant dans la maison. Il doit se faire une étrange violence, pensa-t-il, lui naturellement si poli.

Pour Julien, le sommeil eût été le bonheur. En dépit de la fatigue physique, des souvenirs trop séduisants commençaient à envahir toute son imagination. Il n'eut pas le génie de voir que, par ses grandes courses à cheval dans les bois des environs de Paris, n'agissant que sur lui-même et nullement sur le cœur ou sur l'esprit de Mathilde, il laissait au hasard la disposition de son sort.

Il lui semblait qu'une chose apporterait à sa douleur un soulagement infini : ce serait de parler à Mathilde. Mais cependant qu'oserait-il lui dire ?

C'est à quoi, un matin, à sept heures, il rêvait profondément, lorsque tout à coup il la vit entrer dans la bibliothèque.

— Je sais, monsieur, que vous désirez me parler.

— Grand Dieu ! qui vous l'a dit ?

— Je le sais, que vous importe ? Si vous manquez d'honneur, vous pouvez me perdre, ou du moins le tenter ; mais ce danger, que je ne crois pas réel, ne m'empêchera certainement pas d'être sincère. Je ne vous aime plus, monsieur, mon imagination folle m'a trompée...

A ce coup terrible, éperdu d'amour et de malheur, Julien essaya de se justifier. Rien de plus absurde. Se justifie-t-on de déplaire ? Mais la raison n'avait plus aucun empire sur ses démarches. Un instinct aveugle le poussait à retarder la décision de son sort. Il lui semblait que tant qu'il parlait, tout n'était pas fini. Mathilde n'écoutait pas ses paroles, leur son l'irritait, elle ne concevait pas qu'il eût l'audace de l'interrompre.

Les remords de la vertu et ceux de l'orgueil la rendaient, ce matin-là, également malheureuse. Elle était en quelque sorte anéantie par l'affreuse idée d'avoir donné des droits sur elle à un petit abbé, fils d'un paysan. C'est à peu près, se disait-elle dans les moments où elle s'exagérait son malheur, comme si j'avais à me reprocher une faiblesse pour un des laquais.

Dans les caractères hardis et fiers, il n'y a qu'un pas de la colère contre soi-même à l'emportement contre les autres ; les transports de fureur sont dans ce cas un plaisir vif.

En un instant, mademoiselle de La Mole arriva au point d'accabler Julien des marques de mépris les plus excessives. Elle avait infiniment d'esprit, et cet esprit triomphait dans l'art de torturer les amours-propres et de leur infliger des blessures cruelles.

Pour la première fois de sa vie, Julien se trouvait soumis à l'action d'un esprit supérieur animé contre lui de la haine la plus violente. Loin de songer le moins du monde à se défendre en cet instant, son imagination mobile en vint à se mépriser soi-même. En s'entendant accabler de marques de mépris si cruelles, et calculées avec tant d'esprit pour détruire toute bonne opinion qu'il pouvait avoir de soi, il lui semblait que Mathilde avait raison, et qu'elle n'en disait pas assez.

Pour elle, elle trouvait un plaisir d'orgueil délicieux à punir ainsi elle et lui de l'adoration qu'elle avait sentie quelques jours auparavant.

Elle n'avait pas besoin d'inventer et de penser pour la première fois les choses cruelles qu'elle lui adressait avec tant de complaisance. Elle ne faisait que répéter ce que, depuis huit jours, disait dans son cœur l'avocat du parti contraire à l'amour.

Chaque mot centuplait l'affreux malheur de Julien. Il voulut fuir, mademoiselle de La Mole le retint par le bras avec autorité.

— Daignez remarquer, lui dit-il, que vous parlez très haut, on vous entendra de la pièce voisine.

— Qu'importe ! reprit fièrement mademoiselle de La Mole, qui osera me dire qu'on m'entend ? Je veux guérir à jamais votre petit amour-propre des idées qu'il a pu se figurer sur mon compte.

Lorsque Julien put sortir de la bibliothèque, il était tellement étonné, qu'il en sentait moins son malheur. Eh bien ! elle ne m'aime plus, se répétait-il en se parlant tout haut, comme pour s'apprendre sa position. Il paraît qu'elle m'a aimé huit ou dix jours, et moi je l'aimerai toute la vie.

Est-il bien possible, elle n'était rien ! rien pour mon cœur, il y a si peu de jours !

Les jouissances d'orgueil inondaient le cœur de Mathilde ; elle avait donc pu rompre à tout jamais ! Triompher si complètement d'un penchant si puissant la rendrait parfaitement heureuse. Ainsi, ce petit monsieur comprendra, et une fois pour toutes, qu'il n'a et n'aura jamais aucun empire sur moi. Elle était si heureuse, que réellement elle n'avait plus d'amour en ce moment.

Après une scène aussi atroce, aussi humiliante, chez un être moins passionné que Julien, l'amour fût devenu impossible. Sans s'écarter un seul instant de ce qu'elle se devait à elle-même, mademoiselle de La Mole lui avait adressé de ces choses désagréables, tellement bien calculées, qu'elles peuvent paraître une vérité, même quand on s'en souvient de sang-froid.

La conclusion que Julien tira dans le premier moment d'une scène si étonnante, fut que Mathilde avait un orgueil infini. Il croyait fermement que tout était fini à tout jamais entre eux, et cependant le lendemain, au déjeuner, il fut gauche et timide devant elle. C'était un défaut qu'on n'avait pu lui reprocher jusque-là. Dans les petites comme dans les grandes choses, il savait nettement ce qu'il devait et voulait faire, et l'exécutait.

Ce jour-là, après le déjeuner, comme madame de La Mole lui demandait une brochure séditieuse et pourtant assez rare, que le matin son curé lui avait apportée en secret, Julien, en la prenant sur une console, fit tomber un vieux vase de porcelaine bleue, laid au possible.

Madame de La Mole se leva en jetant un cri de détresse, et vint considérer de près les ruines de son vase chéri. C'était du vieux Japon, disait-elle, il me venait de ma grand'tante abbesse de Chelles ; c'était un présent des Hollandais au duc d'Orléans régent qui l'avait donné à sa fille...

Mathilde avait suivi le mouvement de sa mère, ravie de voir brisé ce vase bleu qui lui semblait horriblement laid. Julien était silencieux et point trop troublé ; il vit mademoiselle de La Mole tout près de lui.

— Ce vase, lui dit-il, est à jamais détruit, ainsi en est-il d'un sentiment qui fut autrefois le maître de mon cœur ; je vous prie d'agréer mes excuses de toutes les folies qu'il m'a fait faire ; et il sortit.

— On dirait en vérité, dit madame de La Mole, comme il s'en allait, que ce M. Sorel est fier et content de ce qu'il vient de faire.

Ce mot tomba directement sur le cœur de Mathilde. Il est vrai, se dit-elle, ma mère a deviné juste, tel est le sentiment qui l'anime. Alors seulement cessa la joie de la scène qu'elle lui avait faite la veille. Eh bien, tout est fini, se dit-elle avec un calme apparent ; il me reste un grand exemple ; cette erreur est affreuse, humiliante ! elle me vaudra la sagesse pour tout le reste de la vie.

Que n'ai-je dit vrai ? pensait Julien, pourquoi l'amour que j'avais pour cette folle me tourmente-t-il encore ?

Cet amour, loin de s'éteindre comme il l'espérait, fit des progrès rapides. Elle est folle, il est vrai, se disait-il, en est-elle moins adorable ? est-il possible d'être plus jolie ? Tout ce que la civilisation la plus élégante peut présenter de vifs plaisirs n'était-il pas réuni comme à l'envi chez mademoiselle de La Mole ? Ces souvenirs de bonheur passé s'emparaient de Julien, et détruisaient rapidement tout l'ouvrage de la raison.

La raison lutte en vain contre les souvenirs de ce genre ; ses essais sévères ne font qu'en augmenter le charme.

Vingt-quatre heures après la rupture du vase de vieux Japon, Julien était décidément l'un des hommes les plus malheureux.

CHAPITRE XXI

LA NOTE SECRÈTE

Car tout ce que je raconte, je l'ai vu ; et si j'ai pu me tromper en le voyant, bien certainement je ne vous trompe point en vous le disant.

Lettre à l'Auteur.

Le marquis le fit appeler ; M. de La Mole semblait rajeuni, son œil était brillant.

— Parlons un peu de votre mémoire, dit-il à Julien, on dit qu'elle est prodigieuse ! Pourriez-vous apprendre par cœur quatre pages et aller les réciter à Londres ? mais sans changer un mot !...

Le marquis chiffonnait avec humeur la *Quotidienne* du jour, et cherchait en vain à dissimuler un air fort sérieux et que Julien ne lui avait jamais vu, même lorsqu'il était question du procès Frilair.

Julien avait déjà assez d'usage pour sentir qu'il devait paraître tout à fait dupe du ton léger qu'on lui montrait.

— Ce numéro de la *Quotidienne* n'est peut-être pas fort amusant ; mais, si M. le marquis le permet, demain matin j'aurai l'honneur de le lui réciter tout entier.

— Quoi ! même les annonces ?

— Fort exactement, et sans qu'il y manque un mot.

— M'en donnez-vous votre parole ? reprit le marquis avec une gravité soudaine.

— Oui, monsieur, la crainte d'y manquer pourrait seule troubler ma mémoire.

— C'est que j'ai oublié de vous faire cette question hier : je ne vous demande pas votre serment de ne jamais répéter ce que vous allez entendre ; je vous connais trop pour vous faire cette injure. J'ai répondu de vous, je vais vous mener dans un salon où se réuniront douze personnes ; vous tiendrez note de ce que chacun dira.

Ne soyez pas inquiet, ce ne sera point une conversation confuse, chacun parlera à son tour, je ne veux pas dire avec ordre, ajouta le marquis en reprenant l'air fin et léger qui lui était si naturel. Pendant que nous parlerons, vous écrirez une vingtaine de pages ; vous reviendrez ici avec moi, nous réduirons ces vingt pages à quatre. Ce sont ces quatre pages que vous me réciterez demain matin, au lieu de tout le numéro de la *Quotidienne*. Vous partirez aussitôt après ; il faudra courir la poste comme un jeune homme qui voyage pour ses plaisirs. Votre but sera de n'être remarqué de personne. Vous arriverez auprès d'un grand personnage. Là, il vous faudra plus d'adresse. Il s'agit de tromper tout ce qui l'entoure ; car parmi ses secrétaires, parmi ses domestiques, il y a des gens vendus à nos ennemis, et qui guettent nos agents au passage pour les intercepter. Vous aurez une lettre de recommandation insignifiante.

Au moment où Son Excellence vous regardera, vous tirerez ma montre que voici et que je vous prête pour le voyage. Prenez-la sur vous, c'est toujours autant de fait, donnez-moi la vôtre.

Le duc lui-même daignera écrire sous votre dictée les quatre pages que vous aurez apprises par cœur.

Cela fait, mais non plus tôt, remarquez bien, vous pourrez, si Son Excellence vous interroge, raconter la séance à laquelle vous allez assister.

Ce qui vous empêchera de vous ennuyer le long du voyage, c'est qu'entre Paris et la résidence du ministre, il y a des gens qui ne demanderaient pas mieux que de tirer un coup de fusil à M. l'abbé Sorel. Alors sa mission est finie et je vois un grand retard ; car, mon cher, comment saurons-nous votre mort ? votre zèle ne peut pas aller jusqu'à nous en faire part.

Courez sur-le-champ acheter un habillement complet, reprit le marquis d'un air sérieux. Mettez-vous à la mode d'il y a deux ans. Il faut ce soir que vous ayez l'air peu soigné. En voyage, au contraire, vous serez comme à l'ordinaire. Cela vous surprend, votre méfiance devine ? Oui, mon ami, un des vénérables personnages que vous allez entendre opiner est fort capable d'envoyer des renseignements, au moyen desquels on pourra bien vous donner au moins de l'opium, le soir, dans quelque bonne auberge où vous aurez demandé à souper.

— Il vaut mieux, dit Julien, faire trente lieues de plus et ne pas prendre la route directe. Il s'agit de Rome, je suppose...

Le marquis prit un air de hauteur et de mécontentement que Julien ne lui avait pas vu à ce point depuis Bray-le-Haut.

— C'est ce que vous saurez, monsieur, quand je jugerai à propos de vous le dire. Je n'aime pas les questions.

— Ceci n'en était pas une, reprit Julien avec effusion ; je vous le jure, monsieur, je pensais tout haut, je cherchais dans mon esprit la route la plus sûre.

— Oui, il paraît que votre esprit était bien loin. N'oubliez jamais qu'un ambassadeur, et de votre âge encore, ne doit pas avoir l'air de forcer la confiance.

Julien fut très mortifié, il avait tort. Son amour-propre cherchait une excuse et ne la trouvait pas.

— Comprenez donc, ajouta M. de La Mole, que toujours on en appelle à son cœur quand on a fait quelque sottise.

Une heure après, Julien était dans l'antichambre du marquis avec une tournure subalterne, des habits antiques, une cravate d'un blanc douteux, et quelque chose de cuistre dans toute l'apparence.

En le voyant, le marquis éclata de rire, et alors seulement la justification de Julien fut complète.

Si ce jeune homme me trahit, se disait M. de La Mole, à qui se fier ? et cependant quand on agit, il faut se fier à quelqu'un. Mon fils et ses brillants amis de même acabit ont du cœur, de la fidélité pour cent mille ; s'il fallait se battre, ils périraient sur les marches du trône, ils savent tout... excepté ce dont on a besoin dans le moment. Du diable si je vois un d'entre eux qui puisse apprendre par cœur quatre pages et faire cent lieues sans être dépisté. Norbert saurait se faire tuer comme ses aïeux, c'est aussi le mérite d'un conscrit...

Le marquis tomba dans une rêverie profonde : Et encore se faire tuer, dit-il avec un soupir, peut-être ce Sorel le saurait-il aussi bien que lui...

— Montons en voiture, dit le marquis, comme pour chasser une idée importune.

— Monsieur, dit Julien, pendant qu'on m'arrangeait cet habit, j'ai appris par cœur la première page de la *Quotidienne* d'aujourd'hui.

Le marquis prit le journal, Julien récita sans se tromper d'un seul mot. Bon, dit le marquis, fort diplomate ce soir-là ; pendant ce temps, ce jeune homme ne remarque pas les rues par lesquelles nous passons.

Ils arrivèrent dans un grand salon d'assez triste apparence, en partie boisé et en partie tendu de velours vert. Au milieu du salon, un laquais renfrogné achevait d'établir une grande table à manger, qu'il changea plus tard en table de travail, au moyen d'un immense tapis vert tout taché d'encre, dépouille de quelque ministère.

Le maître de la maison était un homme énorme, dont le nom ne fut point prononcé ; Julien lui trouva la physionomie et l'éloquence d'un homme qui digère.

Sur un signe du marquis, Julien était resté au bas bout de la table. Pour se donner une contenance, il se mit à tailler des plumes. Il compta du coin de l'œil sept interlocuteurs, mais Julien ne les apercevait que par le dos. Deux lui parurent adresser la parole à M. de La Mole sur le ton de l'égalité ; les autres semblaient plus ou moins respectueux.

Un nouveau personnage entra sans être annoncé. Ceci est singulier, pensa Julien, on n'annonce point dans ce salon. Est-ce que cette précaution serait prise en mon honneur ? Tout le monde se leva pour recevoir le nouveau venu. Il portait la même décoration extrêmement distinguée que trois autres des personnes qui étaient déjà dans le salon. On parlait assez bas. Pour juger le nouveau venu, Julien en fut réduit à ce que pouvaient lui apprendre ses traits et sa tournure. Il était court et épais, haut en couleur, l'œil brillant et sans expression autre qu'une méchanceté de sanglier.

L'attention de Julien fut vivement distraite par l'arrivée presque immédiate d'un être tout différent. C'était un grand homme très maigre et qui portait trois ou quatre gilets. Son œil était caressant, son geste poli.

C'est toute la physionomie du vieil évêque de Besançon, pensa Julien. Cet homme appartenait évidemment à l'église, il n'annonçait pas plus de cinquante à cinquante-cinq ans, on ne pouvait pas avoir l'air plus paterne.

Le jeune évêque d'Agde parut, il eut l'air fort étonné quand, faisant la revue des présents, ses yeux arrivèrent à Julien. Il ne lui avait pas adressé la parole depuis la cérémonie de Bray-le-Haut. Son regard surpris embarrassa et irrita Julien. Quoi donc ! se disait celui-ci, connaître un homme me tournera-t-il toujours à malheur ? Tous ces grands seigneurs que je n'ai jamais vus ne m'intimident nullement, et le regard de ce jeune évêque me glace ! Il faut convenir que je suis un être bien singulier et bien malheureux.

Un petit homme extrêmement noir entra bientôt avec fracas, et se mit à parler dès la porte : il avait le teint jaune et l'air un peu fou. Dès l'arrivée de ce parleur impitoyable, des groupes se formèrent, apparemment pour éviter l'ennui de l'écouter.

En s'éloignant de la cheminée, on se rapprochait du bas bout de la table, occupé par Julien. Sa contenance devenait de plus en plus embarrassée ; car enfin, quelque effort qu'il fît, il ne pouvait pas ne pas entendre, et quelque peu d'expérience qu'il eût, il comprenait toute l'importance des choses dont on parlait sans aucun déguisement ; et combien les hauts personnages qu'il avait apparemment sous les yeux devaient tenir à ce qu'elles restassent secrètes !

Déjà, le plus lentement possible, Julien avait taillé une vingtaine de plumes ; cette ressource allait lui manquer. Il cherchait en vain un ordre dans les yeux de M. de La Mole ; le marquis l'avait oublié.

Ce que je fais est ridicule, se disait Julien en taillant ses plumes ; mais des gens à physionomie aussi médiocre, et chargés par d'autres ou par eux-mêmes d'aussi grands intérêts, doivent être fort susceptibles. Mon malheureux regard a quelque chose d'interrogatif et de peu respectueux, qui sans doute les piquerait. Si je baisse décidément les yeux, j'aurai l'air de faire collection de leurs paroles.

Son embarras était extrême, il entendait de singulières choses.

CHAPITRE XXII

LA DISCUSSION

La république ! — Pour un, aujourd'hui, qui sacrifierait tout au bien public, il en est des milliers et des millions qui ne connaissent que leurs jouissances, leur vanité. On est considéré, à Paris, à cause de sa voiture et non à cause de sa vertu.

NAPOLÉON, *Mémorial.*

Le laquais entra précipitamment en disant : Monsieur le duc de *** :

— Taisez-vous, vous n'êtes qu'un sot, dit le duc en entrant.

Il dit si bien ce mot, et avec tant de majesté, que, malgré lui, Julien pensa que savoir se fâcher contre un laquais était toute la science de ce grand personnage. Julien leva les yeux et les baissa aussitôt. Il avait si bien deviné la portée du nouvel arrivant, qu'il trembla que son regard ne fût une indiscrétion.

Ce duc était un homme de cinquante ans, mis comme un dandy, et marchant par ressorts. Il avait la tête étroite, avec un grand nez, et un visage busqué et tout en avant ; il eût été difficile d'avoir l'air plus noble et plus insignifiant. Son arrivée détermina l'ouverture de la séance.

Julien fut vivement interrompu dans ses observations physiognomoniques par la voix de M. de La Mole. — Je vous présente M. l'abbé Sorel, disait le marquis ; il est doué d'une mémoire étonnante ; il n'y a qu'une heure que je lui ai parlé de la mission dont il pouvait être honoré, et, afin de donner une preuve de sa mémoire, il a appris par cœur la première page de la *Quotidienne*.

— Ah ! les nouvelles étrangères de ce pauvre N..., dit le maître de la maison. Il prit le journal avec empressement, et regardant Julien d'un air plaisant, à force de chercher à être important : Parlez, Monsieur, lui dit-il.

Le silence était profond, tous les yeux fixés sur Julien ; il récita si bien, qu'au bout de vingt lignes : Il suffit, dit le duc. Le petit homme au regard de sanglier s'assit. Il était le président, car à peine en place, il montra à Julien une table de jeu, et lui fit signe de l'apporter auprès de lui. Julien s'y établit avec ce qu'il faut pour écrire. Il compta douze personnes assises autour du tapis vert.

— M. Sorel, dit le duc, retirez-vous dans la pièce voisine, on vous fera appeler.

Le maître de la maison prit l'air fort inquiet : les volets ne sont pas fermés, dit-il à demi bas à son voisin. — Il est inutile de regarder par la fenêtre, cria-t-il sottement à Julien. Me voici fourré dans une conspiration tout au moins, pensa celui-ci. Heureusement, elle n'est pas de celles qui conduisent en place de Grève. Quand il y aurait du danger, je dois cela et plus encore au marquis. Heureux s'il m'était donné de réparer tout le chagrin que mes folies peuvent lui causer un jour !

Tout en pensant à ses folies et à son malheur, il regardait les lieux de façon à ne jamais les oublier. Il se souvint alors seulement qu'il n'avait point entendu le marquis dire au laquais le nom de la rue, et le marquis avait fait prendre un fiacre, ce qui ne lui arrivait jamais.

Longtemps Julien fut laissé à ses réflexions. Il était dans un salon tendu en velours rouge avec de larges galons d'or. Il y avait sur la console un grand crucifix en ivoire, et sur la cheminée, le livre du *Pape*, de M. de Maistre, doré sur tranches, et magnifiquement relié. Julien l'ouvrit pour ne pas avoir l'air d'écouter. De moment en moment on parlait très haut dans la pièce voisine. Enfin, la porte s'ouvrit, on l'appela.

— Songez, Messieurs, disait le président, que de ce moment nous parlons devant le duc de ***. Monsieur, dit-il en montrant Julien, est un jeune lévite, dévoué à notre sainte cause, et qui redira facilement, à l'aide de sa mémoire étonnante, jusqu'à nos moindres discours.

La parole est à Monsieur, dit-il en indiquant le personnage à l'air paterne, et qui portait trois ou quatre gilets. Julien trouva qu'il eût été plus naturel de nommer le Monsieur aux gilets. Il prit du papier et écrivit beaucoup.

(Ici l'auteur eût voulu placer une page de points. Cela aura mauvaise grâce, dit l'éditeur, et pour un écrit aussi frivole, manquer de grâce, c'est mourir.

— La politique, reprend l'auteur, est une pierre attachée au cou de la littérature, et qui, en moins de six mois, la submerge. La politique au milieu des intérêts d'imagination, c'est un coup de pistolet au milieu d'un concert. Ce bruit est déchirant sans être énergique. Il ne s'accorde avec le son d'aucun instrument. Cette politique va offenser mortellement une moitié de lecteurs, et ennuyer l'autre qui l'a trouvée bien autrement spéciale et énergique dans le journal du matin...

— Si vos personnages ne parlent pas politique, reprend l'éditeur, ce ne sont plus des Français de 1830, et votre livre n'est plus un miroir, comme vous en avez la prétention...)

Le procès-verbal de Julien avait vingt-six pages ; voici un extrait bien pâle, car il a fallu, comme toujours, supprimer les ridicules dont l'excès eût semblé odieux ou peu vraisemblable. (Voir la *Gazette des Tribunaux.*)

L'homme aux gilets et à l'air paterne (c'était un évêque peut-être) souriait souvent, et alors ses yeux, entourés de paupières flottantes, prenaient un brillant singulier et une expression moins indécise que de coutume. Ce personnage, que l'on faisait parler le premier devant le duc (mais quel duc ? se disait Julien), apparemment pour exposer les opinions et faire les fonctions d'avocat général, parut à Julien tomber dans l'incertitude et l'absence de conclusions décidées que l'on reproche souvent à ces magistrats. Dans le courant de la discussion, le duc alla même jusqu'à le lui reprocher.

Après plusieurs phrases de morale et d'indulgente philosophie, l'homme aux gilets dit :

— La noble Angleterre, guidée par un grand homme, l'immortel Pitt, a dépensé quarante milliards de francs pour contrarier la révolution. Si cette assemblée me permet d'aborder avec quelque franchise une idée triste, l'Angleterre ne comprit pas assez qu'avec un homme tel que Bonaparte, quand surtout on n'avait à lui opposer qu'une collection de bonnes intentions, il n'y avait de décisif que les moyens personnels…

— Ah ! encore l'éloge de l'assassinat ! dit le maître de la maison d'un air inquiet.

— Faites-nous grâce de vos homélies sentimentales, s'écria avec humeur le président ; son œil de sanglier brilla d'un éclat féroce. Continuez, dit-il à l'homme aux gilets. Les joues et le front du président devinrent pourpres.

— La noble Angleterre, reprit le rapporteur, est écrasée aujourd'hui ; car chaque Anglais, avant de payer son pain, est obligé de payer l'intérêt des quarante milliards de francs qui furent employés contre les jacobins. Elle n'a plus de Pitt...

— Elle a le duc de Wellington, dit un personnage militaire qui prit l'air fort important.

— De grâce, silence, Messieurs, s'écria le président ; si nous disputons encore, il aura été inutile de faire entrer M. Sorel.

— On sait que Monsieur a beaucoup d'idées, dit le duc d'un air piqué, en regardant l'interrupteur, ancien général de Napoléon. Julien vit que ce mot faisait allusion à quelque chose de personnel et de fort offensant. Tout le monde sourit ; le général transfuge parut outré de colère.

— Il n'y a plus de Pitt, Messieurs, reprit le rapporteur, de l'air découragé d'un homme qui désespère de faire entendre raison à ceux qui l'écoutent. Y eût-il un nouveau Pitt en Angleterre, on ne mystifie pas deux fois une nation par les mêmes moyens.

— C'est pourquoi un général vainqueur, un Bonaparte est désormais impossible en France, s'écria l'interrupteur militaire.

Pour cette fois, ni le président ni le duc n'osèrent se fâcher, quoique Julien crût lire dans leurs yeux qu'ils en avaient bonne envie. Ils baissèrent les yeux, et le duc se contenta de soupirer de façon à être entendu de tous.

Mais le rapporteur avait pris de l'humeur.

— On est pressé de me voir finir, dit-il avec feu,

et en laissant tout à fait de côté cette politesse souriante et ce langage plein de mesure que Julien croyait l'expression de son caractère ; on est pressé de me voir finir ; on ne me tient nul compte des efforts que je fais pour n'offenser les oreilles de personne, de quelque longueur qu'elles puissent être. Eh bien, Messieurs, je serai bref.

Et je vous dirai en paroles bien vulgaires : l'Angleterre n'a plus un sou au service de la bonne cause. Pitt lui-même reviendrait, qu'avec tout son génie il ne parviendrait pas à mystifier les petits propriétaires anglais, car ils savent que la brève campagne de Waterloo leur a coûté, à elle seule, un milliard de francs. Puisque l'on veut des phrases nettes, ajouta le rapporteur en s'animant de plus en plus, je vous dirai : *Aidez-vous vous-mêmes*, car l'Angleterre n'a pas une guinée à votre service, et quand l'Angleterre ne paye pas, l'Autriche, la Russie, la Prusse, qui n'ont que du courage et pas d'argent, ne peuvent faire contre la France plus d'une campagne ou deux.

L'on peut espérer que les jeunes soldats rassemblés par le jacobinisme seront battus à la première campagne, à la seconde peut-être ; mais à la troisième, dussé-je passer pour un révolutionnaire à vos yeux prévenus, à la troisième vous aurez les soldats de 1794, qui n'étaient plus les paysans enrégimentés de 1792.

Ici l'interruption partit de trois ou quatre points à la fois.

— Monsieur, dit le président à Julien, allez mettre au net dans la pièce voisine le commencement de procès-verbal que vous avez écrit. Julien sortit à son grand regret. Le rapporteur venait d'aborder des probabilités qui faisaient le sujet de ses méditations habituelles.

Ils ont peur que je ne me moque d'eux, pensa-t-il. Quand on le rappela, M. de La Mole disait, avec un sérieux qui, pour Julien qui le connaissait, semblait bien plaisant :

— ... Oui, Messieurs, c'est surtout de ce malheureux peuple qu'on peut dire :

Sera-t-il dieu, table ou cuvette ?

Il sera dieu ! s'écrie le fabuliste. C'est à vous, Messieurs, que semble appartenir ce mot si noble et si profond. Agissez par vous-mêmes et la noble France reparaîtra telle à peu près que nos aïeux l'avaient faite et que nos regards l'ont encore vue avant la mort de Louis XVI.

L'Angleterre, ses nobles lords du moins, exècre autant que nous l'ignoble jacobinisme : sans l'or anglais, l'Autriche, la Russie, la Prusse ne peuvent livrer que deux ou trois batailles. Cela suffira-t-il pour amener une heureuse occupation, comme celle que M. de Richelieù gaspilla si bêtement en 1817 ? Je ne le crois pas.

Ici il y eut interruption, mais étouffée par les *chut* de tout le monde. Elle partait encore de l'ancien général impérial, qui désirait le cordon bleu, et voulait marquer parmi les rédacteurs de la note secrète.

Je ne le crois pas, reprit M. de La Mole après le

tumulte. Il insista sur le *Je*, avec une insolence qui charma Julien. Voilà du bien joué, se disait-il, tout en faisant voler sa plume presque aussi vite que la parole du marquis. Avec un mot bien dit, M. de La Mole anéantit les vingt campagnes de ce transfuge.

Ce n'est pas à l'étranger tout seul, continua le marquis du ton le plus mesuré, que nous pouvons devoir une nouvelle occupation militaire. Toute cette jeunesse, qui fait des articles incendiaires dans le *Globe*, vous donnera trois ou quatre mille jeunes capitaines, parmi lesquels peut se trouver un Kléber, un Hoche, un Jourdan, un Pichegru, mais moins bien intentionné.

— Nous n'avons pas su lui faire de la gloire, dit le président, il fallait le maintenir immortel.

— Il faut enfin qu'il y ait en France deux partis, reprit M. de La Mole, mais deux partis, non pas seulement de nom, deux partis bien nets, bien tranchés. Sachons qui il faut écraser. D'un côté les journalistes, les électeurs, l'opinion en un mot ; la jeunesse et tout ce qui l'admire. Pendant qu'elle s'étourdit du bruit de ses vaines paroles, nous, nous avons l'avantage certain de consommer le budget.

Ici encore interruption.

— Vous, Monsieur, dit M. de La Mole à l'interrupteur avec une hauteur et une aisance admirables, vous ne consommez pas, si le mot vous choque, vous dévorez quarante mille francs portés au budget de l'état, et quatre-vingt mille que vous recevez de la liste civile.

Eh bien, Monsieur, puisque vous m'y forcez, je vous prends hardiment pour exemple. Comme vos nobles aïeux qui suivirent saint Louis à la croisade, vous devriez, pour ces cent vingt mille francs, nous montrer au moins un régiment, une compagnie, que dis-je ! une demi-compagnie, ne fût-elle que de cinquante hommes prêts à combattre, et dévoués à la bonne cause, à la vie et à la mort. Vous n'avez que des laquais qui, en cas de révolte, vous feraient peur à vous-même.

Le trône, l'autel, la noblesse peuvent périr demain, Messieurs, tant que vous n'aurez pas créé dans chaque département une force de cinq cents hommes *dévoués* ; mais je dis dévoués, non seulement avec toute la bravoure française, mais aussi avec la constance espagnole.

La moitié de cette troupe devra se composer de nos enfants, de nos neveux, de vrais gentilshommes enfin. Chacun d'eux aura à ses côtés, non pas un petit bourgeois bavard, prêt à aborder la cocarde tricolore si 1815 se présente de nouveau, mais un bon paysan simple et franc comme Cathelineau ; notre gentilhomme l'aura endoctriné, ce sera son frère de lait s'il se peut. Que chacun de nous sacrifie le *cinquième* de son revenu pour former cette petite troupe dévouée de cinq cents hommes par département. Alors vous pourrez compter sur une occupation étrangère. Jamais le soldat étranger ne pénétrera jusqu'à Dijon seulement, s'il n'est sûr de trouver cinq cents soldats amis dans chaque département.

Les rois étrangers ne vous écouteront que quand vous leur annoncerez vingt mille gentilshommes prêts à saisir les armes pour leur ouvrir les portes de la France. Ce service est pénible, direz-vous ; Messieurs, notre tête est à ce prix. Entre la liberté de la presse et notre existence comme gentilshommes il y a guerre à mort. Devenez des manufacturiers, des paysans, ou prenez votre fusil. Soyez timides si vous voulez, mais ne soyez pas stupides ; ouvrez les yeux.

Formez vos bataillons, vous dirai-je avec la chanson des jacobins ; alors il se trouvera quelque noble GUSTAVE-ADOLPHE, qui, touché du péril imminent du principe monarchique, s'élancera à trois cents lieues de son pays, et fera pour vous ce que Gustave fit pour les princes protestants. Voulez-vous continuer à parler sans agir ? Dans cinquante ans il n'y aura plus en Europe que des présidents de république, et pas un roi. Et avec ces trois lettres R, O, I s'en vont les prêtres et les gentilshommes. Je ne vois plus que des *candidats* faisant la cour à des *majorités* crottées.

Vous avez beau dire que la France n'a pas en ce moment un général accrédité, connu et aimé de tous, que l'armée n'est organisée que dans l'intérêt du trône et de l'autel, qu'on lui a ôté tous les vieux troupiers, tandis que chacun des régiments prussiens et autrichiens compte cinquante sous-officiers qui ont vu le feu.

Deux cent mille jeunes gens appartenant à la petite bourgeoisie sont amoureux de la guerre…

— Trêve de vérités désagréables, dit d'un ton suffisant un grave personnage, apparemment fort avant dans les dignités ecclésiastiques, car M. de

La Mole sourit agréablement au lieu de se fâcher, ce qui fut un grand signe pour Julien.

Trêve de vérités désagréables, résumons-nous, Messieurs : l'homme à qui il est question de couper une jambe gangrenée serait mal venu de dire à son chirurgien : cette jambe malade est fort saine. Passez-moi l'expression, Messieurs, le noble duc de *** est notre chirurgien...

Voilà enfin le grand mot prononcé, pensa Julien, c'est vers le... que je galoperai cette nuit.

CHAPITRE XXIII

LE CLERGÉ, LES BOIS, LA LIBERTÉ

> La première loi de tout être, c'est de se conserver, c'est de vivre. Vous semez de la ciguë et prétendez voir mûrir des épis !
>
> MACHIAVEL.

Le grave personnage continuait ; on voyait qu'il savait ; il exposait avec une éloquence douce et modérée, qui plut infiniment à Julien, ces grandes vérités :

1° L'Angleterre n'a pas une guinée à notre service ; l'économie et Hume y sont à la mode. Les *Saints* même ne nous donneront pas d'argent, et M. Brougham se moquera de nous.

2° Impossible d'obtenir plus de deux campagnes des rois de l'Europe, sans l'or anglais ; et deux campagnes ne suffiront pas contre la petite bourgeoisie.

3° Nécessité de former un parti armé en France, sans quoi le principe monarchique d'Europe ne hasardera pas même ces deux campagnes.

Le quatrième point que j'ose vous proposer comme évident est celui-ci :

Impossibilité de former un parti armé en France sans le clergé. Je vous le dis hardiment, parce que je vais vous le prouver, Messieurs. Il faut tout donner au clergé.

1° Parce que s'occupant de son affaire nuit et jour, et guidé par des hommes de haute capacité établis loin des orages à trois cents lieues de vos frontières...

— Ah ! Rome, Rome ! s'écria le maître de la maison...

— Oui, Monsieur, *Rome* ! reprit le cardinal avec fierté. Quelles que soient les plaisanteries plus ou moins ingénieuses qui furent à la mode quand vous étiez jeune, je dirai hautement, en 1830, que le clergé, guidé par Rome, parle seul au petit peuple.

Cinquante mille prêtres répètent les mêmes paroles au jour indiqué par les chefs, et le peuple, qui, après tout, fournit les soldats, sera plus touché de la voix de ses prêtres que de tous les petits vers du monde... (Cette personnalité excita des murmures.)

Le clergé a un génie supérieur au vôtre, reprit le cardinal en haussant la voix ; tous les pas que vous avez faits vers ce point capital, *avoir en France un parti armé,* ont été faits par nous. Ici parurent des faits... Qui a envoyé quatre-vingt mille fusils en Vendée ?... etc., etc.

Tant que le clergé n'a pas ses bois, il ne tient rien. A la première guerre, le ministre des finances écrit à ses agents qu'il n'y a plus d'argent que pour les curés. Au fond, la France ne croit pas, et elle aime la guerre. Quoi que ce soit qui la lui donne, il sera doublement populaire, car faire la guerre, c'est affamer les Jésuites, pour parler comme le vulgaire ; faire la guerre, c'est délivrer ces monstres d'orgueil, les Français, de la menace de l'intervention étrangère.

Le cardinal était écouté avec faveur... Il faudrait, dit-il, que M. de Nerval quittât le ministère, son nom irrite inutilement.

A ces mots, tout le monde se leva et parla à la fois. On va me renvoyer encore, pensa Julien ; mais le sage président lui-même avait oublié la présence et l'existence de Julien.

Tous les yeux cherchaient un homme que Julien reconnut. C'était M. de Nerval, le premier ministre qu'il avait aperçu au bal de M. le duc de Retz.

Le désordre fut à son comble, comme disent les journaux en parlant de la chambre. Au bout d'un gros quart d'heure, le silence se rétablit un peu.

Alors M. de Nerval se leva, et, prenant le ton d'un apôtre :

— Je ne vous affirmerai point, dit-il d'une voix singulière, que je ne tiens pas au ministère.

Il m'est démontré, Messieurs, que mon nom double les forces des jacobins en décidant contre nous beaucoup de modérés. Je me retirerais donc volontiers ; mais les voies du Seigneur sont visibles à un petit nombre ; mais, ajouta-t-il en regardant fixement le cardinal, j'ai une mission ; le ciel m'a dit : Tu porteras ta tête sur un échafaud, ou tu rétabliras la monarchie en France, et réduiras les Chambres à ce qu'était le parlement sous Louis XV, et cela, Messieurs, *je le ferai*.

Il se tut, se rassit, et il y eut un grand silence.

Voilà un bon acteur, pensa Julien. Il se trompait, toujours comme à l'ordinaire, en supposant trop d'esprit aux gens. Animé par les débats d'une soirée aussi vive, et surtout par la sincérité de la discussion, dans ce moment M. de Nerval croyait à sa mission. Avec un grand courage, cet homme n'avait pas de sens.

Minuit sonna pendant le silence qui suivit le beau mot, *je le ferai*. Julien trouva que le son de la pendule avait quelque chose d'imposant et de funèbre. Il était ému.

La discussion reprit bientôt avec une énergie croissante, et surtout une incroyable naïveté. Ces gens-ci me feront empoisonner, pensait Julien dans de certains moments. Comment dit-on de telles choses devant un plébéien ?

Deux heures sonnaient que l'on parlait encore. Le maître de la maison dormait depuis longtemps ; M. de La Mole fut obligé de sonner pour faire renouveler les bougies. M. de Nerval, le ministre, était sorti à une heure trois quarts, non sans avoir souvent étudié la figure de Julien dans une glace que le ministre avait à ses côtés. Son départ avait paru mettre à l'aise tout le monde.

Pendant qu'on renouvelait les bougies, — Dieu sait ce que cet homme va dire au roi ! dit tout bas à son voisin l'homme aux gilets. Il peut nous donner bien des ridicules et gâter notre avenir.

Il faut convenir qu'il y a chez lui suffisance bien rare et même effronterie à se présenter ici. Il y paraissait avant d'arriver au ministère ; mais le portefeuille change tout, noie tous les intérêts d'un homme, il eût dû le sentir.

A peine le ministre sorti, le général de Bonaparte avait fermé les yeux. En ce moment, il parla de sa santé, de ses blessures, consulta sa montre et s'en alla.

— Je parierais, dit l'homme aux gilets, que le général court après le ministre ; il va s'excuser de s'être trouvé ici, et prétendre qu'il nous mène.

Quand les domestiques à demi endormis eurent terminé le renouvellement des bougies :

— Délibérons enfin, Messieurs, dit le président, n'essayons plus de nous persuader les uns les autres. Songeons à la teneur de la note qui, dans quarante-huit heures, sera sous les yeux de nos amis du dehors, On a parlé des ministres. Nous pouvons le dire maintenant que M. de Nerval nous a quittés, que nous importent les ministres ? nous les ferons vouloir.

Le cardinal approuva par un sourire fin.

— Rien de plus facile, ce me semble, que de résumer notre position, dit le jeune évêque d'Agde, avec le feu concentré et contraint du fanatisme le plus exalté. Jusque-là il avait gardé le silence ; son œil que Julien avait observé, d'abord doux et calme, s'était enflammé après la première heure de discussion. Maintenant son âme débordait comme la lave du Vésuve.

— De 1806 à 1814, l'Angleterre n'a eu qu'un tort, dit-il, c'est de ne pas agir directement et personnellement sur Napoléon. Dès que cet homme eut fait des ducs et des chambellans, dès qu'il eut rétabli le trône, la mission que Dieu lui avait confiée était finie ; il n'était plus bon qu'à immoler. Les saintes Écritures nous enseignent en plus d'un endroit la manière d'en finir avec les tyrans. (Ici il y eut plusieurs citations latines.)

Aujourd'hui, Messieurs, ce n'est plus un homme qu'il faut immoler, c'est Paris. Toute la France copie Paris. A quoi bon armer vos cinq cents hommes par département ? Entreprise hasardeuse et qui n'en finira pas. A quoi bon mêler la France à la chose qui est personnelle à Paris ? Paris seul avec ses journaux et ses salons a fait le mal ; que la nouvelle Babylone périsse.

Entre l'autel et Paris, il faut en finir. Cette catastrophe est même dans les intérêts mondains du trône. Pourquoi Paris n'a-t-il pas osé souffler sous Bonaparte ? Demandez-le au canon de Saint-Roch...

. . . .

Ce ne fut qu'à trois heures du matin que Julien sortit avec M. de La Mole.

Le marquis était honteux et fatigué. Pour la première fois, en parlant à Julien, il y eut de la prière dans son accent. Il lui demandait la parole de ne jamais révéler les excès de zèle, ce fut son mot, dont le hasard venait de le rendre témoin. N'en parlez à notre ami de l'étranger que s'il insiste sérieusement pour connaître nos jeunes fous. Que leur importe que l'état soit renversé ? ils seront cardinaux, et se réfugieront à Rome. Nous, dans nos châteaux, nous serons massacrés par les paysans.

La note secrète que le marquis rédigea d'après le grand procès-verbal de vingt-six pages, écrit par Julien, ne fut prête qu'à quatre heures trois quarts.

— Je suis fatigué à mort, dit le marquis, et on le voit bien à cette note qui manque de netteté vers la fin ; j'en suis plus mécontent que d'aucune chose que j'aie faite en ma vie. Tenez, mon ami, ajouta-t-il, allez vous reposer quelques heures, et de peur qu'on ne vous enlève, moi je vais vous enfermer à clef dans votre chambre.

Le lendemain, le marquis conduisit Julien à un château isolé assez éloigné de Paris. Là se trouvèrent des hôtes singuliers, que Julien jugea être prêtres. On lui remit un passeport qui portait un nom supposé, mais indiquait enfin le véritable but du voyage qu'il avait toujours feint d'ignorer. Il monta seul dans une calèche.

Le marquis n'avait aucune inquiétude sur sa mémoire, Julien lui avait récité plusieurs fois la note secrète, mais il craignait fort qu'il ne fût intercepté.

— Surtout n'ayez l'air que d'un fat qui voyage pour tuer le temps, lui dit-il avec amitié, au moment où il quittait le salon. Il y avait peut-être plus d'un faux-frère dans notre assemblée d'hier soir.

Le voyage fut rapide et fort triste. A peine Julien avait-il été hors de la vue du marquis qu'il avait oublié et la note secrète et la mission, pour ne songer qu'aux mépris de Mathilde.

Dans un village à quelques lieues au-delà de Metz, le maître de poste vint lui dire qu'il n'y avait pas de chevaux. Il était dix heures du soir ; Julien, fort contrarié, demanda à souper. Il se promena devant la porte, et insensiblement, sans qu'il y parût, passa dans la cour des écuries. Il n'y vit pas de chevaux.

L'air de cet homme était pourtant singulier, se disait Julien ; son œil grossier m'examinait.

Il commençait, comme on voit, à ne pas croire exactement tout ce qu'on lui disait. Il songeait à s'échapper après souper, et pour apprendre toujours quelque chose sur le pays, il quitta sa chambre pour aller se chauffer au feu de la cuisine. Quelle ne fut pas sa joie d'y trouver il signor Geronimo, le célèbre chanteur !

Établi dans un fauteuil qu'il avait fait apporter

près du feu, le Napolitain gémissait tout haut, et parlait plus, à lui tout seul, que les vingt paysans allemands qui l'entouraient ébahis.

— Ces gens-ci me ruinent, cria-t-il à Julien, j'ai promis de chanter demain à Mayence. Sept princes souverains sont accourus pour m'entendre. Mais allons prendre l'air, ajouta-t-il d'un air significatif.

Quand il fut à cent pas sur la route, et hors de la possibilité d'être entendu :

— Savez-vous de quoi il retourne ? dit-il à Julien ; ce maître de poste est un fripon. Tout en me promenant, j'ai donné vingt sous à un petit polisson qui m'a tout dit. Il y a plus de douze chevaux dans une écurie à l'autre extrémité du village. On veut retarder quelque courrier.

— Vraiment ? dit Julien d'un air innocent.

Ce n'était pas le tout de découvrir la fraude, il fallait partir : c'est à quoi Geronimo et son ami ne purent réussir. Attendons le jour, dit enfin le chanteur, on se méfie de nous. C'est peut-être à vous ou à moi qu'on en veut. Demain matin nous commandons un bon déjeuner ; pendant qu'on le prépare nous allons nous promener, nous nous échappons, nous louons des chevaux et gagnons la poste prochaine.

— Et vos effets ? dit Julien, qui pensait que peut-être Geronimo lui-même pouvait être envoyé pour l'intercepter. Il fallut souper et se coucher. Julien était encore dans le premier sommeil, quand il fut réveillé en sursaut par la voix de deux personnes qui parlaient dans sa chambre, sans trop se gêner.

Il reconnut le maître de poste, armé d'une lanterne sourde. La lumière était dirigée vers le coffre de la calèche, que Julien avait fait monter dans sa chambre. A côté du maître de poste était un homme qui fouillait tranquillement dans le coffre ouvert. Julien ne distinguait que les manches de son habit, qui étaient noires et fort serrées.

C'est une soutane, se dit-il, et il saisit doucement de petits pistolets qu'il avait placés sous son oreiller.

— Ne craignez pas qu'il se réveille, monsieur le curé, disait le maître de poste. Le vin qu'on leur a servi était de celui que vous avez préparé vous-même.

— Je ne trouve aucune trace de papiers, répondait le curé. Beaucoup de linge, d'essences, de pommades, de futilités ; c'est un jeune homme du siècle, occupé de ses plaisirs. L'émissaire sera plutôt l'autre, qui affecte de parler avec un accent italien.

Ces gens se rapprochèrent de Julien pour fouiller dans les poches de son habit de voyage. Il était bien tenté de les tuer comme voleurs. Rien de moins dangereux pour les suites. Il en eut bonne envie... Je ne serais qu'un sot, se dit-il, je compromettrais ma mission. Son habit fouillé, ce n'est pas là un diplomate, dit le prêtre : il s'éloigna et fit bien.

— S'il me touche dans mon lit, malheur à lui ! se disait Julien ; il peut fort bien venir me poignarder, et c'est ce que je ne souffrirai pas.

Le curé tourna la tête, Julien ouvrait les yeux à demi ; quel ne fut pas son étonnement ! c'était l'abbé Castanède ! En effet, quoique les deux personnes voulussent parler assez bas, il lui avait semblé, dès l'abord, reconnaître une des voix. Julien fut saisi d'une envie démesurée de purger la terre d'un de ses plus lâches coquins...

Mais ma mission ! se dit-il.

Le curé et son acolyte sortirent. Un quart d'heure après, Julien fit semblant de s'éveiller. Il appela et réveilla toute la maison.

— Je suis empoisonné, s'écria-t-il, je souffre horriblement ! Il voulait un prétexte pour aller au secours de Geronimo. Il le trouva à demi asphyxié par le laudanum contenu dans le vin.

Julien craignant quelque plaisanterie de ce genre, avait soupé avec du chocolat apporté de Paris. Il ne put venir à bout de réveiller assez Geronimo pour le décider à partir.

— On me donnerait tout le royaume de Naples, disait le chanteur, que je ne renoncerais pas en ce moment à la volupté de dormir.

— Mais les sept princes souverains !

— Qu'ils attendent.

Julien partit seul et arriva sans autre incident auprès du grand personnage. Il perdit toute une matinée à solliciter en vain une audience. Par bonheur, vers les quatre heures, le duc voulut prendre l'air. Julien le vit sortir à pied, il n'hésita pas à l'approcher et à lui demander l'aumône. Arrivé à deux pas du grand personnage, il tira la montre du marquis de La Mole, et la montra avec affectation. *Suivez-moi de loin,* lui dit-on sans le regarder.

A un quart de lieue de là, le duc entra brusquement dans un petit *café-hauss*. Ce fut dans une chambre de cette auberge du dernier ordre que Julien eut l'honneur de réciter au duc ses quatre pages. Quand il eut fini : *Recommencez et allez plus lentement,* lui dit-on.

Le prince prit des notes. *Gagnez à pied la poste voisine. Abandonnez ici vos effets et votre calèche. Allez à Strasbourg comme vous pourrez, et le vingt-deux du mois* (on était au dix) *trouvez-vous à midi et demi dans ce même Café-Hauss. N'en sortez que dans une demi-heure. Silence !*

Telles furent les seules paroles que Julien entendit. Elles suffirent pour le pénétrer de la plus haute admiration. C'est ainsi, pensa-t-il, qu'on traite les affaires ; que dirait ce grand homme d'état, s'il entendait les bavards passionnés d'il y a trois jours ?

Julien en mit deux à gagner Strasbourg, il lui semblait qu'il n'avait rien à y faire. Il prit un grand détour. Si ce diable d'abbé Castanède m'a reconnu, il n'est pas homme à perdre facilement ma trace. Et quel plaisir pour lui de se moquer de moi, et de faire échouer ma mission !

L'abbé Castanède, chef de la police de la congrégation, sur toute la frontière du nord, ne l'avait heureusement pas reconnu. Et les jésuites de Strasbourg, quoique très zélés, ne songèrent nullement à observer Julien, qui, avec sa voix et sa redingote bleue, avait l'air d'un jeune militaire fort occupé de sa personne.

CHAPITRE XXIV

STRASBOURG

Fascination ! tu as de l'amour toute son énergie, toute sa puissance d'éprouver le malheur. Ses plaisirs enchanteurs, ses douces jouissances sont seuls au-delà de ta sphère. Je ne pouvais pas dire en la voyant dormir : elle est toute à moi, avec sa beauté d'ange et ses douces faiblesses ! La voilà livrée à ma puissance, telle que le ciel la fit dans sa miséricorde pour enchanter un cœur d'homme.

Ode de SCHILLER.

Forcé de passer huit jours à Strasbourg, Julien cherchait à se distraire par des idées de gloire militaire et de dévouement à la patrie. Était-il donc amoureux ? il n'en savait rien, il trouvait seulement dans son âme bourrelée Mathilde maîtresse absolue de son bonheur comme de son imagination. Il avait besoin de toute l'énergie de son caractère pour se maintenir au-dessus du désespoir. Penser à ce qui n'avait pas quelque rapport à mademoiselle de La Mole était hors de sa puissance. L'ambition, les simples succès de vanité le distrayaient autrefois des sentiments que madame de Rênal lui avait inspirés. Mathilde avait tout absorbé ; il la trouvait partout dans l'avenir.

De toutes parts, dans cet avenir, Julien voyait le manque de succès. Cet être que l'on a vu à Verrières si rempli de présomption, si orgueilleux, était tombé dans un excès de modestie ridicule.

Trois jours auparavant il eût tué avec plaisir l'abbé Castanède, et si, à Strasbourg, un enfant se fût pris de querelle avec lui, il eût donné raison à l'enfant. En repensant aux adversaires, aux ennemis qu'il avait rencontrés dans sa vie, il trouvait toujours que lui, Julien, avait eu tort.

C'est qu'il avait maintenant pour implacable ennemie cette imagination puissante, autrefois sans cesse employée à lui peindre dans l'avenir des succès si brillants.

La solitude absolue de la vie de voyageur augmentait l'empire de cette noire imagination. Quel trésor n'eût pas été un ami ! Mais, se disait Julien, est-il donc un cœur qui batte pour moi ? Et quand j'aurais un ami, l'honneur ne me commanderait-il pas un silence éternel ?

Il se promenait à cheval tristement dans les environs de Kehl ; c'est un bourg, sur le bord du Rhin, immortalisé par Desaix et Gouvion Saint-Cyr. Un paysan allemand lui montrait les petits ruisseaux, les chemins, les îlots du Rhin, auxquels le courage de ces grands généraux a fait un nom. Julien, conduisant son cheval de la main gauche, tenait déployée de la droite la superbe carte qui orne les *Mémoires* du maréchal Saint-Cyr. Une exclamation de gaîté lui fit lever la tête.

C'était le prince Korasoff, cet ami de Londres, qui lui avait dévoilé quelques mois auparavant les premières règles de la haute fatuité. Fidèle à ce grand art, Korasoff, arrivé de la veille à Strasbourg, depuis une heure à Kehl, et qui de la vie n'avait lu une ligne sur le siège de 1796, se mit à tout expliquer à Julien. Le paysan allemand le regardait étonné ; car il savait assez de français pour distinguer les énormes bévues dans lesquelles tombait le prince. Julien était à mille lieues des idées du paysan, il regardait avec étonnement ce beau jeune homme, il admirait sa grâce à monter à cheval.

L'heureux caractère ! se disait-il. Comme son pantalon va bien ; avec quelle élégance sont coupés ses cheveux ! Hélas ! si j'eusse été ainsi, peut-être qu'après m'avoir aimé trois jours, elle ne m'eût pas pris en aversion.

Quand le prince eut fini son siège de Kehl,
— Vous avez la mine d'un trappiste, dit-il à Julien,

vous outrez le principe de la gravité que je vous ai donné à Londres. L'air triste ne peut être de bon ton ; c'est l'air ennuyé qu'il faut. Si vous êtes triste, c'est donc quelque chose qui vous manque, quelque chose qui ne vous a pas réussi.

C'est montrer soi inférieur. Êtes-vous ennuyé, au contraire, c'est ce qui a essayé vainement de vous plaire qui est inférieur. Comprenez donc, mon cher, combien la méprise est grave.

Julien jeta un écu au paysan qui les écoutait bouche béante.

— Bien ! dit le prince, il y a de la grâce, un noble dédain ! fort bien ! et il mit son cheval au galop. Julien le suivit, rempli d'une admiration stupide.

Ah ! si j'eusse été ainsi, elle ne m'eût pas préféré Croisenois ! Plus sa raison était choquée des ridicules du prince, plus il se méprisait de ne pas les admirer, et s'estimait malheureux de ne pas les avoir. Le dégoût de soi-même ne peut aller plus loin.

Le prince le trouvant décidément triste : — Ah çà, mon cher, lui dit-il en rentrant à Strasbourg, vous êtes de mauvaise compagnie, avez-vous perdu tout votre argent, ou seriez-vous amoureux de quelque petite actrice ?

Les Russes copient les mœurs françaises, mais toujours à cinquante ans de distance. Ils en sont maintenant au siècle de Louis XV.

Ces plaisanteries sur l'amour mirent des larmes dans les yeux de Julien :

Pourquoi ne consulterais-je pas cet homme si aimable ? se dit-il tout à coup.

— Eh bien oui, mon cher, dit-il au prince, vous me voyez à Strasbourg fort amoureux et même délaissé. Une femme charmante, qui habite une ville voisine, m'a planté là après trois jours de passion, et ce changement me tue.

Il peignit au prince, sous des noms supposés, les actions et le caractère de Mathilde.

— N'achevez pas, dit Korasoff : pour vous donner confiance en votre médecin, je vais terminer la confidence. Le mari de cette jeune femme jouit d'une fortune énorme, ou bien plutôt elle appartient, elle, à la plus haute noblesse du pays. Il faut qu'elle soit fière de quelque chose.

Julien fit un signe de tête, il n'avait plus le courage de parler.

— Fort bien, dit le prince, voici trois drogues assez amères que vous allez prendre sans délai :

1° Voir tous les jours madame..., comment l'appelez-vous ?

— Madame de Dubois.

Quel nom ! dit le prince en éclatant de rire ; mais pardon, il est sublime pour vous. Il s'agit de voir chaque jour madame de Dubois ; n'allez pas surtout paraître à ses yeux froid et piqué ; rappelez-vous le grand principe de votre siècle : soyez le contraire de ce à quoi l'on s'attend. Montrez-vous précisément tel que vous étiez huit jours avant d'être honoré de ses bontés.

— Ah ! j'étais tranquille alors, s'écria Julien avec désespoir, je croyais la prendre en pitié...

— Le papillon se brûle à la chandelle, continua le prince, comparaison vieille comme le monde.

1° Vous la verrez tous les jours.

2° Vous ferez la cour à une femme de sa société, mais sans vous donner les apparences de la passion, entendez-vous ? Je ne vous le cache pas, votre rôle est difficile ; vous jouez la comédie, et si l'on devine que vous la jouez, vous êtes perdu.

— Elle a tant d'esprit et moi si peu ! Je suis perdu, dit Julien tristement.

— Non, vous êtes seulement plus amoureux que je ne le croyais. Madame de Dubois est profondément occupée d'elle-même, comme toutes les femmes qui ont reçu du ciel ou trop de noblesse ou trop d'argent. Elle se regarde au lieu de vous regarder, donc elle ne vous connaît pas. Pendant les deux ou trois accès d'amour qu'elle s'est donnés en votre faveur, à grand effort d'imagination, elle voyait en vous le héros qu'elle avait rêvé, et non pas ce que vous êtes réellement.

Mais que diable, ce sont là les éléments, mon cher Sorel, êtes-vous tout à fait un écolier ?...

Parbleu ! entrons dans ce magasin ; voilà un col noir charmant, on le dirait fait par John Anderson, de Burlington-street ; faites-moi le plaisir de le prendre, et de jeter bien loin cette ignoble corde noire que vous avez au cou.

Ah çà, continua le prince en sortant de la boutique du premier passementier de Strasbourg, quelle est la société de madame de Dubois ? grand Dieu ! quel nom ! Ne vous fâchez pas, mon cher Sorel, c'est plus fort que moi... A qui ferez-vous la cour ?

— A une prude par excellence, fille d'un marchand de bas immensément riche. Elle a les plus beaux yeux du monde, et qui me plaisent infiniment ; elle tient sans doute le premier rang dans le pays ; mais au milieu de toutes ses grandeurs, elle rougit au point de se déconcerter si quelqu'un vient à parler de commerce et de boutique. Et par malheur, son père était l'un des marchands les plus connus de Strasbourg.

— Ainsi si l'on parle d'*industrie,* dit le prince en riant, vous êtes sûr que votre belle songe à elle et non pas à vous. Ce ridicule est divin et fort utile, il vous empêchera d'avoir le moindre moment de folie auprès de ces beaux yeux. Le succès est certain.

Julien songeait à madame la maréchale de Fervaques qui venait beaucoup à l'hôtel de La Mole. C'était une belle étrangère qui avait épousé le maréchal un an avant sa mort. Toute sa vie semblait n'avoir d'autre objet que de faire oublier qu'elle était fille d'un *industriel,* et, pour être quelque chose à Paris, elle s'était mise à la tête de la vertu.

Julien admirait sincèrement le prince ; que n'eût-il pas donné pour avoir ses ridicules ! La conversation entre les deux amis fut infinie ; Korasoff était ravi : jamais un Français ne l'avait écouté aussi longtemps. Ainsi, j'en suis enfin venu, se disait le prince charmé, à me faire écouter en donnant des leçons à mes maîtres !

— Nous sommes bien d'accord, répétait-il à Julien pour la dixième fois, pas l'ombre de passion quand vous parlerez à la jeune beauté, fille du marchand de bas de Strasbourg, en présence de madame de Dubois. Au contraire, passion brûlante en écrivant. Lire une lettre d'amour bien écrite est le souverain plaisir pour une prude ; c'est un moment de relâche. Elle ne joue pas la comédie, elle ose écouter son cœur ; donc deux lettres par jour.

— Jamais, jamais ! dit Julien découragé ; je me ferais plutôt piler dans un mortier que de composer trois phrases ; je suis un cadavre, mon cher, n'espérez plus rien de moi. Laissez-moi mourir au bord de la route.

— Et qui vous parle de composer des phrases ? J'ai dans mon nécessaire six volumes de lettres d'amour manuscrites. Il y en a pour tous les caractères de femme, j'en ai pour la plus haute vertu. Est-ce que Kalisky n'a pas fait la cour à Richemond-la-Terrasse, vous savez, à trois lieues de Londres, à la plus jolie quakeresse de toute l'Angleterre ?

Julien était moins malheureux quand il quitta son ami à deux heures du matin.

Le lendemain le prince fit appeler un copiste, et, deux jours après, julien eut cinquante-trois lettres d'amour bien numérotées, destinées à la vertu la plus sublime et la plus triste.

— Il n'y en a pas cinquante-quatre, dit le prince, parce que Kalisky se fit éconduire ; mais que vous importe d'être maltraité par la fille du marchand de bas, puisque vous ne voulez agir que sur le cœur de madame de Dubois ?

Tous les jours on montait à cheval : le prince était fou de Julien ; ne sachant comment lui témoigner son amitié soudaine, il finit par lui offrir la main d'une de ses cousines, riche héritière de Moscou. Et une fois marié, ajouta-t-il, mon influence et la croix que vous avez là vous font colonel en deux ans.

— Mais cette croix n'est pas donnée par Napoléon, il s'en faut bien.

— Qu'importe, dit le prince, ne l'a-t-il pas inventée ? Elle est encore de bien loin la première en Europe.

Julien fut sur le point d'accepter ; mais son devoir le rappelait auprès du grand personnage ; en quittant Korasoff, il promit d'écrire. Il reçut la réponse à la note secrète qu'il avait apportée, et courut vers Paris ; mais à peine eut-il été seul deux jours de suite, que quitter la France et Mathilde lui parut un supplice pire que la mort. Je n'épouserai pas les millions que m'offre Korasoff, se dit-il, mais je suivrai ses conseils.

Après tout, l'art de séduire est son métier ; il ne songe qu'à cette seule affaire depuis plus de quinze ans, car il en a trente. On ne peut pas dire qu'il manque d'esprit ; il est fin et cauteleux ; l'enthousiasme, la poésie sont une impossibilité dans ce caractère : c'est un procureur ; raison de plus pour qu'il ne se trompe pas.

Il le faut, je vais faire la cour à madame de Fervaques.

Elle m'ennuiera bien peut-être un peu, mais je regarderai ces yeux si beaux, et qui ressemblent tellement à ceux qui m'ont le plus aimé au monde.

Elle est étrangère ; c'est un caractère nouveau à observer.

Je suis fou, je me noie, je dois suivre les conseils d'un ami et ne pas m'en croire moi-même.

CHAPITRE XXV

LE MINISTÈRE DE LA VERTU

Mais si je prends de ce plaisir avec
tant de prudence et de circonspection,
ce ne sera plus un plaisir pour moi.
LOPE DE VEGA.

A peine de retour à Paris, et au sortir du cabinet du marquis de La Mole, qui parut fort déconcerté des dépêches qu'on lui présentait, notre héros courut chez le comte Altamira. A l'avantage d'être condamné à mort, ce bel étranger réunissait beaucoup de gravité et le bonheur dêtre dévot ; ces deux mérites, et, plus que tout, la haute naissance du comte, convenaient tout à fait à madame de Fervaques, qui le voyait beaucoup.

Julien lui avoua gravement qu'il en était fort amoureux.

— C'est la vertu la plus pure et la plus haute, répondit Altamira, seulement un peu jésuitique et emphatique. Il est des jours où je comprends chacun des mots dont elle se sert, mais je ne comprends pas la phrase tout entière. Elle me donne souvent l'idée que je ne sais pas le français aussi bien qu'on le dit. Cette connaissance fera prononcer votre nom ; elle vous donnera du poids dans le monde. Mais allons chez Bustos, dit le comte Altamira, qui était un esprit d'ordre ; il a fait la cour à madame la maréchale.

Don Diego Bustos se fit longtemps expliquer l'affaire, sans rien dire, comme un avocat dans son cabinet. Il avait une grosse figure de moine, avec des moustaches noires, et une gravité sans pareille ; du reste, bon carbonaro.

— Je comprends, dit-il enfin à Julien. La maréchale de Fervaques a-t-elle eu des amants, n'en a-t-elle pas eu ? Avez-vous ainsi quelque espoir de réussir ? voilà la question. C'est vous dire que, pour ma part, j'ai échoué. Maintenant que je ne suis plus piqué, je me fais ce raisonnement : souvent elle a de l'humeur, et, comme je vous le raconterai bientôt, elle n'est pas mal vindicative.

Je ne lui trouve pas ce tempérament bilieux qui est celui du génie, et jette sur toutes les actions comme un vernis de passion. C'est au contraire à la façon d'être flegmatique et tranquille des Hollandais qu'elle doit sa rare beauté et ses couleurs si fraîches.

Julien s'impatientait de la lenteur et du flegme inébranlable de l'Espagnol ; de temps en temps, malgré lui, quelques monosyllabes lui échappaient.

— Voulez-vous m'écouter ? lui dit gravement don Diego Bustos.

— Pardonnez à la *furia francese ;* je suis tout oreille, dit Julien.

— La maréchale de Fervaques est donc fort adonnée à la haine ; elle poursuit impitoyablement des gens qu'elle n'a jamais vus, des avocats, de pauvres diables d'hommes de lettres qui ont fait des chansons comme Collé. Vous savez ?

J'ai la marotte
D'aimer Marote, etc.

Et Julien dut essuyer la citation tout entière. L'Espagnol était bien aise de chanter en français.

Cette divine chanson ne fut jamais écoutée avec plus d'impatience. Quand elle fut finie : — La maréchale, dit don Diego Bustos, a fait destituer l'auteur de cette chanson :

Un jour l'amour au cabaret…

Julien frémit qu'il ne voulût la chanter. Il se contenta de l'analyser. Réellement, elle était impie et peu décente.

— Quand la maréchale se prit de colère contre cette chanson, dit don Diego, je lui fis observer qu'une femme de son rang ne devait point lire toutes les sottises qu'on publie. Quelques progrès que fassent la piété et la gravité, il y aura toujours en France une littérature de cabaret. Quand madame de Fervaques eut fait ôter à l'auteur, pauvre diable en demi-solde, une place de dix-huit cents francs : Prenez garde, lui dis-je, vous avez attaqué ce rimailleur avec vos armes, il peut vous répondre avec ses rimes : il fera une chanson sur la vertu. Les salons dorés seront pour vous ; les gens qui aiment à rire répéteront ses épigrammes. Savez-vous, monsieur, ce que la maréchale me répondit ? — Pour l'intérêt du Seigneur, tout Paris me verrait marcher au martyre ; ce serait un spectacle nouveau en France. Le peuple apprendrait à respecter la qualité. Ce serait le plus beau jour de ma vie. Jamais ses yeux ne furent plus beaux.

— Et elle les a superbes, s'écria Julien.

— Je vois que vous êtes amoureux... Donc, reprit gravement don Diego Bustos, elle n'a pas la constitution bilieuse qui porte à la vengeance. Si elle aime à nuire pourtant, c'est qu'elle est malheureuse, je soupçonne là *malheur intérieur.* Ne serait-ce point une prude lasse de son métier.

L'Espagnol le regarda en silence pendant une grande minute.

— Voilà toute la question, ajouta-t-il gravement, et c'est de là que vous pouvez tirer quelque espoir. J'y ai beaucoup réfléchi pendant les deux ans que je me suis porté son très humble serviteur. Tout votre avenir, monsieur qui êtes amoureux, dépend de ce grand problème : Est-ce une prude lasse de son métier, et méchante parce qu'elle est malheureuse ?

— Ou bien, dit Altamira sortant enfin de son profond silence, serait-ce ce que je t'ai dit vingt fois ? tout simplement de la vanité française ; c'est le souvenir de son père, le fameux marchand de draps, qui fait le malheur de ce caractère naturellement morne et sec. Il n'y aurait qu'un bonheur pour elle, celui d'habiter Tolède, et d'être tourmentée par un confesseur qui chaque jour lui montrerait l'enfer tout ouvert.

Comme Julien sortait, — Altamira m'apprend que vous êtes des nôtres, lui dit don Diego, toujours plus grave. Un jour vous nous aiderez à reconquérir notre liberté, ainsi veux-je vous aider dans ce petit amusement. Il est bon que vous connaissiez le style de la maréchale ; voici quatre lettres de sa main.

— Je vais les copier, s'écria Julien, et vous les rapporter.

— Et jamais personne ne saura par vous un mot de ce que nous avons dit ?

— Jamais, sur l'honneur ! s'écria Julien.

— Ainsi Dieu vous soit en aide ! ajouta l'Espagnol, et il reconduisit silencieusement, jusque sur l'escalier, Altamira et Julien.

Cette scène égaya un peu notre héros ; il fut sur le point de sourire. Et voilà le dévot Altamira, se disait-il, qui m'aide dans une entreprise d'adultère !

Pendant toute la grave conversation de don Diego Bustos, Julien avait été attentif aux heures sonnées par l'horloge de l'hôtel d'Aligre.

Celle du dîner approchait, il allait donc revoir Mathilde ! Il rentra, et s'habilla avec beaucoup de soin.

Première sottise, se dit-il en descendant l'escalier ; il faut suivre à la lettre l'ordonnance du prince.

Il remonta chez lui, et prit un costume de voyage on ne peut pas plus simple.

Maintenant, pensa-t il, il s'agit des regards. Il n'était que cinq heures et demie, et l'on dînait à six. Il eut l'idée de descendre au salon, qu'il trouva solitaire. A la vue du canapé bleu, il se précipita à genoux et baisa l'endroit où Mathilde appuyait son bras, il répandit des larmes, ses joues devinrent brûlantes. Il faut user cette sensibilité sotte, se dit-il avec colère ; elle me trahirait. Il prit un journal pour avoir une contenance, et passa trois ou quatre fois du salon au jardin.

Ce ne fut qu'en tremblant et bien caché par un grand chêne, qu'il osa lever les yeux jusqu'à la fenêtre de mademoiselle de La Mole. Elle était hermétiquement fermée ; il fut sur le point de tomber et resta longtemps appuyé contre le chêne ; ensuite d'un pas chancelant, il alla revoir l'échelle du jardinier.

Le chaînon, jadis forcé par lui en des circonstances hélas ! si différentes, n'avait point été raccommodé. Emporté par un mouvement de folie, Julien le pressa contre ses lèvres.

Après avoir erré longtemps du salon au jardin, Julien se trouva horriblement fatigué ; ce fut un premier succès qu'il sentit vivement. Mes regards seront éteints et ne me trahiront pas ! Peu à peu, les convives arrivèrent au salon ; jamais la porte ne s'ouvrit sans jeter un trouble mortel dans le cœur de Julien.

On se mit à table. Enfin parut mademoiselle de La Mole, toujours fidèle à son habitude de se faire attendre. Elle rougit beaucoup en voyant Julien ; on ne lui avait pas dit son arrivée. D'après la recommandation du prince Korasoff, Julien regarda ses mains ; elles tremblaient. Troublé lui-même au-delà de toute expression par cette découverte, il fut assez heureux pour ne paraître que fatigué.

M. de La Mole fit son éloge. La marquise lui adressa la parole un instant après, et lui fit compliment sur son air de fatigue. Julien se disait à chaque instant : je ne dois pas trop regarder mademoiselle de La Mole, mais mes regards non plus ne doivent point la fuir. Il faut paraître ce que j'étais réellement huit jours avant mon malheur... Il eut lieu d'être satisfait du succès et resta au salon. Attentif pour la première fois envers la maîtresse de la maison, il fit tous ses efforts pour faire parler les hommes de sa société et maintenir la conversation vivante.

Sa politesse fut récompensée ; sur les huit heures, on annonça madame la maréchale de Fervaques. Julien s'échappa et reparut bientôt, vêtu avec le plus grand soin. Madame de La Mole lui sut un gré infini de cette marque de respect, et voulut lui témoigner sa satisfaction, en parlant de son voyage à madame de Fervaques. Julien s'établit auprès de la maréchale, de façon à ce que ses yeux ne fussent pas aperçus de Mathilde. Placé ainsi, suivant toutes les règles de l'art, madame de Fervaques fut pour lui l'objet de l'admiration la plus ébahie. C'est par une tirade sur ce sentiment que commençait la première des cinquante-trois lettres dont le prince Korasoff lui avait fait cadeau.

La maréchale annonça qu'elle allait à l'Opéra-Buffa. Julien y courut ; il trouva le chevalier de Beauvoisis, qui l'emmena dans une loge de messieurs les gentilshommes de la chambre, justement à côté de la loge de madame de Fervaques. Julien la regarda constamment. Il faut, se dit-il en rentrant à l'hôtel, que je tienne un journal de siège ; autrement j'oublierais mes attaques. Il se força à écrire deux ou trois pages sur ce sujet ennuyeux, et parvint ainsi, chose admirable, à ne presque pas penser à mademoiselle de La Mole.

Mathilde l'avait presque oublié pendant son voyage. Ce n'est après tout qu'un être commun, pensait-elle, son nom me rappellera toujours la plus grande tache de ma vie. Il faut revenir de bonne foi aux idées vulgaires de sagesse et d'honneur ; une femme a tout à perdre en les oubliant. Elle se montra disposée à permettre enfin la conclusion de l'arrangement avec le marquis de Croisenois, préparé depuis si longtemps. Il était fou de joie ; on l'eût bien étonné en lui disant qu'il y avait de la résignation au fond de cette manière de sentir de Mathilde, qui le rendait si fier.

Toutes les idées de mademoiselle de La Mole changèrent en voyant Julien. Au vrai, c'est là mon mari, se dit-elle ; si je reviens de bonne foi aux idées de sagesse, c'est évidemment lui que je dois épouser.

Elle s'attendait à des importunités, à des airs de malheur de la part de Julien ; elle préparait ses réponses : car sans doute, au sortir du dîner, il essaierait de lui adresser quelques mots. Loin de là, il resta ferme au salon, ses regards ne se tournèrent pas même vers le jardin, Dieu sait avec quelle peine ! Il vaut mieux avoir tout de suite cette explication, se dit mademoiselle de La Mole ; elle alla seule au jardin, Julien n'y parut pas. Mathilde vint se promener près des portes-fenêtres du salon ; elle le vit fort occupé à décrire à madame de Fervaques les vieux châteaux en ruines qui couronnent les coteaux des bords du Rhin et leur donnent tant de physionomie. Il commençait à ne pas mal se tirer de la phrase sentimentale et pittoresque qu'on appelle *esprit* dans certains salons.

Le prince Korasoff eût été bien fier, s'il se fût trouvé à Paris : cette soirée était exactement ce qu'il avait prédit.

Il eût approuvé la conduite que tint Julien les jours suivants.

Une intrigue parmi les membres du gouvernement occulte allait disposer de quelques cordons bleus ; madame la maréchale de Fervaques exigeait que son grand-oncle fût chevalier de l'ordre. Le marquis de La Mole avait la même prétention pour son beau-père ; ils réunirent leurs efforts, et la maréchale vint presque tous les jours à l'hôtel de la Mole. Ce fut d'elle que Julien apprit que le marquis allait être ministre : il offrait à la *Camarilla* un plan fort ingénieux pour anéantir la Charte, sans commotion, en trois ans.

Julien pouvait espérer un évêché, si M. de La Mole arrivait au ministère ; mais, à ses yeux, tous ces grands intérêts s'étaient comme recouverts d'un voile. Son imagination ne les apercevait plus que vaguement et pour ainsi dire dans le lointain. L'affreux malheur qui en faisait un maniaque lui montrait tous les intérêts de la vie dans sa manière d'être avec mademoiselle de La Mole. Il calculait qu'après cinq ou six ans de soins, il parviendrait à s'en faire aimer de nouveau.

Cette tête si froide était, comme on voit, tombée à l'état de déraison complet. De toutes les qualités qui l'avaient distingué autrefois, il ne lui restait qu'un peu de fermeté. Matériellement fidèle au plan de conduite dicté par le prince Korasoff, chaque soir il se plaçait assez près du fauteuil de madame de Fervaques, mais il lui était impossible de trouver un mot à dire.

L'effort qu'il s'imposait pour paraître guéri aux yeux de Mathilde absorbait toutes les forces de son âme, il restait auprès de la maréchale comme un être à peine animé ; ses yeux même, ainsi que dans l'extrême souffrance physique, avaient perdu tout leur feu.

Comme la manière de voir de madame de La Mole n'était jamais qu'une contre-épreuve des opinions de ce mari qui pouvait la faire duchesse, depuis quelques jours elle portait aux nues le mérite de Julien.

CHAPITRE XXVI

L'AMOUR MORAL

There also was of course in Adeline
  That calm patrician polish in the address,
Which ne'er can pass the equinoctial line
  Of any thing which Nature would express :
Just a Mandarin finds nothing fine,
  At least his manner suffers not to guess
That any thing he views can greatly please.
Don Juan, c. XIII. stanza 84.

Il y a peu de folie dans la manière de voir de toute cette famille, pensait la maréchale ; ils sont engoués de leur jeune abbé, qui ne sait qu'écouter, avec d'assez beaux yeux, il est vrai.

Julien, de son côté, trouvait dans les façons de la maréchale un exemple à peu près parfait de ce *calme patricien* qui respire une politesse exacte et encore plus l'impossibilité d'aucune vive émotion. L'imprévu dans les mouvements, le manque d'empire sur soi-même, eût scandalisé madame de Fervaques presque autant que l'absence de majesté envers les inférieurs. Le moindre signe de sensibilité eût été à ses yeux comme une sorte d'*ivresse morale* dont il faut rougir, et qui nuit fort à ce qu'une personne d'un rang élevé se doit à soi-même. Son grand bonheur était de parler de la dernière chasse du roi, son livre favori les *Mémoires du duc de Saint-Simon,* surtout pour la partie généalogique.

Julien savait la place qui, d'après la disposition des lumières, convenait au genre de beauté de madame de Fervaques. Il s'y trouvait d'avance, mais avait grand soin de tourner sa chaise de façon à ne pas apercevoir Mathilde. Étonnée de cette constance à se cacher d'elle, un jour elle quitta le canapé bleu et vint travailler auprès d'une petite table voisine du fauteuil de la maréchale. Julien la voyait d'assez près par-dessous le chapeau de madame de Fervaques. Ces yeux, qui disposaient de son sort, l'effrayèrent d'abord, aperçus de si près, ensuite le jetèrent violemment hors de son apathie habituelle ; il parla et fort bien.

Il adressait la parole à la maréchale, mais son but unique était d'agir sur l'âme de Mathilde. Il s'anima de telle sorte que madame de Fervaques arriva à ne plus comprendre ce qu'il disait.

C'était un premier mérite. Si Julien eût eu l'idée de le compléter par quelques phrases de mysticité allemande, de haute religiosité et de jésuitisme, la maréchale l'eût rangé d'emblée parmi les hommes supérieurs appelés à régénérer le siècle.

Puisqu'il est d'assez mauvais goût, se disait mademoiselle de La Mole, pour parler ainsi longtemps et avec tant de feu à madame de Fervaques, je ne l'écouterai plus. Pendant toute la fin de cette soirée, elle tint parole, quoique avec peine.

A minuit, lorsqu'elle prit le bougeoir de sa mère pour l'accompagner à sa chambre, madame de La Mole s'arrêta sur l'escalier pour faire un éloge complet de Julien. Mathilde acheva de prendre de l'humeur ; elle ne pouvait trouver le sommeil. Une idée la calma : ce que je méprise peut encore faire un homme de grand mérite aux yeux de la maréchale.

Pour Julien il avait agi, il était moins malheureux ; ses yeux tombèrent par hasard sur le portefeuille en cuir de Russie, où le prince Korasoff avait enfermé les cinquante-trois lettres d'amour dont il lui avait fait cadeau. Julien vit en note, au bas de la première lettre : *On envoie le n° 1 huit jours après la première vue.*

Je suis en retard ! s'écria Julien, car il y a bien longtemps que je vois madame de Fervaques. Il se mit aussitôt à transcrire cette première lettre d'amour ; c'était une homélie remplie de phrases sur la vertu et ennuyeuse à périr ; Julien eut le bonheur de s'endormir à la seconde page.

Quelques heures après, le grand soleil le surprit appuyé sur sa table. Un des moments les plus pénibles de sa vie était celui où, chaque matin, en s'éveillant, il s'apprenait son malheur. Ce jour-là, il acheva la copie de sa lettre presque en riant. Est-il possible, se disait-il, qu'il se soit trouvé un jeune homme pour écrire ainsi ! Il compta plusieurs phrases de neuf lignes. Au bas de l'original, il aperçut une note au crayon :

On porte ces lettres soi-même : à cheval, cravate noire, redingote bleue. On remet la lettre au portier d'un air contrit ; profonde mélancolie dans le regard. Si l'on aperçoit quelque femme de chambre, essuyez ses yeux furtivement. Adresser la parole à la femme de chambre.

Tout cela fut exécuté fidèlement.

Ce que je fais est bien hardi, pensa Julien en sortant de l'hôtel de Fervaques, mais tant pis pour Korasoff. Oser écrire à une vertu si célèbre ! je vais en être traité avec le dernier mépris, et rien ne m'amusera davantage. C'est, au fond, la seule comédie à laquelle je puisse être sensible. Oui, couvrir de ridicule cet être si odieux, que j'appelle *moi,* m'amusera. Si je m'en croyais, je commettrais quelque crime pour me distraire.

Depuis un mois, le plus beau moment de la vie de Julien était celui où il remettait son cheval à l'écurie. Korasoff avait expressément défendu de regarder, sous quelque prétexte que ce fût, la maîtresse qui l'avait quitté. Mais le pas de ce cheval qu'elle connaissait si bien, la manière avec laquelle Julien frappait de sa cravache à la porte de l'écurie pour appeler un homme, attiraient quelquefois Mathilde derrière le rideau de sa fenêtre. La mousseline était si légère que Julien voyait à travers. En regardant d'une certaine façon sous le bord de son chapeau, il apercevait la taille de Mathilde sans voir ses yeux. Par conséquent, se disait-il, elle ne peut voir les miens, et ce n'est point là la regarder.

Le soir, madame de Fervaques fut pour lui exactement comme si elle n'eût par reçu la dissertation philosophique, mystique et religieuse que, le matin, il avait remise à son portier avec tant de mélancolie. La veille, le hasard avait révélé à Julien le moyen d'être éloquent ; il s'arrangea de façon à voir les yeux de Mathilde. Elle, de son côté, un instant après l'arrivée de la maréchale, quitta le canapé bleu : c'était déserter sa société habituelle. M. de Croisenois parut consterné de ce nouveau caprice ; sa douleur évidente ôta à Julien ce que son malheur avait de plus atroce.

Cet imprévu dans sa vie le fit parler comme un ange ; et comme l'amour-propre se glisse même dans les cœurs qui servent de temple à la vertu la plus auguste, madame de La Mole a raison, se dit la maréchale en remontant en voiture, ce jeune prêtre a de la distinction. Il faut que, les premiers jours ma présence l'ait intimidé. Dans le fait, tout ce que l'on rencontre dans cette maison est bien léger ; je n'y vois que des vertus aidées par la vieillesse, et qui avaient grand besoin des glaces de l'âge. Ce jeune homme aura su voir la différence ; il écrit bien, mais je crains fort que cette demande de l'éclairer de mes conseils, qu'il me fait dans sa lettre, ne soit au fond qu'un sentiment qui s'ignore soi-même.

Toutefois, que de conversions ont ainsi commencé ! Ce qui me fait bien augurer de celle-ci, c'est la différence de son style avec celui des jeunes gens dont j'ai eu occasion de voir les lettres. Il est impossible de ne pas reconnaître de l'onction, un sérieux profond et beaucoup de conviction dans la prose de ce jeune lévite ; il aura la douce vertu de Massillon.

CHAPITRE XXVII

LES PLUS BELLES PLACES DE L'ÉGLISE

Des services ! des talents ! du mérite ! bah ! soyez d'une coterie.

TÉLÉMAQUE.

Ainsi l'idée d'évêché était pour la première fois mêlée avec celle de Julien dans la tête d'une femme qui, tôt ou tard, devait distribuer les plus belles places de l'Église de France. Cet avantage n'eût guère touché Julien ; en cet instant, sa pensée ne s'élevait à rien d'étranger à son malheur actuel : tout le redoublait ; par exemple, la vue de sa chambre lui était devenue insupportable. Le soir, quand il rentrait avec sa bougie, chaque meuble, chaque petit ornement lui semblait prendre une voix pour lui annoncer aigrement quelque nouveau détail de son malheur.

Ce jour-là, j'ai un travail forcé, se dit-il en rentrant et avec une vivacité que, depuis longtemps, il ne connaissait plus : espérons que la seconde lettre sera aussi ennuyeuse que la première.

Elle l'était davantage. Ce qu'il copiait lui semblait si absurde, qu'il en vint à transcrire ligne par ligne, sans songer au sens.

C'est encore plus emphatique, se disait-il, que les pièces officielles du traité de Münster, que mon professeur de diplomatie me faisait copier à Londres.

Il se souvint seulement alors des lettres de madame de Fervaques dont il avait oublié de rendre les originaux au grave Espagnol don Diego Bustos. Il les chercha ; elles étaient réellement presque aussi amphigouriques que celles du jeune seigneur russe. Le vague était complet. Cela voulait tout dire et ne rien dire. C'est la harpe éolienne du style, pensa Julien. Au milieu des plus hautes pensées sur le néant, sur la mort, sur l'infini, etc., je ne vois de réel qu'une peur abominable du ridicule.

Le monologue que nous venons d'abréger fut répété pensant quinze jours de suite. S'endormir en transcrivant une sorte de commentaire de l'Apocalypse, le lendemain aller porter une lettre d'un air mélancolique, remettre le cheval à l'écurie avec l'espérance d'apercevoir la robe de Mathilde, travailler, le soir paraître à l'Opéra quand madame de Fervaques ne venait pas à l'hôtel de La Mole, tels étaient les événements monotones de la vie de Julien. Elle avait plus d'intérêt quand madame de Fervaques venait chez la marquise ; alors il pouvait entrevoir les yeux de Mathilde sous une aile du chapeau de la maréchale, et il était éloquent. Ses phrases pittoresques et sentimentales commençaient à prendre une tournure plus frappante à la fois et plus élégante.

Il sentait bien que ce qu'il disait était absurde aux yeux de Mathilde, mais il voulait la frapper par l'élégance de la diction. Plus ce que je dis est faux, plus je dois lui plaire, pensait Julien ; et alors, avec une hardiesse abominable, il exagérait certains aspects de la nature. Il s'aperçut bien vite que, pour ne pas paraître vulgaire aux yeux de la maréchale, il fallait surtout se bien garder des idées simples et raisonnables. Il continuait ainsi, ou abrégeait ses amplifications suivant qu'il voyait le succès ou l'indifférence dans les yeux des deux grandes dames auxquelles il fallait plaire.

Au total, sa vie était moins affreuse que lorsque ses journées se passaient dans l'inaction.

Mais, se disait-il un soir, me voici transcrivant la quinzième de ces abominables dissertations ; les quatorze premières ont été fidèlement remises au suisse de la maréchale. Je vais avoir l'honneur de remplir toutes les cases de son bureau. Et cependant elle me traite exactement comme si je n'écrivais pas ! Quelle peut être la fin de tout ceci ? Ma constance l'ennuierait-elle autant que moi ? Il faut convenir que ce Russe, ami de Korasoff et amoureux de la belle quakeresse de Richemond, fut en son temps un homme terrible ; on n'est pas plus assommant.

Comme tous les êtres médiocres que le hasard met en présence des manœuvres d'un grand général, Julien ne comprenait rien à l'attaque exécutée par le jeune Russe sur le cœur de la sévère Anglaise. Les quarante premières lettres n'étaient destinées qu'à se faire pardonner la hardiesse d'écrire. Il fallait faire contracter à cette douce personne, qui peut-être s'ennuyait infiniment, l'habitude de recevoir des lettres peut-être un peu moins insipides que sa vie de tous les jours.

Un matin, on remit une lettre à Julien ; il reconnut les armes de madame de Fervaques, et brisa le cachet avec un empressement qui lui eût semblé bien impossible quelques jours auparavant : ce n'était qu'une invitation à dîner.

Il courut aux instructions du prince Korasoff. Malheureusement, le jeune Russe avait voulu être léger comme Dorat, là où il eût fallu être simple et intelligible ; Julien ne put deviner la position morale qu'il devait occuper au dîner de la maréchale.

Le salon était de la plus haute magnificence, doré comme la galerie de Diane aux Tuileries, avec des tableaux à l'huile aux lambris. Il y avait des taches claires dans ces tableaux. Julien apprit plus tard que les sujets avaient semblé peu décents à la maîtresse du logis, qui avait fait corriger les tableaux. *Siècle moral !* pensa-t-il.

Dans ce salon, il remarqua trois des personnages qui avaient assisté à la rédaction de la note secrète. L'un d'eux, monseigneur l'évêque de ***, oncle de la maréchale, avait la feuille des bénéfices et, disait-on, ne savait rien refuser à sa nièce. Quel pas immense j'ai fait, se dit Julien en souriant avec mélancolie, et combien il m'est indifférent ! Me voici dînant avec le fameux évêque de ***.

Le dîner fut médiocre et la conversation impatientante. C'est la table d'un mauvais livre, pensait Julien. Tous les plus grands sujets des pensées des hommes y sont fièrement abordés. Écoute-t-on trois minutes, on se demande ce qui l'emporte, de l'emphase du parleur ou de son abominable ignorance.

Le lecteur a sans doute oublié ce petit homme de lettres, nommé Tanbeau, neveu de l'académicien et futur professeur, qui, par ses basses calomnies, semblait chargé d'empoisonner le salon de l'hôtel de La Mole.

Ce fut par ce petit homme que Julien eut la première idée qu'il se pourrait bien que madame de Fervaques, tout en ne répondant pas à ses lettres, vît avec indulgence le sentiment qui les dictait. L'âme noire de M. Tanbeau était déchirée en pensant aux succès de Julien ; mais comme d'un autre côté, un homme de mérite, pas plus qu'un sot ne peut être en deux endroits à la fois, si Sorel devient l'amant de la sublime maréchale, se disait le futur professeur, elle le placera dans l'Église de quelque manière avantageuse, et j'en serai délivré à l'hôtel de La Mole.

M. l'abbé Pirard adressa aussi à Julien de longs sermons sur ses succès à l'hôtel de Fervaques. Il y avait *jalousie de secte* entre l'austère janséniste et le salon jésuitique, régénérateur et monarchique de la vertueuse maréchale.

CHAPITRE XXVIII

MANON LESCAUT

Or, une fois qu'il fut bien convaincu de la sottise et ânerie du prieur, il réussissait assez ordinairement en appelant noir ce qui était blanc, et blanc ce qui était noir.

LICHTEMBERG.

Les instructions russes prescrivaient impérieusement de ne jamais contredire de vive voix la personne à qui on écrivait. On ne devait s'écarter, sous aucun prétexte, du rôle de l'admiration la plus extatique ; les lettres partaient toujours de cette supposition.

Un soir, à l'Opéra, dans la loge de madame de Fervaques, Julien portait aux nues le ballet de *Manon Lescaut.* Sa seule raison pour parler ainsi, c'est qu'il le trouvait insignifiant.

La maréchale dit que ce ballet était bien inférieur au roman de l'abbé Prévost.

Comment ! pensa Julien étonné et amusé, une personne d'une si haute vertu vanter un roman ! Madame de Fervaques faisait profession, deux ou trois fois la semaine, du mépris le plus complet pour les écrivains qui, au moyen de ces plats ouvrages, cherchent à corrompre une jeunesse qui n'est, hélas ! que trop disposée aux erreurs des sens.

Dans ce genre immoral et dangereux, *Manon Lescaut,* continua la maréchale, occupe, dit-on, un des premiers rangs. Les faiblesses et les angoisses méritées d'un cœur bien criminel y sont, dit-on, dépeintes avec une vérité qui a de la profondeur ; ce qui n'empêche pas votre Bonaparte de prononcer à Sainte-Hélène que c'est un roman écrit pour des laquais.

Ce mot rendit toute son activité à l'âme de Julien. On a voulu me perdre auprès de la maréchale ; on lui a dit mon enthousiasme pour Napoléon. Ce fait l'a assez piquée pour qu'elle cède à la tentation de me le faire sentir. Cette découverte l'amusa toute la soirée, et le rendit amusant. Comme il prenait congé de la maréchale sous le vestibule de l'Opéra : — Souvenez-vous, monsieur, lui dit-elle, qu'il ne faut pas aimer Bonaparte quand on m'aime ; on peut tout au plus l'accepter comme une nécessité imposée par la Providence. Du reste, cet homme n'avait pas l'âme assez flexible pour sentir les chefs-d'œuvres des arts.

Quand on m'aime ! se répétait Julien ; cela ne veut rien dire, ou veut tout dire. Voilà des secrets de langage qui manquent à nos pauvres provinciaux. Et il songea beaucoup à madame de Rênal, en copiant une lettre immense destinée à la maréchale.

— Comment se fait-il, lui dit-elle le lendemain d'un air d'indifférence qu'il trouva mal joué, que vous me parliez de *Londres* et de *Richemond* dans une lettre que vous avez écrite hier soir, à ce qu'il semble, au sortir de l'Opéra ?

Julien fut très embarrassé ; il avait copié ligne par ligne, sans songer à ce qu'il écrivait, et apparemment avait oublié de substituer aux mots *Londres* et *Richemond,* qui se trouvaient dans l'original, ceux de *Paris* et *Saint-Cloud.* Il commença deux ou trois phrases, mais sans possibilité de les achever ; il se sentait sur le point de céder au fou rire. Enfin, en cherchant ses mots, il parvint à cette idée : Exalté par la discussion des plus sublimes, des plus grands intérêts de l'âme humaine, la mienne, en vous écrivant, a pu avoir une distraction.

Je produis une impression, se dit-il, donc je puis m'épargner l'ennui du reste de la soirée. Il sortit en courant de l'hôtel de Fervaques. Le soir, en revoyant l'original de la lettre par lui copiée la veille, il arriva bien vite à l'endroit fatal où le jeune Russe parlait de Londres et de Richemond. Julien fut bien étonné de trouver cette lettre presque tendre.

C'était le contraste de l'apparente légèreté de ses propos, avec la profondeur sublime et presque apocalyptique de ses lettres qui l'avait fait distinguer. La longueur des phrases plaisait surtout à la maréchale ; ce n'est pas là ce style sautillant mis à la mode par Voltaire, cet homme immoral ! Quoique notre héros fit tout au monde pour bannir toute espèce de bon sens de sa conversation, elle avait encore une couleur antimonarchique et impie qui n'échappait pas à madame de Fervaques. Environnée de personnages éminemment moraux, mais qui souvent n'avaient pas une idée par soirée, cette dame était profondément frappée de tout ce qui ressemblait à une nouveauté ; mais en même temps, elle croyait se devoir à elle-même d'en être offensée. Elle appelait ce défaut, *garder l'empreinte de la légèreté du siècle*...

Mais de tels salons ne sont bons à voir que quand on sollicite. Tout l'ennui de cette vie sans intérêt que menait Julien est sans doute partagé par le lecteur. Ce sont là les bandes de notre voyage.

Pendant tout le temps usurpé dans la vie de Julien par l'épisode Fervaques, mademoiselle de La Mole avait besoin de prendre sur elle pour ne pas songer à lui. Son âme était en proie à de violents combats : quelquefois elle se flattait de mépriser ce jeune homme si triste ; mais, malgré elle, sa conversation la captivait. Ce qui l'étonnait surtout, c'était sa fausseté parfaite ; il ne disait pas un mot à la maréchale qui ne fût un mensonge, ou du moins un déguisement abominable de sa façon de penser, que Mathilde connaissait si parfaitement sur presque tous les sujets. Ce machiavélisme la frappait. Quelle profondeur ! se disait-elle ; quelle différence avec les nigauds emphatiques ou les fripons communs, tels que M. Tanbeau, qui tiennent le même langage !

Toutefois, Julien avait des journées affreuses. C'était pour accomplir le plus pénible des devoirs qu'il paraissait chaque jour dans le salon de la maréchale. Ses efforts pour jouer un rôle achevaient d'ôter toute force à son âme. Souvent, la nuit, en traversant la cour immense de l'hôtel de Fervaques, ce n'était qu'à force de caractère et de raisonnement qu'il parvenait à se maintenir un peu au-dessus du désespoir.

J'ai vaincu le désespoir au séminaire, se disait-il : pourtant quelle affreuse perspective j'avais alors ! Je faisais ou je manquais ma fortune ; dans l'un comme dans l'autre cas, je me voyais obligé de passer toute ma vie en société intime avec ce qu'il y a sous le ciel de plus méprisable et de plus dégoûtant. Le printemps suivant, onze petits mois après seulement, j'étais le plus heureux peut-être des jeunes gens de mon âge.

Mais bien souvent, tous ces beaux raisonnements étaient sans effet contre l'affreuse réalité. Chaque jour il voyait Mathilde au déjeuner et à dîner. D'après les lettres nombreuses que lui dictait

M. de La Mole, il la savait à la veille d'épouser M. de Croisenois. Déjà cet aimable jeune homme paraissait deux fois par jour à l'hôtel de La Mole : l'œil jaloux d'un amant délaissé ne perdait pas une seule de ses démarches.

Quand il avait cru voir que mademoiselle de La Mole traitait bien son prétendu, en rentrant chez lui, Julien ne pouvait s'empêcher de regarder ses pistolets avec amour.

Ah ! que je serais plus sage, se disait-il, de démarquer mon linge, et d'aller dans quelque forêt solitaire, à vingt lieues de Paris, pour finir cette exécrable vie ! Inconnu dans le pays, ma mort serait cachée pendant quinze jours, et qui songerait à moi après quinze jours !

Ce raisonnement était fort sage. Mais le lendemain, le bras de Mathilde, entrevu entre la manche de sa robe et son gant, suffisait pour plonger notre jeune philosophe dans des souvenirs cruels, et qui cependant l'attachaient à la vie. Eh bien ! se disait-il alors, je suivrai jusqu'au bout cette politique russe. Comment cela finira-t-il ?

A l'égard de la maréchale, certes, après avoir transcrit ces cinquante-trois lettres, je n'en écrirai pas d'autres.

A l'égard de Mathilde, ces six semaines de comédie si pénible, ou ne changeront rien à sa colère, ou m'obtiendront un instant de réconciliation. Grand Dieu ! j'en mourrais de bonheur ! Et il ne pouvait achever sa pensée.

Quand, après une longue rêverie, il parvenait à reprendre son raisonnement : Donc, se disait-il, j'obtiendrais un jour de bonheur, après quoi recommenceraient ses rigueurs fondées, hélas ! sur le peu de pouvoir que j'ai de lui plaire, et il ne me resterait plus aucune ressource, je serais ruiné, perdu à jamais...

Quelle garantie peut-elle me donner avec son caractère ? Hélas ? mon peu de mérite répond à tout. Je manquerai d'élégance dans mes manières, ma façon de parler sera lourde et monotone. Grand Dieu ! Pourquoi suis-je moi ?

CHAPITRE XXIX

L'ENNUI

> Se sacrifier à ses passions, passe : mais à des passions qu'on n'a pas ! O triste dix-neuvième siècle !
>
> GIRODET.

Après avoir lu sans plaisir d'abord les longues lettres de Julien, madame de Fervaques commençait à en être occupée ; mais une chose la désolait :

quel dommage que M. Sorel ne soit pas décidément prêtre ! On pourrait l'admettre à une sorte d'intimité ; avec cette croix et cet habit presque bourgeois, on est exposé à des questions cruelles, et que répondre ? Elle n'achevait pas sa pensée : quelque amie maligne peut supposer et même répandre que c'est un petit cousin subalterne, parent de mon père, quelque marchand décoré par la garde nationale.

Jusqu'au moment où elle avait vu Julien, le plus grand plaisir de madame de Fervaques avait été d'écrire le mot *maréchale* à côté de son nom. Ensuite une vanité de parvenue, maladive et qui s'offensait de tout, combattit un commencement d'intérêt.

Il me serait si facile, se disait la maréchale, d'en faire un grand vicaire dans quelque diocèse voisin de Paris ! Mais M. Sorel tout court, et encore petit secrétaire de M. de La Mole ! c'est désolant.

Pour la première fois, cette âme *qui craignait tant,* était émue d'un intérêt étranger à ses prétentions de rang et de supériorité sociale. Son vieux portier remarqua que, lorsqu'il apportait une lettre de ce beau jeune homme, qui avait l'air si triste, il était sûr de voir disparaître l'air distrait et mécontent que la maréchale avait toujours soin de prendre à l'arrivée d'un de ses gens.

L'ennui d'une façon de vivre toute ambitieuse d'effet sur le public, sans qu'il y eût au fond du cœur jouissance réelle pour ce genre de succès, était devenu si intolérable depuis qu'on pensait à Julien, que pour que les femmes de chambre ne fussent pas maltraitées de toute une journée, il suffisait que, pendant la soirée de la veille, on eût passé une heure avec ce jeune homme singulier. Son crédit naissant résista à des lettres anonymes, fort bien faites. En vain le petit Tanbeau fournit à MM. de Luz, de Croisenois, de Caylus, deux ou trois calomnies fort adroites, et que ces messieurs prirent plaisir à répandre sans trop se rendre compte de la vérité des accusations. La maréchale, dont l'esprit n'était pas fait pour résister à ces moyens vulgaires, racontait ses doutes à Mathilde, et toujours était consolée.

Un jour, après avoir demandé trois fois s'il y avait des lettres, madame de Fervaques se décida subitement à répondre à Julien. Ce fut une victoire de l'ennui. A la seconde lettre, la maréchale fut presque arrêtée par l'inconvenance d'écrire de sa main une adresse aussi vulgaire : *A M. Sorel, chez M. le marquis de La Mole.*

— Il faut, dit-elle le soir à Julien d'un air fort sec, que vous m'apportiez des enveloppes sur lesquelles il y aura votre adresse.

Me voilà constitué amant valet de chambre, pensa Julien, et il s'inclina en prenant plaisir à se grimer comme Arsène, le vieux valet de chambre du marquis.

Le même soir, il apporta des enveloppes, et le lendemain, de fort bonne heure, il eut une troisième lettre : il en lut cinq ou six lignes au commencement, et deux ou trois vers la fin. Elle avait quatre pages d'une petite écriture fort serrée.

Peu à peu on prit la douce habitude d'écrire presque tous les jours. Julien répondait par des copies fidèles des lettres russes, et tel est l'avantage du style emphatique : madame de Fervaques n'était point étonnée du peu de rapport des réponses avec ses lettres.

Quelle n'eût pas été l'irritation de son orgueil, si le petit Tanbeau, qui s'était constitué espion volontaire des démarches de Julien, eût pu lui apprendre que toutes ses lettres non décachetées étaient jetées au hasard dans le tiroir de Julien.

Un matin, le portier lui apportait dans la bibliotèque une lettre de la maréchale ; Mathilde rencontra cet homme, vit la lettre et l'adresse de l'écriture de Julien. Elle entra dans la bibliothèque comme le portier en sortait ; la lettre était encore sur le bord de la table ; Julien, fort occupé à écrire, ne l'avait pas placée dans son tiroir.

— Voilà ce que je ne puis souffrir, s'écria Mathilde en s'emparant de la lettre ; vous m'oubliez tout à fait, moi qui suis votre épouse. Votre conduite est affreuse, Monsieur.

A ces mots, son orgueil, étonné de l'effroyable inconvenance de sa démarche, la suffoqua ; elle fondit en larmes, et bientôt parut à Julien hors d'état de respirer.

Surpris, confondu, Julien ne distinguait pas bien tout ce que cette scène avait d'admirable et d'heureux pour lui. Il aida Mathilde à s'asseoir ; elle s'abandonnait presque dans ses bras.

Le premier instant où il s'aperçut de ce mouvement, fut de joie extrême. Le second fut une pensée pour Korasoff : je puis tout perdre par un seul mot.

Ses bras se raidirent, tant l'effort imposé par la politique était pénible. Je ne dois pas même me permettre de presser contre mon cœur ce corps souple et charmant, ou elle me méprise et me maltraite. Quel affreux caractère !

Et en maudissant le caractère de Mathilde, il l'en aimait cent fois plus ; il lui semblait avoir dans ses bras une reine.

L'impassible froideur de Julien redoubla le malheur d'orgueil qui déchirait l'âme de mademoiselle de La Mole. Elle était loin d'avoir le sang-froid nécessaire pour chercher à deviner dans ses yeux ce qu'il sentait pour elle en cet instant. Elle ne put se résoudre à le regarder ; elle tremblait de rencontrer l'expression du mépris.

Assise sur le divan de la bibliothèque, immobile et la tête tournée du côté opposé à Julien, elle était en proie aux plus vives douleurs que l'orgueil et l'amour puissent faire éprouver à une âme humaine. Dans quelle atroce démarche elle venait de tomber !

Il m'était réservé, malheureuse que je suis ! de voir repousser les avances les plus indécentes ! et repoussées par qui ? ajoutait l'orgueil fou de douleur, repoussées par un domestique de mon père.

— C'est ce que je ne souffrirai pas, dit-elle à haute voix.

Et, se levant avec fureur, elle ouvrit le tiroir de la table de Julien placée à deux pas devant elle. Elle resta comme glacée d'horreur en y voyant huit ou dix lettres non ouvertes, semblables en tout à celle que le portier venait de monter. Sur toutes les adresses, elle reconnaissait l'écriture de Julien, plus ou moins contrefaite.

— Ainsi, s'écria-t-elle hors d'elle-même, non seulement vous êtes bien avec elle, mais encore vous la méprisez. Vous, un homme de rien, mépriser madame la maréchale de Fervaques !

Ah ! pardon, mon ami, ajouta-t-elle en se jetant à ses genoux, méprise-moi si tu veux, mais aime-moi, je ne puis plus vivre privée de ton amour. Et elle tomba tout à fait évanouie.

La voilà donc, cette orgueilleuse, à mes pieds ! se dit Julien.

CHAPITRE XXX

UNE LOGE AUX BOUFFES

As the blackest sky
Foretells the heaviest tempest.
Don Juan, c. I. st. 75.

Au milieu de tous ces grands mouvements, Julien était plus étonné qu'heureux. Les injures de Mathilde lui montraient combien la politique russe était sage. *Peu parler, peu agir,* voilà mon unique moyen de salut.

Il releva Mathilde, et sans mot dire la replaça sur le divan. Peu à peu les larmes la gagnèrent.

Pour se donner une contenance, elle prit dans ses mains les lettres de madame de Fervaques ; elle les décachetait lentement. Elle eut un mouvement nerveux bien marqué, quand elle reconnut l'écriture de la maréchale. Elle tournait sans les lire les feuilles de ces lettres ; la plupart avaient six pages.

— Répondez-moi, du moins, dit enfin Mathilde du ton de voix le plus suppliant, mais sans oser regarder Julien. Vous savez bien que j'ai de l'orgueil ; c'est le malheur de ma position et même de mon caractère, je l'avouerai ; madame de Fervaques m'a donc enlevé votre cœur... A-t-elle fait pour vous tous les sacrifices où ce fatal amour m'a entraîné ?

Un morne silence fut toute la réponse de Julien. De quel droit, pensait-il, me demande-t-elle une indiscrétion indigne d'un honnête homme ?

Mathilde essaya de lire les lettres ; ses yeux remplis de larmes lui en ôtaient la possibilité.

Depuis un mois elle était malheureuse, mais cette âme hautaine était bien loin de s'avouer ses sentiments. Le hasard tout seul avait amené cette explosion. Un instant la jalousie et l'amour l'avaient emporté sur l'orgueil. Elle était placée sur le divan et fort près de Julien. Il voyait ses cheveux et son cou d'albâtre ; un moment il oublia tout ce qu'il se devait ; il passa le bras autour de sa taille, et la serra presque contre sa poitrine.

Elle tourna la tête vers lui lentement : il fut étonné de l'extrême douleur qui était dans ses yeux, c'était à ne pas reconnaître leur physionomie habituelle.

Julien sentit ses forces l'abandonner, tant était mortellement pénible l'acte de courage qu'il s'imposait.

Ces yeux n'exprimeront bientôt que le plus froid dédain, se dit Julien, si je me laisse entraîner au bonheur de l'aimer. Cependant, d'une voix éteinte et avec des paroles qu'elle avait à peine la force d'achever, elle lui répétait, en ce moment, l'assurance de tous ses regrets pour les démarches que trop d'orgueil avait pu conseiller.

— J'ai aussi de l'orgueil, lui dit Julien d'une voix à peine formée, et ses traits peignaient le point extrême de l'abattement physique.

Mathilde se retourna vivement vers lui. Entendre sa voix était un bonheur à l'espérance duquel elle avait presque renoncé. En ce moment, elle ne se souvenait de sa hauteur que pour la maudire, elle eût voulu tracer des démarches insolites, incroyables, pour lui prouver jusqu'à quel point elle l'adorait et se détestait elle-même.

— C'est probablement à cause de cet orgueil, continua Julien, que vous m'avez distingué un instant : c'est certainement à cause de cette fermeté courageuse et qui convient à un homme, que vous m'estimez en ce moment. Je puis avoir de l'amour pour la maréchale...

Mathilde tressaillit ; ses yeux prirent une expression étrange. Elle allait entendre prononcer son arrêt. Ce mouvement n'échappa point à Julien ; il sentit faiblir son courage.

Ah ! se disait-il en écoutant le son des vaines paroles que prononçait sa bouche, comme il eût fait un bruit étranger ; si je pouvais couvrir de baisers ces joues si pâles, et que tu ne le sentisses pas !

— Je puis avoir de l'amour pour la maréchale, continuait-il... et sa voix s'affaiblissait toujours ; mais certainement, je n'ai de son intérêt pour moi aucune preuve décisive...

Mathilde le regarda ; il soutint ce regard, du moins il espéra que sa physionomie ne l'avait pas trahi. Il se sentait pénétré d'amour jusque dans les replis les plus intimes de son cœur. Jamais il ne l'avait adorée à ce point ; il était presque aussi fou que Mathilde. Si elle se fût trouvée assez de sang-froid et de courage pour manœuvrer, il fût tombé à ses pieds, en abjurant toute vaine comédie. Il eut assez de force pour pouvoir continuer à parler. Ah ! Korasoff, s'écria-t-il intérieurement, que n'êtes-vous ici ? quel besoin j'aurais d'un mot pour diriger ma conduite ! Pendant ce temps sa voix disait :

— A défaut de tout autre sentiment, la reconnaissance suffirait pour m'attacher à la maréchale ; elle m'a montré de l'indulgence, elle m'a consolé quand on me méprisait... Je puis ne pas avoir une fois illimitée en de certaines apparences extrêmement flatteuses sans doute, mais peut-être aussi bien peu durables.

— Ah ! grand Dieu ! s'écria Mathilde.

— Eh bien ! quelle garantie me donnerez-vous ? reprit Julien avec un accent vif et ferme, et qui semblait abandonner pour un instant les formes prudentes de la diplomatie. Quelle garantie, quel dieu me répondra que la position que vous semblez disposée à me rendre en cet instant vivra plus de deux jours ?

— L'excès de mon amour et de mon malheur si vous ne m'aimez plus, lui dit-elle en lui prenant les mains et se tournant vers lui.

Le mouvement violent qu'elle venait de faire avait un peu déplacé sa pèlerine ; Julien apercevait ses épaules charmantes. Ses cheveux un peu dérangés lui rappelèrent un souvenir délicieux...

Il allait céder. Un mot imprudent, se dit-il, et je fais recommencer cette longue suite de journées passées dans le désespoir. Madame de Rênal trouvait des raisons pour faire ce que son cœur lui dictait : cette jeune fille du grand monde ne laisse son cœur s'émouvoir que lorsqu'elle s'est prouvée par bonnes raisons qu'il doit être ému.

Il vit cette vérité en un clin d'œil et, en un clin d'œil aussi, retrouva du courage.

Il retira ses mains que Mathilde pressait dans les siennes et, avec un respect marqué, s'éloigna un peu d'elle. Un courage d'homme ne peut aller plus loin. Il s'occupa ensuite à réunir toutes les lettres de madame de Fervaques qui étaient éparses sur le divan, et ce fut avec l'apparence d'une politesse extrême et si cruelle en ce moment qu'il ajouta :

— Mademoiselle de La Mole daignera me permettre de réfléchir sur tout ceci. Il s'éloigna rapidement et quitta la bibliothèque ; elle l'entendit refermer successivement toutes les portes.

Le monstre n'est point troublé, se dit-elle.

Mais que dis-je, monstre ! il est sage, prudent, bon ; c'est moi qui ai plus de torts qu'on n'en pourrait imaginer.

Cette manière de voir dura. Mathilde fut presque heureuse ce jour-là, car elle fut toute à l'amour ; on eût dit que jamais cette âme n'avait été agitée par l'orgueil, et quel orgueil !

Elle tressaillit d'horreur quand, le soir au salon, un laquais annonça madame de Fervaques ; la voix de cet homme lui parut sinistre. Elle ne put soutenir la vue de la maréchale et s'éloigna bien vite. Julien, peu enorgueilli de sa pénible victoire, avait craint ses propres regards, et n'avait pas dîné à l'hôtel de La Mole.

Son amour et son bonheur augmentaient rapidement à mesure qu'il s'éloignait du moment de la bataille ; il en était déjà à se blâmer. Comment ai-je pu lui résister ! se disait-il ; si elle allait ne plus m'aimer ! un moment peut changer cette âme altière, et il faut convenir que je l'ai traitée d'une façon affreuse.

Le soir, il sentit bien qu'il fallait absolument paraître aux Bouffes, dans la loge de madame de Fervaques. Elle l'avait expressément invité : Mathilde ne manquerait pas de savoir sa présence ou son absence impolie. Malgré l'évidence de ce raisonnement, il n'eut pas la force, au commencement de la soirée, de se plonger dans la société. En parlant, il allait perdre la moitié de son bonheur.

Dix heures sonnèrent : il fallut absolument se montrer.

Par bonheur, il trouva la loge de la maréchale remplie de femmes et fut relégué près de la porte, et tout à fait caché par les chapeaux. Cette position lui sauva un ridicule ; les accents divins du désespoir de Caroline dans le *Matrimonio segreto* le firent fondre en larmes. Madame de Fervaques vit ces larmes ; elles faisaient un tel contraste avec la mâle fermeté de sa physionomie habituelle, que cette âme de grande dame, dès longtemps saturée de tout ce que la fierté de *parvenue* a de plus corrodant, en fut touchée. Le peu qui restait chez elle d'un cœur de femme la porta à parler. Elle voulut jouir du son de sa voix en ce moment.

— Avez-vous vu les dames de La Mole, lui disait-elle, elles sont aux troisièmes. A l'instant, Julien se pencha dans la salle en s'appuyant assez impoliment sur le devant de la loge ; il vit Mathilde ; ses yeux étaient brillants de larmes.

Et cependant ce n'est pas leur jour d'opéra, pensa Julien ; quel empressement !

Mathilde avait décidé sa mère à venir aux Bouffes, malgré l'inconvenance du rang de la loge qu'une complaisante de la maison s'était empressée de leur offrir. Elle voulait voir si Julien passerait cette soirée avec la maréchale.

CHAPITRE XXXI

LUI FAIRE PEUR

> Voilà donc le beau miracle de votre civilisation ! De l'amour vous avez fait une affaire ordinaire.
>
> BARNAVE.

Julien courut dans la loge de madame de La Mole. Ses regards rencontrèrent d'abord les yeux en larmes de Mathilde ; elle pleurait sans nulle retenue, il n'y avait là que des personnages subalternes, l'amie qui avait prêté la loge et des hommes de sa connaissance. Mathilde posa sa main sur celle de Julien ; elle avait comme oublié toute crainte de sa mère. Presque étouffée par ses larmes, elle ne lui dit que ce seul mot : *des garanties* ?

Au moins, que je ne lui parle pas, se disait Julien fort ému lui-même, et se cachant tant bien que mal les yeux avec la main, sous prétexte du lustre qui éblouit le troisième rang de loges. Si je parle, elle ne peut plus douter de l'excès de mon émotion, le son de ma voix me trahira, tout peut être perdu encore.

Ses combats étaient bien plus pénibles que le matin, son âme avait eu le temps de s'émouvoir. Il craignait de voir Mathilde se piquer de vanité. Ivre d'amour et de volupté, il prit sur lui de ne pas lui parler.

C'est, selon moi, l'un des plus beaux traits de son caractère ; un être capable d'un tel effort sur lui-même peut aller loin, *si fata sinant.*

Mademoiselle de La Mole insista pour ramener Julien à l'hôtel. Heureusement il pleuvait beaucoup. Mais la marquise le fit placer vis-à-vis d'elle, lui parla constamment et empêcha qu'il ne pût dire un mot à sa fille. On eût pensé que la marquise soignait le bonheur de Julien ; ne craignant plus de tout perdre par l'excès de son émotion, il s'y livrait avec folie.

Oserai-je dire qu'en rentrant dans sa chambre, Julien se jeta à genoux et couvrit de baisers les lettres d'amour données par le prince Korasoff ?

O grand homme ! que ne te dois-je pas ? s'écria-t-il dans sa folie.

Peu à peu quelque sang-froid lui revint. Il se compara à un général qui vient de gagner à demi une grande bataille. L'avantage est certain, immense, se dit-il ; mais que se passera-t-il demain ? Un instant peut tout perdre.

Il ouvrit d'un mouvement passionné les *Mémoires dictés à Sainte-Hélène* par Napoléon, et pendant deux longues heures se força à les lire ; ses yeux seuls lisaient, n'importe, il s'y forçait. Pendant cette singulière lecture, sa tête et son cœur montés au niveau de tout ce qu'il y a de plus grand, travaillaient à son insu. Ce cœur est bien différent de celui de madame de Rênal, se disait-il, mais il n'allait pas plus loin.

LUI FAIRE PEUR, s'écria-t-il tout à coup en jetant le livre au loin. L'ennemi ne m'obéira qu'autant que je lui ferai peur, alors il n'osera me mépriser.

Il se promenait dans sa petite chambre, ivre de joie. A la vérité, ce bonheur était plus d'orgueil que d'amour.

Lui faire peur ! se répétait-il fièrement, et il avait raison d'être fier. Même dans ses moments les plus heureux, madame de Rênal doutait toujours que mon amour fût égal au sien. Ici, c'est un démon que je subjugue, donc il faut *subjuguer*.

Il savait bien que le lendemain dès huit heures du matin, Mathilde serait à la bibliothèque ; il n'y parut qu'à neuf heures, brûlant d'amour, mais sa tête dominait son cœur. Une seule minute peut-être ne se passa pas sans qu'il ne se répétât :

la tenir toujours occupée de ce grand doute, m'aime-t-il ? Sa brillante position, les flatteries de tout ce qui parle la portent *un peu trop* à se rassurer.

Il la trouva pâle, calme, assise sur le divan, mais hors d'état apparemment de faire un seul mouvement. Elle lui tendit la main :

— Ami, je t'ai offensé, il est vrai ; tu peux être fâché contre moi.

Julien ne s'attendait pas à ce ton si simple. Il fut sur le point de se trahir.

— Vous voulez des garanties, mon ami, ajouta-t-elle après un silence qu'elle avait espéré voir rompre ; il est juste. Enlevez-moi, partons pour Londres... Je serai perdue à jamais, déshonorée... Elle eut le courage de retirer sa main à Julien pour s'en couvrir les yeux. Tous les sentiments de retenue et de vertu féminine étaient rentrés dans cette âme... Eh bien ! déshonorez-moi, dit-elle enfin avec un soupir ; c'est *une garantie*.

Hier j'ai été heureux, parce que j'ai eu le courage d'être sévère avec moi-même, pensa Julien. Après un petit moment de silence, il eut assez d'empire sur son cœur pour dire d'un ton glacial :

— Une fois en route pour Londres, une fois déshonorée, pour me servir de vos expressions, qui me répond que vous m'aimerez ? que ma présence dans la chaise de poste ne vous semblera point importune ? Je ne suis pas un monstre, vous avoir perdue dans l'opinion ne sera pour moi qu'un malheur de plus. Ce n'est pas votre position avec le monde qui fait obstacle, c'est par malheur votre caractère. Pouvez-vous vous répondre à vous-même que vous m'aimerez huit jours ?

(Ah ! qu'elle m'aime huit jours, huit jours seulement, se disait tout bas Julien, et j'en mourrai de bonheur. Que m'importe l'avenir, que m'importe la vie ? et ce bonheur divin peut commencer en cet instant si je veux, il ne dépend que de moi !)

Mathilde le vit pensif.

— Je suis donc tout à fait indigne de vous, dit-elle en lui prenant la main.

Julien l'embrassa, mais à l'instant la main de fer du devoir saisit son cœur. Si elle voit combien je l'adore, je la perds. Et, avant de quitter ses bras, il avait repris toute la dignité qui convient à un homme.

Ce jour-là et les suivants, il sut cacher l'excès de sa félicité ; il y eut des moments où il se refusait jusqu'au plaisir de la serrer dans ses bras.

Dans d'autres instants, le délire du bonheur l'emportait sur tous les conseils de la prudence.

C'était auprès d'un berceau de chèvrefeuilles disposé pour cacher l'échelle, dans le jardin, qu'il avait coutume d'aller se placer pour regarder de loin la persienne de Mathilde, et pleurer son inconstance. Un fort grand chêne était tout près, et le tronc de cet arbre l'empêchait d'être vu des indiscrets.

Passant avec Mathilde dans ce même lieu qui lui rappelait si vivement l'excès de son malheur, le contraste du désespoir passé et de la félicité présente fut trop fort pour son caractère ; des larmes inondèrent ses yeux, et, portant à ses lèvres la main de son amie :

— Ici, je vivais en pensant à vous ; ici, je regardais cette persienne, j'attendais des heures entières le moment fortuné où je verrais cette main l'ouvrir...

Sa faiblesse fut complète. Il lui peignit, avec ces couleurs vraies qu'on n'invente point, l'excès de son désespoir d'alors. De courtes interjections témoignaient de son bonheur actuel qui avait fait cesser cette peine atroce...

Que fais-je, grand Dieu ! se dit Julien revenant à lui tout à coup. Je me perds.

Dans l'excès de son alarme, il crut déjà voir moins d'amour dans les yeux de mademoiselle de La Mole. C'était une illusion ; mais la figure de Julien changea rapidement et se couvrit d'une pâleur mortelle. Ses yeux s'éteignirent un instant, et l'expression d'une hauteur non exempte de méchanceté succéda bientôt à celle de l'amour le plus vrai et le plus abandonné.

— Qu'avez-vous donc mon ami ? lui dit Mathilde avec tendresse et inquiétude.

— Je mens, dit Julien avec humeur, et je mens à vous. Je me le reproche, et cependant Dieu sait que je vous estime assez pour ne pas mentir. Vous m'aimez, vous m'êtes dévouée, et je n'ai pas besoin de faire des phrases pour vous plaire.

— Grand Dieu ! ce sont des phrases que tout ce que vous me dites de ravissant depuis dix minutes ?

— Et je me les reproche vivement, chère amie, je les ai composées autrefois pour une femme qui m'aimait et m'ennuyait... C'est le défaut de mon caractère, je me dénonce moi-même à vous, pardonnez-moi.

Des larmes amères inondaient les joues de Mathilde.

— Dès que par quelque nuance qui m'a choqué, j'ai un moment de rêverie forcée, continuait Julien, mon exécrable mémoire, que je maudis en ce moment, m'offre une ressource, et j'en abuse.

— Je viens donc de tomber à mon insu dans quelque action qui vous aura déplu, dit Mathilde avec une naïveté charmante.

— Un jour, je m'en souviens, passant près de ces chèvrefeuilles, vous avez cueilli une fleur, M. de Luz vous l'a prise, et vous la lui avez laissée. J'étais à deux pas.

— M. de Luz ? c'est impossible, reprit Mathilde, avec la hauteur qui lui était si naturelle : je n'ai point ces façons.

— J'en suis sûr, répliqua vivement Julien.

— Eh bien ! il est vrai, mon ami, dit Mathilde en baissant les yeux tristement. Elle savait positivement que, depuis bien des mois, elle n'avait pas permis une telle action à M. de Luz.

Julien la regarda avec une tendresse inexprimable : Non, se dit-il, elle ne m'aime pas *moins*.

Elle lui reprocha le soir, en riant, son goût pour madame de Fervaques : un bourgeois aimer une parvenue ! Les cœurs de cette espèce sont peut-être les seuls que mon Julien ne puisse rendre fous. Elle avait fait de vous un vrai dandy, disait-elle en jouant avec ses cheveux.

Dans le temps qu'il se croyait méprisé de Mathilde, Julien était devenu l'un des hommes les mieux de Paris. Mais encore avait-il un avantage sur les gens de cette espèce ; une fois sa toilette arrangée, il n'y songeait plus.

Une chose piquait Mathilde, Julien continuait à copier les lettres russes, et à les envoyer à la maréchale.

CHAPITRE XXXII

LE TIGRE

Hélas ! pourquoi ces choses et non pas d'autres ?

BEAUMARCHAIS.

Un voyageur anglais raconte l'intimité où il vivait avec un tigre ; il l'avait élevé et le caressait, mais toujours sur sa table tenait un pistolet armé.

Julien ne s'abandonnait à l'excès de son bonheur que dans les instants où Mathilde ne pouvait en lire l'expression dans ses yeux. Il s'acquittait avec exactitude du devoir de lui dire de temps à autre quelque mot dur.

Quand la douceur de Mathilde, qu'il observait avec étonnement, et l'excès de son dévouement étaient sur le point de lui ôter tout empire sur lui-même, il avait le courage de la quitter brusquement.

Pour la première fois Mathilde aima.

La vie, qui toujours pour elle s'était traînée à pas de tortue, volait maintenant.

Comme il fallait cependant que l'orgueil se fit jour de quelque façon, elle voulait s'exposer avec témérité à tous les dangers que son amour pouvait lui faire courir. C'était Julien qui avait de la prudence ; et c'était seulement quand il était question de danger qu'elle ne cédait pas à sa volonté ; mais soumise et presque humble avec lui, elle n'en montrait que plus de hauteur envers tout ce qui dans la maison l'approchait, parents ou valets.

Le soir au salon, au milieu de soixante personnes, elle appelait Julien pour lui parler en particulier et longtemps.

Le petit Tanbeau s'établissant un jour à côté d'eux, elle le pria d'aller lui chercher dans la bibliothèque le volume de Smollett où se trouve la révolution de 1688 ; et comme il hésitait : — Que rien ne vous presse, ajouta-t-elle avec une expression d'insultante hauteur qui fut un baume pour l'âme de Julien.

— Avez-vous remarqué le regard de ce petit monstre ? lui dit-il.

— Son oncle a dix ou douze ans de service dans ce salon, sans quoi je le ferais chasser à l'instant.

Sa conduite envers MM. de Croisenois, de Luz, etc., parfaitement polie pour la forme, n'était guère moins provocante au fond. Mathilde se reprochait vivement toutes les confidences faites jadis à Julien, et d'autant plus qu'elle n'osait lui avouer qu'elle avait exagéré les marques d'intérêt presque tout à fait innocentes dont ces messieurs avaient été l'objet.

Malgré les plus belles résolutions, sa fierté de femme l'empêchait tous les jours de dire à Julien : C'est parce que je parlais à vous que je trouvais du plaisir à décrire la faiblesse que j'avais de ne pas retirer ma main, lorsque M. de Croisenois posant la sienne sur une table de marbre, venait à l'effleurer un peu.

Aujourd'hui, à peine un de ces messieurs lui parlait-il quelques instants, qu'elle se trouvait avoir une question à faire à Julien, et c'était un prétexte pour le retenir auprès d'elle.

Elle se trouva enceinte et l'apprit avec joie à Julien.

— Maintenant douterez-vous de moi ? N'est-ce pas une garantie ? Je suis votre épouse à jamais.

Cette annonce frappa Julien d'un étonnement profond. Il fut sur le point d'oublier le principe de sa conduite. Comment être volontairement froid et offensant envers cette pauvre jeune fille qui se perd pour moi ? Avait-elle l'air un peu souffrant, même les jours où la sagesse faisait entendre sa voix terrible, il ne se trouvait plus le courage de lui adresser un de ces mots cruels et si indispensables, selon son expérience, à la durée de leur amour.

— Je veux écrire à mon père, lui dit un jour Mathilde ; c'est plus qu'un père pour moi, c'est un ami : comme tel, je trouverais indigne de vous et de moi de chercher à le tromper, ne fût-ce qu'un instant.

— Grand Dieu ! qu'allez-vous faire ? dit Julien effrayé.

— Mon devoir, répondit-elle avec des yeux brillants de joie.

Elle se trouvait plus magnanime que son amant.

— Mais il me chassera avec ignominie !

— C'est son droit, il faut le respecter. Je vous donnerai le bras et nous sortirons par la porte cochère, en plein midi.

Julien étonné la pria de différer d'une semaine.

— Je ne puis, répondit-elle, l'honneur parle, j'ai vu le devoir, il faut le suivre, et à l'instant.

— Eh bien ! je vous ordonne de différer, dit enfin Julien. Votre bonheur est à couvert, je suis votre époux. Notre état à tous les deux va être changé par cette démarche capitale. Je suis aussi dans mon droit. C'est aujourd'hui mardi ; mardi prochain c'est le jour du duc de Retz ; le soir, quand M. de La Mole rentrera, le portier lui remettra la lettre fatale... Il ne pense qu'à vous faire duchesse, j'en suis certain, jugez de son malheur !

— Voulez-vous dire : jugez de sa vengeance ?

— Je puis avoir pitié de mon bienfaiteur, être navré de lui nuire : mais je ne crains et ne craindrai jamais personne.

Mathilde se soumit. Depuis qu'elle avait annoncé son nouvel état à Julien, c'était la première fois qu'il lui parlait avec autorité ; jamais il ne l'avait tant aimée. C'était avec bonheur que la partie tendre de son âme saisissait le prétexte de l'état où se trouvait Mathilde pour se dispenser de lui adresser des mots cruels. L'aveu à M. de La Mole l'agita profondément. Allait-il être séparé de Mathilde ? et avec quelque douleur qu'elle le vit partir, un mois après son départ, songerait-elle à lui ?

Il avait une horreur presque égale des justes reproches que le marquis pouvait lui adresser.

Le soir, il avoua à Mathilde ce second sujet de chagrin, et ensuite, égaré par son amour, il fit aussi l'aveu du premier.

Elle changea de couleur.

— Réellement, lui dit-elle, six mois passés loin de moi seraient un malheur pour vous !

— Immense, le seul au monde que je voie avec terreur.

Mathilde fut bien heureuse. Julien avait suivi son rôle avec tant d'application, qu'il était parvenu à lui faire penser qu'elle était celle des deux qui avait le plus d'amour.

Le mardi fatal arriva bien vite. A minuit, en rentrant, le marquis trouva une lettre avec l'adresse qu'il fallait pour qu'il l'ouvrît lui-même, et seulement quand il serait sans témoins.

« MON PÈRE,

« Tous les liens sociaux sont rompus entre nous, il ne reste plus que ceux de la nature. Après mon mari, vous êtes et vous serez toujours l'être qui me sera le plus cher. Mes yeux se remplissent de larmes, je songe à la peine que je vous cause ; mais pour que ma honte ne soit pas publique, pour vous laisser le temps de délibérer et d'agir, je n'ai pu différer plus longtemps l'aveu que je vous dois. Si votre amitié, que je sais être extrême pour moi, veut m'accorder une petite pension, j'irai m'établir où vous voudrez, en Suisse par exemple, avec mon mari. Son nom est tellement obscur, que personne ne reconnaîtra votre fille dans madame Sorel, belle-fille d'un charpentier de Verrières. Voilà ce nom qui m'a fait tant de peine à écrire. Je redoute pour Julien votre colère, si juste en apparence. Je ne serai pas duchesse, mon père ; mais je le savais en l'aimant ; car c'est moi qui l'ai aimé la première, c'est moi qui l'ai séduit. Je tiens de vous et de nos aïeux une âme trop élevée pour arrêter mon attention à ce qui est ou me semble vulgaire. C'est en vain que, dans le dessein de vous plaire, j'ai songé à M. de Croisenois. Pourquoi aviez-vous placé le vrai mérite sous mes yeux ? vous me l'avez dit vous-même à mon retour d'Hyères : ce jeune Sorel est le seul être qui m'amuse ; le pauvre garçon est aussi affligé que moi, s'il est possible, de la peine que vous fait cette lettre. Je ne puis empêcher que vous ne soyez irrité comme père ; mais aimez-moi toujours comme ami.

« Julien me respectait. S'il me parlait quelquefois, c'était uniquement à cause de sa profonde reconnaissance pour vous : car la hauteur naturelle de son caractère le porte à ne jamais répondre qu'officiellement à tout ce qui est tellement au-dessus de lui. Il a un sentiment vif et inné de la différece des positions sociales. C'est moi, je l'avoue, en rougissant, à mon meilleur ami, et jamais un tel aveu ne sera fait à un autre, c'est moi qui un jour au jardin lui ai serré le bras.

« Après vingt-quatre heures, pourquoi seriez-vous irrité contre lui ? Ma faute est irréparable. Si vous l'exigez, c'est par moi que passeront les assurances de son profond respect et de son désespoir dc vous déplaire. Vous ne le verrez jamais ; mais j'irai le rejoindre où il voudra. C'est son droit, c'est son devoir, il est le père de mon enfant. Si votre bonté veut bien nous accorder six mille francs pour vivre, je les recevrai avec reconnaissance : sinon Julien compte s'établir à Besançon où il commencera le métier de maître de latin et de littérature. De quelque bas degré qu'il parte, j'ai la certitude qu'il s'élèvera. Avec lui, je ne crains pas l'obscurité. S'il y a révolution, je suis sûre pour lui d'un premier rôle. Pourriez-vous en dire autant d'aucun de ceux qui ont demandé ma main ? Ils ont de belles terres ! Je ne puis trouver dans cette seule circonstance une raison pour admirer. Mon Julien atteindrait une haute position même sous le régime actuel, s'il avait un million et la protection de mon père... »

Mathilde, qui savait que le marquis était un homme tout de premier mouvement, avait écrit huit pages.

— Que faire ? se disait Julien, en se promenant à minuit dans le jardin, pendant que M. de La Mole lisait cette lettre ; où est 1° mon devoir, 2° mon intérêt ? Ce que je lui dois est immense : j'eusse été sans lui un coquin subalterne, et pas assez coquin pour n'être point haï et persécuté par les autres. Il m'a fait un homme du monde. Mes coquineries *nécessaires* seront 1° plus rares, 2° moins ignobles. Cela est plus beau que s'il m'eût donné un million. Je lui dois cette croix et l'apparence des services diplomatiques qui me tirent du pair.

S'il tenait la plume pour prescrire ma conduite, qu'est-ce qu'il écrirait ?...

Julien fut brusquement interrompu par le vieux valet de chambre de M. de La Mole.

— Le marquis vous demande à l'instant, vêtu ou non vêtu. Le valet ajouta à voix basse, en marchant à côté de Julien :

— M. le marquis est hors de lui, prenez garde à vous.

CHAPITRE XXXIII

L'ENFER DE LA FAIBLESSE

> En taillant ce diamant un lapidaire malhabile lui a ôté quelques-unes de ses plus vives étincelles. Au moyen âge, que dis-je ? encore sous Richelieu, le Français avait la *force de vouloir*.
>
> MIRABEAU.

Julien trouva le marquis furieux : pour la première fois de sa vie, peut-être, ce seigneur fut de mauvais ton ; il accabla Julien de toutes les injures qui lui vinrent à la bouche. Notre héros fut étonné, impatienté, mais sa reconnaissance n'en fut point ébranlée. Que de beaux projets depuis longtemps chéris au fond de sa pensée le pauvre homme voit crouler en un instant ! Mais je lui dois de lui répondre, mon silence augmenterait sa colère. La réponse fut fournie par le rôle de Tartufe.

— *Je ne suis pas un ange...* Je vous ai bien servi, vous m'avez payé avec générosité... J'étais reconnaissant, mais j'ai vingt-deux ans... Dans cette maison, ma pensée n'était comprise que de vous et de cette personne aimable...

— Monstre ! s'écria le marquis. Aimable ! aimable ! Le jour où vous l'avez trouvée aimable, vous deviez fuir.

Je l'ai tenté ; alors, je vous demandai de partir pour le Languedoc.

Las de se promener avec fureur, le marquis, dompté par la douleur, se jeta dans un fauteuil ; Julien l'entendit se dire à mi-voix : Ce n'est point là un méchant homme.

— Non, je ne le suis pas pour vous, s'écria Julien en tombant à ses genoux. Mais il eut une honte extrême de ce mouvement et se releva bien vite.

Le marquis était réellement égaré. A la vue de ce mouvement, il recommença à l'accabler d'injures atroces et dignes d'un cocher de fiacre. La nouveauté de ces jurons était peut-être une distraction.

— Quoi ! ma fille s'appellera madame Sorel ! quoi ! ma fille ne sera pas duchesse ! Toutes les fois que ces deux idées se présentaient aussi nettement,

M. de La Mole était torturé et les mouvements de son âme n'étaient plus volontaires. Julien craignit d'être battu.

Dans les intervalles lucides, et lorsque le marquis commençait à s'accoutumer à son malheur, il adressait à Julien des reproches assez raisonnables :

— Il fallait fuir, monsieur, lui disait-il... Votre devoir était de fuir... Vous êtes le dernier des hommes...

Julien s'approcha de la table et écrivit :

« *Depuis longtemps la vie m'est insupportable, j'y mets un terme. Je prie monsieur le marquis d'agréer, avec l'expression d'une reconnaissance sans bornes, mes excuses de l'embarras que ma mort dans son hôtel peut causer.* »

— Que Monsieur le marquis daigne parcourir ce papier... Tuez-moi, dit Julien, ou faites-moi tuer par votre valet de chambre. Il est une heure du matin, je vais me promener au jardin vers le mur du fond.

— Allez à tous les diables, lui cria le marquis comme il s'en allait.

Je comprends, pensa Julien ; il ne serait pas fâché de me voir épargner la façon de ma mort à son valet de chambre... Qu'il me tue, à la bonne heure, c'est une satisfaction que je lui offre... Mais, parbleu, j'aime la vie... Je me dois à mon fils.

Cette idée qui, pour la première fois, paraissait aussi nettement à son imagination, l'occupa tout entier après les premières minutes de promenade données au sentiment du danger.

Cet intérêt si nouveau en fit un être prudent. Il me faut des conseils pour me conduire avec cet homme fougueux... Il n'a aucune raison, il est capable de tout. Fouqué est trop éloigné, d'ailleurs il ne comprendrait pas les sentiments d'un cœur tel que celui du marquis.

Le comte Altamira... Suis-je sûr d'un silence éternel ? Il ne faut pas que ma demande de conseils soit une action et complique ma position. Hélas ! il ne me reste que le sombre abbé Pirard... Son esprit est rétréci par le jansénisme... Un coquin de jésuite connaîtrait le monde, et serait mieux mon fait... M. Pirard est capable de me battre, au seul énoncé du crime.

Le génie de Tartufe vint au secours de Julien : Eh bien, j'irai me confesser à lui. Telle fut la dernière résolution qu'il prit au jardin, après s'être promené deux grandes heures. Il ne pensait plus qu'il pouvait être surpris par un coup de fusil ; le sommeil le gagnait.

Le lendemain, de très grand matin, Julien était à plusieurs lieues de Paris, frappant à la porte du sévère janséniste. Il trouva, à son grand étonnement, qu'il n'était point trop surpris de sa confidence.

J'ai peut-être des reproches à me faire, se disait l'abbé plus soucieux qu'irrité. J'avais cru deviner cet amour... Mon amitié pour vous, petit malheureux, m'a empêché d'avertir le père...

— Que va-t-il faire ? lui dit vivement Julien.

(Il aimait l'abbé en ce moment, et une scène lui eût été fort pénible.)

Je vois trois partis, continua Julien : 1° M. de La Mole peut me faire donner la mort ; et il raconta la lettre de suicide qu'il avait laissée au marquis. 2° Me faire tirer au blanc par le comte Norbert, qui me demanderait un duel.

— Vous accepteriez ? dit l'abbé furieux, et se levant.

— Vous ne me laissez pas achever. Certainement je ne tirerai jamais sur le fils de mon bienfaiteur.

3° Il peut m'éloigner. S'il me dit : Allez à Édimbourg, à New-York, j'obéirai. Alors on peut cacher la position de mademoiselle de La Mole ; mais je ne souffrirai point qu'on supprime mon fils.

— Ce sera là, n'en doutez point, la première idée de cet homme corrompu...

A Paris, Mathilde était au désespoir. Elle avait vu son père vers les sept heures. Il lui avait montré la lettre de Julien, elle tremblait qu'il n'eût trouvé noble de mettre fin à sa vie : Et sans ma permission ? se disait-elle avec une douleur qui était de la colère.

— S'il est mort, je mourrai, dit-elle à son père. C'est vous qui serez cause de sa mort... Vous vous en réjouirez peut-être... Mais je le jure à ses mânes, d'abord je prendrai le deuil, et serai publiquement *madame veuve Sorel ;* j'enverrai mes billets de faire-part, comptez là-dessus... Vous ne me trouverez ni pusillanime ni lâche.

Son amour allait jusqu'à la folie. A son tour, M. de La Mole fut interdit.

Il commença à voir les événements avec quelque

raison. Au déjeuner, Mathilde ne parut point. Le marquis fut délivré d'un poids immense, et surtout flatté, quand il s'aperçut qu'elle n'avait rien dit à sa mère.

Vers les midi Julien arriva. On entendit le pas du cheval retentir dans la cour. Julien descendit. Mathilde le fit appeler, et se jeta dans ses bras presque à la vue de sa femme de chambre. Julien ne fut pas très reconnaissant de ce transport, il sortait fort diplomate et fort calculateur de sa longue conférence avec l'abbé Pirard. Son imagination était éteinte par le calcul des possibles. Mathilde, les larmes aux yeux, lui apprit qu'elle avait vu sa lettre de suicide.

— Mon père peut se raviser ; faites-moi le plaisir de partir à l'instant même pour Villequier. Remontez à cheval, sortez de l'hôtel avant qu'on ne se lève de table.

Comme Julien ne quittait point l'air étonné et froid, elle eut un accès de larmes.

— Laisse-moi conduire nos affaires, s'écria-t-elle avec transport, et en le serrant dans ses bras. Tu sais bien que ce n'est pas volontairement que je me sépare de toi. Écris sous le couvert de ma femme de chambre, que l'adresse soit d'une main étrangère, moi je t'écrirai des volumes. Adieu ! fuis.

Ce dernier mot blessa Julien, il obéit cependant. Il est fatal, pensait-il, que, même dans leurs meilleur moments, ces gens-là trouvent le secret de me choquer.

Mathilde résista avec fermeté à tous les projets *prudents* de son père. Elle ne voulut jamais établir la négociation sur d'autres bases que celles-ci : Elle serait madame Sorel, et vivrait pauvrement avec son mari en Suisse, ou chez son père à Paris. Elle repoussait bien loin la proposition d'un accouchement clandestin. — Alors commencerait pour moi la possibilité de la calomnie et du déshonneur. Deux mois après le mariage, j'irai voyager avec mon mari, et il nous sera facile de supposer que mon fils est né à une époque convenable.

D'abord accueillie par des transports de colère, cette fermeté finit par donner des doutes au marquis.

Dans un moment d'attendrissement : — Tiens ! dit-il à sa fille, voilà une inscription de dix mille livres de rente, envoie-la à ton Julien, et qu'il me mette bien vite dans l'impossibilité de la reprendre.

Pour *obéir* à Mathilde, dont il connaissait l'amour pour le commandement, Julien avait fait quarante lieues inutiles : il était à Villequier, réglant les comptes des fermiers ; ce bienfait du marquis fut l'occasion de son retour. Il alla demander asile à l'abbé Pirard, qui, pendant son absence, était devenu l'allié le plus utile de Mathilde. Toutes les fois qu'il était interrogé par le marquis, il lui prouvait que tout autre parti que le mariage public serait un crime aux yeux de Dieu.

— Et par bonheur, ajoutait l'abbé, la sagesse du monde est ici d'accord avec la religion. Pourrait-on compter un instant, avec le caractère fougueux de mademoiselle de La Mole, sur le secret qu'elle ne se serait pas imposé à elle-même ? Si l'on n'admet pas la marche franche d'un mariage public, la société s'occupera beaucoup plus longtemps de cette mésalliance étrange. Il faut tout dire en une fois, sans apparence ni réalité du moindre mystère.

— Il est vrai, dit le marquis pensif. Dans ce système, parler de ce mariage après trois jours, devient un rabachage d'homme qui n'a pas d'idées. Il faudrait profiter de quelque grande mesure anti-jacobine du gouvernement et se glisser incognito à la suite.

Deux ou trois amis de M. de La Mole pensaient comme l'abbé Pirard. Le grand obstacle, à leurs yeux, était le caractère décidé de Mathilde. Mais après tant de beaux raisonnements, l'âme du marquis ne pouvait s'accoutumer à renoncer à l'espoir du *tabouret* pour sa fille.

Sa mémoire et son imagination étaient nourries des roueries et des faussetés de tous genres qui étaient encore possibles dans sa jeunesse. Céder à la nécessité, avoir peur de la loi lui semblait chose absurde et déshonorante pour un homme de son rang. Il payait cher maintenant ces rêveries enchanteresses qu'il se permettait depuis dix ans sur l'avenir de cette fille chérie.

Qui l'eût pu prévoir ? se disait-il. Une fille d'un caractère si altier, d'un génie si élevé, plus fière que moi du nom qu'elle porte ! dont la main m'était demandée d'avance par tout ce qu'il y a de plus illustre en France !

Il faut renoncer à toute prudence. Ce siècle est fait pour tout confondre ! nous marchons vers le chaos.

CHAPITRE XXXIV

UN HOMME D'ESPRIT

Le préfet cheminant sur son cheval se disait : Pourquoi ne serais-je pas ministre, président du conseil, duc ? Voici comment je ferais la guerre... Par ce moyen je jetterais les novateurs dans les fers...

LE GLOBE.

Aucun argument ne vaut pour détruire l'empire de dix années de rêveries agréables. Le marquis ne trouvait pas raisonnable de se fâcher, mais ne pouvait se résoudre à pardonner. Si ce Julien pouvait mourir par accident, se disait-il quelquefois. C'est ainsi que cette imagination attristée trouvait quelque soulagement à poursuivre les chimères les plus absurdes. Elles paralysaient l'influence des sages raisonnements de l'abbé Pirard. Un mois se passa ainsi sans que la négociation fit un pas.

Dans cette affaire de famille, comme dans celles de la politique, le marquis avait des aperçus brillants dont il s'enthousiasmait pendant trois jours. Alors, un plan de conduite ne lui plaisait pas parce qu'il était étayé par de bons raisonnements ; mais les raisonnements ne trouvaient grâce à ses yeux qu'autant qu'ils appuyaient son plan favori. Pendant trois jours, il travaillait avec toute l'ardeur et l'enthousiasme d'un poëte, à amener les choses à une certaine position ; le lendemain, il n'y songeait plus.

D'abord Julien fut déconcerté des lenteurs du marquis ; mais, après quelques semaines, il commença à deviner que M. de La Mole n'avait, dans cette affaire, aucun plan arrêté.

Madame de La Mole et toute la maison croyaient que Julien voyageait en province pour l'administration des terres ; il était caché au presbytère de l'abbé Pirard, et voyait Mathilde presque tous les jours ; elle, chaque matin, allait passer une heure avec son père, mais quelquefois ils étaient des semaines entières sans parler de l'affaire qui occupait leurs pensées.

— Je ne veux pas savoir où est cet homme, lui

dit un jour le marquis ; envoyez-lui cette lettre. Mathilde lut :

« Les terres de Languedoc rendent 20.600 fr. Je donne 10.600 fr. à ma fille, et 10.000 fr. à M. Julien Sorel. Je donne les terres mêmes, bien entendu. Dites au notaire de dresser deux actes de donation séparés, et de me les apporter demain ; après quoi, plus de relations entre nous. Ah ! Monsieur, devais-je m'attendre à tout ceci ?

« *Le marquis* de LA MOLE. »

— Je vous remercie beaucoup, dit Mathilde gaiement. Nous allons nous fixer au château d'Aiguillon, entre Agen et Marmande. On dit que c'est un pays aussi beau que l'Italie.

Cette donation surprit extrêmement Julien. Il n'était plus l'homme sévère et froid que nous avons connu. La destinée de son fils absorbait d'avance toutes ses pensées. Cette fortune imprévue et assez considérable pour un homme si pauvre en fit un ambitieux. Il se voyait, à sa femme ou à lui 36.000 livres de rente. Pour Mathilde, tous ses sentiments étaient absorbés dans son adoration pour son mari, car c'est ainsi que son orgueil appelait toujours Julien. Sa grande, son unique ambition était de faire reconnaître son mariage. Elle passait sa vie à s'exagérer la haute prudence qu'elle avait montrée en liant son sort à celui d'un homme supérieur. Le mérite personnel était à la mode dans sa tête.

L'absence presque continue, la multiplicité des affaires, le peu de temps que l'on avait pour parler d'amour, vinrent compléter le bon effet de la sage politique autrefois inventée par Julien.

Mathilde finit par s'impatienter de voir si peu l'homme qu'elle était parvenue à aimer réellement.

Dans un moment d'humeur, elle écrivit à son père, et commença sa lettre comme Othello :

« Que j'aie préféré Julien aux agréments que la société offrait à la fille de M. le marquis de La Mole, mon choix le prouve assez. Ces plaisirs de considération et de petite vanité sont nuls pour moi. Voici bientôt six semaines que je vis séparée de mon mari. C'est assez pour vous témoigner mon respect. Avant jeudi prochain, je quitterai la maison paternelle. Vos bienfaits nous ont enrichis. Personne ne connaît mon secret, que le respectable abbé Pirard. J'irai chez lui ; il nous mariera, et une heure après la cérémonie, nous serons en route pour le Languedoc, et ne reparaîtrons jamais à Paris que d'après vos ordres. Mais ce qui me perce le cœur, c'est que tout ceci va faire anecdote piquante contre moi, contre vous. Les épigrammes d'un public sot ne peuvent-elles pas obliger notre excellent Norbert à chercher querelle à Julien ? Dans cette circonstance, je le connais, je n'aurais aucun empire sur lui. Nous trouverions dans son âme du plébéien révolté. Je vous en conjure à genoux, ô mon père ! venez assister à mon mariage, dans l'église de M. Pirard, jeudi prochain. Le piquant de l'anecdote maligne sera adouci, et la vie de votre fils unique, celle de mon mari seront assurées, etc., etc. »

L'âme du marquis fut jetée par cette lettre dans un étrange embarras. Il fallait donc à la fin *prendre un parti*. Toutes les petites habitudes, tous les amis vulgaires avaient perdu leur influence.

Dans cette étrange circonstance, les grands traits du caractère, imprimés par les événements de la jeunesse, reprirent tout leur empire. Les malheurs de l'émigration en avaient fait un homme à imagination. Après avoir joui pendant deux ans d'une fortune immense et de toutes les distinctions de la cour, 1790 l'avait jeté dans les affreuses misères des émigrés. Cette dure école avait changé une âme de vingt-deux ans. Au fond, il était campé au milieu de ses richesses actuelles, plus qu'il n'en était dominé. Mais cette même imagination qui avait préservé son âme de la gangrène de l'or, l'avait jeté en proie à une folle passion pour voir sa fille décorée d'un beau titre.

Pendant six semaines qui venaient de s'écouler, tantôt poussé par un caprice, le marquis avait voulu enrichir Julien ; la pauvreté lui semblait ignoble, déshonorante pour lui M. de La Mole, impossible chez l'époux de sa fille ; il jetait l'argent. Le lendemain, son imagination prenant un autre cours, il lui semblait que Julien allait entendre le langage muet de cette générosité d'argent, changer de nom, s'exiler en Amérique, écrire à Mathilde, qu'il était mort pour elle... M. de La Mole supposait cette lettre écrite, il suivait son effet sur le caractère de sa fille...

Le jour où il fut tiré de ces songes si jeunes par la lettre *réelle* de Mathilde, après avoir pensé longtemps à tuer Julien ou à le faire disparaître, il rêvait à lui bâtir une brillante fortune. Il lui faisait prendre le nom d'une de ses terres ; et pourquoi ne lui ferait-il pas passer sa pairie ? M. le duc de Chaulnes, son beau-père, lui avait parlé plusieurs fois, depuis que son fils unique avait été tué en Espagne, du désir de transmettre son titre à Norbert...

L'on ne peut refuser à Julien une singulière aptitude aux affaires, de la hardiesse, peut-être même du *brillant,* se disait le marquis... mais au fond de ce caractère, je trouve quelque chose d'effrayant. C'est l'impression qu'il produit sur tout le monde. Donc il y a là quelque chose de réel (plus ce point réel était difficile à saisir, plus il effrayait l'âme imaginative du vieux marquis).

Ma fille me le disait fort adroitement l'autre jour (dans une lettre supprimée) : « Julien ne s'est affilié à aucun salon, à aucune coterie. » Il ne s'est ménagé aucun appui contre moi, pas la plus petite ressource de la société ?... Deux ou trois fois je lui ai dit : Il n'y a de candidature réelle et profitable, que celle des salons...

Non, il n'a pas le génie adroit et cauteleux d'un procureur qui ne perd ni une minute ni une opportunité... Ce n'est point un caractère à la Louis XI. D'un autre côté, je lui vois les maximes les plus antigénéreuses... Je m'y perds... Se répétait-il ces maximes, pour servir de *digue* à ses passions ?

Du reste, une chose surnage : il est impatient du mépris, je le tiens par là.

Il n'a pas la religion de la haute naissance, il est vrai, il ne nous respecte pas d'instinct... C'est un tort ; mais enfin, l'âme d'un séminariste devrait n'être impatiente que du manque de jouissance et d'argent. Lui, bien différent, ne peut supporter le mépris à aucun prix.

Pressé par la lettre de sa fille. M. de La Mole vit la nécessité de se décider : — Enfin, voici la grande question : l'audace de Julien est-elle allée jusqu'à entreprendre de faire la cour à ma fille, parce qu'il sait que je l'aime avant tout, et que j'ai cent mille écus de rente ?

Mathilde proteste du contraire... Non, mon Julien, voilà un point sur lequel je ne veux pas me laisser faire illusion.

Y a-t-il eu amour véritable, imprévu ? ou bien désir vulgaire de s'élever à une belle position ? Mathilde est clairvoyante, elle a senti d'abord que ce soupçon peut le perdre auprès de moi, de là cet aveu : c'est elle qui s'est avisée de l'aimer la première...

Une fille d'un caractère si altier se serait oubliée jusqu'à faire des avances matérielles !... Lui serrer le bras au jardin, un soir, quelle horreur ! comme si elle n'avait pas eu cent moyens moins indécents de lui faire connaître qu'elle le distinguait.

Qui *s'excuse s'accuse ;* je me défie de Mathilde... Ce jour-là, les raisonnements du marquis étaient plus concluants qu'à l'ordinaire. Cependant l'habitude l'emporta, il résolut de gagner du temps et d'écrire à sa fille. Car on s'écrivait d'un côté de l'hôtel à l'autre ; M. de La Mole n'osait discuter avec Mathilde et lui tenir tête.

Il avait peur de tout finir par une concession subite.

Lettre

« Gardez-vous de faire de nouvelles folies ; voici un brevet de lieutenant de hussards, pour M. le chevalier Julien Sorel de La Vernaye. Vous voyez ce que je fais pour lui. Ne me contrariez pas. Qu'il parte dans les vingt-quatre heures, pour se faire recevoir à Strasbourg, où est son régiment. Voici un mandat sur mon banquier ; qu'on m'obéisse. »

L'amour et la joie de Mathilde n'eurent plus de bornes ; elles voulut profiter de la victoire, et répondit à l'instant :

« M. de La Vernaye serait à vos pieds, éperdu de reconnaissance, s'il savait tout ce que vous daignez faire pour lui. Mais, au milieu de cette générosité, mon père m'a oubliée, l'honneur de votre fille est en danger. Une indiscrétion peut faire une tache éternelle et que vingt mille écus de rente ne répareraient pas. Je n'enverrai le brevet à M. de La Vernaye que si vous me donnez votre parole que, dans le courant du mois prochain, mon mariage sera célébré en public, à Villequier. Bientôt après cette époque, que je vous supplie de ne pas outrepasser, votre fille ne pourra paraître en public qu'avec le nom de madame de La Vernaye. Que je vous remercie ; cher papa, de m'avoir sauvée de ce nom de Sorel, etc., etc. »

La réponse fut imprévue.

« Obéissez, ou je me rétracte de tout. Tremblez, jeune imprudente. Je ne sais pas encore ce que c'est que votre Julien, et vous-même vous le savez moins que moi. Qu'il parte pour Strasbourg, et songe à marcher droit. Je ferai connaître mes volontés d'ici à quinze jours. »

Cette réponse si ferme étonna Mathilde. *Je ne connais pas Julien ;* ce mot la jeta dans une rêverie, qui bientôt finit par les suppositions les plus enchanteresses ; mais elle les croyait la vérité. L'esprit de mon Julien n'a pas revêtu le petit *uniforme* mesquin des salons, et mon père ne croit pas à sa supériorité, précisément à cause de ce qui la prouve...

Toutefois, si je n'obéis pas à cette velléité de caractère, je vois la possibilité d'une scène publique ; un éclat abaisse ma position dans le monde, et peut me rendre moins aimable aux yeux de Julien. Après l'éclat... pauvreté pour dix ans ; et la folie de choisir un mari à cause de son mérite ne peut se sauver du ridicule que par la plus brillante opulence. Si je vis loin de mon père, à son âge, il peut m'oublier... Norbert épousera une femme aimable, adroite : le vieux Louis XIV fut séduit par la duchesse de Bourgogne...

Elle se décida à obéir, mais se garda de communiquer la lettre de son père à Julien ; ce caractère farouche eût pu être porté à quelque folie.

Le soir, lorsqu'elle apprit à Julien qu'il était lieutenant de hussards, sa joie fut sans bornes. On peut se la figurer par l'ambition de toute sa vie, et par la passion qu'il avait maintenant pour son fils. Le changement de nom le frappait d'étonnement.

Après tout, pensait-il, mon roman est fini, et à moi seul tout le mérite. J'ai su me faire aimer de ce monstre d'orgueil, ajoutait-il en regardant Mathilde ; son père ne peut vivre sans elle, et elle sans moi.

CHAPITRE XXXV

UN ORAGE

Mon Dieu, donnez-moi la médiocrité !
MIRABEAU.

Son âme était absorbée ; il ne répondait qu'à demi à la vive tendresse qu'elle lui témoignait. Il restait silencieux et sombre. Jamais il n'avait paru si grand, si adorable aux yeux de Mathilde. Elle redoutait quelque subtilité de son orgueil qui viendrait déranger toute la position.

Presque tous les matins, elle voyait l'abbé Pirard arriver à l'hôtel. Par lui, Julien ne pouvait-il pas avoir pénétré quelque chose des intentions de son père ? Le marquis lui-même, dans un moment de caprice, ne pouvait-il pas lui avoir écrit ? Après un aussi grand bonheur, comment expliquer l'air sévère de Julien ? Elle n'osa l'interroger.

Elle *n'osa* ! elle, Mathilde ! il y eut, dès ce moment, dans son sentiment pour Julien, du vague, de l'imprévu, presque de la terreur. Cette âme sèche sentit de la passion tout ce qui en est possible dans un être élevé au milieu de cet excès de civilisation que Paris admire.

Le lendemain de grand matin, Julien était au presbytère de l'abbé Pirard. Des chevaux de poste arrivaient dans la cour avec une chaise délabrée, louée à la poste voisine.

— Un tel équipage n'est plus de saison, lui dit le sévère abbé d'un air rechigné. Voici vingt mille francs, dont M. de La Mole vous fait cadeau ; il vous engage à les dépenser dans l'année, mais en tâchant de vous donner le moins de ridicules possibles. (Dans une somme aussi forte, jetée à un jeune homme, le prêtre ne voyait qu'une occasion de pécher.)

Le marquis ajoute : M. Julien de La Vernaye aura reçu cet argent de son père, qu'il est inutile de désigner autrement. M. de La Vernaye jugera peut-être convenable de faire un cadeau à M. Sorel, charpentier à Verrières, qui soigna son enfance...

Je pourrai me charger de cette partie de la commission, ajouta l'abbé ; j'ai enfin déterminé M. de La Mole à transiger avec cet abbé de Frilair, si jésuite. Son crédit est décidément trop fort pour le nôtre. La reconnaissance implicite de votre haute naissance par cet homme qui gouverne Besançon, sera une des conditions tacites de l'arrangement.

Julien ne fut plus maître de son transport, il embrassa l'abbé, il se voyait reconnu.

— Fi donc ! dit M. Pirard en le repoussant, que veut dire cette vanité mondaine ?... Quant à Sorel et à ses fils, je leur offrirai, en mon nom, une pension annuelle, de cinq cents francs, qui leur sera payée à chacun, tant que je serai content d'eux.

Julien était déjà froid et hautain. Il remercia, mais en termes très vagues et n'engageant à rien. Serait-il bien possible, se disait-il, que je fusse le fils naturel de quelque grand seigneur exilé dans nos montagnes par le terrible Napoléon ? A chaque instant, cette idée lui semblait moins improbable... Ma haine pour mon père serait une preuve... Je ne serais plus un monstre !

Peu de jours après ce monologue, le quinzième régiment de hussards, l'un des plus brillants de l'armée, était en bataille sur la place d'armes de Strasbourg. M. le chevalier de La Vernaye montait le plus beau cheval de l'Alsace, qui lui avait coûté six mille francs. Il était reçu lieutenant, sans avoir jamais été sous-lieutenant que sur les contrôles d'un régiment dont jamais il n'avait ouï parler.

Son air impassible, ses yeux sévères et presque méchants, sa pâleur, son inaltérable sang-froid commencèrent sa réputation dès le premier jour. Peu après, sa politesse parfaite et pleine de mesure, son adresse au pistolet et aux armes, qu'il fit connaître sans trop d'affectation, éloignèrent l'idée de plaisanter à haute voix sur son compte. Après cinq ou six jours d'hésitation, l'opinon publique du régiment se déclara en sa faveur. Il y a tout dans ce jeune homme, disaient les vieux officiers goguenards, excepté de la jeunesse.

De Strasbourg, Julien écrivit à M. Chélan, l'ancien curé de Verrières, qui touchait maintenant aux bornes de l'extrême vieillesse.

« Vous aurez appris avec une joie, dont je ne doute pas, les événements qui ont porté ma famille à m'enrichir. Voici cinq cents francs que je vous prie de distribuer sans bruit, ni mention aucune de mon nom, aux malheureux, pauvres maintenant comme je le fus autrefois, et que sans doute vous secourez comme autrefois vous m'avez secouru. »

Julien était ivre d'ambition et non pas de vanité ; toutefois il donnait une grande part de son attention à l'apparence extérieure. Ses chevaux, ses uniformes, les livrées de ses gens étaient tenus avec une correction qui aurait fait honneur à la ponctualité d'un grand seigneur anglais. A peine lieutenant, par faveur et depuis deux jours, il calculait déjà que, pour commander en chef à trente ans, au plus tard, comme tous les grands généraux, il fallait à vingt-trois être plus que lieutenant. Il ne pensait qu'à la gloire et à son fils.

Ce fut au milieu des transports de l'ambition la plus effrénée qu'il fut surpris par un jeune valet de pied de l'hôtel de La Mole, qui arrivait en courrier.

« Tout est perdu, lui écrivait Mathilde ; accourez le plus vite possible, sacrifiez tout, désertez s'il le faut. A peine arrivé, attendez-moi dans un fiacre, près la petite porte du jardin, au n°... de la rue... j'irai vous parler ; peut-être pourrai-je vous introduire dans le jardin. Tout est perdu, et je le crains, sans ressource ; comptez sur moi, vous me trouverez dévouée et ferme dans l'adversité. Je vous aime. »

En quelques minutes, Julien obtint une permission du colonel, et partit de Strasbourg à franc étrier ; mais l'affreuse inquiétude qui le dévorait ne lui permit pas de continuer cette façon de voyager au-delà de Metz. Il se jeta dans une chaise de poste ; et ce fut avec une rapidité presque incroyable qu'il arriva au lieu indiqué, près la petite porte du jardin de l'hôtel de La Mole. Cette porte s'ouvrit, et à l'instant Mathilde, oubliant tout respect humain, se précipita dans ses bras. Heureusement il n'était que cinq heures du matin, et la rue était encore déserte.

— Tout est perdu ; mon père, craignant mes larmes, est parti dans la nuit de jeudi. Pour où ? personne ne le sait. Voici sa lettre, lisez. Et elle monta dans le fiacre avec Julien.

« Je pouvais tout pardonner, excepté le projet de vous séduire parce que vous êtes riche. Voilà, malheureuse fille, l'affreuse vérité. Je vous donne ma parole d'honneur que je ne consentirai jamais à un mariage avec cet homme. Je lui assure dix mille livres de rente s'il veut vivre au loin, hors des frontières de France, ou mieux encore en Amérique. Lisez la lettre que je reçois en réponse aux renseignements que j'avais demandés. L'impudent m'avait engagé lui-même à écrire à madame de Rênal. Jamais je ne lirai une ligne de vous relative à cet homme. Je prends en horreur Paris et vous. Je vous engage à recouvrir du plus grand secret ce qui doit arriver. Renoncer *franchement* à un homme vil, et vous retrouverez un père. »

— Où est la lettre de madame de Rênal ? dit froidement Julien.

— La voici. Je n'ai voulu te la montrer qu'après que tu aurais été préparé.

LETTRE

« Ce que je dois à la cause sacrée de la religion et de la morale m'oblige, monsieur, à la démarche pénible que je viens accomplir auprès de vous ; une règle qui ne peut faillir m'ordonne de nuire en ce moment à mon prochain, mais enfin d'éviter un plus grand scandale. La douleur que j'éprouve doit être surmontée par le sentiment du devoir. Il n'est que trop vrai, monsieur, la conduite de la personne au sujet de laquelle vous me demandez toute la vérité, a pu sembler inexplicable ou même honnête. On a pu croire convenable de cacher ou de déguiser une partie de la réalité, la prudence le voulait aussi bien que la religion. Mais cette conduite que vous désirez connaître, a été dans le fait extrêmement condamnable, et plus que je ne puis le dire. Pauvre et avide, c'est à l'aide de l'hypocrisie la plus consommée, et par la séduction d'une femme faible et malheureuse, que cet homme a cherché à se faire un état et à devenir quelque chose. C'est une partie de mon pénible devoir d'ajouter que je suis obligée de croire que M. J... n'a aucun principe de religion. En conscience, je suis contrainte de penser qu'un de ses moyens pour réussir dans une maison, est de chercher à séduire la femme qui a le principal crédit. Couvert par une apparence de désintéressement et par des phrases de roman, son grand et unique objet est de parvenir à disposer du maître de la maison et de sa fortune. Il laisse après lui le malheur et des regrets éternels, etc., etc., etc. »

Cette lettre, extrêmement longue et à demi effacée par des larmes, était bien de la main de madame de Rênal ; elle était même écrite avec plus de soin qu'à l'ordinaire.

— Je ne puis blâmer M. de La Mole, dit Julien après l'avoir finie ; il est juste et prudent. Quel père voudrait donner sa fille chérie à un tel homme ! Adieu !

Julien sauta en bas du fiacre et courut à sa chaise de poste arrêtée au bout de la rue. Mathilde, qu'il semblait avoir oubliée, fit quelques pas pour le suivre ; mais les regards des marchands qui s'avançaient sur la porte de leurs boutiques, et desquels elle était connue, la forcèrent à rentrer précipitamment au jardin.

Julien était parti pour Verrières. Dans cette route rapide, il ne put écrire à Mathilde comme il en avait le projet, sa main ne formait sur le papier que des traits illisibles.

Il arriva à Verrières, un dimanche matin. Il entra chez l'armurier du pays, qui l'accabla de compliments sur sa récente fortune. C'était la nouvelle du pays.

Julien eut beaucoup de peine à lui faire comprendre qu'il voulait une paire de pistolets. L'armurier sur sa demande chargea les pistolets.

Les *trois coups* sonnaient ; c'est un signal bien connu dans les villages de France, et qui, après les diverses sonneries de la matinée, annonce le commencement immédiat de la messe.

Julien entra dans l'église neuve de Verrières. Toutes les fenêtres hautes de l'édifice étaient voilées avec des rideaux cramoisis. Julien se trouva à quelques pas derrière le banc de madame de Rênal. Il lui sembla qu'elle priait avec ferveur. La vue de cette femme qui l'avait tant aimé fit trembler le bras de Julien d'une telle façon, qu'il ne put d'abord exécuter son dessein. Je ne le puis, se disait-il à lui-même ; physiquement, je ne le puis.

En ce moment, le jeune clerc qui servait la messe sonna pour l'*élévation*. Madame de Rênal baissa la tête qui un instant se trouva presque entièrement cachée par les plis de son châle. Julien ne la reconnaissait plus aussi bien ; il tira sur elle un coup de pistolet et la manqua ; il tira un second coup, elle tomba.

CHAPITRE XXXVI

DÉTAILS TRISTES

Ne vous attendez point de ma part à de la faiblesse. Je me suis vengé. J'ai mérité la mort et me voici. Priez pour mon âme.
SCHILLER.

Julien resta immobile, il ne voyait plus. Quand il revint un peu à lui, il aperçut tous les fidèles qui s'enfuyaient de l'église ; le prêtre avait quitté l'hôtel. Julien se mit à suivre d'un pas assez lent quelques femmes qui s'en allaient en criant. Une femme, qui voulait fuir plus vite que les autres, le poussa rudement, il tomba. Ses pieds s'étaient embarrassés dans une chaise renversée par la foule ; en se relevant, il se sentit le cou serré ; c'était un gendarme en grande tenue qui l'arrêtait. Machinalement Julien voulut avoir recours à ses petits pistolets ; mais un second gendarme s'emparait de ses bras.

Il fut conduit à la prison. On entra dans une chambre, on lui mit des fers aux mains, on le laissa seul, la porte se ferma sur lui à double tour ; tout cela fut exécuté très vite, et il y fut insensible.

— Ma foi, tout est fini, dit-il tout haut en revenant à lui... Oui, dans quinze jours la guillotine... ou se tuer d'ici là.

Son raisonnement n'allait pas plus loin ; il se sentait la tête comme si elle eût été serrée avec violence. Il regarda pour voir si quelqu'un le tenait. Après quelques instants, il s'endormit profondément.

Madame de Rênal n'était pas blessée mortellement. La première balle avait percé son chapeau ; comme elle se retournait, le second coup était parti. La balle l'avait frappée à l'épaule et, chose étonnante, avait été renvoyée par l'os de l'épaule, que pourtant elle cassa, contre un pilier gothique, dont elle détacha un énorme éclat de pierre.

Quand, après un pansement long et douloureux, le chirurgien, homme grave, dit à madame de Rênal : Je réponds de votre vie comme de la mienne, elle fut profondément affligée.

Depuis longtemps, elle désirait sincèrement la mort. La lettre qui lui avait été imposée par son confesseur actuel, et qu'elle avait écrite à M. de La Mole, avait donné le dernier coup à cet être affaibli par un malheur trop constant. Ce malheur était l'absence de Julien ; elle l'appelait, elle, *le remords*. Le directeur, jeune ecclésiastique vertueux et fervent, nouvellement arrivé de Dijon, ne s'y trompait pas.

Mourir aussi, mais non de ma main, ce n'est point un péché, pensait madame de Rênal. Dieu me pardonnera peut-être de me réjouir de ma mort. Elle n'osait ajouter : Et mourir de la main de Julien, c'est le comble des félicités.

A peine fut-elle débarrassée de la présence du chirurgien et de tous les amis accourus en foule, qu'elle fit appeler Élisa, sa femme de chambre.

— Le geôlier, lui dit-elle en rougissant beaucoup, est un homme cruel. Sans doute il va le maltraiter, croyant en cela faire une chose agréable pour moi... Cette idée m'est insupportable. Ne pourriez-vous pas aller comme de vous-même remettre au geôlier ce petit paquet qui contient quelques louis ? Vous lui direz que la religion ne permet pas qu'il le maltraite... Il faut surtout qu'il n'aille pas parler de cet envoi d'argent.

C'est à la circonstance dont nous venons de parler que Julien dut l'humanité du geôlier de Verrières ; c'était toujours ce M. Noiroud, ministériel parfait, auquel nous avons vu la présence de M. Appert faire une si belle peur.

Un juge parut dans la prison. — J'ai donné la

mort avec préméditation, lui dit Julien ; j'ai acheté et fait charger les pistolets chez un tel, l'armurier. L'article 1342 du code pénal est clair, je mérite la mort et je l'attends. Le petit esprit du juge ne comprenant pas cette franchise, il multipliait les questions pour faire en sorte que l'accusé *se coupât* dans ses réponses.

— Mais ne voyez-vous pas, lui dit Julien en souriant, que je me fais aussi coupable que vous pouvez le désirer ? Allez, monsieur, vous ne manquerez pas la proie que vous poursuivez. Vous aurez le plaisir de condamner. Épargnez-moi votre présence.

Il me reste un ennuyeux devoir à remplir, pensa Julien, il faut écrire à mademoiselle de La Mole.

« Je me suis vengé, lui disait-il. Malheureusement, mon nom paraîtra dans les journaux, et je ne puis m'échapper de ce monde incognito. Je vous en demande pardon. Je mourrai dans deux mois. La vengeance a été atroce, comme la douleur d'être séparé de vous. De ce moment, je m'interdis d'écrire et de prononcer votre nom. Ne parlez jamais de moi, même à mon fils : le silence est la seule façon de m'honorer. Pour le commun des hommes, je serai un assassin vulgaire... Permettez-moi la vérité en ce moment suprême : vous m'oublierez. Cette grande catastrophe dont je vous conseille de ne jamais ouvrir la bouche à être vivant, aura épuisé pour plusieurs années tout ce que je voyais de romanesque et de trop aventureux dans votre caractère. Vous étiez faite pour vivre avec les héros du moyen âge ; montrez en cette occurence leur ferme caractère. Que ce qui doit se passer soit accompli en secret et sans vous compromettre. Vous prendrez un faux nom, et n'aurez pas de confident. S'il vous faut absolument le secours d'un ami, je vous lègue l'abbé Pirard.

« Ne parlez à nul autre, surtout pas aux gens de votre classe : les de Luz, les Caylus.

« Un an après ma mort, épousez M. de Croisenois ; je vous en prie, je vous l'ordonne comme votre époux. Ne m'écrivez point, je ne répondrais pas. Bien moins méchant que Iago, à ce qu'il me semble, je vais dire comme lui : *From this time forth I never will speak word.*

« On ne me verra ni parler ni écrire ; vous aurez eu mes dernières paroles comme mes dernières adorations.

J.S. »

Ce fut après avoir fait partir cette lettre que, pour la première fois Julien, un peu revenu à lui, fut très malheureux. Chacune des espérances de l'ambition dut être arrachée successivement de son cœur par ce grand mot : Je mourrai, il faut mourir. La mort en elle-même n'était pas *horrible* à ses yeux. Toute sa vie n'avait été qu'une longue préparation au malheur, et il n'avait eu garde d'oublier celui qui passe pour le plus grand de tous.

Quoi donc ! se disait-il, si dans soixante jours je devais me battre en duel avec un homme très fort sur les armes, est-ce que j'aurais la faiblesse d'y penser sans cesse, et la terreur dans l'âme ?

Il passa plus d'une heure à chercher à se bien connaître sous ce rapport.

Quand il eut vu clair dans son âme, et que la vérité parut devant ses yeux aussi nettement qu'un des piliers de sa prison, il pensa au remords.

« Pourquoi en aurais-je ? J'ai été offensé d'une manière atroce ; j'ai tué, je mérite la mort, mais voilà tout. Je meurs après avoir soldé mon compte envers l'humanité. Je ne laisse aucune obligation non remplie, je ne dois rien à personne ; ma mort n'a rien de honteux que l'instrument : cela seul il est vrai, suffit richement pour ma honte aux yeux des bourgeois de Verrières ; mais sous le rapport intellectuel, quoi de plus méprisable ! Il me reste un moyen d'être considérable à leurs yeux : c'est de jeter au peuple dcs pièces d'or en allant au supplice. Ma mémoire, liée à l'idée de *l'or,* sera resplendissante pour eux.

Après ce raisonnement, qui au bout d'une minute lui sembla évident : Je n'ai plus rien à faire sur la terre, se dit Julien, et il s'endormit profondément.

Vers les neuf heures du soir, le geôlier le réveilla en lui apportant à souper.

— Que dit-on dans Verrières ?

— Monsieur Julien le serment que j'ai prêté devant le crucifix, à la cour royale, le jour que je fus installé dans ma place, m'oblige au silence.

Il se taisait, mais restait. La vue de cette hypocrisie vulgaire amusa Julien. Il faut, pensa-t-il que je lui fasse attendre longtemps les cinq francs qu'il désire pour me vendre sa conscience.

Quand le geôlier vit le repas finir sans tentative de séduction :

— L'amitié que j'ai pour vous, monsieur Julien, dit-il d'un air faux et doux, m'oblige à parler ; quoiqu'on dise que c'est contre l'intérêt de la justice, parce que cela peut vous servir à arranger votre défense... Monsieur Julien, qui est bon garçon, sera bien content si je lui apprends que madame de Rênal va mieux.

— Quoi ! elle n'est pas morte ? s'écria Julien en se levant de table hors de lui.

— Quoi ! vous ne saviez rien ! dit le geôlier d'un air stupide qui bientôt devint de la cupidité heureuse. Il sera bien juste que monsieur donne quelque chose au chirurgien qui, d'après la loi et justice, ne devait pas parler. Mais pour faire plaisir à monsieur, je suis allé chez lui, et il m'a tout conté...

— Enfin, la blessure n'est pas mortelle, lui dit Julien impatienté en s'avançant vers lui, tu m'en réponds sur ta vie ?

Le geôlier, géant de six pieds de haut, eut peur et se retira vers la porte, Julien vit qu'il prenait mauvaise route pour arriver à la vérité, il se rassit et jeta un napoléon à M. Noiroud.

A mesure que le récit de cet homme prouvait à Julien que la blessure de madame de Rênal n'était pas mortelle, il se sentait gagné par les larmes.
— Sortez ! lui dit-il brusquement.

Le geôlier obéit. A peine la porte fut-elle fermée : Grand Dieu ! elle n'est pas morte ! s'écria Julien ; et il tomba à genoux, pleurant à chaudes larmes.

Dans ce moment suprême, il était croyant. Qu'importent les hypocrisies des prêtres ? peuvent-elles ôter quelque chose à la vérité et à la sublimité de l'idée de Dieu ?

Seulement alors, Julien commença à se repentir du crime commis. Par une coïncidence qui lui évita le désespoir, en cet instant seulement, venait de cesser l'état d'irritation physique et de demi-folie où il était plongé depuis son départ de Paris pour Verrières.

Ses larmes avaient une source généreuse, il n'avait aucun doute sur la condamnation qui l'attendait.

Ainsi elle vivra ! se disait-il... Elle vivra pour me pardonner et pour m'aimer...

Le lendemain matin fort tard, quand le geôlier le réveilla :

— Il faut que vous ayez un fameux cœur, monsieur Julien, lui dit cet homme. Deux fois je suis venu et j'ai fait conscience de vous réveiller. Voici deux bouteilles d'excellent vin que vous envoie M. Maslon, notre curé.

— Comment ? ce coquin est encore ici ? dit Julien.

— Oui, monsieur, répondit le geôlier en baissant la voix, mais ne parlez pas si haut, cela pourrait vous compromettre.

Julien rit de bon cœur.

— Au point où j'en suis, mon ami, vous seul pourriez me nuire si vous cessiez d'être doux et humain... Vous serez bien payé, dit Julien en s'interrompant et reprenant l'air impérieux. Cet air fut justifié à l'instant par le don d'une pièce de monnaie.

M. Noiroud raconta de nouveau et dans les plus grands détails tout ce qu'il avait appris sur madame de Rênal, mais il ne parla point de la visite de mademoiselle Élisa.

Cet homme était bas et soumis autant que possible. Une idée traversa la tête de Julien : Cette espèce de géant difforme peut gagner trois ou quatre cents francs, car sa prison n'est guère fréquentée ; je puis lui assurer dix mille francs, s'il veut se sauver en Suisse avec moi… La difficulté sera de le persuader de ma bonne foi. L'idée du long colloque à avoir avec un être aussi vil inspira du dégoût à Julien, il pensa à autre chose.

Le soir, il n'était plus temps. Une chaise de poste vint le prendre à minuit. Il fut très content des gendarmes, ses compagnons de voyage. Le matin, lorsqu'il arriva à la prison de Besançon, on eut la bonté de le loger dans l'étage supérieur d'un donjon gothique. Il jugea l'architecture du commencement du XIVe siècle ; il en admira la grâce et la légèreté piquante. Par un étroit intervalle entre deux murs au-delà d'une cour profonde, il avait une échappée de vue superbe.

Le lendemain, il y eut un interrogatoire, après quoi, pendant plusieurs jours, on le laissa tranquille. Son âme était calme. Il ne trouvait rien que de simple dans son affaire : J'ai voulu tuer, je dois être tué.

Sa pensée ne s'arrêta pas davantage à ce raisonnement. Le jugement, l'ennui de paraître en public, la défense, il considérait tout cela comme de légers embarras, des cérémonies ennuyeuses auxquelles il serait temps de songer le jour même. Le moment de la mort ne l'arrêtait guère plus : J'y songerai après le jugement. La vie n'était point ennuyeuse pour lui, il considérait toutes choses sous un nouvel aspect, il n'avait plus d'ambition. Il pensait rarement à mademoiselle de La Mole. Ses remords l'occupaient beaucoup et lui présentaient souvent l'image de madame de Rênal, surtout pendant le silence des nuits, troublé seulement, dans le donjon élévé, par le chant de l'orfraie !

Il remerciait le ciel de ne l'avoir pas blessée à mort. Chose étonnante ! se disait-il, je croyais que par sa lettre à M. de La Mole elle avait détruit à jamais mon bonheur à venir et, moins de quinze jours après la date de cette lettre, je ne songe plus à tout ce qui m'occupait alors... Deux ou trois mille livres de rente pour vivre tranquille dans un pays de montagnes comme Vergy... J'étais heureux alors... Je ne connaissais pas mon bonheur !

Dans d'autres instants, il se levait en sursaut de sa chaise. Si j'avais blessé à mort madame de Rênal, je me serais tué... J'ai besoin de cette certitude pour ne pas me faire horreur moi-même.

Me tuer ! voilà la grande question, se disait-il. Ces juges si formalistes, si acharnés après le pauvre accusé, qui feraient pendre le meilleur citoyen pour accrocher la croix... Je me soustrairais à leur empire, à leurs injures en mauvais français, que le journal du département va appeler de l'éloquence...

Je puis vivre encore cinq ou six semaines, plus ou moins... Me tuer ! ma foi non, se dit-il après quelques jours, Napoléon a vécu...

D'ailleurs, la vie m'est agréable ; ce séjour est tranquille ; je n'y ai point d'ennuyeux, ajouta-t-il en riant, et il se mit à faire la note des livres qu'il voulait faire venir de Paris.

CHAPITRE XXXVII

UN DONJON

Le tombeau d'un ami.
STERNE.

Il entendit un grand bruit dans le corridor ; ce n'était pas l'heure où l'on montait dans sa prison ; l'orfraie s'envola en criant, la porte s'ouvrit, et le vénérable curé Chélan, tout tremblant et la canne à la main, se jeta dans ses bras.

— Ah ! grand Dieu ! est-il possible, mon enfant… Monstre ! devrais-je dire.

Et le bon vieillard ne put ajouter une parole. Julien craignit qu'il ne tombât. Il fut obligé de le conduire à une chaise. La main du temps s'était apesantie sur cet homme autrefois si énergique. Il ne parut plus à Julien que l'ombre de lui-même.

Quand il eut repris haleine : — Avant-hier seulement, je reçois votre lettre de Strasbourg ; avec vos cinq cents francs pour les pauvres de Verrières ; on me l'a apportée dans la montagne, à Liveru où je suis retiré chez mon neveu Jean. Hier, j'apprends la catastrophe… O ciel ! est-il possible ! Et le vieillard ne pleurait plus, il avait l'air privé d'idée, et ajouta machinalement : Vous aurez besoin de vos cinq cents francs, je vous les rapporte.

— J'ai besoin de vous voir, mon père, s'écria Julien attendri. J'ai de l'argent de reste.

Mais il ne put plus obtenir de réponse sensée. De temps à autre, M. Chélan versait quelques larmes qui descendaient silencieusement le long de sa joue ; puis il regardait Julien, et était comme étourdi de le voir lui prendre les mains et les porter à ses lèvres. Cette physionomie si vive autrefois, et qui peignait avec tant d'énergie les plus nobles sentiments, ne sortait plus de l'air apathique. Une espèce de paysan vint bientôt chercher le vieillard. — Il ne faut pas le fatiguer et le faire trop parler, dit-il à Julien, qui comprit que c'était le neveu. Cette apparition laissa Julien plongé dans un malheur cruel et qui éloignait les larmes. Tout lui paraissait triste et sans consolation ; il sentait son cœur glacé dans sa poitrine.

Cet instant fut le plus cruel qu'il eût éprouvé depuis le crime. Il venait de voir la mort, et dans toute sa laideur. Toutes les illusions de grandeur d'âme et de générosité s'étaient dissipées comme un nuage devant la tempête.

Cette affreuse situation dura plusieurs heures. Après l'empoisonnement moral, il faut des remèdes physiques et du vin de Champagne. Julien se fût estimé un lâche d'y avoir recours. Vers la fin d'une journée horrible, passée tout entière à se promener dans son étroit donjon : Que je suis fou ! s'écria-t-il. C'est dans le cas où je devrais mourir comme un autre, que la vue de ce pauvre vieillard aurait dû me jeter dans cette affreuse tristesse ; mais une mort rapide et à la fleur des ans me met précisément à l'abri de cette triste décrépitude.

Quelques raisonnements qu'il se fit, Julien se trouva attendri comme un être pusillanime, et par conséquent malheureux de cette visite.

Il n'y avait plus rien de rude et de grandiose en lui, plus de vertu romaine ; la mort lui apparaissait à une plus grande hauteur, et comme chose moins facile.

Ce sera là mon thermomètre, se dit-il. Ce soir, je suis à dix degrés au-dessous du courage qui me conduit de niveau à la guillotine. Ce matin, je l'avais ce courage. Au reste, qu'importe ? pourvu qu'il me revienne au moment nécessaire. Cette idée de thermomètre l'amusa, et enfin parvint à le distraire.

Le lendemain à son réveil, il eut honte de la journée de la veille. Mon bonheur, ma tranquillité sont en jeu. Il résolut presque d'écrire à M. le procureur général, pour demander que personne ne fût admis auprès de lui. Et Fouqué ? pensa-t-il. S'il peut prendre sur lui de venir à Besançon, quelle ne serait pas sa douleur !

Il y avait deux mois peut-être qu'il n'avait songé à Fouqué. J'étais un grand sot à Strasbourg, ma pensée n'allait pas au-delà du collet de mon habit. Le souvenir de Fouqué l'occupa beaucoup et le laissa plus attendri. Il se promenait avec agitation. Me voici décidément de vingt degrés au-dessous du niveau de la mort... Si cette faiblesse augmente, il vaudra mieux me tuer. Quelle joie pour les abbés Maslon et les Valenod, si je meurs comme un cuistre !

Fouqué arriva ; cet homme simple et bon était éperdu de douleur. Son unique idée, s'il en avait, était de vendre tout son bien pour séduire le geôlier et faire sauver Julien. Il lui parla longuement de l'évasion de M. de Lavalette.

— Tu me fais peine, lui dit Julien : M. de Lavalette était innocent, moi je suis coupable. Sans le vouloir, tu me fais songer à la différence...

Mais, est-il vrai ? Quoi ! tu vendrais tout ton bien ? dit Julien redevenant tout à coup observateur et méfiant.

Fouqué, ravi de voir enfin son ami répondre à son idée dominante, lui détaille longuement et à cent francs près, ce qu'il tirerait de chacune de ses propriétés.

Quel effort sublime chez un propriétaire de province ! pensa Julien. Que d'économies, que de petites demi-lésineries qui me faisaient tant rougir lorsque je les lui voyais faire il sacrifie pour moi ! Un de ces beaux jeunes gens que j'ai vus à l'hôtel de La Mole, et qui lisent *René,* n'aurait aucun de ces ridicules ; mais excepté ceux qui sont fort jeunes et encore enrichis par l'héritage, et qui ignorent la valeur de l'argent, quel est celui de ces beaux Parisiens qui serait capable d'un tel sacrifice ?

Toutes les fautes de français, tous les gestes communs de Fouqué disparurent, il se jeta dans ses bras. Jamais la province, comparée à Paris, n'a reçu un plus bel hommage. Fouqué, ravi du moment d'enthousiasmc qu'il voyait dans les yeux de son ami, le prit pour un consentement à la fuite.

Cette vue du *sublime* rendit à Julien toute la force que l'apparition de M. Chélan lui avait fait perdre. Il était encore bien jeune ; mais, suivant moi, ce fut une belle plante. Au lieu de marcher du tendre au rusé, comme la plupart des hommes, l'âge lui eût donné la bonté facile à s'attendrir, il se fût guéri d'une méfiance folle... Mais à quoi bon ces vaines prédictions ?

Les interrogatoires devenaient plus fréquents, en dépit des efforts de Julien, dont toutes les réponses tendaient à abréger l'affaire : — J'ai tué ou du moins j'ai voulu donner la mort et avec préméditation, répétait-il chaque jour. Mais le juge était formaliste avant tout. Les déclarations de Julien n'abrégeaient nullement les interrogatoires ;

l'amour-propre du juge fut piqué. Julien ne sut pas qu'on avait voulu le transférer dans un affreux cachot, et que c'était grâce aux démarches de Fouqué qu'on lui laissait sa jolie chambre à cent quatre-vingts marches d'élévation.

M. l'abbé de Frilair était au nombre des hommes importants qui chargeaient Fouqué de leur provision de bois de chauffage. Le bon marchand parvint jusqu'au tout-puissant grand vicaire. A son inexprimable ravissement, M. de Frilair lui annonça que, touché des bonnes qualités de Julien et des services qu'il avait autrefois rendus au séminaire, il comptait le recommander aux juges. Fouqué entrevit l'espoir de sauver son ami, et en sortant, et se prosternant jusqu'à terre, pria M. le grand-vicaire de distribuer en messes, pour implorer l'acquittement de l'accusé, une somme de dix louis.

Fouqué se méprenait étrangement. M. de Frilair n'était point un Valenod. Il refusa et chercha même à faire entendre au bon paysan qu'il ferait mieux de garder son argent. Voyant qu'il était impossible d'être clair sans imprudence, il lui conseilla de donner cette somme en aumône pour les pauvres prisonniers, qui, dans le fait, manquaient de tout.

Ce Julien est un être singulier, son action est inexplicable, pensait M. de Frilair, et rien ne doit l'être pour moi... Peut-être sera-t-il possible d'en faire un martyr... Dans tous les cas, je saurai le *fin* de cette affaire et trouverai peut-être une occasion de faire peur à cette madame de Rênal, qui ne nous estime point, et au fond me déteste... Peut-être pourrai-je rencontrer dans tout ceci un moyen de réconciliation éclatante avec M. de La Mole, qui a un faible pour ce petit séminariste.

La transaction sur le procès avait été signée quelques semaines auparavant, et l'abbé Pirard était reparti de Besançon, non sans avoir parlé de la mystérieuse naissance de Julien, le jour même où le malheureux assassinait madame de Rênal dans l'église de Verrières.

Julien ne voyait plus qu'un événement désagréable entre lui et la mort ; c'était la visite de son père. Il consulta Fouqué sur l'idée d'écrire à M. le procureur général, pour être dispensé de toute visite. Cette horreur pour la vue d'un père, et dans un tel moment, choqua profondément le cœur honnête et bourgeois du marchand de bois.

Il crut comprendre pourquoi tant de gens haïssaient passionnément son ami. Par respect pour le malheur, il cacha sa manière de sentir.

— Dans tous les cas, lui répondit-il froidement, cet ordre de secret ne serait pas appliqué à ton père.

CHAPITRE XXXVIII

UN HOMME PUISSANT

Mais il y a tant de mystère dans ses démarches
et d'élégance dans sa taille ! Qui peut-elle être ?
SCHILLER.

Les portes du donjon s'ouvrirent de fort bonne heure le lendemain. Julien fut réveillé en sursaut.

— Ah ! bon Dieu, pensa-t-il, voilà mon père. Quelle scène désagréable !

Au même instant, une femme vêtue en paysanne se précipita dans ses bras en le serrant d'une façon convulsive ; il eut peine à la reconnaître. C'était mademoiselle de La Mole.

— Méchant, je n'ai su que par ta lettre où tu étais. Ce que tu appelles ton crime, et qui n'est qu'une noble vengeance qui me révèle toute la hauteur du cœur qui bat dans cette poitrine, je ne l'ai su qu'à Verrières…

Malgré ses préventions contre mademoiselle de La Mole, que d'ailleurs il ne s'avouait pas bien nettement, Julien la trouva fort jolie. Comment ne pas voir dans toute cette façon d'agir et de parler un sentiment noble, désintéressé, bien au-dessus de tout ce qu'aurait osé une âme petite et vulgaire ? Il crut encore aimer une reine, et après quelques instants, ce fut avec une rare noblesse d'élocution et de pensée qu'il lui dit :

— L'avenir se dessinait à mes yeux fort clairement. Après ma mort, je vous remariais à M. de Croisenois, qui aurait épousé une veuve. L'âme noble mais un peu romanesque de cette veuve charmante, étonnée et convertie au culte de la prudence vulgaire par un événement singulier, tragique et grand pour elle, eût daigné comprendre le mérite fort réel du jeune marquis. Vous vous seriez résignée à être heureuse du bonheur de tout le monde : la considération, les richesses, le haut rang… Mais, chère Mathilde, votre arrivée à Besançon, si elle est soupçonnée, va être un coup mortel pour M. de La Mole, et voilà ce que jamais je ne me pardonnerai. Je lui ai déjà causé tant de chagrin ! L'académicien va dire qu'il a réchauffé un serpent dans son sein.

— J'avoue que je m'attendais peu à tant de froide raison, à tant de souci pour l'avenir, dit mademoiselle de La Mole à demi fâchée. Ma femme de chambre, presque aussi prudente que vous, a pris un passeport pour elle, et c'est sous le nom de madame Michelet que j'ai couru la poste.

— Et madame Michelet a pu arriver aussi facilement jusqu'à moi ?

— Ah ! tu es toujours l'homme supérieur, celui que j'ai distingué ! D'abord, j'ai offert cent francs à un secrétaire de juge, qui prétendait que mon entrée dans ce donjon était impossible. Mais l'argent reçu, cet honnête homme m'a fait attendre, a élevé des objections, j'ai pensé qu'il songeait à me voler... Elle s'arrêta.

— Eh bien ? dit Julien.

— Ne te fâche pas, mon petit Julien, lui dit-elle en l'embrassant, j'ai été obligé de dire mon nom à ce secrétaire, qui me prenait pour une jeune ouvrière de Paris, amoureuse du beau Julien... En vérité, ce sont ses termes. Je lui ai juré que j'étais ta femme, et j'aurai une permission pour te voir chaque jour.

La folie est complète, pensa Julien, je n'ai pu l'empêcher. Après tout, M. de La Mole est un si grand seigneur, que l'opinion saura bien trouver une excuse au jeune colonel qui épousera cette charmante veuve. Ma mort prochaine couvrira tout ; et il se livra avec délices à l'amour de Mathilde ; c'était de la folie, de la grandeur d'âme, tout ce qu'il y a de plus singulier. Elle lui proposa sérieusement de se tuer avec lui.

Après ces premiers transports, et lorsqu'elle se fut rassasiée du bonheur de voir Julien, une curiosité vive s'empara tout à coup de son âme. Elle examinait son amant, qu'elle trouva bien au-dessus de ce qu'elle s'était imaginé. Boniface de la Mole lui semblait ressuscité, mais plus héroïque.

Mathilde vit les premiers avocats du pays, qu'elle offensa en leur offrant de l'or trop crûment ; mais ils finirent par accepter.

Elle arriva rapidement à cette idée, qu'en fait de choses douteuses et d'une haute portée, tout dépendait à Besançon de M. l'abbé de Frilair.

Sous le nom obscur de madame Michelet, elle trouva d'abord d'insurmontables difficultés pour parvenir jusqu'au tout-puissant congréganiste. Mais le bruit de la beauté d'une jeune marchande de modes, folle d'amour, et venue de Paris à Besançon, pour consoler le jeune abbé Sorel, se répandit dans la ville.

Mathilde courait seule à pied, dans les rues de Besançon, elle espérait n'être pas reconnue. Dans tous les cas, elle ne croyait pas inutile à sa cause de produire une grande impression sur le peuple. Sa folie songeait à le faire révolter pour sauver Julien marchant à la mort. Mademoiselle de La Mole croyait être vêtue simplement et comme il convient à une femme dans la douleur ; elle l'était de façon à attirer tous les regards.

Elle était à Besançon l'objet de l'attention de

tous, lorsque après huit jours de sollicitations, elle obtint une audience de M. de Frilair.

Quel que fût son courage, les idées de congréganiste influent et de profonde et prudente scélératesse étaient tellement liées dans son esprit, qu'elle trembla en sonnant à la porte de l'évêché. Elle pouvait à peine marcher, lorsqu'il lui fallut monter l'escalier qui conduisait à l'appartement du premier grand-vicaire. La solitude du palais épiscopal lui donnait froid. Je puis m'asseoir sur un fauteuil, et ce fauteuil me saisir les bras, j'aurai disparu. A qui ma femme de chambre pourra-t-elle me demander ? Le capitaine de gendarmerie se gardera bien d'agir... Je suis isolée dans cette grande ville !

A son premier regard dans l'appartement, mademoiselle de La Mole fut rassurée. D'abord c'était un laquais en livrée fort élégante, qui lui avait ouvert. Le salon où on la fit attendre étalait ce luxe fin et délicat, si différent da la magnificence grossière, et que l'on ne trouve à Paris que dans les meilleures maisons. Dès qu'elle aperçut M. de Frilair qui venait à elle d'un air paterne, toutes les idées de crime atroce disparurent. Elle ne trouva pas même sur cette belle figure, l'empreinte de cette vertu énergique et quelque peu sauvage, si antipathique à la société de Paris. Le demi-sourire qui animait les traits du prêtre, qui disposait de tout à Besançon, annonçait l'homme de bonne compagnie, le prélat instruit, l'administrateur habile. Mathilde se crut à Paris.

Il ne fallut que quelques instants à M. de Frilair pour amener Mathilde à lui avouer qu'elle était la fille de son puissant adversaire, le marquis de La Mole.

— Je ne suis point en effet madame Michelet, dit-elle en reprenant toute la hauteur de son maintien, et cet aveu me coûte peu, car je viens vous consulter, monsieur, sur la possibilité de procurer l'évasion de M. de La Vernaye. D'abord il n'est coupable que d'une étourderie ; la femme sur laquelle il a tiré se porte bien. En second lieu, pour séduire les subalternes, je puis remettre sur-le-champ cinquante mille francs, et m'engager pour le double. Enfin, ma reconnaissance et celle de ma famille ne trouvera rien d'impossible pour qui aura sauvé M. de La Vernaye.

M. de Frilair paraissait étonné de ce nom. Mathilde lui montra plusieurs lettres du ministre de la guerre, adressées à M. Julien Sorel de La Vernaye.

— Vous voyez, monsieur, que mon père se chargeait de sa fortune. C'est tout simple, je l'ai épousé en secret, mon père désirait qu'il fût officier supérieur, avant de déclarer ce mariage un peu singulier pour une La Mole.

Mathilde remarqua que l'expression de la bonté et d'une gaîté douce s'évanouissait rapidement, à mesure que M. de Frilair arrivait à des découvertes importantes. Une finesse mêlée de fausseté profonde se peignit sur sa figure.

L'abbé avait des doutes, il relisait lentement les documents officiels.

Quel parti puis-je tirer de ces étranges confidences ? se disait-il. Me voici tout d'un coup en relation intime avec une amie de la célèbre maréchale de Fervaques, nièce toute-puissante de monseigneur l'évêque de ***, par qui l'on est évêque en France.

Ce que je regardais comme reculé dans l'avenir se présente à l'improviste. Ceci peut me conduire au bout de tous mes vœux.

D'abord Mathilde fut effrayée du changement rapide de la physionomie de cet homme si puissant, avec lequel elle se trouvait seule dans un appartement reculé. Mais quoi ! se dit-elle bientôt, la pire chance n'eût-elle pas été de ne faire aucune impression sur le froid égoïsme d'un prêtre rassasié de pouvoir et de jouissances ?

Ébloui de cette voie rapide et imprévue qui s'ouvrait à ses yeux pour arriver à l'épiscopat, étonné du génie de Mathilde, un instant M. de Frilair ne fut plus sur ses gardes. Mademoiselle de la Mole le vit presque à ses pieds, ambitieux et vif jusqu'au tremblement nerveux.

Tout s'éclaircit, pensa-t-elle, rien ne sera impossible ici à l'amie de madame de Fervaques. Malgré un sentiment de jalousie encore bien douloureux, elle eut le courage d'expliquer que Julien était l'ami intime de la maréchale, et rencontrait presque tous les jours chez elle monseigneur l'évêque de ***.

— Quand l'on tirerait au sort quatre ou cinq fois de suite une liste de trente-six jurés parmi les notables habitants de ce département, dit le grand vicaire avec l'âpre regard de l'ambition et en appuyant sur les mots, je me considérerais comme bien peu chanceux, si, dans chaque liste, je ne comptais pas huit ou dix amis et les plus intelligents de la troupe. Presque toujours, j'aurais la majorité, plus qu'elle même pour condamner, voyez, mademoiselle, avec quelle grande facilité je puis faire absoudre...

L'abbé s'arrêta tout à coup, comme étonné du son de ses paroles ; il avouait des choses que l'on ne dit jamais aux profanes.

Mais, à son tour, il frappa Mathilde de stupeur, quand il lui apprit que ce qui étonnait et intéressait surtout la société de Besançon dans l'étrange aventure de Julien, c'est qu'il avait inspiré autrefois une grande passion à madame de Rênal, et l'avait longtemps partagée. M. de Frilair s'aperçut facilement du trouble extrême que produisait son récit.

J'ai ma revanche ! pensa-t-il. Enfin, voici un moyen de conduire cette petite personne si décidée ; je tremblais de n'y pas réussir. L'air distingué et peu facile à mener redoublait à ses yeux le charme de la rare beauté qu'il voyait presque suppliante devant lui. Il reprit tout son sang-froid, et n'hésita point à retourner le poignard dans son cœur.

— Je ne serais pas surpris après tout, lui dit-il d'un air léger, quand nous apprendrions que c'est par jalousie que M. Sorel a tiré deux coups de pistolet à cette femme autrefois tant aimée. Il s'en faut bien qu'elle soit sans agréments, et depuis peu elle voyait fort souvent un certain abbé Marquinot de Dijon, espèce de janséniste sans mœurs, comme ils sont tous.

M. de Frilair tortura voluptueusement et à loisir le cœur de cette jolie fille, dont il avait surpris le secret.

Pourquoi, disait-il en arrêtant des yeux ardents sur Mathilde, M. Sorel aurait-il choisi l'église, si ce n'est parce que, précisément en cet instant, son rival y célébrait la messe ? Tout le monde accorde infiniment d'esprit, et encore plus de prudence à l'homme heureux que vous protégez. Quoi de plus simple que de se cacher dans les jardins de M. de Rênal qu'il connaît si bien ? là, avec la presque certitude de n'être ni vu, ni pris, ni soupçonné, il pouvait donner la mort à la femme dont il était jaloux.

Ce raisonnement, si juste en apparence, acheva de jeter Mathilde hors d'elle-même. Cette âme altière, mais saturée de toute cette prudence sèche, qui passe dans le grand monde pour peindre fidèlement le cœur humain, n'était pas faite pour comprendre vite le bonheur de se moquer de toute prudence, qui peut être si vif pour une âme ardente. Dans les hautes classes de la société de Paris, où Mathilde avait vécu, la passion ne peut que bien rarement se dépouiller de prudence, et c'est du cinquième étage qu'on se jette par la fenêtre.

Enfin, l'abbé de Frilair fut sûr de son empire. Il fit entendre à Mathilde (sans doute il mentait), qu'il pouvait disposer à son gré du ministère public, chargé de soutenir l'accusation contre Julien.

Après que le sort aurait désigné les trente-six

jurés de la session, il ferait une démarche directe et personnelle auprès de trente jurés au moins.

Si Mathilde n'avait pas semblé si jolie à M. de Frilair, il ne lui eût parlé aussi clairement qu'à la cinq ou sixième entrevue.

CHAPITRE XXXIX

L'INTRIGUE

Castres 1676. — Un frère vient d'assassiner sa sœur dans la maison voisine de la mienne ; ce gentilhomme était déjà coupable d'un meurtre. Son père, en faisant distribuer secrètement cinq cents écus aux conseillers, lui a sauvé la vie.

LOCKE, *Voyage en France.*

En sortant de l'évêché, Mathilde n'hésita pas à envoyer un courrier à madame de Fervaques ; la crainte de se compromettre ne l'arrêta pas une seconde. Elle conjurait sa rivale d'obtenir une lettre pour M. de Frilair, écrite en entier de la main de monseigneur l'évêque de ***. Elle allait jusqu'à la supplier d'accourir elle-même à Besançon. Ce trait fut héroïque de la part d'une âme jalouse et fière.

D'après le conseil de Fouqué, elle avait eu la prudence de ne point parler de ses démarches à Julien. Sa présence le troublait assez sans cela. Plus honnête homme à l'approche de la mort qu'il ne l'avait été durant sa vie, il avait des remords non seulement envers M. de La Mole, mais aussi pour Mathilde.

Quoi donc ! se disait-il, je trouve auprès d'elle des moments de distraction et même de l'ennui. Elle se perd pour moi, et c'est ainsi que je l'en récompense ! Serais-je donc un méchant ? Cette question l'eût bien peu occupé quand il était ambitieux ; alors, ne pas réussir était la seule honte à ses yeux.

Son malaise moral, auprès de Mathilde, était d'autant plus décidé, qu'il lui inspirait en ce moment la passion la plus extraordinaire et la plus folle. Elle ne parlait que des sacrifices étranges qu'elle voulait faire pour le sauver.

Exaltée par un sentiment dont elle était fière et qui l'emportait sur tout son orgueil, elle eût voulu ne pas laisser passer un instant de sa vie sans le remplir par quelque démarche extraordinaire. Les projets les plus étranges, les plus périlleux pour elle remplissaient ses longs entretiens avec Julien. Les geôliers, bien payés, la laissaient régner dans la prison. Les idées de Mathilde ne se bornaient pas au sacrifice de sa réputation ; peu lui importait de faire connaître son état à toute la société. Se jeter à genoux pour demander la grâce de Julien, devant la voiture du roi allant au trot, attirer l'attention du prince, au risque de se faire mille fois écraser, était une des moindres chimères que rêvait cette imagination exaltée et courageuse. Par ses amis employés auprès du roi, elle était sûre d'être admise dans les parties réservées du parc de Sain-Cloud.

Julien se trouvait peu digne de tant de dévouement, à vrai dire il était fatigué d'héroïsme. C'eût été à une tendresse simple, naïve et presque timide, qu'il se fût trouvé sensible, tandis qu'au contraire, il fallait toujours l'idée d'un public et *des autres* à l'âme hautaine de Mathilde.

Au milieu de toutes ses angoisses, de toutes ses craintes pour la vie de cet amant, auquel elle ne voulait pas survivre, Julien sentait qu'elle avait un besoin secret d'étonner le public par l'excès de son amour et la sublimité de ses entreprises.

Julien prenait de l'humeur de ne point se trouver touché de tout cet héroïsme. Qu'eût-ce été, s'il eût connu toutes les folies dont Mathilde accablait l'esprit dévoué, mais éminemment raisonnable et borné du bon Fouqué ?

Il ne savait trop que blâmer dans le dévouement de Mathilde ; car lui aussi eût sacrifié toute sa fortune et exposé sa vie aux plus grands hasards pour sauver Julien. Il était stupéfait de la quantité d'or jeté par Mathilde. Les premiers jours, les sommes ainsi dépensées en imposèrent à Fouqué, qui avait pour l'argent toute la vénération d'un provincial.

Enfin, il découvrit que les projets de mademoiselle de La Mole variaient souvent, et, à son grand soulagement, trouva un mot pour blâmer ce caractère si fatigant pour lui : elle était *changeante.* De cette épithète à celle de *mauvaise tête,* le plus grand anathème en province, il n'y a qu'un pas.

Il est singulier, se disait Julien, un jour que Mathilde sortait de sa prison, qu'une passion si vive et dont je suis l'objet me laisse tellement insensible ! et je l'adorais il y a deux mois ! J'avais bien lu que l'approche de la mort désintéresse de tout ; mais il est affreux de se sentir ingrat et de ne pouvoir se changer. Je suis donc un égoïste ? Il se faisait à ce sujet les reproches les plus humiliants.

L'ambition était morte en son cœur, une autre passion y était sortie de ses cendres ; il l'appelait le remords d'avoir assassiné madame de Rênal.

Dans le fait, il en était éperdûment amoureux. Il trouvait un bonheur singulier quand laissé absolument seul et sans crainte d'être interrompu, il pouvait se livrer tout entier au souvenir des journées heureuses qu'il avait passées jadis à Verrières ou à Vergy. Les moindres incidents de ces temps trop rapidement envolés avaient pour lui une fraîcheur et un charme irrésistibles. Jamais il ne pensait à ses succès de Paris ; il en était ennuyé.

Ces dispositions qui s'accroissaient rapidement furent en partie devinées par la jalousie de Mathilde. Elle s'apercevait fort clairement qu'elle avait à lutter contre l'amour de la solitude. Quelquefois, elle prononçait avec terreur le nom de madame de Rênal. Elle voyait frémir Julien. Sa passion n'eut désormais ni bornes, ni mesure.

S'il meurt, je meurs après lui, se disait-elle avec toute la bonne foi possible. Que diraient les salons de Paris en voyant une fille de mon rang adorer à ce point un amant destiné à la mort ? Pour trouver de tels sentiments, il faut remonter au temps des héros ; c'étaient des amours de ce genre qui faisaient palpiter les cœurs du siècle de Charles IX et de Henri III.

Au milieu des transports les plus vifs, quand elle serrait contre son cœur la tête de Julien : Quoi ! se disait-elle avec horreur, cette tête charmante serait destinée à tomber ! Eh bien ! ajoutait-elle enflammée d'un héroïsme qui n'était pas sans bonheur, mes lèvres, qui se pressent contre ces jolis cheveux, seront glacées moins de vingt-quatre heures après.

Les souvenirs de ces moments d'héroïsme et d'affreuse volupté l'attachaient d'une étreinte invincible. L'idée de suicide, si occupante par elle-même, et jusqu'ici si éloignée de cette âme altière, y pénétra, et ce fut pour y régner bientôt avec un empire absolu. Non, le sang de mes ancêtres ne s'est point attiédi en descendant jusqu'à moi, se disait Mathilde avec orgueil.

— J'ai une grâce à vous demander, lui dit un jour son amant : mettez votre enfant en nourrice à Verrières, madame de Rênal surveillera la nourrice.

— Ce que vous me dites là est bien dur... Et Mathilde pâlit.

— Il est vrai, et je t'en demande mille fois pardon, s'écria Julien sortant de sa rêverie et la serrant dans ses bras.

Après avoir séché ses larmes, il revint à sa pensée, mais avec plus d'adresse. Il avait donné à la conversation un tour de philosophie mélancolique. Il parlait de cet avenir qui allait sitôt se fermer pour lui. — Il faut convenir, chère amie, que les passions sont un accident dans la vie, mais cet accident ne se rencontre que chez les âmes supérieures... La mort de mon fils serait au fond un bonheur pour l'orgueil de votre famille, c'est ce que devineront les subalternes. La négligence sera le lot de cet enfant du malheur et de la honte... J'espère qu'à une époque que je ne veux point fixer, mais que pourtant mon courage entrevoit, vous obéirez à mes dernières recommandations : Vous épouserez M. le marquis de Croisenois.

— Quoi, déshonorée !

— Le déshonneur ne pourra prendre sur un nom tel que le vôtre. Vous serez une veuve et la veuve d'un fou, voilà tout. J'irai plus loin : mon crime n'ayant point l'argent pour motif ne sera point déshonorant. Peut-être à cette époque, quelque législateur philosophe aura obtenu, des préjugés de ses contemporains, la suppression de la peine de mort. Alors, quelque voix amie dira comme un exemple : Tenez, le premier époux de mademoiselle de La Mole était un fou, mais non pas un méchant homme, un scélérat. Il fut absurde de faire tomber cette tête... Alors ma mémoire ne sera point infâme ; du moins après un certain temps... Votre position dans le monde, votre fortune, et, permettez-moi de le dire, votre génie feront jouer à M. de Croisenois, devenu votre époux, un rôle auquel tout seul il ne saurait atteindre. Il n'a que de la naissance et de la bravoure, et ces qualités toutes seules, qui faisaient un homme accompli en 1729, sont un anachronisme un siècle plus tard, et ne donnent que des prétentions. Il faut encore d'autres choses pour se placer à la tête de la jeunesse française.

Vous porterez le secours d'un caractère ferme et entreprenant au parti politique où vous jetterez votre époux. Vous pourrez succéder aux Chevreuse et aux Longueville de la Fronde... Mais alors, chère amie, le feu céleste qui vous anime en ce moment sera un peu attiédi.

Permettez-moi de vous le dire, ajouta-t-il après beaucoup d'autres phrases préparatoires, dans quinze ans vous regarderez comme une folie excusable, mais pourtant une folie, l'amour que vous avez eu pour moi...

Il s'arrêta tout à coup et devint rêveur. Il se trouvait de nouveau vis-à-vis cette idée si choquante pour Mathilde : Dans quinze ans, madame de Rênal adorera mon fils, et vous l'aurez oublié.

CHAPITRE XL

LA TRANQUILLITÉ

> C'est parce que alors j'étais fou qu'aujourd'hui je suis sage. O philosophe qui ne vois rien que d'instantané, que tes vues sont courtes ! Ton œil n'est pas fait pour suivre le travail souterrain des passions.
>
> Mme GOETHE.

Cet entretien fut coupé par un interrogatoire, suivi d'une conférence avec l'avocat chargé de la défense. Ces moments étaient les seuls absolument désagréables d'une vie pleine d'incurie et de rêveries tendres.

Il y a meurtre, et meurtre avec préméditation, dit Julien au juge comme à l'avocat. J'en suis fâché, messieurs, ajouta-t-il en souriant ; mais ceci réduit votre besogne à bien peu de chose.

Après tout, se disait Julien, quand il fut parvenu à se délivrer de ces deux êtres, il faut que je sois brave, et apparemment plus brave que ces deux hommes. Ils regardent comme le comble des maux, comme le *roi des épouvantements,* ce duel à issue malheureuse, dont je ne m'occuperai sérieusement que le jour même.

C'est que j'ai connu un plus grand malheur, continua Julien en philosophant avec lui-même. Je souffrais bien autrement durant mon premier voyage à Strasbourg, quand je me croyais abandonné par Mathilde... Et pouvoir dire que j'ai désiré avec tant de passion cette intimité parfaite qui aujoud'hui me laisse si froid !... Dans le fait, je suis plus heureux seul que quand cette fille si belle partage ma solitude...

L'avocat, homme de règle et de formalités, le croyait fou et pensait avec le public que c'était la jalousie qui lui avait mis le pistolet à la main. Un jour, il hasarda de faire entendre à Julien que cette allégation, vraie ou fausse, serait un excellent moyen de plaidoierie. Mais l'accusé redevint en un clin d'œil un être passionné et incisif.

— Sur votre vie, monsieur, s'écria Julien hors de lui, souvenez-vous de ne plus proférer cet abominable mensonge. Le prudent avocat eut peur un instant d'être assassiné.

Il préparait sa plaidoirie, parce que l'instant décisif approchait rapidement. Besançon et tout le département ne parlaient que de cette cause célèbre. Julien ignorait ce détail, il avait prié qu'on ne lui parlât jamais de ces sortes de choses.

Ce jour-là, Fouqué et Mathilde ayant voulu lui apprendre certains bruits publics, fort propres, selon eux, à donner des espérances, Julien les avait arrêtés dès le premier mot.

— Laissez-moi ma vie idéale. Vos petites tracasseries, vos détails de la vie réelle, plus ou moins froissants pour moi, me tireraient du ciel. On meurt comme on peut ; moi je ne veux penser à la mort qu'à ma manière. Que m'importent *les autres* ? Mes relations avec *les autres* vont être tranchées brusquement. De grâce, ne me parlez plus de ces gens-là : c'est bien assez d'être encore encanaillé à la vue du juge d'instruction et de l'avocat.

Au fait, se disait-il à lui-même, il paraît que mon destin est de mourir en rêvant. Un être obscur, tel que moi, sûr d'être oublié avant quinze jours, serait bien dupe, il faut l'avouer, de jouer la comédie...

Il est singulier pourtant que je n'aie connu l'art de jouir de la vie que depuis que j'en vois le terme si près de moi.

Il passait ses dernières journées à se promener sur l'étroite terrasse au haut du donjon, fumant d'excellents cigares que Mathilde avait envoyé chercher en Hollande par un courrier, et sans se douter que son apparition était attendue chaque jour par tous les télescopes de la ville. Sa pensée était à Vergy. Jamais il ne parlait de madame de Rênal à Fouqué, mais, deux ou trois fois, cet ami lui dit qu'elle se rétablissait rapidement, et ce mot retentit dans son cœur.

Pendant que l'âme de Julien était presque toujours tout entière dans le pays des idées, Mathilde occupée des choses réelles, comme il convient à un cœur aristocrate, avait su avancer à un tel point l'intimité de la correspondance directe entre madame de Fervaques et M. de Frilair, que déjà le grand mot *évêché* avait été prononcé.

Le vénérable prélat chargé de la feuille des bénéfices ajouta en apostille à une lettre de sa nièce : *Ce pauvre Sorel n'est qu'un étourdi, j'espère qu'on nous le rendra*.

A la vue de ces lignes, M. de Frilair fut comme hors de lui. Il ne doutait pas de sauver Julien.

— Sans cette loi jacobine qui a prescrit la formation d'une liste innombrable de jurés, et qui n'a d'autre but réel que d'enlever toute influence aux gens bien nés, disait-il à Mathilde la veille du tirage au sort des trente-six jurés de la session, j'aurais répondu du *verdict*. J'ai bien fait acquitter le curé N...

Ce fut avec plaisir que, le lendemain, parmi les noms sortis de l'urne, M. de Frilair trouva cinq congréganistes de Besançon, et parmi les étrangers à la ville, les noms de MM. Valenod, de Moirod, de Cholin. — Je réponds d'abord de ces huit jurés-ci, dit-il à Mathilde. Les cinq premiers sont des *machines*. Valenod est mon agent, Moirod me doit tout, de Cholin est un imbécile qui a peur de tout.

Le journal répandit dans le département les noms des jurés, et madame de Rênal, à l'inexprimable terreur de son mari, voulut venir à Besançon. Tout ce que M. de Rênal put obtenir fut qu'elle ne quitterait point son lit, afin de ne pas avoir le désagrément d'être appelée en témoignage.

— Vous ne comprenez pas ma position, disait l'ancien maire de Verrières, je suis maintenant libéral de la *défection,* comme ils disent ; nul doute que ce polisson de Valenod et M. de Frilair n'obtiennent facilement du procureur général et des juges tout ce qui pourra m'être désagréable.

Madame de Rênal céda sans peine aux ordres de son mari. Si je paraissais à la cour d'assises, se disait-elle, j'aurais l'air de demander vengeance.

Malgré toutes les promesses de prudence faites au directeur de sa conscience et à son mari, à peine arrivée à Besançon elle écrivit de sa main à chacun des trente-six jurés :

« Je ne paraîtrai point le jour du jugement, monsieur, parce que ma présence pourrait jeter de la défaveur sur la cause de M. Sorel. Je ne désire qu'une chose au monde et avec passion, c'est qu'il soit sauvé. N'en doutez point, l'affreuse idée qu'à cause de moi un innocent a été conduit à la mort empoisonnerait le reste de ma vie et sans doute l'abrègerait. Comment pourriez-vous le condamner à mort, tandis que moi je vis ? Non, sans doute, la société n'a point le droit d'arracher la vie, et surtout à un être tel que Julien Sorel. Tout le monde, à Verrières, lui a connu des moments d'égarement. Ce pauvre jeune homme a des ennemis puissants ; mais, même parmi ses ennemis (et combien n'en a-t-il pas !) quel est celui qui met en doute ses admirables talents et sa science profonde ? Ce n'est pas un sujet ordinaire que vous allez juger, monsieur. Durant près de dix-huit mois, nous l'avons tous connu pieux, sage, appliqué ; mais, deux ou trois fois par an, il était saisi par des accès de mélancolie qui allaient jusqu'à l'égarement. Toute la ville de Verrières, tous nos voisins de Vergy où nous passons la belle saison, ma famille entière, monsieur le sous-préfet lui-même, rendront justice à sa piété exemplaire ; il sait par cœur toute la sainte Bible. Un impie se fût-il appliqué pendant des années à apprendre le livre saint ? Mes fils auront l'honneur de vous présenter cette lettre : ce sont des enfants. Daignez les interroger, monsieur, ils vous donneront sur ce pauvre jeune homme tous les détails qui seraient encore nécessaires pour vous convaincre de la barbarie qu'il y aurait à le condamner. Bien loin de me venger, vous me donneriez la mort.

» Qu'est-ce que ses ennemis pourront opposer à ce fait ? La blessure, qui a été le résultat d'un de ces moments de folie que mes enfants eux-mêmes remarquaient chez leur précepteur, est tellement peu dangereuse, qu'après moins de deux mois elle m'a permis de venir en poste de Verrières à Besançon. Si j'apprends, monsieur, que vous hésitiez le moins du monde à soustraire à la barbarie des lois un être si peu coupable, je sortirai de mon lit, où me retiennent uniquement les ordres de mon mari, et j'irai me jeter à vos pieds.

» Déclarez, monsieur, que la préméditation n'est pas constante, et vous n'aurez pas à vous reprocher le sang d'un innocent, etc., etc. »

CHAPITRE XLI

LE JUGEMENT

Le pays se souviendra longtemps de ce procès célèbre. L'intérêt pour l'accusé était porté jusqu'à l'agitation : c'est que son crime était étonnant et pourtant pas atroce. L'eût-il été, ce jeune homme était si beau ! Sa haute fortune sitôt finie augmenterait l'attendrissement. Le condamneront-ils ? demandaient les femmes aux hommes de leur connaissance, et on les voyait pâlissantes attendre la réponse.

SAINTE-BEUVE.

Enfin parut ce jour, tellement redouté de madame de Rênal et de Mathilde.

L'aspect étrange de la ville redoublait leur terreur, et ne laissait pas sans émotion même l'âme ferme de Fouqué. Toute la province était accourue à Besançon pour voir juger cette cause romanesque.

Depuis plusieurs jours, il n'y avait plus de place dans les auberges. M. le président des assises était assailli par des demandes de billets ; toutes les dames de la ville voulaient assister au jugement ; on criait dans les rues le portrait de Julien, etc., etc.

Mathilde tenait en réserve pour ce moment suprême une lettre écrite en entier de la main de monseigneur l'évêque de ***. Ce prélat, qui dirigeait l'Église de France et faisait des évêques, daignait demander l'acquittement de Julien. La veille du jugement, Mathilde porta cette lettre au tout-puissant grand vicaire.

A la fin de l'entrevue, comme elle s'en allait fondant en larmes : — Je réponds de la déclaration du jury, lui dit M. de Frilair sortant enfin de sa réserve diplomatique, et presque ému lui-même. Parmi les douze personnes chargées d'examiner si le crime de votre protégé est constant, et surtout s'il y a eu préméditation, je compte six amis dévoués à ma fortune, et je leur ai fait entendre qu'il dépendait d'eux de me porter à l'épiscopat. Le baron Valenod, que j'ai fait maire de Verrières, dispose entièrement de deux de ses administrés, MM. de Moirod et de Cholin. A la vérité, le sort nous a donné pour cette affaire deux jurés fort mal pensants ; mais, quoique ultra-libéraux, ils sont fidèles à mes ordres dans les grandes occasions, et je les ai fait prier de voter comme M. Valenod. J'ai appris qu'un sixième juré industriel, immensément riche et bavard libéral, aspire en secret à une fourniture au ministère de la guerre, et sans doute il ne voudrait pas me déplaire. Je lui ai fait dire que M. de Valenod a mon dernier mot.

— Et quel est ce M. Valenod ? dit Mathilde inquiète.

— Si vous le connaissiez, vous ne pourriez douter du succès. C'est un parleur audacieux, impudent, grossier, fait pour mener des sots. 1814 l'a pris à la misère, et je vais en faire un préfet. Il est capable de battre les autres jurés, s'ils ne veulent pas voter à sa guise.

Mathilde fut un peu rassurée.

Une autre discussion l'attendait dans la soirée. Pour ne pas prolonger une scène désagréable et dont, à ses yeux, le résultat était certain, Julien était résolu à ne pas prendre la parole.

— Mon avocat parlera, c'est bien assez, dit-il à Mathilde. Je ne serai que trop longtemps exposé en spectacle à tous mes ennemis. Ces provinciaux ont été choqués de la fortune rapide que je vous dois, et, croyez-m'en, il n'en est pas un qui ne désire ma condamnation, sauf à pleurer comme un sot quand on me mènera à la mort.

— Ils désirent vous voir humilié, il n'est que trop vrai, répondit Mathilde, mais je ne les crois point cruels. Ma présence à Besançon et le spectacle de ma douleur ont intéressé toutes les femmes ; votre jolie figure fera le reste. Si vous dites un mot devant les juges, tout l'auditoire est pour vous, etc., etc.

Le lendemain à neuf heures, quand Julien descendit de sa prison pour aller dans la grande salle du palais de justice, ce fut avec beaucoup de peine que les gendarmes parvinrent à écarter la foule immense entassée dans la cour. Julien avait bien dormi, il était fort calme, et n'éprouvait d'autre sentiment qu'une pitié philosophique pour cette foule d'envieux qui, sans cruauté, allaient applaudir à son arrêt de mort. Il fut bien surpris lorsque, retenu plus d'un quart d'heure au milieu de la foule, il fut obligé de reconnaître que sa présence inspirait au public une pitié tendre. Il n'entendit pas un seul propos désagréable. Ces provinciaux sont moins méchants que je ne le croyais, se dit-il.

En entrant dans la salle du jugement, il fut frappé de l'élégance de l'architecture. C'était un gothique propre, et une foule de jolies petites colonnes taillées dans la pierre avec le plus grand soin. Il se crut en Angleterre.

Mais bientôt toute son attention fut absorbée par douze ou quinze jolies femmes qui, placées vis-à-vis la sellette de l'accusé, remplissaient les trois balcons au-dessus des juges et des jurés. En se retournant vers le public, il vit que la tribune circulaire qui règne au-dessus de l'amphithéâtre était remplie de femmes : la plupart étaient jeunes et lui semblèrent fort jolies ; leurs yeux étaient brillants et remplis d'intérêt. Dans le reste de la salle, la foule était énorme ; on se battait aux portes, et les sentinelles ne pouvaient obtenir le silence.

Quand tous les yeux qui cherchaient Julien s'aperçurent de sa présence, en le voyant occuper la place un peu plus élevée réservée à l'accusé, il fut accueilli par un murmure d'étonnement et de tendre intérêt.

On eût dit, ce jour-là, qu'il n'avait pas vingt ans ; il était mis fort simplement, mais avec une grâce parfaite, ses cheveux et son front étaient charmants ; Mathilde avait voulu présider elle-même à sa toilette. La pâleur de Julien était extrême. A peine assis sur la sellette, il entendit dire de tous côtés : Dieu ! comme il est jeune !... Mais c'est un enfant... Il est bien mieux que son portrait.

— Mon accusé, lui dit le gendarme assis à sa droite, voyez-vous ces six dames qui occupent ce balcon ? Le gendarme lui indiquait une petite tribune en saillie au-dessus de l'amphithéâtre où sont placés les jurés. C'est madame la préfète, continua le gendarme, à côté madame la Marquise de N ***, celle-là vous aime bien ; je l'ai entendue parler au juge d'instruction. Après, c'est madame Derville...

— Madame Derville ! s'écria Julien, et une vive rougeur couvrit son front. Au sortir d'ici, pensa-t-il, elle va écrire à madame de Rênal. Il ignorait l'arrivée de madame de Rênal à Besançon.

Les témoins furent entendus ; cela prit plusieurs heures. Dès les premiers mots de l'accusation soutenue par l'avocat général, deux de ces dames placées dans le petit balcon, tout à fait en face de Julien, fondirent en larmes. Madame Derville ne s'attendrit point ainsi, pensa Julien. Cependant il remarqua qu'elle était fort rouge.

L'avocat général faisait du pathos en mauvais français sur la barbarie du crime commis ; Julien observa que les voisines de madame Derville avaient l'air de le désapprouver vivement. Plusieurs jurés, apparemment de la connaissance de ces dames, leur parlaient et semblaient les rassurer. Voilà qui ne laisse pas d'être de bon augure, pensa Julien.

Jusque-là il s'était senti pénétré d'un mépris sans mélange pour tous les hommes qui assistaient au jugement. L'éloquence plate de l'avocat général augmenta ce sentiment de dégoût. Mais peu à peu la sécheresse d'âme de Julien disparut devant les marques d'intérêt dont il était évidemment l'objet.

Il fut content de la mine ferme de son avocat. Pas de phrases, lui dit-il tout bas comme il allait prendre la parole.

— Toute l'emphase pillée à Bossuet, qu'on a étalée contre vous, vous a servi, dit l'avocat. En effet, à peine avait-il parlé pendant cinq minutes, que presque toutes les femmes avaient leur mouchoir à la main. L'avocat, encouragé, adressa aux jurés des choses extrêmement fortes. Julien frémit, il se sentait sur le point de verser des larmes. Grand Dieu ! que diront mes ennemis ?

Il allait céder à l'attendrissement qui le gagnait, lorsque, heureusement pour lui, il surprit un regard insolent de M. le baron de Valenod.

Les yeux de ce cuistre sont flamboyants, se dit-il ; quel triomphe pour cette âme basse ! Quand mon crime n'aurait amené que cette seule circonstance, je devrais le maudire. Dieu sait ce qu'il dira de moi, dans les soirées d'hiver, à madame de Rênal !

Cette idée effaça toutes les autres. Bientôt après, Julien fut rappelé à lui-même par les marques d'assentiment du public. L'avocat venait de terminer sa plaidoirie. Julien se souvint qu'il était convenable de lui serrer la main. Le temps avait passé rapidement.

On apporta des rafraîchissements à l'avocat et à l'accusé. Ce fut alors seulement que Julien fut frappé d'une circonstance : aucune femme n'avait quitté l'audience pour aller dîner.

— Ma foi, je meurs de faim, dit l'avocat, et vous ?

— Moi de même, répondit Julien.

— Voyez, voilà madame la préfète qui reçoit aussi son dîner, lui dit l'avocat en lui indiquant le petit balcon. Bon courage, tout va bien. La séance recommença.

Comme le président faisait son résumé, minuit sonna. Le président fut obligé de s'interrompre, au milieu du silence de l'anxiété universelle, le retentissement de la cloche de l'horloge remplissait la salle

Voilà le dernier de mes jours qui commence, pensa Julien. Bientôt il se sentit enflammé par l'idée du devoir. Il avait dominé jusque-là son attendrissement, et gardé sa résolution de ne point parler ; mais quand le président des assises lui demanda s'il avait quelque chose à ajouter, il se leva. Il voyait devant lui les yeux de madame Derville qui, aux lumières, lui semblèrent bien brillants. Pleurerait-elle, par hasard ? pensa-t-il.

« Messieurs les jurés,

« L'horreur du mépris, que je croyais pouvoir braver au moment de la mort, me fait prendre la parole. Messieurs, je n'ai point l'honneur d'appartenir à votre classe, vous voyez en moi un paysan qui s'est révolté contre la bassesse de sa fortune.

« Je ne vous demande aucune grâce, continua Julien en affermissant sa voix. Je ne me fais point illusion, la mort m'attend : elle sera juste. J'ai pu attenter aux jours de la femme la plus digne de tous les respects, de tous les hommages. Madame de Rênal avait été pour moi comme une mère. Mon crime est atroce, et il fut *prémédité*. J'ai donc mérité la mort, messieurs les jurés. Quand je serais moins coupable, je vois des hommes qui, sans s'arrêter à ce que ma jeunesse peut mériter de pitié, voudront punir en moi et décourager à jamais cette classe de jeunes gens qui, nés dans un ordre inférieur, et en quelque sorte opprimés par la pauvreté, ont le bonheur de se procurer une bonne éducation, et l'audace de se mêler à ce que l'orgueil des gens riches appelle la société.

« Voilà mon crime, messieurs, et il sera puni avec d'autant plus de sévérité, que, dans le fait, je ne suis point jugé par mes pairs. Je ne vois point sur les bancs des jurés quelque paysan enrichi, mais uniquement des bourgeois indignés... »

Pendant vingt minutes, Julien parla sur ce ton ; il dit tout ce qu'il avait sur le cœur ; l'avocat général, qui aspirait aux faveurs de l'aristocratie, bondissait sur son siège ; mais malgré le tour un peu abstrait que Julien avait donné à la discussion, toutes les femmes fondaient en larmes. Madame Derville elle-même avait son mouchoir sur ses yeux. Avant de finir, Julien revint à la préméditation, à son repentir, au respect, à l'adoration filiale et sans bornes que, dans des temps plus heureux, il avait pour madame de Rênal... Madame Derville jeta un cri et s'évanouit.

Une heure sonnait comme les jurés se retiraient dans leur chambre. Aucune femme n'avait abandonné sa place ; plusieurs hommes avaient les larmes aux yeux. Les conversations furent d'abord très vives ; mais peu à peu, la décision du jury se faisant attendre, la fatigue générale commença à jeter du calme dans l'assemblée. Ce moment était solennel ; les lumières jetaient moins d'éclat. Julien, très fatigué, entendait discuter auprès de lui la question de savoir si ce retard était de bon ou de mauvais augure. Il vit avec plaisir que tous les vœux étaient pour lui ; le jury ne revenait point, et cependant aucune femme ne quittait la salle.

Comme deux heures venaient de sonner, un grand mouvement se fit entendre. La petite porte de la chambre des jurés s'ouvrit. M. le baron de Valenod s'avança d'un pas grave et théâtral, il était suivi de tous les jurés. Il toussa, puis déclara qu'en son âme et conscience la déclaration unanime du jury était que Julien Sorel était coupable de meurtre, et de meurtre avec préméditation : cette déclaration entraînait la peine de mort ; elle fut prononcée un instant après. Julien regarda sa montre, et se souvint de M. de Lavalette ; il était deux heures et un quart. C'est aujourd'hui vendredi, pensa-t-il.

Oui, mais ce jour est heureux pour le Valenod qui me condamne... Je suis trop surveillé pour que Mathilde puisse me sauver comme fit madame de Lavalette... Ainsi, dans trois jours, à cette même heure, je saurai à quoi m'en tenir sur le *grand peut-être*.

En ce moment, il entendit un cri et fut rappelé aux choses de ce monde. Les femmes autour de lui sanglotaient ; il vit que toutes les figures étaient tournées vers une petite tribune pratiquée dans le couronnement d'un pilastre gothique. Il sut plus tard que Mathilde s'y était cachée. Comme le cri ne se renouvela pas, tout le monde se remit à regarder Julien, auquel les gendarmes cherchaient à faire traverser la foule.

Tâchons de ne pas apprêter à rire à ce fripon de Valenod, pensa Julien. Avec quel air contrit et patelin il a prononcé la déclaration qui entraîne la peine de mort ! tandis que ce pauvre président des assises, tout juge qu'il est depuis nombre d'années, avait la larme à l'œil en me condamnant. Quelle joie pour le Valenod de se venger de notre ancienne rivalité auprès de madame de Rênal !... Je ne la verrai donc plus ! C'en est fait… Un dernier adieu est impossible entre nous, je le sens… Que j'aurais été heureux de lui dire toute l'horreur que j'ai de mon crime !

Seulement ces paroles : Je me trouve justement condamné.

CHAPITRE XLII

En ramenant Julien en prison, on l'avait introduit dans une chambre destinée aux condamnés à mort. Lui qui, d'ordinaire, remarquait jusqu'aux plus petites circonstances, ne s'était point aperçu qu'on ne le faisait pas remonter à son donjon. Il songeait à ce qu'il dirait à madame de Rênal, si, avant le dernier moment, il avait le bonheur de la voir. Il pensait qu'elle l'interromprait et voulait du premier mot pouvoir lui peindre tout son repentir.

Après une telle action, comment lui persuader que je l'aime uniquement ? car enfin, j'ai voulu la tuer par ambition ou par amour pour Mathilde.

En se mettant au lit, il trouva des draps d'une toile grossière. Ses yeux se dessillèrent. Ah ! je suis au cachot, se dit-il, comme condamné à mort. C'est juste...

Le comte Altamira me racontait que, la veille de sa mort, Danton disait avec sa grosse voix : C'est singulier, le verbe guillotiner ne peut pas se conjuguer dans tous ses temps ; on peut bien dire : Je serai guillotiné, tu seras guillotiné, mais on ne dit pas : J'ai été guillotiné.

Pourquoi pas, reprit Julien, s'il y a une autre vie ?... Ma foi, si je trouve le Dieu des chrétiens, je sui perdu : c'est un despote, et, comme tel, il est rempli d'idées de vengeance ; sa Bible ne parle que de punitions atroces. Je ne l'ai jamais aimé ; je n'ai même jamais voulu croire qu'on l'aimât sincèrement. Il est sans pitié (et il se rappela plusieurs passages de la Bible). Il me punira d'une manière abominable...

Mais si je trouve le Dieu de Fénelon ! Il me dira peut-être : Il te sera beaucoup pardonné, parce que tu as beaucoup aimé...

Ai-je beaucoup aimé ? Ah ! j'ai aimé madame de Rênal, mais ma conduite a été atroce. Là, comme ailleurs, le mérite simple et modeste a été abandonné pour ce qui est brillant...

Mais aussi, quelle perspective !... Colonel de hussards, si nous avions la guerre ; secrétaire de légation pendant la paix ; ensuite ambassadeur...

car bientôt j'aurais su les affaires… et quand je n'aurais été qu'un sot, le gendre du marquis de La Mole a-t-il quelque rivalité à craindre ? Toutes mes sottises eussent été pardonnées, ou plutôt comptées pour des mérites. Homme de mérite et jouissant de la plus grande existence à Vienne ou à Londres…

— Pas précisément, monsieur, guillotiné dans trois jours.

Julien rit de bon cœur de cette saillie de son esprit. En vérité, l'homme a deux êtres en lui, pensa-t-il. Qui diable songeait à cette réflexion maligne ?

Eh bien, oui, mon ami, guillotiné dans trois jours, répondit-il à l'interrupteur. M. de Cholin louera une fenêtre, de compte à demi avec l'abbé Maslon. Eh bien, pour le prix de location de cette fenêtre, lequel de ces deux dignes personnages volera l'autre ?

Ce passage du *Venceslas* de Rotrou lui revint tout à coup :

LADISLAS.
… Mon âme est toute prête.

LE ROI, *père de Ladislas.*
L'échafaud l'est aussi ; portez-y votre tête.

Belle réponse ! pensa-t-il, et il s'endormit. Quelqu'un le réveilla le matin en le serrant fortement.

— Quoi, déjà ! dit Julien en ouvrant un œil hagard. Il se croyait entre les mains du bourreau.

C'était Mathilde. Heureusement, elle ne m'a pas compris. Cette réflexion lui rendit tout son sang-froid. Il trouva Mathilde changée comme par six mois de maladie : réellement elle n'était pas reconnaissable.

— Cet infâme Frilair m'a trahie, lui disait-elle en se tordant les mains ; la fureur l'empêchait de pleurer.

— N'étais-je pas beau hier, quand j'ai pris la parole ? répondit Julien. J'improvisais, et pour la première fois de ma vie ! il est vrai qu'il est à craindre que ce ne soit aussi la dernière.

Dans ce moment, Julien jouait sur le caractère de Mathilde avec tout le sang-froid d'un pianiste habile qui touche un piano... L'avantage d'une naissance illustre me manque, il est vrai, ajouta-t-il, mais la grande âme de Mathilde a élevé son amant jusqu'à elle. Croyez-vous que Boniface de La Mole ait été mieux devant ses juges ?

Mathilde, ce jour-là, était tendre sans affectation, comme une pauvre fille habitant un cinquième étage ; mais elle ne put obtenir de lui des paroles plus simples. Il lui rendait, sans le savoir, le tourment qu'elle lui avait souvent infligé.

On ne connaît point les sources du Nil, se disait Julien ; il n'a point été donné à l'œil de l'homme de voir le roi des fleuves dans l'état de simple ruisseau : ainsi aucun œil humain ne verra Julien faible, d'abord parce qu'il ne l'est pas. Mais j'ai le cœur facile à toucher ; la parole la plus commune, si elle est dite avec un accent vrai, peut attendrir ma voix et même faire couler mes larmes. Que de fois les cœurs secs ne m'ont-ils pas méprisé pour ce défaut ! Ils croyaient que je demandais grâce : voilà ce qu'il ne faut pas souffrir.

On dit que le souvenir de sa femme émut Danton au pied de l'échafaud ; mais Danton avait donné de la force à une nation de freluquets, et empêchait l'ennemi d'arriver à Paris... Moi seul, je sais ce que j'aurais pu faire... Pour les autres, je ne suis tout au plus qu'un PEUT-ÊTRE.

Si madame de Rênal était ici, dans mon cachot, au lieu de Mathilde, aurais-je pu répondre de moi ? L'excès de mon désespoir et de mon repentir eût passé, aux yeux des Valenod et de tous les patriciens du pays, pour l'ignoble peur de la mort ; ils sont si fiers, ces cœurs faibles que leur position pécuniaire met au-dessus des tentations ! Voyez ce que c'est, auraient dit MM. de Moirod et de Cholin, qui viennent de me condamner à mort, que de naître fils d'un charpentier ! On peut devenir savant, adroit, mais le cœur !... le cœur ne s'apprend pas. Même avec cette pauvre Mathilde, qui pleure maintenant, ou plutôt qui ne peut plus pleurer, dit-il en regardant ses yeux rouges... et il la serra dans ses bras : l'aspect d'une douleur vraie lui fit oublier son syllogisme... Elle a pleuré toute la nuit peut-être, se dit-il ; mais un jour, quelle honte ne lui fera pas ce souvenir ! Elle se regarder comme ayant été égarée, dans sa première jeunesse, par les façons de penser basses d'un plébéien... Le Croisenois est assez faible pour l'épouser, et ma foi, il fera bien. Elle lui fera jouer un rôle,

Du droit qu'un esprit ferme et vaste en ses desseins
A sur l'esprit grossier des vulgaires humains.

Ah çà ! voici qui est plaisant : depuis que je dois mourir, tous les vers que j'ai jamais sus en ma vie me reviennent à la mémoire. Ce sera un signe de décadence...

Mathilde lui répétait d'une voix éteinte : Il est là, dans la pièce voisine. Enfin il fit attention à ces paroles. Sa voix est faible, pensa-t-il, mais tout ce caractère impérieux est encore dans son accent. Elle baisse la voix pour ne pas se fâcher.

— Et qui est là ? lui dit-il d'un air doux.

— L'avocat, pour vous faire signer votre appel.

— Je n'appellerai pas.

— Comment ! vous n'appellerez pas, dit-elle en se levant et les yeux étincelants de colère, et pourquoi, s'il vous plaît ?

— Parce que, en ce moment, je me sens le courage de mourir sans trop faire rire à mes dépens. Et qui me dit que dans deux mois, après un long séjour dans ce cachot humide, je serai aussi bien disposé ? Je prévois des entrevues avec des prêtres, avec mon père... Rien au monde ne peut m'être aussi désagréable. Mourons.

Cette contrariété imprévue réveilla toute la partie altière du caractère de Mathilde. Elle n'avait pu voir l'abbé de Frilair avant l'heure où l'on ouvre les cachots de la prison de Besançon ; sa fureur retomba sur Julien. Elle l'adorait, et, pendant un grand quart d'heure, il retrouva dans ses imprécations contre son caractère, de lui Julien, dans ses regrets de l'avoir aimé, toute cette âme hautaine qui jadis l'avait accablé d'injures si poignantes, dans la bibliothèque de l'hôtel de La Mole.

— Le ciel devait à la gloire de ta race de te faire naître homme, lui dit-il.

Mais quant à moi, pensait-il, je serais bien dupe de vivre encore deux mois dans ce séjour dégoûtant, en butte à tout ce que la faction patricienne peut inventer d'infâme et d'humiliant *, et ayant pour unique consolation les imprécations de cette folle... Eh bien, après-demain matin, je me bats en duel avec un homme connu par son sang-froid et par une adresse remarquable... — Fort remarquable, dit le parti méphistophélès ; il ne manque jamais son coup.

Eh bien, soit, à la bonne heure (Mathilde continuait à être éloquente). Parbleu non, se dit-il, je n'appellerai pas.

Cette résolution prise, il tomba dans la rêverie... Le courrier en passant apportera le journal à six heures, comme à l'ordinaire ; à huit heures, après que M. de Rênal l'aura lu, Élisa, marchant sur la pointe du pied, viendra le déposer sur son lit. Plus tard elle s'éveillera : tout à coup, en lisant, elle sera troublée ; sa jolie main tremblera ; elle lira jusqu'à ces mots... *A dix heures et cinq minutes il avait cessé d'exister.*

Elle pleurera à chaudes larmes, je la connais ; en vain j'ai voulu l'assassiner, tout sera oublié. Et la personne à qui j'ai voulu ôter la vie sera la seule qui sincèrement pleurera ma mort.

* C'est un jacobin qui parle.

Ah ! ceci est une antithèse ! pensa-t-il, et, pendant un grand quart d'heure que dura encore la scène que lui faisait Mathilde, il ne songea qu'à madame de Rênal. Malgré lui, et quoique répondant souvent à ce que Mathilde lui disait, il ne pouvait détacher son âme du souvenir de la chambre à coucher de Verrières. Il voyait la gazette de Besançon sur la courte-pointe de taffetas orange. Il voyait cette main si blanche qui la serrait d'un mouvement convulsif ; il voyait madame de Rênal pleurer… Il suivait la route de chaque larme sur cette figure charmante.

Mademoiselle de La Mole ne pouvant rien obtenir de Julien, fit entrer l'avocat. C'était heureusement un ancien capitaine de l'armée d'Italie, de 1796, où il avait été camarade de Manuel.

Pour la forme, il combattit la résolution du condamné. Julien, voulant le traiter avec estime, lui déduisit toutes ses raisons.

— Ma foi, on peut penser comme vous, finit par lui dire M. Félix Vaneau ; c'était le nom de l'avocat. Mais vous avez trois jours pleins pour appeler, et il est de mon devoir de revenir tous les jours. Si un volcan s'ouvrait sous la prison, d'ici à deux mois, vous seriez sauvé. Vous pouvez mourir de maladie, dit-il en regardant Julien.

Julien lui serra la main. — Je vous remercie, vous êtes un brave homme. A ceci je songerai.

Et lorsque Mathilde sortit enfin avec l'avocat, il se sentait beaucoup plus d'amitié pour l'avocat que pour elle.

CHAPITRE XLIII

Une heure après, comme il dormait profondément, il fut éveillé par des larmes qu'il sentait couler sur sa main. Ah ! c'est encore Mathilde, pensa-t-il à demi éveillé. Elle vient, fidèle à la théorie, attaquer ma résolution par les sentiments tendres. Ennuyé de la perspective de cette nouvelle scène dans le genre pathétique, il n'ouvrit pas les yeux. Les vers de Belphégor fuyant sa femme lui revinrent à la pensée.

Il entendit un soupir singulier ; il ouvrit les yeux, c'était madame de Rênal.

— Ah ! je te revois avant que de mourir, est-ce une illusion ? s'écria-t-il en se jetant à ses pieds.

Mais pardon, madame, je ne suis qu'un assassin à vos yeux, dit-il à l'instant, en revenant à lui.

— Monsieur... je viens vous conjurer d'appeler, je sais que vous ne le voulez pas... Ses sanglots l'étouffaient ; elle ne pouvait parler.

— Daignez me pardonner.

— Si tu veux que je te pardonne, lui dit-elle en se levant et en se jetant dans ses bras, appelle tout de suite de ta sentence de mort.

Julien la couvrait de baisers.

— Viendras-tu me voir tous les jours pendant ces deux mois ?

— Je te le jure. Tous les jours, à moins que mon mari ne me le défende.

— Je signe ! s'écria Julien. Quoi ! tu me pardonnes ! est-il possible !

Il la serrait dans ses bras ; il était fou. Elle jeta un petit cri.

— Ce n'est rien, lui dit-elle, tu m'as fait mal.

— A ton épaule, s'écria Julien fondant en larmes. Il s'éloigna un peu, et couvrit sa main de baisers de flamme. Qui me l'eût dit, la dernière fois que je te vis, dans ta chambre, à Verrières ?...

— Qui m'eût dit alors que j'écrirais à M. de La Mole cette lettre infâme ?...

— Sache que je t'ai toujours aimée, que je n'ai aimé que toi.

— Est-ce bien possible ! s'écria madame de Rênal, ravie à son tour. Elle s'appuya sur Julien, qui était à ses genoux, et longtemps ils pleurèrent en silence.

A aucune époque de sa vie, Julien n'avait trouvé un moment pareil.

Bien longtemps après, quand on put parler :

— Et cette jeune madame Michelet, dit madame de Rênal, ou plutôt cette mademoiselle de La Mole ; car je commence en vérité à croire cet étrange roman !

— Il n'est vrai qu'en apparence, répondit Julien. C'est ma femme, mais ce n'est pas ma maîtresse...

En s'interrompant cent fois l'un l'autre, ils parvinrent à grand'peine à se raconter ce qu'ils ignoraient. La lettre écrite à M. de La Mole avait été faite par le jeune prêtre qui dirigeait la conscience de madame de Rênal, et ensuite copiée par elle.

— Quelle horreur m'a fait commettre la religion ! lui disait-elle ; et encore j'ai adouci les passages les plus affreux de cette lettre...

Les transports et le bonheur de Julien lui prouvaient combien il lui pardonnait. Jamais il n'avait été aussi fou d'amour.

— Je me crois pourtant pieuse, lui disait madame de Rênal dans la suite de la conversation. Je crois sincèrement en Dieu ; je crois également, et même cela m'est prouvé, que le crime que je commets est affreux, et dès que je te vois, même après que tu m'as tiré deux coups de pistolet... Et ici, malgré elle, Julien la couvrit de baisers.

— Laisse-moi, continua-t-elle, je veux raisonner avec toi, de peur de l'oublier... Dès que je te vois, tous les devoirs disparaissent, je ne suis plus qu'amour pour toi, ou plutôt le mot amour est trop faible. Je sens pour toi ce que je devrais sentir uniquement pour Dieu : un mélange de respect, d'amour, d'obéissance... En vérité, je ne sais pas ce que tu m'inspires. Tu me dirais de donner un coup de couteau au geôlier, que le crime serait commis avant que j'y eusse songé. Explique-moi cela bien nettement avant que je te quitte, je veux voir clair dans mon cœur ; car dans deux mois nous nous quittons... A propos, nous quitterons-nous ? lui dit-elle en souriant.

— Je retire ma parole, s'écria Julien en se levant ; je n'appelle pas de la sentence de mort, si par poison, couteau, pistolet, charbon ou de toute autre manière quelconque, tu cherches à mettre fin ou obstacle à ta vie.

La physionomie de madame de Rênal changea tout à coup ; la plus vive tendresse fit place à une rêverie prodonde.

— Si nous mourions tout de suite ? lui dit-elle enfin.

— Qui sait ce que l'on trouve dans l'autre vie ? répondit Julien ; peut-être des tourments, peut-être rien du tout. Ne pouvons-nous passer deux mois ensemble d'une manière délicieuse ? Deux mois, c'est bien des jours. Jamais je n'aurai été aussi heureux.

— Jamais tu n'auras été aussi heureux !

— Jamais, répéta Julien ravi, et je te parle comme je me parle à moi-même. Dieu me préserve d'exagérer.

— C'est me commander que de parler ainsi, dit-elle avec un sourire timide et mélancolique.

— Eh bien ! tu jures, sur l'amour que tu as pour moi, de n'attenter à ta vie par aucun moyen direct, ni indirect... songe, ajouta-t-il, qu'il faut que tu vives pour mon fils, que Mathilde abandonnera à des laquais, dès qu'elle sera marquise de Croisenois.

— Je jure, reprit-elle froidement, mais je veux emporter ton appel écrit et signé de ta main. J'irai moi-même chez M. le procureur général.

— Prends garde, tu te compromets.

— Après la démarche d'être venue te voir dans ta prison, je suis à jamais, pour Besançon et toute la Franche-Comté, une héroïne d'anecdotes, dit-elle d'un air profondément affligé. Les bornes de l'austère pudeur sont franchies... Je suis une femme perdue d'honneur ; il est vrai que c'est pour toi...

Son accent était si triste que Julien l'embrassa avec un bonheur tout nouveau pour lui. Ce n'était plus l'ivresse de l'amour, c'était reconnaissance extrême. Il venait d'apercevoir, pour la première fois, toute l'étendue du sacrifice qu'elle lui avait fait.

Quelque âme charitable informa, sans doute, M. de Rênal des longues visites que sa femme faisait à la prison de Julien ; car, au bout de trois jours, il lui envoya sa voiture, avec l'ordre exprès de revenir sur-le-champ à Verrières.

Cette séparation cruelle avait mal commencé la journée pour Julien. On l'avertit, deux ou trois heures après, qu'un certain prêtre intrigant et qui pourtant n'avait pu se pousser parmi les jésuites de Besançon, s'était établi depuis le matin en dehors de la porte de la prison, dans la rue. Il pleuvait beaucoup, et là cet homme prétendait jouer le martyr. Julien était mal disposé, cette sottise le toucha profondément.

Le matin il avait déjà refusé la visite de ce prêtre, mais cet homme s'était mis en tête de confesser Julien et de se faire un nom parmi les jeunes femmes de Besançon, par toutes les confidences qu'il prétendrait en avoir reçues.

Il déclarait à haute voix qu'il allait passer la journée et la nuit à la porte de la prison ; — Dieu m'envoie pour toucher le cœur de cet autre apostat... Et le bas peuple, toujours curieux d'une scène, commençait à s'attrouper.

— Oui, mes frères, leur disait-il, je passerai ici la journée, la nuit, ainsi que toutes les journées, et toutes les nuits qui suivront. Le Saint-Esprit m'a parlé, j'ai une mission d'en haut ; c'est moi qui dois sauver l'âme du jeune Sorel. Unissez-vous à mes prières, etc., etc.

Julien avait horreur du scandale et de tout ce qui pouvait attirer l'attention sur lui. Il songea à saisir le moment pour s'échapper du monde incognito ; mais il avait quelque espoir de revoir madame de Rênal, et il était éperdûment amoureux.

La porte de la prison était située dans l'une des rues les plus fréquentées. L'idée de ce prêtre crotté, faisant foule et scandale, torturait son âme. — Et, sans nul doute, à chaque instant il répète mon nom ! Ce moment fut plus pénible que la mort.

Il appela deux ou trois fois, à une heure d'intervalle, un porte-clefs qui lui était dévoué, pour l'envoyer voir si le prêtre était encore à la porte de la prison.

— Monsieur, il est à deux genoux dans la boue, lui disait toujours le porte-clefs ; il prie à haute voix et dit des litanies pour votre âme... L'impertinent ! pensa Julien. En ce moment, en effet, il entendit un bourdonnement sourd, c'était le peuple répondant aux litanies. Pour comble d'impatience, il vit le porte-clefs lui-même agiter ses lèvres en répétant les mots latins. — On commence à dire, ajouta le porte-clefs, qu'il faut que vous ayez le cœur bien endurci pour refuser le secours de ce saint homme.

O ma patrie ! que tu es encore barbare ! s'écria Julien ivre de colère. Et il continua son raisonnement tout haut et sans songer à la présence du porte-clefs.

— Cet homme veut un article dans le journal, et le voilà sûr de l'obtenir.

Ah ! maudits provinciaux ! à Paris, je ne serais pas soumis à toutes ces vexations. On y est plus savant en charlatanisme.

— Faites entrer ce saint prêtre, dit-il enfin au porte-clefs, et la sueur coulait à grands flots sur son front. Le porte-clefs fit le signe de la croix et sortit tout joyeux.

Ce saint prêtre se trouva horriblement laid, il était encore plus crotté. La pluie froide qu'il faisait augmentait l'obscurité et l'humidité du cachot. Le prêtre voulut embrasser Julien, et se mit à s'attendrir en lui parlant. La plus basse hypocrisie était trop évidente ; de sa vie, Julien n'avait été aussi en colère.

Un quart d'heure après l'entrée du prêtre, Julien se trouva tout à fait un lâche. Pour la première fois, la mort lui parut horrible. Il pensait à l'état de putréfaction où serait son corps deux jours après l'exécution, etc., etc...

Il allait se trahir par quelque signe de faiblesse ou se jeter sur le prêtre et l'étrangler avec sa chaîne, lorsqu'il eut l'idée de prier le saint homme d'aller dire pour lui une bonne messe de quarante francs, ce jour-là même.

Or, il était près de midi, le prêtre décampa.

CHAPITRE XLIV

Dès qu'il fut sorti, Julien pleura beaucoup et pleura de mourir. Peu à peu il se dit que, si madame de Rênal eût été à Besançon, il lui eût avoué sa faiblesse...

Au moment où il regrettait le plus l'absence de cette femme adorée, il entendit le pas de Mathilde.

Le pire des malheurs en prison, pensa-t-il, c'est de ne pouvoir fermer sa porte. Tout ce que Mathilde lui dit ne fit que l'irriter.

Elle lui raconta que, le jour du jugement, M. de Valenod ayant en poche sa nomination de préfet, il avait osé se moquer de M. de Frilair et se donner le plaisir de le condamner à mort.

« Quelle idée a eue votre ami, vient de me dire M. de Frilair, d'aller réveiller et attaquer la petite vanité de cette *aristocratie bourgeoise* ! Pourquoi parler de *caste* ? Il leur a indiqué ce qu'ils devaient faire dans leur intérêt politique : ces nigauds n'y songeaient pas et étaient prêts à pleurer. Cet intérêt de caste est venu masquer à leurs yeux l'horreur de condamner à mort. Il faut avouer que M. Sorel est bien neuf aux affaires. Si nous ne parvenons à le sauver par le recours en grâce, sa mort sera une sorte de *suicide*... »

Mathilde n'eut garde de dire à Julien ce dont elle ne se doutait pas encore ; c'est que l'abbé de Frilair, voyant Julien perdu, croyait utile à son ambition d'aspirer à devenir son successeur.

Presque hors de lui à force de colère impuissante et de contrariété : — Allez écouter une messe pour moi, dit-il à Mathilde, et laissez-moi un instant de paix. Mathilde, déjà fort jalouse des visites de madame de Rênal, et qui venait d'apprendre son départ, comprit la cause de l'humeur de Julien, et fondit en larmes.

Sa douleur était réelle, Julien le voyait et n'en était que plus irrité. Il avait un besoin impérieux de solitude, et comment se la procurer ?

Enfin, Mathilde, après avoir essayé de tous les raisonnements pour l'attendrir, le laissa seul, mais presque au même instant Fouqué parut.

— J'ai besoin d'être seul, dit-il à cet ami fidèle... Et comme il le vit hésiter : Je compose un mémoire pour mon recours en grâce... du reste... fais-moi un plaisir, ne me parle jamais de la mort. Si j'ai besoin de quelques services particuliers ce jour-là, laisse-moi t'en parler le premier.

Quand Julien se fut enfin procuré la solitude, il se trouva plus accablé et plus lâche qu'auparavant. Le peu de forces qui restait à cette âme affaiblie, avait été épuisé à déguiser son état à mademoiselle de La Mole et à Fouqué.

Vers le soir, une idée le consola :

Si ce matin, dans un moment où la mort me paraissait si laide, on m'eût averti pour l'exécution, *l'œil du public eût été aiguillon de gloire* ; peut-être ma démarche eût-elle quelque chose d'empesé, comme celle d'un fat timide qui entre dans un salon. Quelques gens clairvoyants, s'il en est parmi ces provinciaux, eussent pu deviner ma faiblesse... mais personne *ne l'eût vue.*

Et il se sentit délivré d'une partie de son malheur. Je suis un lâche en ce moment, se répétait-il en chantant, mais personne ne le saura.

Un événement presque plus désagréable encore l'attendait pour le lendemain. Depuis longtemps, son père annonçait sa visite ; ce jour-là, avant le réveil de Julien, le vieux charpentier en cheveux blancs parut dans son cachot.

Julien se sentit faible, il s'attendait aux reproches les plus désagréables. Pour achever de compléter sa pénible sensation, ce matin-là il éprouvait vivement le remords de ne pas aimer son père.

Le hasard nous a placés l'un près de l'autre sur la terre, se disait-il pendant que le porte-clefs arrangeait un peu le cachot, et nous nous sommes fait à peu près tout le mal possible. Il vient au moment de ma mort me donner le dernier coup.

Les reproches sévères du vieillard commencèrent dès qu'ils furent sans témoin.

Julien ne put retenir ses larmes. Quelle indigne faiblesse ! se dit-il avec rage. Il ira partout exagérer mon manque de courage ; quel triomphe pour les Valenod et pour tous les plats hypocrites qui règnent à Verrières ! Ils sont bien grands en France, ils réunissent tous les avantages sociaux. Jusqu'ici je pouvais au moins me dire : Ils reçoivent de l'argent, il est vrai, tous les honneurs s'accumulent sur eux, mais moi j'ai la noblesse du cœur.

Et voilà un témoin que tous croiront, et qui certifiera à tout Verrières, et en l'exagérant, que j'ai été faible devant la mort ! J'aurai été un lâche dans cette épreuve que tous comprennent !

Julien était près du désespoir. Il ne savait comment renvoyer son père. Et feindre de manière à tromper ce vieillard si clairvoyant se trouvait en ce moment tout à fait au-dessus de ses forces.

Son esprit parcourait rapidement tous les possibles.

— *J'ai fait des économies* ! s'écria-t-il tout à coup.

Ce mot de génie changea la physionomie du vieillard et la position de Julien.

— Comment dois-je en disposer ? continua Julien plus tranquille : l'effet produit lui avait ôté tout sentiment d'infériorité.

Le vieux charpentier brûlait du désir de ne pas laisser échapper cet argent, dont il semblait que Julien voulait laisser une partie à ses frères. Il parla longtemps et avec feu. Julien put être goguenard.

— Eh bien ! le Seigneur m'a inspiré pour mon testament. Je donnerai mille francs à chacun de mes frères et le reste à vous.

— Fort bien, dit le vieillard, ce reste m'est dû ; mais puisque Dieu vous a fait la grâce de toucher votre cœur, si vous voulez mourir en bon chrétien, il convient de payer vos dettes. Il y a encore les frais de votre nourriture et de votre éducation que j'ai avancés, et auxquels vous ne songez pas...

Voilà donc l'amour de père ! se répétait Julien l'âme navrée, lorsqu'enfin il fut seul. Bientôt parut le geôlier.

— Monsieur, après la visite des grands parents, j'apporte toujours à mes hôtes une bouteille de bon vin de Champagne. Cela est un peu cher, six francs la bouteille, mais cela réjouit le cœur.

— Apportez trois verres, lui dit Julien avec un empressement d'enfant, et faites entrer deux des prisonniers que j'entends se promener dans le corridor.

Le geôlier lui amena deux galériens tombés en récidive et qui se préparaient à retourner au bagne. C'étaient des scélérats fort gais et réellement remarquables par la finesse, le courage et le sang-froid.

— Si vous me donnez vingt francs, dit l'un d'eux à Julien, je vous conterai ma vie en détail. C'est du *chenu*.

— Mais vous allez me mentir ? dit Julien.

— Non pas, répondit-il ; mon ami que voilà, et qui est jaloux de mes vingt francs, me dénoncera si je dis faux.

Son histoire était abominable. Elle montrait un cœur courageux, où il n'y avait plus qu'une passion, celle de l'argent.

Après leur départ, Julien n'était plus le même homme. Toute sa colère contre lui-même avait disparu. La douleur atroce, envenimée par la pusillanimité, à laquelle il était en proie depuis le départ de madame de Rênal, s'était tournée en mélancolie.

A mesure que j'aurais été moins dupe des apparences, se disait-il, j'aurais vu que les salons de Paris sont peuplés d'honnêtes gens tels que mon père, ou de coquins habiles tels que ces galériens. Ils ont raison, jamais les hommes de salon ne se lèvent le matin avec cette pensée poignante : Comment dînerai-je ? Et ils vantent leur probité ! et, appelés au jury, ils condamnent fièrement l'homme qui a volé un couvert d'argent parce qu'il se sentait défaillir de faim !

Mais y a-t-il une cour, s'agit-il de perdre ou de gagner un portefeuille, mes honnêtes gens de salon tombent dans des crimes exactement pareils à ceux que la nécessité de dîner a inspirés à ces deux galériens...

Il n'y a point de *droit naturel*, ce mot n'est qu'une antique niaiserie bien digne de l'avocat général qui m'a donné chasse l'autre jour, et dont l'aïeul fut enrichi par une confiscation de

Louis XIV. Il n'y a de *droit* que lorsqu'il y a une loi pour défendre de faire telle chose, sous peine de punition. Avant la loi, il n'y a de *naturel* que la force du lion, ou le besoin de l'être qui a faim, qui a froid, le *besoin* en un mot... Non, les gens qu'on honore ne sont que des fripons qui ont eu le bonheur de n'être pas pris en flagrant délit. L'accusateur que la société lance après moi, a été enrichi par une infamie... J'ai commis un assassinat et je suis justement condamné, mais, à cette seule action près, le Valenod qui m'a condamné est cent fois plus nuisible à la société.

Eh bien ! ajouta Julien tristement, mais sans colère, malgré son avarice, mon père vaut mieux que tous ces hommes-là. Il ne m'a jamais aimé. Je viens combler la mesure en le déshonorant par une mort infâme. Cette crainte de manquer d'argent, cette vue exagérée de la méchanceté des hommes qu'on appelle *avarice*, lui fait voir un prodigieux motif de consolation et de sécurité dans une somme de trois ou quatre cents louis que je puis lui laisser. Un dimanche après dîner, il montrera son or à tous ses envieux de Verrières. A ce prix, leur dira son regard, lequel d'entre vous ne serait pas charmé d'avoir un fils guillotiné ?

Cette philosophie pouvait être vraie, mais elle était de nature à faire désirer la mort. Ainsi se passèrent cinq longues journées. Il était poli et doux envers Mathilde, qu'il voyait exaspérée par la plus vive jalousie. Un soir, Julien songeait sérieusement à se donner la mort. Son âme était énervée par le malheur profond où l'avait jeté le départ de madame de Rênal. Rien ne lui plaisait plus, ni dans la vie réelle, ni dans l'imagination. Le défaut d'exercice commençait à altérer sa santé et à lui donner le caractère exalté et faible d'un jeune étudiant allemand. Il perdait cette mâle hauteur qui repousse par un énergique jurement certaines idées peu convenables, dont l'âme des malheureux est assaillie.

J'ai aimé la vérité... Où est-elle ?... Partout hypocrisie, ou du moins charlatanisme, même chez les plus vertueux, même chez les plus grands ; et ses lèvres prirent l'expression du dégoût... Non, l'homme ne peut pas se fier à l'homme.

Madame de *** faisant une quête pour ses pauvres orphelins, me disait que tel prince venait de donner dix louis ; mensonge. Mais que dis-je ? Napoléon à Sainte-Hélène !... Pur charlatanisme, proclamation en faveur du roi de Rome.

Grand Dieu ! si un tel homme, et encore quand le malheur doit le rappeler sévèrement au devoir, s'abaisse jusqu'au charlatanisme, à quoi s'attendre du reste de l'espèce ?...

Où est la vérité ? Dans la religion... Oui, ajouta-t-il avec le sourire amer du plus extrême mépris, dans la bouche des Maslon, des Frilair, des Castanède... Peut-être dans le vrai christianisme, dont les prêtres ne seraient pas plus payés que les apôtres ne l'ont été ?... Mais saint Paul fut payé par le plaisir de commander, de parler, de faire parler de soi...

Ah ! s'il y avait une vraie religion... Sot que je suis ! je vois une cathédrale gothique, des vitraux vénérables ; mon cœur faible se figure le prêtre de ces vitraux... Mon âme le comprendrait, mon âme en a besoin... Je ne trouve qu'un fat avec des cheveux sales... aux agréments près, un chevalier de Beauvoisis.

Mais un vrai prêtre, un Massillon, un Fénélon... Massillon a sacré Dubois. Les *Mémoires* de Saint-Simon m'ont gâté Fénelon ; mais enfin un vrai prêtre... Alors, les âmes tendres auraient un point de réunion dans le monde... Nous ne serions pas isolés... Ce bon prêtre nous parlerait de Dieu. Mais quel Dieu ? Non celui de la Bible, petit despote cruel et plein de la soif de se venger... mais le Dieu de Voltaire, juste, bon, infini...

Il fut agité par tous les souvenirs de cette Bible qu'il savait par cœur... Mais comment, dès qu'on sera *trois ensemble*, croire à ce grand nom DIEU, après l'abus effroyable qu'en font nos prêtres ?

Vivre isolé !... Quel tourment !...

Je deviens fou et injuste, se dit Julien en se frappant le front. Je suis isolé ici dans ce cachot ; mais je n'ai pas *vécu isolé* sur la terre ; j'avais la puissante idée du *devoir*. Le devoir que je m'étais prescrit, à tort ou à raison... a été comme le tronc d'un arbre solide auquel je m'appuyais pendant l'orage ; je vacillais, j'étais agité. Après tout, je n'étais qu'un homme... mais je n'étais pas emporté.

C'est l'air humide de ce cachot qui me fait penser à l'isolement...

Et pourquoi être encore hypocrite en maudissant l'hypocrisie ? Ce n'est ni la mort, ni le cachot, ni l'air humide, c'est l'absence de madame de Rênal qui m'accable. Si, à Verrières, pour la voir, j'étais obligé de vivre des semaines entières, caché dans les caves de sa maison, est-ce que je me plaindrais ?

L'influence de mes contemporains l'emporte, dit-il tout haut et avec un rire amer. Parlant seul avec moi-même, à deux pas de la mort, je suis encore hypocrite... O dix-neuvième siècle !

... Un chasseur tire un coup de fusil dans une forêt, sa proie tombe, il s'élance pour la saisir. Sa chaussure heurte une fourmilière haute de deux pieds, détruit l'habitation des fourmis, sème au loin les fourmis, leurs œufs... Les plus philosophes parmi les fourmis ne pourront jamais comprendre ce corps noir, immense, effroyable : la botte du chasseur, qui tout à coup a pénétré dans leur demeure, avec une incroyable rapidité, et précédée d'un bruit épouvantable, accompagné de gerbes d'un feu rougeâtre...

... Ainsi la mort, la vie, l'éternité, choses fort simples pour qui aurait les organes assez vastes pour les concevoir...

Une mouche éphémère naît à neuf heures du matin dans les grands jours d'été, pour mourir à cinq heures du soir ; comment comprendrait-elle le mot *nuit* ?

Donnez-lui cinq heures d'existence de plus, elle voit et comprend ce que c'est que la nuit.

Ainsi, moi, je mourrai à vingt-trois ans. Donnez-moi cinq années de vie de plus, pour vivre avec madame de Rênal...

Il se mit à rire comme Méphistophélès. Quelle folie de discuter ces grands problèmes !

1° Je suis hypocrite comme s'il y avait là quelqu'un pour m'écouter.

2° J'oublie de vivre et d'aimer, quand il me reste si peu de jours à vivre... Hélas ! madame de Rênal est absente ; peut-être son mari ne la laissera plus revenir à Besançon, et continuer à se déshonorer.

Voilà ce qui m'isole, et non l'absence d'un Dieu juste, tout-puissant, point méchant, point avide de vengeance...

Ah ! s'il existait... hélas ! je tomberais à ses pieds : J'ai mérité la mort, lui dirais-je ; mais, grand Dieu, Dieu bon, Dieu indulgent, rends-moi celle que j'aime !

La nuit était alors fort avancée. Après une heure ou deux d'un sommeil paisible, arriva Fouqué.

Julien se sentait fort et résolu comme l'homme qui voit clair dans son âme.

CHAPITRE XLV

— Je ne veux pas jouer à ce pauvre abbé Chas-Bernard le mauvais tour de le faire appeler, dit-il à Fouqué ; il n'en dînerait pas de trois jours. Mais tâche de me trouver un janséniste, ami de M. Pirard et inaccessible à l'intrigue.

Fouqué attendait cette ouverture avec impatience. Julien s'acquitta avec décence de tout ce qu'on doit à l'opinion, en province. Grâce à M. l'abbé de Frilair, et malgré le mauvais choix de son confesseur, Julien était dans son cachot le protégé de la congrégation ; avec plus d'esprit de conduite, il eût pu s'échapper. Mais le mauvais air du cachot produisant son effet, sa raison diminuait. Il n'en fut que plus heureux, au retour de madame de Rênal.

— Mon premier devoir est envers toi, lui dit-elle en l'embrassant ; je me suis sauvée de Verrières...

Julien n'avait point de petit amour-propre à son égard, il lui raconta toutes ses faiblesses. Elle fut bonne et charmante pour lui.

Le soir, à peine sortie de la prison, elle fit venir chez sa tante le prêtre qui s'était attaché à Julien comme à une proie ; comme il ne voulait que se mettre en crédit auprès des jeunes femmes appartenant à la haute société de Besançon, madame de Rênal l'engagea facilement à aller faire une neuvaine à l'abbaye de Bray-le-Haut.

Aucune parole ne peut rendre l'excès et la folie de l'amour de Julien.

A force d'or, et en usant et abusant du crédit de sa tante, dévote célèbre et riche, madame de Rênal obtint de le voir deux fois par jour.

A cette nouvelle, la jalousie de Mathilde s'exalta jusqu'à l'égarement. M. de Frilair lui avait avoué que tout son crédit n'allait pas jusqu'à braver toutes les convenances au point de lui faire permettre de voir son ami plus d'une fois chaque jour. Mathilde fit suivre madame de Rênal afin de connaître ses moindres démarches. M. de Frilair épuisait toutes les ressources d'un esprit fort adroit pour lui prouver que Julien était indigne d'elle.

Au milieu de tous ces tourments, elle ne l'en aimait que plus, et, presque chaque jour, lui faisait une scène horrible.

Julien voulait à toute force être honnête homme jusqu'à la fin envers cette pauvre jeune fille qu'il avait si étrangement compromise ; mais, à chaque instant, l'amour effréné qu'il avait pour madame de Rênal l'emportait. Quand, par de mauvaises raisons, il ne pouvait venir à bout de persuader Mathilde de l'innocence des visites de sa rivale : Désormais, la fin du drame doit être bien proche, se disait-il ; c'est une excuse pour moi si je ne sais pas mieux dissimuler.

Mademoiselle de La Mole apprit la mort du marquis de Croisenois. M. de Thaler, cet homme si riche, s'était permis des propos désagréables sur la disparition de Mathilde ; M. de Croisenois alla le prier de les démentir : M. de Thaler lui montra des lettres anonymes à lui adressées, et remplies de détails rapprochés avec tant d'art qu'il fut impossible au pauvre marquis de ne pas entrevoir la vérité.

M. de Thaler se permit des plaisanteries dénuées de finesse. Ivre de colère et de malheur, M. de Croisenois exigea des réparations tellement fortes, que le millionnaire préféra un duel. La sottise triompha ; et l'un des hommes de Paris les plus dignes d'être aimés trouva la mort à moins de vingt-quatre ans.

Cette mort fit une impression étrange et maladive sur l'âme affaiblie de Julien.

— Le pauvre Croisenois, disait-il à Mathilde, a été réellement bien raisonnable et bien honnête homme envers nous ; il eût dû me haïr lors de vos imprudences dans le salon de madame votre mère, et me chercher querelle ; car la haine qui succède au mépris est ordinairement furieuse...

La mort de M. de Croisenois changea toutes les idées de Julien sur l'avenir de Mathilde ; il employa plusieurs journées à lui prouver qu'elle devait accepter la main de M. de Luz. C'est un homme timide, point trop jésuite, lui disait-il, et qui, sans doute, va se mettre sur les rangs. D'une ambition plus sombre et plus suivie que le pauvre Croisenois, et sans duché dans sa famille, il ne fera aucune difficulté d'épouser la veuve de Julien Sorel.

— Et une veuve qui méprise les grandes passions, répliqua froidement Mathilde ; car elle a assez vécu pour voir, après six mois, son amant lui préférer une autre femme, et une femme origine de tous leurs malheurs.

— Vous êtes injuste ; les visites de madame de Rênal fourniront des phrases singulières à l'avocat de Paris chargé de mon recours en grâce ; il peindra le meurtrier honoré des soins de sa victime. Cela peut faire effet, et peut-être, un jour, vous me verrez le sujet de quelque mélodrame, etc., etc...

Une jalousie furieuse et impossible à venger, la continuité d'un malheur sans espoir (car, même en supposant Julien sauvé, comment regagner son cœur ?) la honte et la douleur d'aimer plus que jamais cet amant infidèle, avaient jeté mademoiselle de La Mole dans un silence morne, et dont les soins empressés de M. de Frilair, pas plus que la rude franchise de Fouqué, ne pouvaient la faire sortir.

Pour Julien, excepté dans les moments usurpés par la présence de Mathilde, il vivait d'amour sans presque songer à l'avenir. Par un étrange effet de cette passion, quand elle est extrême et sans feinte aucune, madame de Rênal partageait presque son insouciance et sa douce gaîté.

— Autrefois, lui disait Julien, quand j'aurais pu être si heureux pendant nos promenades dans les bois de Vergy, une ambition fougueuse entraînait mon âme dans les pays imaginaires. Au lieu de serrer contre mon cœur ce bras charmant qui était si près de mes lèvres, l'avenir m'enlevait à toi ; j'étais aux innombrables combats que j'aurais à soutenir pour bâtir une fortune colossale... Non, je serais mort sans connaître le bonheur, si vous n'étiez venue me voir dans cette prison.

Deux événements vinrent troubler cette vie tranquille. Le confesseur de Julien, tout janséniste qu'il était, ne fut point à l'abri d'une intrigue de jésuites, et, à son insu, devint leur instrument.

Il vint lui dire un jour, qu'à moins de tomber dans l'affreux péché du suicide, il devait faire toutes les démarches possibles pour obtenir sa grâce. Or, le clergé ayant beaucoup d'influence au ministère de la justice à Paris, un moyen facile se présentait : il fallait se convertir avec éclat...

— Avec éclat ! répéta Julien. Ah ! je vous y prends, vous aussi, mon père, jouant la comédie comme un missionnaire...

— Votre âge, reprit gravement le janséniste, la figure intéressante que vous tenez de la Providence, le motif même de votre crime, qui reste inexplicable, les démarches héroïques que mademoiselle de La Mole prodigue en votre faveur, tout enfin, jusqu'à l'étonnante amitié que montre pour vous votre victime, tout a contribué à vous faire le héros des jeunes femmes de Besançon. Elle ont tout oublié pour vous, même la politique...

Votre conversion retentirait dans leurs cœurs et y laisserait une impression profonde. Vous pouvez être d'une utilité majeure à la religion, et moi j'hésiterais par la frivole raison que les jésuites suivraient la même marche en pareille occasion ! Ainsi, même dans ce cas particulier qui échappe à leur rapacité, ils nuiraient encore ! Qu'il n'en soit pas ainsi... Les larmes que votre conversion fera répandre annuleront l'effet corrosif de dix éditions des œuvres impies de Voltaire.

— Et que me restera-t-il, répondit froidement Julien, si je me méprise moi-même ? J'ai été ambitieux, je ne veux point me blâmer ; alors, j'ai agi suivant les convenances du temps. Maintenant, je vis au jour le jour. Mais à vue de pays, je me ferais fort malheureux, si je me livrais à quelque lâcheté...

L'autre incident qui fut bien autrement sensible à Julien, vint de madame de Rênal. Je ne sais quelle amie intrigante était parvenue à persuader à cette âme naïve et si timide qu'il était de son devoir de partir pour Saint-Cloud, et d'aller se jeter aux genoux du roi Charles X.

Elle avait fait le sacrifice de se séparer de Julien, et après un tel effort, le désagrément de se donner en spectacle qui, en d'autres temps, lui eût semblé pire que la mort n'était plus rien à ses yeux.

— J'irai au roi, j'avouerai hautement que tu es mon amant ; la vie d'un homme et d'un homme tel que Julien doit l'emporter sur toutes les considérations. Je dirai que c'est par jalousie que tu as attenté à ma vie. Il y a de nombreux exemples de pauvres jeunes gens sauvés dans ce cas par l'humanité du jury, ou celle du roi...

— Je cesse de te voir, je te fais fermer ma prison, s'écria Julien, et bien certainement le lendemain je me tue de désespoir, si tu ne me jures de ne faire aucune démarche qui nous donne tous les deux en spectacle au public. Cette idée d'aller à Paris n'est pas de toi. Dis-moi le nom de l'intrigante qui te l'a suggérée...

Soyons heureux pendant le petit nombre de jours de cette courte vie. Cachons notre existence, mon crime n'est que trop évident. Mademoiselle de La Mole a tout crédit à Paris, crois bien qu'elle fait ce qui est humainement possible. Ici en province, j'ai contre moi tous les gens riches et considérés. Ta démarche aigrirait encore ces hommes riches et surtout modérés, pour qui la vie est chose si facile... N'apprêtons point à rire aux Maslon, aux Valenod et à mille gens qui valent mieux.

Le mauvais air du cachot devenait insupportable à Julien. Par bonheur, le jour où on lui annonça qu'il fallait mourir, un beau soleil réjouissait la nature, et Julien était en veine de courage.

Marcher au grand air fut pour lui une sensation délicieuse, comme la promenade à terre pour le navigateur qui longtemps a été à la mer. Allons, tout va bien, se dit-il, je ne manque point de fermeté.

Jamais cette tête n'avait été aussi poétique qu'au moment où elle allait tomber. Les plus doux moments qu'il avait trouvés jadis dans les bois de Vergy se peignaient en foule à sa pensée et avec une extrême énergie.

Tout se passa simplement, convenablement, et de sa part sans aucune affectation.

L'avant-veille, il avait dit à Fouqué : Pour de l'émotion, je ne puis en répondre ; ce cachot si laid, si humide, me donne des moments de fièvre où je ne me reconnais pas ; mais de la peur, non on ne me verra point pâlir.

Il avait pris ses arrangements d'avance pour que, le matin du dernier jour, Fouqué enlevât Mathilde et madame de Rênal.

— Emmène-les dans la même voiture, lui avait-il dit. Arrange-toi pour que les chevaux de poste ne quittent pas le galop. Elle tomberont dans les bras l'une de l'autre, ou se témoigneront une haine mortelle. Dans les deux cas, les pauvres femmes seront un peu distraites de leur affreuse douleur.

Julien avait exigé de madame de Rênal le serment qu'elle vivrait pour donner des soins au fils de Mathilde.

— Qui sait ? peut-être avons-nous encore des sensations après notre mort, disait-il un jour à Fouqué. J'aimerais assez à reposer, puisque reposer est le mot, dans cette petite grotte de la grande montagne qui domine Verrières. Plusieurs fois, je te l'ai conté ; retiré la nuit dans cette grotte, et ma vue plongeant au loin sur les plus riches provinces de France, l'ambition a enflammé mon cœur : alors, c'était ma passion... Enfin, cette grotte m'est chère, et l'on ne peut disconvenir qu'elle ne soit située d'une façon à faire envie à l'âme d'un philosophe... eh bien ! ces bons congréganistes de Besançon font argent de tout ; si tu sais t'y prendre, ils te vendront ma dépouille mortelle...

Fouqué réussit dans cette triste négociation. Il passait la nuit seul dans sa chambre, auprès du corps de son ami, lorsqu'à sa grande surprise, il vit entrer Mathilde. Peu d'heures auparavant, il l'avait laissée à dix lieues de Besançon. Elle avait le regard et les yeux égarés.

— Je veux le voir, lui dit-elle.

Fouqué n'eut pas le courage de parler ni de se lever. Il lui montra du doigt un grand manteau bleu sur le plancher ; là, était enveloppé ce qui restait de Julien.

Elle se jeta à genoux. Le souvenir de Boniface de La Mole et de Marguerite de Navarre lui donna sans doute un courage surhumain. Ses mains tremblantes ouvrirent le manteau. Fouqué détourna les yeux.

Il entendit Mathilde marcher avec précipitation dans la chambre. Elle allumait plusieurs bougies. Lorsque Fouqué eut la force de la regarder, elle avait placé sur une petite table de marbre, devant elle, la tête de Julien, et la baisait au front...

Mathilde suivit son amant jusqu'au tombeau qu'il s'était choisi. Un grand nombre de prêtres escortaient la bière et, à l'insu de tous, seule dans sa voiture drapée, elle porta sur ses genoux la tête de l'homme qu'elle avait tant aimé.

Arrivés ainsi vers le point le plus élevé d'une des hautes montagnes du Jura, au milieu de la nuit, dans cette petite grotte magnifiquement illuminée d'un nombre infini de cierges, vingt prêtres célébrèrent le service des morts. Tous les habitants des petits villages de montagne, traversés par le convoi, l'avaient suivi, attirés par la singularité de cette étrange cérémonie.

Mathilde parut au milieu d'eux en longs vêtements de deuil, et, à la fin du service, leur fit jeter plusieurs milliers de pièces de cinq francs.

Restée seule avec Fouqué, elle voulut ensevelir de ses propres mains la tête de son amant. Fouqué faillit en devenir fou de douleur.

Par les soins de Mathilde, cette grotte sauvage fut ornée de marbres sculptés à grands frais, en Italie.

Madame de Rênal fut fidèle à sa promesse. Elle ne chercha en aucune manière à attenter à sa vie ; mais, trois jours après Julien, elle mourut en embrassant ses enfants.

TABLE

DEUXIÈME PARTIE

Reproduit et achevé d'imprimer en février 1992
par Normandie Roto S.A. à Lonrai (Orne)
N° 042/92 / N° d'impression : I2-0218
Dépôt légal : mars 1992
Imprimé en France

ISBN 2-87628-408-1